rororo

Katherine John ist Tochter einer deutschen Mutter und eines walisischen Vaters. Sie wurde in Pontypridd geboren und studierte Englisch und Soziologie in Swansea. Katherine John verbrachte mehrere Jahre in verschiedenen Ländern, bevor sie nach Wales zurückkehrte und sich ganz dem Schreiben widmete. Sie lebt mit ihrer Familie auf der Gower-Halbinsel in der Nähe von Swansea. Im Rowohlt Taschenbuch Verlag erschienen bereits «Namenlos» (rororo 24553), «Spurlos» (rororo 24582) und «Atemlos» (rororo 24854).

Katherine John **Leblos**

Thriller Deutsch von Bettina Zeller

Rowohlt Taschenbuch Verlag

Die Originalausgabe erschien 1995 unter dem Titel
«Murder of a Dead Man» bei Hodder Headline.
Die Übersetzungsvorlage, eine von der Autorin
überarbeitete und erweiterte Ausgabe, erschien 2006
bei Accent Press, London.

Deutsche Erstausgabe
Veröffentlicht im Rowohlt Taschenbuch Verlag,
Reinbek bei Hamburg, Oktober 2009

Redaktion Arno Hoven
Umschlaggestaltung any.way, Barbara Hanke/Cordula Schmidt
(Foto: plainpicture/whatapicture)
Satz Minion PostScript bei Pagina GmbH, Tübingen
Druck und Bindung CPI – Clausen & Bosse, Leck
Printed in Germany
ISBN 978 3 499 24855 9

Für Ross Michael Watkins

Prolog

Im Kellergeschoss des General Hospital herrschte eisige Stille. Das leise Brummen des Boilers, der siedend heißes Wasser ins Heizsystem einspeiste, hätte nur jemand hören können, der direkt neben dem Fahrstuhlschacht oder der Treppe stünde, die nach unten in das Innere des Gebäudes führte. Der ständig auf Hochtouren arbeitende Warmwasserbereiter sorgte dafür, dass die Temperatur oben auf den Stationen nur selten auf ein erträgliches Maß fiel.

Durch das Treppenhaus hallte das dumpfe Klappern eines Rollwagens, der in den Fahrstuhl geschoben wurde; und einige Sekunden lang war das entfernte Surren von medizinischen Geräten zu vernehmen. Die Geräusche aus den oberen Etagen unterstrichen nur, wie deplatziert das hektische Krankenhaustreiben hier unten wirkte. Auch die Flure – sie zweigten von der hell erleuchteten, weiß gefliesten Halle ab, die drei Viertel des Geschosses beanspruchte – wirkten wie ausgestorben.

Selbst erfahrene Mitarbeiter, die sich längst an den auf den Stationen allgegenwärtigen Tod gewöhnt hatten, mieden nach Einbruch der Dunkelheit die Korridore, die zur Stahlflügeltür im Keller führten. In den Raum hinter dieser Tür wurden die Fälle gebracht, bei denen das General Hospital versagt hatte: Hier landeten all jene Patienten, die trotz der Pflege durch das Personal, des Fachkönnens der Ärzte und des medizinischen Fortschritts gestorben waren.

Ein junger blasser Mann, der offenbar nur selten die Sonne sah, beugte sich über den Rollwagen. Dabei fiel ihm eine Haarsträhne ins Gesicht, und seine Brille rutschte auf die Nasenspitze. Mit zitternden Händen konzentrierte er sich auf die anstehende Aufgabe. Das grelle, heiße Licht der tiefhängenden Leuchte, unter der er arbeitete, blendete ihn und brannte heiß auf seinem Nacken.

Er hielt inne und warf ängstlich einen Blick über die Schulter. Als er nichts Ungewöhnliches erblickte, tat er seine Nervosität mit einem Kopfschütteln ab und spreizte leicht irritiert seine Finger, die in Latexhandschuhen steckten. Anschließend machte er sich wieder daran, den Bauch der Leiche zu massieren, die er gerade aufbahrte. Vom Zuschauen wusste er, was zu tun war, doch nun, da Jim sich krank gemeldet hatte, musste er früher als erwartet einspringen.

Normalerweise verbrachten Jim und er den größten Teil der Nachtschicht in der Pförtnerloge, tranken Tee und blätterten alte *Playboy*-Ausgaben durch. Aber in dieser Nacht war alles anders als sonst. Obwohl es erst kurz nach halb drei war, gab es bereits drei Todesfälle, und zwei Stationsschwestern hatten ihm telefonisch eröffnet, er dürfe sich auf noch mehr Arbeit einstellen.

Er ballte die Hände zu Fäusten und presste sie so fest auf die Bauchdecke, bis aus dem geöffneten Mund der Leiche Luft strömte, die wie ein letzter Seufzer in der kalten Luft hing. Dem Krankenpfleger gefror das Blut in den Adern. Als er die Hände abermals auf die Bauchdecke legte, versuchte er, weder das Gesicht zu betrachten noch darüber nachzudenken, was für ein Mensch der Tote wohl gewesen war. Auf den an Handgelenk und Fessel befestigten Schildchen standen ein Name und eine Nummer. Er erinnerte sich nur an das Alter. Achtundzwanzig. Der Verstorbene war im selben Jahr, im selben Monat wie er geboren. Sogar die Schwester von der Unfallstation war über den tragischen Tod eines so jungen Menschen betroffen gewesen.

Wieso hatte er sich damals, als er sich für das Philosophiestudium entschied, eigentlich keine Gedanken über seine Zukunft gemacht? Hätte er etwas Handfestes wie Betriebswirtschaft oder Jura studiert, das ihn auf einen konkreten Beruf vorbereitete, müsste er jetzt nicht in dieser Totenhalle aus Fliesen und Stahl arbeiten, wo die Leichen aufbewahrt wurden, bis man sie bestatten und vergessen konnte.

Das Läuten des Telefons jagte ihm einen Schreck ein. Er brauchte einen Augenblick, bis er einen der Latexhandschuhe auszog, den Toten sich selbst überließ und den Hörer abnahm.

«Leichenhalle!»

Es meldete sich die vertraute Stimme einer Krankenschwester. «Station elf hier. Wir brauchen Sie sofort.»

«Können Sie nicht einen Träger rufen? Ich bin gerade beim Aufbahren.»

«Keiner frei.»

«Eine Krankenschwester?»

«Wir sind unterbesetzt. Momentan sind nur zwei Schwestern auf der Station.»

«Ich bin hier unten ganz allein.»

«Wir alle müssen uns mit irgendwelchen Problemen herumschlagen. Um es kurz zu machen: Es handelt sich um eine alte Dame in einem Vierbettzimmer. Die anderen Patienten sind wach. Außerdem herrscht wegen der Toten große Aufregung.»

«Ich komme gleich.»

Er legte den Hörer auf und kehrte zu dem Toten zurück. Der Leichnam ruhte mit ausgestreckten Beinen flach auf dem Rücken, die Arme lagen neben dem Rumpf. Die Augen waren geschlossen, und der Mund stand offen. Während er den Unterkiefer hochband, musterte er zum ersten Mal das

Antlitz des Toten. Seine Züge waren ebenmäßig. Wenn seine Freundin ihn aufziehen wollte, schwärmte sie ihm immer von solchen Männern vor. Der Mann war groß gewesen, weit über einen Meter achtzig, und hatte dichtes, dunkles Haar. Was würde er nur darum geben, wenn er solches Kopfhaar haben könnte? Schlimm genug, dass seines seit jeher dünn war – jetzt begann es sich sogar schon zu lichten. Er streifte den zweiten Latexhandschuh ab, warf ihn in den Mülleimer und zog ein neues Paar aus der Schachtel. Der Tote hier hatte es nicht eilig und konnte ruhig eine Viertelstunde warten. Länger brauchte er oben auf Station elf nicht.

Er schnappte sich ein Leintuch, das leise raschelte, als er es über den Toten breitete. Eigentlich war dies unsinnig, doch die Vorstellung, zu einem unverhüllten Leichnam zurückzukehren, behagte ihm nicht. Die dunklen Haare und die blasse Haut: Das alles wirkte so lebendig und gleichzeitig so tot.

Er nahm eine der leeren Rollbahren, die vor der Wand aufgereiht waren, und schob sie in den Flur. Die Vorschriften verlangten, dass die Leichenhalle entweder rund um die Uhr besetzt war oder zugesperrt wurde. So stand es jedenfalls in seinem Arbeitsvertrag, aber er hatte schnell gelernt, dass sich im Alltag niemand an die Regeln hielt. Vergessen hatte er die vertraglich vereinbarten Bestimmungen nicht, doch er hatte sich an den anderen Pflegern und Trägern ein Beispiel genommen und angewöhnt, sie schlicht und einfach zu ignorieren. Oftmals blieb ihm auch gar nichts anderes übrig, denn das Krankenhaus war chronisch unterbesetzt. Und obendrein war es ziemlich lästig, die Schlüssel aus der Tasche zu holen und abzusperren, nur um sie nachher wieder hervorzukramen und aufzuschließen.

Da die anderen Patienten wach waren, hatte er sich für

eine dieser neuen, von den Amerikanern entwickelten Tragen entschieden, bei denen der Leichnam in eine Art Kiste gelegt, der Deckel geschlossen und anschließend ein Laken darüber gebreitet wurde. Einfach, aber effektiv. Ein flach liegendes Laken zog weniger neugierige Blicke auf sich als die deutlich sichtbaren Umrisse eines Toten unter einem Leichentuch. Auf der anderen Seite ließen sich Patienten, die mit eigenen Augen sahen, wie eine Leiche fortgeschafft wurde, von den Kisten auf Rädern natürlich auch nicht zum Narren halten.

Er musste an die Worte der Krankenschwester denken: *Außerdem herrscht wegen der Toten große Aufregung.* Wer war denn jetzt eigentlich aufgeregt? Das Personal? Die Patienten? Oder die Besucher? Bestimmt waren es die Besucher. Auf Station elf blieben die Verwandten der Patienten häufiger über Nacht; meist harrten sie stumm neben den Betten aus oder wanderten durch die Flure. Sie warteten auf das nahende Ende ihres Angehörigen, das fast immer nachts kam. Oder schien ihm das nur so?

Er schob die Bahre in den Lift und drückte auf den Knopf. Die Fahrt in den siebten Stock dauerte nicht lange. Sanft glitt der Fahrstuhl bis zur sechsten Etage, begann heftig zu vibrieren und blieb ein Stockwerk höher ruckartig stehen.

«Sie haben sich ja Zeit gelassen.»

«Ich bin so schnell gekommen, wie ich konnte. Heute Nacht bin ich der Einzige, der unten Dienst schiebt.»

«Hier entlang.» Die Oberschwester zeigte ihm den Weg. Mit seiner Vermutung über die Angehörigen hatte er richtig gelegen. Eine Frau mit sorgenvoller Miene folgte ihnen.

«Schwester …»

«Ich bin gleich bei Ihnen. Hier.» Sie stieß eine Tür auf, die in ein kleines Krankenzimmer führte. Rund um das Bett gleich neben der Tür waren die Vorhänge zugezogen. Er schob die Trage durch den engen Eingang und stieß mit einer Lernschwester zusammen, die gerade den Tropf abhängte. Ihr Blick verriet, dass sie unter Schlafmangel litt. Er öffnete den Deckel der Kiste.

«Sie war ein richtiger Schatz», flüsterte die Lernschwester. «Hat nie gejammert.»

Während sie ihm half, die ausgemergelte Tote mit dem schlaffen Kiefer vom Bett auf die Bahre zu hieven, fällte er eine Entscheidung. Anstatt am frühen Morgen ins Bett zu gehen, würde er daheim nur kurz duschen, sich umziehen, zum Arbeitsamt gehen und die Stellenaushänge durchsehen. Und wenn es dort nichts für ihn gab, würde er eine Zeitung kaufen und die Jobinserate studieren. Es musste doch eine Arbeit geben, die besser war als diese hier.

«Danke. Ich komme jetzt allein zurecht.» Er verschloss die Kiste, breitete das Laken darüber und achtete darauf, dass die Bahre nahezu vollständig unter dem Stoff verschwand. Auf dem Weg zum Fahrstuhl nickte die Oberschwester ihm zu. Die besorgte Frau von vorhin drehte sich rasch um, als er an ihr vorbeiging. Dennoch hatte er ihren Blick bemerkt und fragte sich nun, ob die zusätzlichen Ausgaben des Krankenhauses für solche Bahren sich überhaupt lohnten.

Da so früh am Morgen nur wenig Betrieb auf den Stationen herrschte, war der Fahrstuhl in der Zwischenzeit nicht gerufen worden. Mit einem Knopfdruck öffnete er die Tür und fuhr die Rollbahre in die Kabine. Auf der Fahrt in den Keller ruckelte der Lift wieder. Die Tür glitt auf und gab den Blick in einen menschenleeren Korridor frei.

Er schob die Bahre auf die Leichenhalle zu. Vor der Tür blieb er stehen und schaute sich um. Eigentlich bestand dazu gar keine Veranlassung. Weder hatte er etwas gehört, noch war ihm etwas Außergewöhnliches aufgefallen. Trotzdem beschlich ihn ein Gefühl des Unbehagens.

Er atmete tief durch und rief sich in Erinnerung, dass er ein erwachsener Mann war, der immerhin schon einen Abschluss in Philosophie geschafft hatte. Hier unten gab es nichts, wovor er sich fürchten musste. Oder wie Jim es im Scherz formuliert hatte: «Unsere Kunden mögen vielleicht mit ihrem Los hadern, aber wer weiß das schon? Beschweren können sie sich ja nicht mehr.»

Er schob den vorderen Teil der Rollbahre durch die Tür – und blieb wie angewurzelt stehen.

Der Leichnam des jungen Mannes saß aufrecht auf seiner Trage und starrte ihn an. Das Leintuch lag in Falten vor seinem Schoß.

Jim hatte ihn zwar davor gewarnt, dass so etwas hin und wieder passierte, wenn noch Luft im Bauch war, doch im Augenblick war er viel zu sehr von Grauen gepackt, um sich über die Ursache den Kopf zu zerbrechen.

Der weiße Oberkörper des Toten hatte gut ausgebildete Muskeln, und die Brustbehaarung war dunkel und dicht. Aber das Porzellanweiß des Rumpfes stand in einem Entsetzen erregenden Kontrast zur bluttriefenden, bläulich roten Masse, die dort zu sehen war, wo sich vor Kurzem noch das Gesicht befunden hatte. Nur die Augen waren noch geblieben – grell-weiße Augäpfel mit dunklen Iriden –, die über freiliegenden Wangenknochen den Betrachter anstarrten. Zwei Zahnreihen in einer lippenlosen Mundöffnung zeigten ein scheußliches Grinsen.

Er war wie hypnotisiert und konnte den Blick nicht abwenden. Er bemerkte an den Seiten des Kopfes zwei Stümpfe – die Überreste der Ohren –, sah die schwarzen Höhlen zwischen den Augen, wo zuvor die Nase gewesen war, und starrte den ausgefransten Haaransatz über dem blanken

Stirnbein an. Als ihm endlich ein Schrei über die Lippen kam, geisterte ihm ein einziges Wort durch den Kopf: gehäutet!

Er musste daran denken, wie sein Vater früher auf dem heimischen Bauernhof Hasen geschossen und ihnen anschließend das Fell abgezogen hatte. Offenkundig war mit dem gleichen Geschick das Gesicht dieses Mannes fein säuberlich entfernt worden. Aber wieso, um Himmels willen, häutete jemand einen Toten?

Kapitel eins

«Zwei … vier … sechs … acht … wer hat Angst vor heute Nacht … Erde … Hölle … Himmel.» Das Mädchen balancierte auf einem Bein, bückte sich und las einen flachen Stein von einem der Quadrate auf, die auf den Boden des Spielplatzes gemalt waren. Dann legte die Kleine ihn neben den Fuß, mit dem sie hüpfte, und verpasste ihm einen Stoß, woraufhin er über die weißen Karos auf dem schwarzen Asphalt schlitterte.

«Nach Hannah bin ich dran.» Ein dickliches Kind drängte ein anderes zur Seite und stellte sich vor die Mädchen, die in einer Warteschlange standen.

«Nein, stimmt nicht!» Der Fuß des Mädchens, das gerade den Wurfstein bewegt hatte, schwebte in der Luft. «Kelly ist dran.»

«Hau ab, du Dränglerin.» Das Mädchen, das weggeschoben worden war, nahm wieder seinen Platz ein.

Die schrillen, hohen Kinderstimmen schallten über den Schulhof und durch die Zaungitter in eine Gasse, wo ein furchtbar dünner Mann mit schmutzigem Gesicht, dunklen Bartstoppeln und verfilzten, schulterlangen Haaren sie beim Spiel beobachtete. Der Stoff des fleckigen schwarzen Mantels schlackerte um seine Knie. Darunter trug er eine abgerissene, speckige Hose. Nur sein Schuhwerk – hellrote Basketballschuhe mit leuchtend blauen Schnürsenkeln – verlieh seinem Aufzug etwas Farbe.

Er zuckte mit den Schultern, um das Gewicht des Rucksackes zu verlagern, den er trug. Sein eindringlicher, wilder Blick folgte den Bewegungen, die das Mädchen auf dem

Himmel-und-Hölle-Feld machte. Hannah war ein anmutiges Kind, groß gewachsen für eine Grundschülerin, schlank und ohne den für ihr Alter üblichen Kinderspeck. Ihr silberblondes Haar war zu einem dicken Zopf geflochten, der ihr bis zur Taille reichte, und sie hatte kornblumenblaue Augen, die auf dem tristen Schulhof wie Emaille funkelten. Die Kleine war bei Weitem das hübscheste Kind in der Gruppe. Ein Schwan auf einem See, der voll von hässlichen Entlein war. Ihre gertenschlanke Gestalt ließ schon die Grazie und Schönheit der Frau erahnen, zu der sie heranwachsen würde.

«Miss! Ein dreckiger alter Mann beobachtet uns!»

Die schrille Stimme gehörte einem kleinen Jungen, der etwas abseits von den anderen am Zaun saß. Eine Frau mittleren Alters in einem grauen Wollkleid und einer weiten blauen Strickjacke begann, quer über den Hof zum Tor zu rennen. Alle anderen Kinder in Hörweite drehten sich um und schauten zur Gasse. Der Mann ging rasch zum gegenüberliegenden Fußweg und hastete davon.

«Das ist mein Vater!» Hannah ließ den kostbaren Wurfstein fallen, der sie berechtigte, bei jedem Spiel als Erste zu hüpfen, warf den Zopf über die Schulter und lief aus dem Schulhof, ehe die Frau mittleren Alters, die noch zu weit weg war, sie davon abhalten konnte. Ohne auf den Verkehr zu achten, eilte die Kleine über die schmale Straße. Bremsen quietschten. Ein Autofahrer fluchte leise.

«Daddy!», schrie Hannah, doch der Mann rannte weiter. «Bleib doch stehen!»

Er hielt inne und warf einen Blick über seine Schulter. Tränen hatten grauweiße Schlieren auf seinen dreckigen Wangen hinterlassen.

«Daddy … Du bist ja gar nicht mein Daddy!»

Der Mann sprintete wieder los und ließ das schluchzende Kind auf dem Bürgersteig zurück.

«Komm, Hannah, sei brav.» Die Frau im grauen Wollkleid trat zu ihr.

«Nein!» Hannah weigerte sich, die ausgestreckte Hand der Frau zu nehmen. «Gehen Sie weg, ich will zu Daddy!»

«Wer immer das auch gewesen sein mag, jetzt ist er weg. Komm, wir gehen jetzt wieder in die Schule.»

«Er hat wie mein Daddy ausgesehen. Bis er sich umgedreht hat. Ich dachte, er ist –»

«Du kannst dich in Mrs. Jones' Zimmer setzen. Wir rufen deine Tante an. Du darfst heute früher nach Hause gehen. Was hältst du davon, Hannah?» Die Frau geleitete das Mädchen durch das Schultor.

Ein Kollege tippte der Lehrerin auf den Arm und flüsterte: «Polizei?»

Die Lehrerin schüttelte den Kopf. «Läuten Sie die Glocke und schaffen Sie die Kinder rein. Und dann rufen Sie Hannahs Tante an. Ob die Polizei verständigt werden soll, müssen der Schulleiter und Miss Davies entscheiden.»

«… happy birthday, lieber Trevor, happy birthday to you», sang Peter Collins für seinen Kollegen Trevor Joseph, als Lyn Sullivan eine Schokoladen-Sahne-Torte mit brennenden Kerzen in Trevors Wohnzimmer brachte.

«Er ist nicht dein lieber Trevor, sondern meiner», sagte Lyn und stellte die Torte auf den Tisch, um den Trevor und seine Gäste sich geschart hatten.

«So wird es wohl sein», stimmte Peter zu. «Seit meinem fünften Lebensjahr hat mir keiner mehr eine Torte spendiert oder eine Party für mich veranstaltet.»

«Wie soll das auch gehen, wo du jede freie Minute in diesem fürchterlichen White Hart verbringst?», meinte Sergeant Anna Bradley, Peters Kollegin und Begleiterin an diesem Abend.

«Woher willst du wissen, dass es dort fürchterlich ist? Du hast den Pub ja noch nie von innen gesehen.»

«Das ist auch nicht nötig. Ein Blick von außen reicht schon.»

«Du musst jetzt die Kerzen auspusten, Trevor.» Lyns Lächeln wirkte gezwungen. Nachdem sie seit sechs Monaten mit Sergeant Trevor Joseph vom Dezernat für Schwerverbrechen zusammenlebte, war das Netteste, was sie Freunden und Familienangehörigen erzählen konnte, dass Polizisten «anders» waren. Und das waren sie auch. Diese Andersartigkeit manifestierte sich in ihren Arbeitszeiten, ihren Gewohnheiten, ihrem Sinn für Humor – vor allem in ihrem Sinn für Humor. Und was für die Polizei im Allgemeinen galt, galt ganz besonders für Sergeant Peter Collins vom Drogendezernat.

Trevors Freund war selbst in guten Zeiten nur schwer zu ertragen, und es war schon eine ganze Weile her, seit Lyn und Trevor eine gute Zeit verlebt hatten. Vier Monate, um genau zu sein. Inzwischen zermürbte die Beziehung, die so vielversprechend begonnen hatte, sie zunehmend, was an ihren unterschiedlichen Arbeitszeiten lag – deshalb verbrachten sie ihre Freizeit größtenteils getrennt und verpassten so viele Gelegenheiten, gemeinsam etwas zu unternehmen. Egal für welche Schicht sich Lyn eintrug, immer wieder musste sie nach Dienstschluss in ein leeres Haus zurückkehren, weil Trevor auf der Jagd nach Verbrechern war.

Allein den Termin für diese Geburtstagsparty festzulegen hatte bereits ein beträchtliches Maß an Organisationstalent erfordert. Sie musste den Dienstplan in der psychiatrischen Einrichtung ändern, wo sie als Krankenschwester arbeitete, endlose Telefonate mit Trevors direktem Vorgesetzten, Inspector Dan Evans, und mit seiner Kollegin Anna Bradley führen und Trevor wiederholt halb im Spaß, halb im Ernst mit ernsthaften Konsequenzen drohen, falls er sich nicht diesen Abend frei halten würde. Und selbst jetzt rechnete sie insgeheim immer noch damit, dass jeden Moment das Telefon läutete und sich die Hälfte ihrer Gäste verabschiedete. Die Vorstellung, dass die Feier sich bald in Wohlgefallen auflöste, war ihr so sehr auf den Magen geschlagen, dass sie den Räucherlachs, den kalten Braten und die selbstgemachten Salate kaum anrührte.

Lyn tröstete sich mit dem Gedanken, dass gleich die Kerzen ausgepustet wurden und sich alle auf den Alkohol stürzten. Mit etwas Glück war Trevor in Kürze so betrunken, dass er gar nicht mehr arbeiten konnte. Nach sechs Wochen war dies der erste Abend, den Trevor daheim verbrachte. Wieso war sie eigentlich auf die Schnapsidee verfallen, ausgerechnet heute dreißig Leute einzuladen?

«Blas die Kerzen aus, Trevor, dann können wir endlich einen heben», grummelte Peter.

Trevor holte tief Luft und tat, worum Peter ihn gebeten hatte.

«He, Kumpel, ich kann es gar nicht leiden, wenn mein bester Zwirn eingesaut wird», beschwerte sich Andrew Murphy, ein altgedienter Constable. «Auch nicht vom Geburtstagskind.» Er schnippte einen Klecks Sahne, der auf seinem Tweedsakko gelandet war, wieder in Richtung Torte.

«Wenn man bedenkt, was dieses Sakko schon alles abgekriegt hat, dann ist ein Klecks Sahne doch eigentlich gar nichts, Andy. Ist immer noch besser als Blut und andere Körpersäfte.» Anna reichte Lyn ihren Teller. «Ein großes Stück, bitte, mit einer extra Portion Sahne.»

«Wie hältst du es beim Job nur mit ihr aus?», wollte Peter von Trevor wissen, der die Torte in große, ungleiche Stücke schnitt.

«Viel interessanter ist doch die Frage, wie Anna es mit

Dan Evans und Trevor aushält, oder?» Lyn verteilte die Tortenstücke auf Tellern und reichte sie herum.

«Ich muss noch dreimal befördert werden, dann kann ich jeden Sergeant in der Stadt zu Büroarbeit verdonnern», meinte Anna und grinste mit vollem Mund.

«Und ich muss noch fünf Dienstgrade höher klettern, dann kann ich jede Polizistin zu Schreibarbeit, Hausarbeit und Liebesdiensten verdonnern.» Peter stieß mit Trevor an. «Lass uns auf eine reine Männertruppe trinken.»

Anna schaute Peter in die Augen. «Sergeant, warten Sie nur, bis ich Ihre Vorgesetzte bin.»

«Ich bezweifle stark, dass es bei der Polizei einen Mann gibt, der auch nur den Hauch einer Ahnung davon hat, was die Gleichberechtigung der Geschlechter bedeutet», sagte Lyn und warf Peter einen vernichtenden Blick zu.

«Ich erlaube all meinen Frauen, auch mal oben zu sein. Davon darfst du dich bald selbst überzeugen, Anna.» Peter schlang den Arm um ihre Taille.

«Darf ich daraus schließen, dass deine früheren Eroberungen die vorteilhafte Position genutzt und gleich nach etwas Besserem Ausschau gehalten haben?» Anna nahm seine Hand von ihrer Taille und ließ sie fallen.

Lyn, die Peters Gerede langweilte, brachte die leere Tortenplatte in die Küche. Die Arbeitsfläche war mit dreckigem Geschirr, zerknüllten Papierservietten, angeknabberten Hühnerflügeln, benutzten Gläsern, Messern und Gabeln übersät. Sie entfernte die Speisereste von den Tellern, verstaute das Geschirr und Besteck in die Geschirrspülmaschine und stellte sie an.

«Ich entschuldige mich für meine taktlosen Kollegen.» Trevor stellte sich hinter sie und drückte ihr einen Kuss auf den Nacken. «Du hättest deinen Bruder und deine Kolleginnen aus dem Krankenhaus einladen sollen.»

«Für meine *und* deine Freunde ist in diesem Haus nicht genug Platz.»

«Dann hättest du eben nur deine einladen sollen.»

«Zu deinem Geburtstag?»

Er drehte sie herum. Sie waren auf gleicher Augenhöhe, denn mit einem Meter dreiundachtzig war Lyn nur knapp drei Zentimeter kleiner als er. Er küsste sie langsam und leidenschaftlich. Mit einem Schlag fiel ihr wieder ein, weshalb sie vor sechs Monaten bei Trevor eingezogen war, und das Unbehagen, das Peter Collins und der ganze Abend hervorgerufen hatte, legte sich schlagartig.

«Danke.»

«Wofür?», wollte sie wissen.

«Für meine Geburtstagsparty. Und dafür, dass es dich gibt, dass du mit mir zusammen bist. Was hältst du davon, wenn wir deinen Geburtstag ohne Freunde feiern?»

«Es wäre mir auch lieber gewesen, wenn wir den heutigen Abend nur zu zweit gefeiert hätten, aber ich war mir nicht sicher, ob du dann überhaupt erscheinst.»

«Hast du am Wochenende Dienst?»

«Selbstverständlich. Erzähl mir nicht, dass du frei hast.»

«Ich dachte, wir könnten mal nach Cornwall fahren.»

«Auf den Bauernhof deiner Mutter?» Sein Vorschlag zauberte ein Funkeln in ihre dunklen Augen. Bislang war sie seiner Familie noch nicht vorgestellt worden. Er hatte ihr von seiner Mutter, seinem Bruder, seiner Schwägerin, den Nichten und Neffen erzählt, und sie hatte mit ihnen auch schon telefoniert. Trotz Trevors gegenteiliger Beteuerungen glaubte sie allerdings, dass seine Familie die Verbindung zwischen ihnen beiden nicht guthieß.

«Ich möchte mit dir angeben.»

«Vielleicht mögen sie mich nicht.»

«Sie werden dich lieben.» Wieder küsste er sie. «Und

dann können wir all meine geheimen Verstecke von früher aufsuchen.»

«In dem Fall tausche ich selbstverständlich meinen Dienst.»

Er zog sie noch fester an sich. «Sollen wir nach oben gehen?»

«Das fällt doch auf.»

In dem Moment flog die Küchentür auf und schlug mit voller Wucht gegen Lyns Rücken. Wie ein Wirbelwind rauschte Peter an ihnen vorbei.

«Wir verdursten noch, Kumpel, während du dich hier mit Florence Nightingale vergnügst. Ein prima Gastgeber bist du.»

Der speckige Mantelrücken glänzte im gelben Licht der Straßenlaternen, und die zerrissene Hose sah noch schlimmer aus als am Morgen. Sein Aussehen war dem Mann, der vom Meer kommend in die Jubilee Street bog, jedoch völlig gleichgültig. Mit der Flasche in der Hand torkelte er umher, stolperte plötzlich und fiel auf die Knie.

Neben der vierstöckigen Häuserzeile, die aus der Ferne sehr elegant wirkte, erschallte derbes Gelächter. Bei etwas näherer Betrachtung konnte man allerdings sofort sehen, dass die Farbe von den schönen Fassaden aus dem achtzehnten Jahrhundert abblätterte, das Holz morsch war und die meisten Fenster mit Pressspanplatten verbarrikadiert waren. Doch all das nahm der Säufer in seinem Zustand überhaupt nicht wahr. Für ihn zählte nur, dass er in der Nähe seiner «Herberge» war. Die prächtigen Häuser, die wohlhabende Kaufleute vor langer Zeit erbaut hatten, verfielen langsam. Die Stadt hatte eine Handvoll noch bewohnbarer Gebäude verschiedenen Kirchen und gemeinnützigen Organisationen überlassen, die sich um Obdachlose kümmerten.

Dem Trunkenbold glitt die Flasche aus der Hand. Als sich ihm von hinten ein Mann näherte und sie auflas, hob der Säufer den Blick.

«Hast du ein paar Groschen übrig, Kumpel?»

«Ich spendier dir *die.*» Der Fremde reichte ihm eine Flasche Whisky.

Der Säufer öffnete den Schraubverschluss und trank gierig. «Guter Stoff», waren die einzig verständlichen Worte, die er herausbrachte, als sich die ungewohnte Wärme in seiner Kehle ausbreitete. «Bist ein guter Kumpel. Einer der besten … verdammt gut …»

«Lass uns hinter die Anschlagtafel gehen. Da wird man nicht ganz so nass.»

«Bist ein Weichei, das ist dein Problem. Lebst wohl noch nicht lange auf der Straße. Hier sind wir doch geschützt.» Sein Ton war jetzt streitlustig. Der Mann, der ihm die Flasche gegeben hatte, wurde misstrauisch. Er wusste, wozu Männer fähig waren, die auf der Straße lebten.

«Du magst hier ganz zufrieden sein», entgegnete er ruhig. «Aber du hast auch schon eine halbe Flasche intus.»

«Willst du mir damit verklickern, ich hätte zu viel von deinem Fusel getrunken?» Der Säufer versuchte vergeblich, sich zusammenzureißen, als er dem anderen Mann die Flasche zurückgab. Er wollte sich aufsetzen, verlor jedoch das Gleichgewicht und fiel nach hinten in den Dreck.

«Die Flasche habe ich dir gegeben, weil ich wollte, dass du einen Schluck nimmst», erklärte sein Kamerad. «Aber hier im Freien sind wir ungeschützt, und du weißt doch, wie die anderen sind. Wenn die davon Wind kriegen, nehmen sie uns den Sprit weg.»

«Ich pass schon auf», sagte der Säufer mit schleppender Stimme, während sein vernebelter Verstand sich mühte, die drohende Gefahr abzuschätzen.

«Jetzt steh mal auf.» Eine Hand packte den verdreckten Mantelrücken. Das Geräusch von reißendem Stoff hallte durch die Straße. Dem Betrunkenen gelang es, sich mehr schlecht als recht – und auch nur mit Hilfe des Fremden – auf den Beinen zu halten. Als er nach vorn schwankte, stieg dem Mann, der ihm die Flasche gegeben hatte, der übel riechende, säuerliche Gestank ungewaschener Klamotten in die Nase.

«Noch ein Schritt.»

Der Trunkenbold fiel Kopf voran hinter die Anschlagtafel, auf der für ein Bier geworben wurde, das – wenn man dem Bild glaubte – üppige junge Frauen anlockte. Er drehte sich um und streckte die Arme hoch.

«Mehr!», bettelte er.

Die Whiskyflasche wanderte erneut in seine Hand.

«Guter Stoff ...» Er ließ die Flasche fallen. Sein Kumpel sah zu, wie sie über den Boden rollte und gegen ein Stück Beton schlug. Der verschüttete Whisky vermischte sich mit dem Regenwasser.

Der Mann ließ den Blick durch die Jubilee Street wandern. Wie er gehofft hatte, war weit und breit niemand zu sehen. Die Obdachlosenunterkünfte schlossen ihre Pforten früh – notgedrungen, denn die Nachfrage nach Betten war meistens größer als das Angebot. Alle, die eine Weile auf der Straße gelebt hatten, wussten, dass es um diese Uhrzeit für sie in der Jubilee Street nichts mehr zu holen gab. Um fünf Uhr nachmittags standen die Ersten für einen Schlafplatz an. Spätestens um sechs waren alle Betten der Heilsarmee und in den Heimen anderer Wohltätigkeitsorganisationen vergeben. Und das Haus der katholischen Kirche, das im Kampf gegen Läuse und Flöhe stets den Kürzeren zog, war kurze Zeit später ebenfalls voll. Gegen acht Uhr erschien die Polizei und verscheuchte die Nachzügler. Obwohl die Gesetzeshüter nur sporadisch auftauchten, trieb sich nach Einbruch der Dunkelheit jedoch nur selten ein Streuner in der Gegend herum. Und so war es auch in dieser Nacht.

Bis auf die Schlaglöcher, in denen sich schwarz glänzende Pfützen gebildet hatten, schimmerten die Straßen mattgrau. Immer noch fiel leichter Regen. Der Mann lauschte: Kein Schritt, kein Motorengeräusch störte die Ruhe. Im Erdgeschoss der Heime brannte zwar Licht, aber aus den Gebäuden drang kein einziges Geräusch.

Ungerührt betrachtete er den Trinker, der mit geschlossenen Augen, weit gespreizten Beinen und schnarchend am Boden lag. Er schläft wie ein Toter, dachte der Mann und musste unwillkürlich lächeln, weil ihm diese Redewendung eingefallen war.

Die Tasche, die er dabeihatte, stellte er auf den Boden. Er öffnete sie und holte eine Plastikflasche mit einer durchsichtigen Flüssigkeit, einen großen Blechkanister und ein Jagdmesser mit zwölf Zentimeter langer Klinge heraus. Jetzt war es an der Zeit, sein Werk zu verrichten.

Pater Sam Mayberry, der das katholische Heim leitete und noch spät über den Geschäftsbüchern saß, hörte einen Schrei. Einen durchdringenden, bestialischen Schmerzensschrei. Kostbare Minuten gingen verloren, bis er die Eingangstür aufgesperrt hatte. Das Erste, was er sah, waren Flammen, die hinter der Anschlagtafel loderten. Als er hinüberlief und laut rief, jemand möge doch die Feuerwehr verständigen, entdeckte er eine dunkle Gestalt im Feuer. Just in dem Moment, wo er bei ihr war, erstarb das Wehklagen.

Als das Telefon läutete, war Lyn beinahe erleichtert. Sie nahm den Hörer ab und schaute zu Trevor hinüber, der sich mit Anna und Peter unterhielt. Dass er das Klingeln gar nicht gehört hatte, verriet ihr, dass er schon ein paar Drinks zu viel intus hatte.

«Ist Trevor da?»

Sie erkannte den singenden walisischen Akzent von Trevors Vorgesetztem sofort.

«Ich hole ihn an den Apparat, Inspector.»

«Es tut mir leid, aber –»

«Ist schon in Ordnung», unterbrach sie Evans. Das Erste, was sie als Lebenspartnerin eines Polizisten gelernt hatte, war, dass ein «Aber» nie etwas Gutes bedeutete. Auf einem Polizeiball hatte eine verstimmte Ehefrau sich bei ihr darüber beklagt, dass ein Notfall immer Vorrang hatte, selbst wenn der Gerufene sich gerade auf einer Beerdigung oder Hochzeit befand – oder gar der Geburt des eigenen Kindes beiwohnte.

«Tut mir leid, Lyn.» Trevor stand im Hausflur und streifte einen gesteppten Anorak über. Anna saß schon draußen im Wagen, den der Inspector geschickt hatte.

«Hör auf, dich zu entschuldigen. Ich habe nichts anderes erwartet.» Lyn trat einen Schritt zurück, als die Wohnzimmertür aufging.

«Aber du hast dir so große Mühe gemacht …»

«Mach dir keine Sorgen, Kumpel. Wir werden uns auch ohne dich amüsieren.» Mit einem Whisky in der einen und einer Zigarre in der anderen Hand stand Peter im Türrahmen.

«Daran habe ich nicht den geringsten Zweifel – zumindest bei dir.»

Peter registrierte Trevors sarkastischen Unterton, ignorierte ihn jedoch. Er zog an seiner Zigarre, kehrte in den lauten Raum zurück und hinterließ eine säuerliche Rauchschwade in der Diele.

«Ich komme so schnell wie möglich zurück.» Trevor

wollte Lyn umarmen, aber sie wich zurück und verschwand in der Küche.

«Ich bleibe nicht wach und warte auch nicht auf dich.» Ihre Stimme klang verärgert, doch ihm blieb keine Zeit, sie zu besänftigen.

«Bis später.» Er öffnete die Haustür und ging durch den Garten. Am unteren Ende der schmalen Zufahrt wartete der Wagen mit eingeschaltetem Blaulicht.

«Verdammt, du hast dir aber Zeit gelassen», beschwerte Anna sich. «Was war denn los? Musstest du noch einen doppelten Cognac reinziehen, um dich davon zu überzeugen, dass du heute tatsächlich Geburtstag hast?»

Zwanzig Minuten später wünschte sich nicht nur Trevor, er hätte sich einen Drink mehr genehmigt. Dan Evans stand mitten auf der Jubilee Street und wartete auf sie. Links und rechts von ihm parkten Streifenwagen und Feuerwehrautos. Hinter ihm waren die Mitarbeiter der Spurensicherung damit beschäftigt, Absperrband um Pfosten zu wickeln und ein Stück Brachland und Gehweg von der Größe eines Fußballfeldes abzuriegeln. In der Mitte, hinter einer Anschlagtafel, glimmten die schwelenden Überreste eines Feuers. Die ganze Straße roch nach verbranntem Fleisch.

«Bitte, nicht noch mehr Wasser oder Schaumlöscher!», rief Patrick O'Kelly den Feuerwehrmännern zu. Der Pathologe vom General Hospital, der auch für die Polizei arbeitete, stieg über das Absperrband und schritt zur Leiche.

«Tut mir leid wegen Ihrer Party, Trevor.» Dan Evans steckte sich einen Pfefferminzbonbon in den Mund, als Trevor und Anna aus dem Wagen stiegen.

«Mir auch», meinte Anna.

«Hatten Sie Spaß?», erkundigte sich der Inspector.

«Irgendwer bestimmt», antwortete Trevor.

«Womit haben wir es zu tun?», fragte Anna nüchtern. Sie versuchte, den wehleidigen Unterton in Trevors Stimme sogleich wieder zu vergessen. Es gab nichts Schlimmeres als einen Bullen, dessen Beziehung vor die Hunde ging. Sie erkannte die Symptome, weil ihr das Szenario vertraut war. Die Polizeiarbeit war Gift für Ehen oder längere Beziehungen. Als das Telefon wieder einmal während der entscheidenden Phase des Liebesaktes klingelte, hatte das ihrer letzten Beziehung den Gnadenstoß verpasst.

«Wir haben einen Leichnam oder was davon übrig ist.» Evans zeigte auf die rauchende Asche, die Patrick studierte, während er Latexhandschuhe, Stiefel und einen sterilen weißen Papieroverall anzog.

«Sieht nicht so aus, als wäre noch viel übrig», merkte Trevor an.

«Mord?», fragte Anna.

«Das muss uns Patrick sagen.» Evans führte sie zum Absperrband.

«Bau das Zelt auf, bevor die Asche über die Docks geblasen wird!», rief Patrick seinem Assistenten zu, der eine schwere Holzkiste aus dem Fahrzeug der Spurensicherung hievte. «Gibt es Zeugen?», fragte er den Inspector, ohne den Blick von dem verkohlten Haufen zu heben.

«Sam Mayberry.»

«Pater Sam Mayberry?», hakte Trevor nach.

«Er behauptet, er kennt Sie.» Evans bot Trevor und Anna Pfefferminzbonbons an. «Er hat einen Schrei gehört, brauchte aber ein paar Minuten, bis er seine Tür aufgesperrt hatte. Als er dann endlich die Straße überquerte, sah er nur noch eine brennende Masse mit einem schreienden Oval in der Mitte – das sind seine Worte, nicht meine.»

«Sonst hat er niemanden gesehen? Oder gehört, wie jemand weggerannt ist?», fragte Trevor.

«Nein.» Evans sah zum Obdachlosenheim der katholischen Kirche hinüber. Sam Mayberry, ein kleingewachsener und korpulenter Mann, stand in der Tür und sprach mit Captain Arkwright, die das Heim der Heilsarmee leitete. «Aber ich habe nur kurz mit ihm geredet. Vielleicht hat er ja noch mehr zu sagen.»

«Gibt es etwas, was darauf hindeutet, dass es sich hierbei um einen Mord handeln könnte?» Trevor hatte schon mehrfach mit Patrick zusammengearbeitet. Zu Beginn einer Ermittlung musste man dem Mann jedes Wort aus der Nase ziehen. Der Pathologe äußerte sich erst, wenn er sich seiner Sache hundertprozentig sicher war. Daher gingen die Ermittlungen bei «verdächtigen Todesfällen» anfangs immer recht schleppend vonstatten.

«Ich kann verraten, dass der- oder diejenige nicht lange durchgehalten hat, falls er oder sie noch am Leben war, als das Feuer ausbrach.» Patrick richtete sich auf und drückte das Kreuz durch. «Und da war Benzin im Spiel.»

«Woraus schließen Sie das?», wollte Evans wissen.

«Aus dem Geruch.» Patrick winkte den Fotografen der Spurensicherung heran. «Sobald das Zelt steht und alles fotografiert wurde, kann ich mir die Leiche genauer anschauen. Erst wenn sie für den Abtransport bereit ist, kann ich möglicherweise mehr sagen.»

Anna stöhnte. Ihre Hoffnung, auf die Party zurückzugehen, zerschlug sich. «Das wird eine lange Nacht.»

«Und sie wird noch länger, denn Sie müssen alle Personen befragen, die in den Obdachlosenheimen untergekommen sind», ordnete Evans an.

Trevor, der vor acht Monaten ins Dezernat für Schwerverbrechen versetzt worden war, hielt seinen Mund. Im Gegensatz zu Anna, die erst vier Monate dabei war, wusste er, wie lang sich eine «lange Nacht» hinziehen konnte.

«Vor dem Schrei hast du nichts gehört oder gesehen, Sam?», fragte Trevor.

«Wie ich Inspector Evans schon erzählte», sagte Pater Sam Mayberry, der außerhalb von Kirchenversammlungen selten und im Heim nie mit seinem Titel angeredet werden wollte, «war ich im Büro und habe über den Rechnungsbüchern gesessen …»

«Um welche Uhrzeit?» Trevor spürte einen stechenden Schmerz zwischen den Augen. Er war leicht verkatert und hatte einen trockenen, metallischen Geschmack im Mund. Und der Gestank, der trotz eines weiteren Regengusses in der Luft hing, drehte ihm fast den Magen um. Am liebsten wäre er nach Hause gegangen und hätte sich zu Lyn ins Bett gelegt. Stattdessen feuchtete er mit der Zunge die Bleistiftspitze an und zückte den Notizblock.

«Viertel vor zwölf. Ich habe auf die Uhr im Flur geschaut. Die Bürotür stand offen.» Beim Nachdenken verzog Sam sein gnomartiges Gesicht. «Ich hörte einen Schrei …»

«Und vorher?»

«Nichts Ungewöhnliches. Das Geräusch des Regens …»

«Es hat geregnet?»

«Leicht, aber stetig, so wie jetzt. Als ich nach draußen lief, wurde ich nass.»

Trevor hielt seine Aussage auf dem Block fest.

«Ich war mir nicht mal sicher, ob da ein Mensch schrie. Ich bin aufgesprungen und zur Tür rausgelaufen.»

«Und was genau hast du gesehen?»

«Wie ich dem Inspector schon sagte: eine dunkle Gestalt in einem Feuerball. Sah wie eine Comicversion von einem Menschen aus.»

«Hat er gestanden oder gesessen?»

Mayberry runzelte die Stirn. «Vermutlich kniete er.»

«Wieso denken Sie das?», fragte Anna.

«Weil die Gestalt zu weit unten am Boden war, um aufrecht zu stehen. Und sie fuchtelte mit den Armen herum, als zerkratze sie sich mit den Fingern das Gesicht.»

«Das Gesicht?» Trevor hob den Blick von seinem Notizbuch.

«Könnte das Gesicht gewesen sein oder auch der Hinterkopf. Ich kann es nicht genau sagen. Das Feuer war so hell, dass ich nur eine dunkle Silhouette erkennen konnte.»

«Und sonst ist dir niemand auf der Straße aufgefallen?»

«Ich habe mich nicht umgeschaut», antwortete Sam mit seinem leichten irischen Akzent. «Ich habe um Hilfe gerufen. Hinterher habe ich der armen Seele die Sterbesakramente erteilt.»

«Danke, Sam.» Trevor verstaute den Notizblock und den Stift in der Hemdtasche. Da waren sie auch während der Geburtstagsparty gewesen. Aus Gewohnheit? Lyn würde es wohl eher als Konditionierung bezeichnen. «Wir brauchen eine offizielle Aussage, aber das kann bis morgen früh warten. Falls dir in der Zwischenzeit noch etwas einfallen sollte …»

«Rufe ich das Dezernat an und spreche mit dir, Inspector Evans oder Peter.»

«Ich arbeite nicht mehr mit Peter zusammen, Sam. Er ist immer noch im Dezernat für Drogendelikte.»

«Dann hat man dich also befördert?»

«Nein, es war bloß eine Versetzung.»

«Hat das Opfer geschrien, als Sie ihm die Sterbesakramente erteilt haben?» Anna trat näher. Das harsche, wenig schmeichelhafte Licht der Straßenlaterne fiel auf ihr Gesicht und akzentuierte ihre römische Nase, ihre tiefliegenden Augen mit den schweren Lidern, die markante Schädelform.

«Glücklicherweise nicht, denn da hatte sich schon eine beachtliche Menschenmenge eingefunden. Captain Arkwright war auf die Straße gekommen und Tom Morris und die Hälfte der Leute, die bei ihnen heute übernachten. Alle wollten wissen, was es mit dem Geschrei auf sich hatte.»

«Ist Ihnen jemand aufgefallen, der eigentlich nicht hier sein sollte?» Im Unterschied zu Trevor hatte Anna kein Notizbuch dabei. Ohne zu fragen, griff sie in die Tasche ihres Kollegen und zog Block und Bleistift heraus.

«Kommt darauf an, was Sie unter ‹eigentlich nicht hier sein sollte› verstehen.»

«Die Anwohnerschaft hier in der Jubilee Street ist, um es mal so zu formulieren, ständig im Fluss», erklärte Trevor.

«Die Gäste, die bei uns absteigen, wechseln von Nacht zu Nacht. Vor allem in meinem Haus. Natürlich gibt es in allen Unterkünften welche, die regelmäßig kommen. Captain Arkwright beherbergt die Frauen, Tom Morris die Jüngeren, und bei mir tauchen meistens die Älteren auf. Aber wir alle nehmen auch Obdachlose auf, die nur einmal hier aufkreuzen. Manche sind auf Arbeitssuche, und wenn sie keine kriegen, ziehen sie weiter. Andere, die mehr Glück haben, finden eine neue Bleibe. Ein paar tauchen nur kurz auf, und dann sieht man sie nie mehr. Diese Gruppe, vor allem die Jüngeren, haben meiner Einschätzung nach bald die Nase gestrichen voll vom Leben auf der Straße, springen über ihren eigenen Schatten und gehen wieder nach Hause.»

«Aber in der Menge waren auch Personen, die Sie nicht gekannt haben?», hakte Anna nach.

«Sicher doch, aber nicht aus meinem Heim. Bei mir sind heute Nacht nur Stammgäste abgestiegen. Für Tom Morris oder Captain Arkwright kann ich nicht sprechen. Beide sind gutherzig und setzen sich wie ich dafür ein, dass die Leute von der Straße kommen. Doch im Kampf gegen die Autoritäten stehen wir alle auf verlorenem Posten.»

«Darüber habe ich gelesen», sagte Anna. «Ist es nicht so, dass die Stadt versucht, die Heime zu schließen, weil diese Gegend saniert werden soll?»

Sam nickte. «Die Kirche hat mein Haus von der Stadt gepachtet, genau wie die Heilsarmee. Aber da wir eine symbolische Miete zahlen, können sie uns dichtmachen, wann immer es ihnen in den Kram passt. Und da Tom direkt Unterstützung von den sozialen Diensten erhält, die wiederum der Stadt unterstehen, hat er noch weniger in der Hand als wir.»

«Und dann bleiben den Obdachlosen nur noch die Gebäudeeingänge und die Unterführungen im Stadtzentrum.»

«Ich will ja nicht respektlos erscheinen, Sergeant Bradley, aber da Ihre Kollegen sie von dort verscheuchen und das Pier vor einer ganzen Weile abgerissen wurde, haben die Obdachlosen eigentlich keinen Ort mehr, wo sie übernachten können.» Sam schüttelte den Kopf. «Am Ende sterben sie an Unterkühlung. Es braucht nur einen harten Winter, dann sind wir sie los.»

«Möglicherweise will die Stadt ja genau das.» Anna drückte Trevor den Notizblock in die Hand.

«Ich weigere mich zu glauben, dass irgendjemand seinem Nächsten wirklich etwas Böses wünscht.»

«Vergiss nicht, die Stadtverwaltung ist kein Mensch, Sam, sondern eine knallharte, unmenschliche und gesichtslose Institution. Ich dachte, das hättest du inzwischen begriffen.» Trevor steckte den Notizblock wieder in seine Tasche.

Dan Evans' beeindruckende, mehr als einen Meter neunzig große Gestalt näherte sich ihnen. «Patrick kann den Leichnam jetzt abtransportieren. Wir helfen den Jungs, die Meute zurückzudrängen, und fangen dann an, die Leute in den Heimen zu befragen.»

Anna und Trevor folgten ihrem Vorgesetzten.

«Hat Patrick schon etwas rausgefunden?», fragte Trevor, als sie aus Sams Hörweite waren.

«Entweder wurde das Opfer mit Benzin übergossen oder hat es selbst getan. Erkennbar sind nur noch ein Schuh mit einem Fuß und ein verkohlter Schädel.»

Sie kehrten zu der Stelle zurück, wo Patrick die sterblichen Überreste zum Abtransport vorbereitet hatte. Vor dem Zelt, das aufgestellt worden war, damit die Asche nicht in alle vier Himmelsrichtungen verstreut wurde, warteten ein Leichensack und ein Zinksarg. Patrick durchsuchte mit einer Hand, die in einem Latexhandschuh steckte, vorsichtig die warme Glut und fischte behutsam jedes verkohlte Fundstück heraus. Ein Stück inspizierte er längere Zeit und schwenkte es dann durch die Luft. «Wangenknochen.»

Trevor starrte den flachen dunklen Knochen an, an dem noch längliche Fleischfetzen hingen.

«Er lag neben dem hier.» Patrick deutete auf einen Steinbrocken, den er in Plastik gewickelt hatte. «Der Körper des Toten muss auf ihm gelegen und so die Luftzufuhr unterbunden haben. Wie ihr sehen könnt, ist der Stein nur leicht angesengt.» Wieder musterte er das Knochenstück, holte dann einen Lichtstift aus der Brusttasche und richtete ihn auf seinen Fund. «Das da, diese diagonale Schramme im Knochen, könnte von einem Messer stammen.»

«Verstehe ich Sie richtig?», fragte Evans.

«Gut möglich, dass erst dieser Teil des Gesichtes entfernt und anschließend das Opfer in Brand gesteckt wurde.» Er nahm eine Plastiktüte aus seinem Koffer, legte den Knochen hinein und hielt sie gegen das Licht. «Wer auch immer das getan hat, hat sauber gearbeitet. Man muss sich nur den kleinen Stummel an der Seite ansehen. Sauber durchtrennt, nicht verbrannt. Das Ohr wurde abgetrennt, bevor die Flammen es erwischten.»

Kapitel zwei

«Hattest du keine Vorstellung davon, wie es laufen wird, wenn du mit Trevor zusammenziehst?» Peter hatte die Gläser im Wohnzimmer eingesammelt und leerte sie im Spülbecken aus.

«Trevor hat mich gewarnt», räumte Lyn ein. «Vielleicht wollte ich ihm nicht glauben.»

«Es heißt ja, Liebe mache blind. Dass man davon auch taub wird, ist mir neu.» Peter zog den Mülleimer hervor, packte den schwarzen Sack darin und verknotete ihn oben.

«Wie kommst du denn zurecht? Mit deinen Freundinnen, meine ich.»

Peter warf ihr einen Blick zu und verkniff sich die spöttische Bemerkung, dass von «Zurechtkommen» keine Rede sein konnte. Lyn hatte einen überaus reizvollen Körper, und die langen schwarzen Haare und die bemerkenswert dunklen Augen ließen sie jünger als einundzwanzig erscheinen.

Ihm war Lyn vor Trevor aufgefallen. Bei ihrer ersten Begegnung hatte sie als Krankenschwester auf der Station gearbeitet, auf der Trevor wegen einer Verletzung gelandet war. Schweren Herzens hatte Peter auf einen Annäherungsversuch verzichtet. Aber nicht wegen Trevor, denn sein Kollege war damals viel zu schwach gewesen, um überhaupt Notiz von ihr zu nehmen, sondern wegen ihres Alters. Sie hatte so rein und unschuldig gewirkt – viel zu unschuldig, um mit den Altlasten klarzukommen, die ein Polizist Ende dreißig nun mal mit sich herumschleppte.

Als er mitkriegte, dass sie bei Trevor eingezogen war, klopfte er seinem Freund auf die Schulter und bezeichnete ihn als «Glückspilz». Ein gewisses Maß an Neid war zwischen Freunden schon erlaubt. Nun aber wurde ihm eines klar: Wenn er Lyn jetzt Avancen machte, setzte er möglicherweise etwas in Gang, das er später nicht mehr kontrollieren konnte. Es würde außerdem den einzigen guten Freund verprellen, den er hatte; und dieses Risiko wollte er auf keinen Fall eingehen. Zumal ihre Freundschaft schon seit vielen Jahren bestand – seit er und Trevor in den Polizeidienst eingetreten waren.

«Ich habe keine Freundin.» Er hob den Sack aus dem Mülleimer.

«Anna –»

«Anna und ich streiten auf dem Revier und hin und wieder auch in meiner Wohnung, aber nicht in meinem Bett. Das, was uns am meisten verbindet, sind die Differenzen. Ihr habt uns beide eingeladen, und so sind wir gemeinsam gekommen.»

«Und mehr ist da nicht?» Sie klang enttäuscht.

«Nur Geplänkel.» Er ging zur Hintertür hinaus, warf den Sack in die Mülltonne und kehrte in die Küche zurück. Er trödelte beim Händewaschen und zögerte den Moment heraus, bis er wieder Blickkontakt aufnahm. Peter war durch und durch Polizist. Er war darauf gedrillt, zu verhören, zu befragen und Straftäter aufzuspüren. Im Verlauf der Zeit hatte dieses Verhaltensmuster dazu geführt, dass er irgendwann gar nichts mehr empfand. Es war schon schlimm genug, dass er hin und wieder Mitleid für die Opfer empfand, aber im Privatleben kam er mit seinen Gefühlen überhaupt nicht zurecht.

«Du warst doch mal verheiratet?»

Das war eine Feststellung, keine Frage. Offenbar hatte Trevor ihr davon erzählt. «Meine Ehe war eine Katastrophe.»

«Weil du nie für sie da warst, wenn sie dich gebraucht hat?»

«Weil wir ganz unterschiedliche Dinge vom Leben wollten.»

«Aber wenn ihr so verschieden wart, wieso hast du sie dann geheiratet?»

«Zu viel Romantik, zu viel Alkohol. Warum heiraten die Leute? Bei ihr war es wahrscheinlich der Nestbauinstinkt. Sie wollte ein Heim, und mit meinem Gehalt kriegte sie einen höheren Kredit und ein größeres Haus.»

«So etwas über jemanden zu sagen, mit dem man mal zusammengelebt hat, ist gemein.»

«Es mag vielleicht gemein klingen, aber stimmen tut es trotzdem.» Sein Blick schweifte über die klaren Linien der blauweißen Küche. «Sie hatte … hat einen grauenvollen Geschmack», korrigierte er sich. Er war daran gewöhnt, von seiner Frau in der Vergangenheitsform zu sprechen. Deshalb fiel es ihm manchmal schwer, sich zu erinnern, dass sie noch lebte. «Gemusterte Auslegware, die das Auge beleidigt. Und haufenweise Gartenzwerge. Auf jeder freien Fläche im Haus irgendwelcher Krimskrams, sogar auf den Arbeitsflächen in der Küche. Und überall stand EIN GRUSS AUS BRIGHTON in Goldlettern drauf.»

«Du machst Witze?»

«Nein. Keine zwölf Monate nachdem ich mit ihr vor den Altar getreten war, fing ich an, meine Abende im White Hart zu verbringen. Ich brauchte dringend ein neues Zuhause, weil ich es einfach nicht ertragen konnte, all diese Zwerge zu sehen, wenn ich stinkbesoffen war …»

«Peter!»

«Irgendwann hat sie jemanden gefunden, der ein Faible für sie und die Zwerge hatte. Da haben wir uns getrennt.»

«Trevor hat mir erzählt, du hättest ihr das Haus überlassen.»

«Ich hätte es nicht verkraftet, die Zwerge ihrer Heimat zu berauben. Und außerdem wäre ich die Dinger nicht mal auf dem Flohmarkt losgeworden.» Er faltete den Beutel auseinander, der für den Mülleimer gedacht war. «Ist ’ne traurige Geschichte.» Er versuchte, einen spöttischen Ton anzuschlagen, was ihm aber nicht so richtig gelang. «Und bei der Polizei kein Einzelfall. Die Frau des Superintendent ist auch auf und davon.»

«Das habe ich gehört. Und Dan Evans ist Witwer.»

«Der war schon Witwer, als er bei uns anfing.»

«Und Trevor hat sechs Jahre lang mit einer Frau zusammengelebt.»

Er lehnte sich an den Küchenschrank. Das war es also, worauf sie von Anfang an abgezielt hatte. Er war nicht gewillt, ihr irgendetwas zu erzählen, das Trevor ausgelassen hatte. Lyn war Trevors Baustelle, nicht seine. So wie Trevors Vergangenheit allein dessen Angelegenheit war und sonst niemanden etwas anging, es sei denn, Trevor hatte Lust, alte Kamellen aufzuwärmen.

«Er hat mir von ihr erzählt», sagte sie, als sie merkte, dass es Peter gar nicht behagte, wenn sie in Trevors Vergangenheit herumschnüffelte. «Ihr Name war Mags, und nachdem sie ihn verlassen hatte, konnte er nicht mehr in der Wohnung leben, die sie gemeinsam gekauft hatten.»

«Die er gekauft hatte», korrigierte Peter sie. «Mags hat nie auch nur einen Penny beigesteuert, aber Trevor war ja schon immer eine leichte Beute. Der Kerl besteht darauf, die Rechnungen seiner Freundinnen zu begleichen.»

Lyns Gesicht färbte sich dunkelrot.

«Ach, Mist!» Er öffnete eine Dose warmes Bier, das auf der Arbeitsplatte stand, und trank einen Schluck. «Das war nicht auf dich gemünzt.» Er fuhr mit dem Handrücken über seinen Mund.

«Geld interessiert mich nicht.» Sie starrte auf ein dunkles Fenster, in dem sich ihr Gesicht spiegelte. «Ich würde liebend gern einen monatlichen Betrag beisteuern und helfen, die Hypothek abzutragen. Das würde unsere Beziehung festigen. Mich stört, dass ich Trevor nie sehe. Ich habe immer das Gefühl, im Weg zu sein. Als wäre ich nur eine Last.» Tränen verschleierten ihre Augen.

«Du bist ihm wichtig, Lyn. Wahrscheinlich bist du das Einzige, was ihm im Leben etwas bedeutet.» Peter verspürte das Verlangen, ihre Tränen wegzutupfen, wagte es jedoch nicht. «Und ich kann dir garantieren, dass er niemals eine andere Frau anschauen wird, solange er mit dir zusammen ist.»

«Wie kannst du dir dessen so sicher sein?» Jedes Mal wenn Trevor nachts nicht nach Hause kam, geisterten durch ihren Kopf recht anschauliche Vorstellungen davon, wie er «die andere Frau» aufsuchte und sich mit ihr vergnügte.

«Bevor du aufgetaucht bist, hat er jahrelang keine Frau angerührt. Du bist ja viel jünger als er, und bei dir mag das anders sein, aber Männer im fortgeschrittenen Alter sind in der Regel nur dann leidenschaftlich, wenn sie eine Weile lang wie ein Mönch gelebt haben.»

«Du bist unverbesserlich!» Ihre Bemerkung über Peter klang zwar etwas verächtlich, dennoch hatten seine Worte bewirkt, dass sie nicht mehr weinte und sogar ein Lächeln zustande brachte. Sie griff nach einem Lappen und wischte über die Arbeitsflächen.

«Früher hat er mitunter Frauen von fern angehimmelt, aber mehr ist nach Mags nicht gewesen. Bewunderung aus der Distanz. Vielleicht hat er sogar die eine oder andere angesprochen, aber wenn er das getan hat – das schwöre ich –, hatte das mit dem Job zu tun.»

«Du bist gar nicht so schlimm, wie ich dachte.»

«Verrate mir, wo der Staubsauger ist, dann mache ich im Wohnzimmer noch klar Schiff und wasche mich von weiteren Sünden frei.»

«Es ist drei Uhr früh.»

«Die Wand zwischen eurem Haus und dem der Nachbarn ist doch recht dick, oder?»

«Ja, aber –»

«Ich kann Unordnung nicht leiden, junge Frau.» Er öffnete die Besenschranktür im Flur. «Da ist er ja.»

Keine zehn Minuten später hatten sie mit vereinten Kräften aufgeräumt, und Peter schlenderte die Strandpromenade hinunter, die zu seiner Wohnung führte. Zum Abschied hatte er Lyn ganz nonchalant einen flüchtigen Kuss auf die Wange gehaucht, aber erst als die Haustür schon offen stand und die Nachbarn oder vorbeikommende Passanten sie hätten sehen können. Nur so vermochte er der Versuchung zu widerstehen, sie an sich zu reißen und ihr zu geben, was sie sich wünschte. Eigentlich war das Trevors Aufgabe, doch offenbar schnallte der Bursche das nicht.

Nachdem Peter sich verabschiedet hatte, wanderte Lyn ruhelos durchs Haus. Sie löschte das Licht, prüfte, ob alle Türen abgeschlossen waren, und verrückte Gegenstände, die schon an ihrem angestammten Platz standen. Als ihr kein Vorwand mehr einfiel, weshalb sie noch länger aufbleiben sollte, ging sie nach oben ins Schlafzimmer. Auf dem Kopfkissen lag Trevors Geschenk. Eigentlich hatte sie es ihm vor dem Schlafengehen überreichen wollen. Sie nahm die kleine Schachtel in die Hand, zupfte an dem blauen Band herum, das um das silberne Geschenkpapier gewickelt war, und stellte sie auf seinen Nachttisch. Im Badezimmer zog sie das kurze schwarze Kleid aus und duschte sich eine halbe Stunde lang heiß. Sie hätte es Trevor gegenüber niemals zugegeben, aber sie schindete Zeit in der Hoffnung, dass sie bei seiner Rückkehr noch wach war.

Als sie schließlich unter die Bettdecke kroch, nahm sie

einen Reiseführer von Trevors Nachttisch. Vermutlich hatte er ihn gekauft, als er den Besuch seiner Mutter plante, die auf einem Hof in Südwestengland lebte. Vielleicht konnte er ja doch nachvollziehen, wie sie sich fühlte?

Sie wollte noch ein paar Seiten lesen, doch am Ende überwältigte sie der Schlaf. Als der Wecker um halb sieben klingelte, fiel ihr Blick als Erstes auf das blau und silbern verpackte Geschenk. Wieder einmal hatte sie eine Nacht allein verbracht.

«Ist das der Letzte?», erkundigte sich Trevor bei Tom Morris. Der Sozialarbeiter war von der Stadt abgestellt worden, um die Wohlfahrtseinrichtung zu unterstützen, die das Obdachlosenheim führte. Toms liebenswürdiger Umgang mit den Schlafgängern und der Respekt, den ihm selbst die schwierigsten Kandidaten trotz seiner Jugend zollten, beeindruckten Trevor sehr. Morris, der nicht älter als fünfundzwanzig wirkte, sah gut aus und war sympathisch. Liebevolle Bemerkungen über die Ehefrau ließen Trevor darüber spekulieren, wie gut Mrs. Morris mit dem Umstand zurechtkam, dass ihr Gatte laut eigenem Bekunden sechs Tage die Woche außer Haus schlief. Nach dem Lächeln von Morris zu urteilen, verkraftete seine Gattin es weit besser als Lyn.

Er beobachtete, wie Morris' Finger über eine Namensliste in einem speckigen Buch fuhr. «Siebenundzwanzig.»

Trevor blätterte die vor ihm liegenden Unterlagen durch. «Siebenundzwanzig», bestätigte er.

«Dann sind wir durch.»

Da Sam Mayberry das Feuer zuerst entdeckt hatte und die Obdachlosen erst später dazugestoßen waren, rechnete niemand damit, von ihnen etwas Neues zu erfahren. Doch Evans wollte auf Nummer sicher gehen und hatte darauf bestanden, dass jeder sich ein Heim vorknöpfte und dass mit allen geredet wurde, die in der Jubilee Street übernachtet hatten.

«Freut mich, dass die Mitarbeiter vom Dezernat für Schwerverbrechen so gründlich arbeiten. Wenn die Heime am Morgen die Pforten öffnen, kann niemand sagen, wohin die Schlafgänger gehen.» Superintendent Bill Mulcahy stand vor der schäbigen Flurtür und trug eine griesgrämige Miene zur Schau, die nicht nur vom trostlosen Umfeld herrührte. «Patrick erwartet uns in der Leichenhalle.»

«Ich bin fertig, Sir.» Trevor warf einen Blick auf seine Armbanduhr. Halb acht. Am liebsten wäre er jetzt nach Hause gegangen, um Lyn zu sehen, zu duschen und sich umzuziehen. Doch er wusste, dass es völlig zwecklos war, Mulcahy um dieses Privileg zu bitten.

«Danach setzen wir uns im Dezernat zusammen und sprechen den Fall durch.»

«Sir.» Trevor ging zur Tür. Auf einmal lechzte er nach dem Cognac, den er daheim hatte stehen lassen, und fragte sich, ob das ein Zeichen von Alkoholismus war. Bislang hatte er frühmorgens noch nie das Verlangen gehabt, sich einen Drink zu genehmigen. Und dass ein neuer Tag angebrochen war, merkte er erst, als er Mulcahy aus dem hell erleuchteten Flur nach draußen in den verregneten grauen Morgen folgte. Nach seiner inneren Uhr war es noch Nacht. Tiefe Nacht. Zeit, ins Bett zu gehen und mit Lyn zu kuscheln.

«Ich will, dass innerhalb einer Stunde alles in Zone A mit Schildchen versehen und im Labor ist», schallte Mulcahys Stimme über das abgesperrte Gelände. Im fahlen Licht der Morgendämmerung schalteten Männer in weißen Overalls, Stiefeln und mit Latexhandschuhen ihre Taschenlampen aus und kämmten das Gelände ab. Unter den Mitarbeitern von der Spurensicherung entdeckte Trevor auch Andrew

Murphy und Chris Brooke. Ihre gequälten Mienen verrieten ihm, dass sie noch eine ganze Weile lang auf der Party geblieben waren und nun unter einem Kater litten.

«Habe das hier in Zone A gefunden, Sir.» Andrew hielt eine Plastiktüte mit einer Whiskyflasche hoch.

«Ziemlich teure Marke für die Gegend hier», fand Trevor.

«Dem Geruch nach zu urteilen, stammt sie wahrscheinlich aus einem der Altglascontainer», meinte der Superintendent und ging weg.

«Zone A endet drei Meter vom Opfer entfernt?», vergewisserte sich Trevor bei Andrew.

«Ja, aber man hat uns aufgetragen, die Gegend bis zum Wasser hinunter abzugrasen.»

Als Trevor sich hinten in den Wagen setzte, warf er einen letzten Blick auf die klammen, frierenden Polizisten. Manchmal bescherte der Dienstgrad einem gewisse Privilegien. In der Leichenhalle war es wenigstens trocken.

«Die da ja nicht anfassen», warnte Patrick. «Die müssen gleich ins kriminaltechnische Labor.»

«Was ist das?» Anna warf einen kurzen Blick auf das schwarze Knäuel, das wie ein Haufen verbrannter Wurzeln aussah.

«Hände. Die Chance ist nur sehr gering, aber vielleicht sind sie ja in der Lage, davon Fingerabdrücke zu nehmen.»

«Von denen da?» Mulcahy musterte die astähnlichen Gebilde.

«An ein, zwei Stellen ist noch Haut. Man kann nie wissen, ob man nicht doch Glück hat. Vielleicht reicht es ja für einen partiellen Fingerabdruck, den man dann identifizieren kann.»

«Das glaube ich erst, wenn ich es sehe.» Mulcahy wandte

sich von den noch zu untersuchenden Proben ab und trat an den Tisch, auf den Patrick die Überreste der verbrannten Leiche gelegt hatte.

«Ich habe alle Leichenteile anatomisch korrekt platziert, jedenfalls so weit das unter den Umständen möglich war. Der Fuß im Schuh ist relativ unversehrt. Er ist eingetütet und liegt auf dem Tisch hinter Ihnen», sagte Patrick zu Evans. «Der andere Fuß ist nur noch eine Handvoll Asche. Nehmen Sie ihn nur hoch», ermutigte er den Inspector, der die Plastiktüte fixierte. «Er ist ziemlich auffällig. Ich bezweifle stark, dass es viele Männer gibt, die rote Baseballschuhe mit blauen Schnürsenkeln tragen. Ist selbst für die Jubilee Street recht ungewöhnlich.»

«Männer?», fragte Mulcahy.

«Das ist kein Frauenfuß.» Patrick deutete auf den langen, nach außen gestellten Fuß unten auf dem Tisch. Auf dem verschorften Rist waren dicke schwarze Haare zu erkennen. «Seine Socke ist in der Tüte neben dem Schuh.»

Trevor sah sich den Fuß genauer an und kam sich dabei vor, als betrachte er ein Exponat in einer Kunstgalerie.

«Ist sie das?» Evans hielt eine Tüte mit einer leuchtend grünen Socke hoch. Auf dem Gewebe war eine schwarze, von Bläschen durchsetzte Kruste zu erkennen.

«Geschmolzenes Nylon», erläuterte Patrick. «Ein, zwei Faserreste hängen am Knöchel. Und unten am Fuß klebt etwas Gummi von der Sohle.»

Annas Blick schweifte vom Tisch zur Kachelwand. Für Obduktionen hatte sie noch nie viel übrig gehabt. Gleich nachdem ihre Versetzung von der Sitte ins Dezernat für Schwerverbrechen bekannt geworden war, hatten Peter und Andrew damit begonnen, ihr unglaubwürdige Geschichten über die eigenartigen Obduktionsmethoden von Patrick zu erzählen. Damals hatte sie noch geglaubt, die beiden würden übertreiben, doch inzwischen war sie sich da nicht mehr so sicher.

«Haben Sie den Fuß abgetrennt oder war er schon ab?», fragte Trevor.

«Hat sich während des Feuers gelöst. Machte echt Spaß, ihn hinterher zusammenzusetzen. Nach einem schweren Brand ist es immer problematisch, herauszufinden, welches Stück was ist, insbesondere wenn der Leichnam – so wie dieser hier – offenbar kauerte. Die Beinknochen hat es schlimm getroffen, da sind weder Fleisch- noch Muskelfasern übrig. Doch steht uns ausreichend Material zur Verfügung, um auch ohne Fuß bestimmen zu können, dass dies ein Mann war. Der Rumpf –»

«Sieht wie die Rippchen aus, die meine Frau mal bei einem Grillfest verschmort hat», unterbrach Mulcahy den Pathologen.

«Der Kopf, der ist höchst interessant. Die linke Seite ist vollständig weggebrannt, die rechte glücklicherweise nicht. Das Benzin wurde wahrscheinlich willkürlich verschüttet. Feuer kann ziemlich launisch sein. Zuerst verbrennt das Benzin und dann alles, womit es in Berührung kommt. Die stark getränkten Teile fangen natürlich zuerst Feuer. Den Feuerwehrmännern gelang es, die Flammen zu löschen, bevor der Körper vollständig verbrannt war. Der Fuß hier ist beispielsweise verschont geblieben.» Patrick hob ihn hoch.

«Sie haben gesagt, der Mann war in der Hocke?», fragte Dan Evans.

«Ein Knie war unter dem Kinn, und die Hände lagen auf dem Kopf, der auf einem Schenkel ruhte.»

«Sam meinte, der Mann habe die Hände Richtung Kopf bewegt.» Bis eben hatte Trevor die sterblichen Überreste recht gelassen inspiziert, doch nun musste er daran denken, dass dieser Mann hier bis vor wenigen Stunden gelebt und geatmet hatte. Es brauchte nur einen Kanister Benzin und ein Streichholz, und schon landete der nächste Fall auf Patricks Tisch. Davor war niemand gefeit – auch er nicht.

Der Pathologe deutete auf die nächste Tüte auf dem Tisch. Sie lag neben den Beuteln mit den Händen. «Stoff. Von einem Mantel, nach der Dicke zu urteilen. Ein Gemisch aus Wolle und Kunstfasern, schwarz. Mehr kann ich jetzt noch nicht sagen, aber die Jungs vom kriminaltechnischen Labor werden Ihnen da bestimmt weiterhelfen können.»

«Danke», sagte Evans mit spöttischem Unterton. «Fast alle Obdachlosen auf der Jubilee Street tragen schwarze Mäntel. Scheint in den Kleiderkammern der Wohlfahrtseinrichtungen ein Dauerbrenner zu sein.»

«Das hier habe ich Ihnen schon vor Ort gezeigt.» Patrick schnappte sich eine Tüte, die neben dem versengten Schädel lag.

«Ist dies das Fragment mit den Messerspuren?» Evans kramte in seiner Tasche herum, fischte eine Tüte mit Pfefferminzbonbons heraus und bot den anderen an, sich zu bedienen. Nur Patrick und Mulcahy griffen zu.

«Das hier verleitet mich zu der These, dass unser Opfer keinen Selbstmord begangen hat. Natürlich gibt es Fälle, wo Menschen sich mit Benzin übergießen und selbst in Brand stecken. Kam in den Siebzigern und frühen Achtzigern häufiger vor. Und wir hatten auch Fälle, wo Leute ihr Gesicht mit dem Messer bearbeitet haben. Aber beides gleichzeitig, das hat es noch nie gegeben.»

«Irgendwann gibt es für alles ein erstes Mal», verkündete Mulcahy mit der Miene eines Mannes, den nichts mehr überraschte.

«Falls er sich das selbst angetan hat, wo ist dann das Messer?», gab Patrick zu bedenken. «Selbst wenn der Griff verbrannt wäre, hätten wir die Klinge finden müssen. Die Einschnitte sind hier, hier und hier.»

Trevor und seine beiden Vorgesetzten musterten die tiefen, diagonal verlaufenden Kerben im Knochen. Anna hielt sich immer noch abseits.

«Hier ist nicht viel Gewebe übrig, obwohl der Schädel nicht so schlimm verbrannt ist wie der Rest. Wenn Sie mich fragen, wurde das Gewebe entfernt, ehe das Feuer ausbrach. Ich habe die Kerben geröntgt. Vermutlich stammen sie von einer scharfen, gekrümmten Klinge ohne Zacken. Oder von einem Jagdmesser.»

Evans musterte das Knochenfragment und versuchte, sich das Gesicht vorzustellen. Es dauerte einen Moment, bis er die Reste der Augenhöhle über dem Wangenknochen erkannte. «Laut Sam hat das Opfer geschrien, als er auf die Straße gelaufen kam. Kann man einem Menschen so viel vom Gesicht entfernen, ohne dass er stirbt?»

«Gütiger Gott, ja. Es wurden Fälle protokolliert, wo Menschen bei Unfällen ihr Gesicht verloren haben und es mehrere Minuten dauerte, bis sie das überhaupt merkten. Diese Verletzungen sind wahrscheinlich der Grund für die Schreie, die Ihr Zeuge gehört hat.»

«Wäre er an diesen Verletzungen gestorben, wenn man ihn nicht abgefackelt hätte?»

«Kann ich nicht sagen. Von der Lunge ist kaum was übrig. Wir haben versucht, das bisschen, das wir gefunden haben, einzufrieren und aufzuschneiden. Aber es war zu wenig, um sagen zu können, ob Rauch inhaliert wurde oder nicht. Ich habe so meine Zweifel, dass er in solch einem Inferno lange durchhalten konnte. In dem Moment, wo er nicht mehr geschrien hat, ist er wahrscheinlich auch gestorben.»

«Dann ist unser Opfer also ein Mann, der rote Baseballschuhe mit blauen Schnürsenkeln und einen schwarzen

Mantel trug, und aller Wahrscheinlichkeit nach ein Obdachloser –»

«In diesem Aufzug – und dann noch in der Jubilee Street – würde ich sagen, dass unser Mann auf alle Fälle obdachlos war», unterbrach Anna den Inspector in der Hoffnung, die Sache etwas beschleunigen zu können.

«Keiner der Vagabunden, die ich kenne, hält sich um diese Uhrzeit in der Jubilee Street auf, wenn er keinen Schlafplatz ergattert hat», gab Trevor zu bedenken.

«Bist du Experte, wenn es um Penner geht?» Kaum hatte Anna die Worte laut ausgesprochen, bereute sie es schon, ihren Kollegen angeblafft zu haben.

«Peter kennt sich da noch besser aus.» Trevor war genau so müde wie Anna, hatte jedoch gelernt, sich in Gegenwart von Vorgesetzten zusammenzureißen.

«Alter?», fragte Evans den Pathologen.

«Nach dem, was vom Schädel übrig ist, zwischen fünfundzwanzig und fünfundvierzig.»

«Stärker eingrenzen können Sie das nicht?»

«Womöglich wissen wir mehr, wenn das Ergebnis vom Dentalpathologen da ist. Die Schuhe sind Größe zehn, doch er hatte nur achteinhalb; außerdem hat er oder einer der Vorbesitzer sie geweitet. Man kann erkennen, dass ein großer Zeh sich durch den Stoff gebohrt hat, und die seitlichen Nähte sind gerissen, weil der Fuß zu breit war.»

«Haarfarbe? Augen?»

«Die Haare auf dem Rist sind sehr dunkel, fast schwarz.»

«Haben Sie ihn gewaschen?», erkundigte sich der Superintendent.

«Ja.» Patrick spähte über den Brillenrand. An Polizistenhumor hatte er sich nie gewöhnen können. Er hatte nur etwas für seine eigenen, schrägen Witze übrig. «Und was die Augen betrifft – ich habe nichts mehr davon gefunden.»

«Können wir ein Foto von dem Schuh kriegen?», fragte Evans.

Patrick rief seinen Assistenten herbei, der ihm eine Reihe Digitalfotos reichte, die er ausgedruckt hatte. «Ich schicke Ihnen meinen Bericht, sobald ich ihn fertig habe.»

«Danke für alles, was Sie getan haben.»

«Gern geschehen. Aber in den nächsten vier, fünf Stunden können Sie nicht mit mir rechnen, denn ich haue mich erst mal aufs Ohr.» Patrick zog seine Handschuhe aus und warf sie in den Mülleimer.

«Da ihr alle ziemlich fertig ausseht, will ich mal großzügig sein», meinte Mulcahy, als sie die Leichenhalle verließen. «Zuerst müssen wir die Identität unseres Opfers in Erfahrung bringen. Daher werde ich die Fotos den Kollegen geben, die für die Tagesschicht eingeteilt sind. Sie können nach Hause gehen und ein paar Stunden schlafen. Wir treffen uns zur Besprechung auf dem Revier gegen …» Er warf einen Blick auf seine Uhr. «Jetzt ist es zehn. Was halten Sie von fünf?»

«Warum nicht?», erwiderte Anna. «Machen wir den Tag zur Nacht.»

«Wenn Sie erst mal so lange wie ich im Dezernat für Schwerverbrechen gearbeitet haben, werden Sie dankbar sein, dass Sie sich überhaupt hinlegen können», kommentierte Evans ihre Worte und öffnete seine Wagentür. «Die Tageszeit ist dann schnuppe.»

Trevor trat ein und rief Lyns Namen, obwohl er nicht damit rechnete, dass sie zu Hause war. Er schlenderte von Zimmer zu Zimmer und suchte nach einer Nachricht. Sie hatte ihm keine hinterlassen. Einmal abgesehen von den übriggebliebenen Würstchen, kalten Braten und Salaten im Kühlschrank wies nichts mehr darauf hin, dass hier noch vor wenigen Stunden eine Party stattgefunden hatte. Er nahm eine kalte Wurst heraus und beäugte die Salate mit scheelem Blick. Wenn sie so gesund waren, wieso war dann so wenig davon verzehrt worden?

Ihn plagten Schuldgefühle, weil er es Lyn überlassen hatte, hier Ordnung zu schaffen. Er zog die Schuhe aus und stieg die Treppe hoch. Früher hätte er sich angezogen aufs Bett geworfen, doch da nun Lyn und er das Bett teilten, wenn auch nicht immer zur gleichen Uhrzeit, duschte er zuerst. Vor lauter Müdigkeit lehnte er sich an die Duschkabinentür und schlief kurz ein. Ein paar Minuten später fiel er feucht und nach Lyns Seife duftend ins Bett. Der Schlaf übermannte ihn und ließ ihn den brennenden Mann ohne Gesicht und Lyn wenigstens für ein paar Stunden vergessen.

«Ich komme!» Anna Bradley verknotete den Gürtel ihres Bademantels und rannte in ihrem kleinen Haus die Treppe hinunter. Als sie die Tür aufriss, stand Peter vor ihr und grinste breit. Hinter ihm parkte sein neuer BMW am Straßenrand.

«Ich dachte, du brauchst einen Chauffeur.»

Sie runzelte die Stirn und war noch immer ganz benommen vom Schlaf. «Wieso? Mein Wagen ist doch nicht kaputt –»

«Du hast ihn gestern Morgen in die Werkstatt gebracht, wo ich dich abgeholt habe.»

«Ach, Mist!» Ihr kam es vor, als hätte Trevors Geburtstagsparty letztes Jahr und nicht vergangene Nacht stattgefunden.

«Der Chef hat eine Einsatzbesprechung einberufen», erinnerte er sie.

«Aber doch erst um fünf.»

«Es ist Viertel vor.»

«Scheiße!» Sie drehte sich um und stürmte die Treppe hoch.

«Soll ich Kaffee machen?»

«Und etwas zu essen. Essen, ich muss unbedingt etwas essen. Ich bin am Verhungern.»

Er schloss die Tür hinter sich, ging um die Wand, die den Eingang vom Rest des Hauses abschirmte, und blieb bestürzt stehen, als er das Chaos sah. Dass er Lyn nach der Party beim Aufräumen geholfen hatte, war auf seinen extremen häuslichen Ordnungssinn zurückzuführen. Seine Frau hatte die bittere Erfahrung machen müssen, dass er Unordnung hasste und nahezu paranoid auf Schmutz reagierte. Der Zustand von Anna Bradleys Wohnzimmer entsetzte ihn.

Der Raum war für das lädierte, schmuddelige Zweisitzersofa und die dazu passenden Sessel viel zu klein. Anna hatte die Sitzgruppe bei einem Trödler erworben und schon damals beim Kauf die Absicht gehabt, sie neu polstern zu lassen. Der Teppich, von dem unter den Zeitungen, Zeitschriften und vollen Plastiktüten nicht viel zu sehen war, schien beige zu sein und brauchte dem Aussehen nach ganz dringend eine Reinigung. Auf einem Klapptisch, der neben zwei nicht zusammenpassenden Stühlen in der Ecke stand, türmten sich Bierflaschen, eine halb volle Whiskyflasche, drei zusammengedrückte Coladosen, Mäntel sowie Bade- und Spültücher. Die braun-weißen Vorhänge im skandinavischen Design sahen aus, als wären sie seit Jahren nicht gewaschen worden, und die Fensterscheibe und zwei abgestorbene Topfpflanzen waren von einer dicken Schmutzschicht überzogen. Auf dem ebenfalls schmuddeligen Fensterbrett stand inmitten toter Insekten ein dreckiges Glas.

Mit großen Schritten stakste Peter über die Zeitungen

zum Küchenbereich, der sich in einer Ecke hinter der Frühstückstheke befand. Die Gummisohlen seiner Schuhe knarzten auf dem klebrigen PVC. Über der Spüle gab es ein Fenster. Die Jalousie war heruntergelassen. Als er sie hochziehen wollte, fiel sie in das Edelstahlbecken, in dem Teller und Schalen in kaltem, dreckigem Wasser schwammen.

Hier in der Ecke sah es noch schlimmer aus als im Wohnzimmer. Die Teller, Tassen und Gläser auf der Arbeitsplatte waren von Speiseresten und Schimmel überzogen. Mit spitzen Fingern öffnete er den Kühlschrank. Als das Licht anging, fiel sein Blick auf ein Stück harten, verschimmelten Käse und eine Flasche grünlicher, geronnener Milch.

«Kaffee fertig?», fragte Anna, die auf halber Treppe einen Pulli über den Kopf zog.

«Ich lade dich auf einen bei McDonald's ein.» Er warf die Kühlschranktür zu.

«Hast du nichts gefunden?»

«Ich hatte Angst, ich hole mir etwas weg, wenn ich länger suche.»

«Ich fürchte, hier ist es ein bisschen unordentlich», gab sie trotzig zurück.

«Jetzt verstehe ich, wieso du immer zu mir nach Hause willst», sagte er ehrlich.

«Ich wollte nur sehen, wie du lebst, bevor ich dich hier reinlasse. Aber deine Wohnung ist richtig steril. Hat keinen Charakter.»

«Doch bei einer Inspektion der Gesundheitsbehörde würde sie wenigstens nicht durchfallen.»

«Mein Schlafzimmer und mein Bad auch nicht.»

«War das eine Einladung?» Er musterte sie kritisch. Das Innere ihres Hauses mochte grauenvoll sein, aber sie war es nicht. Sie hatte ihre kurzen blonden Haare aus dem feuchten, glänzenden Gesicht gekämmt. Ihre schwarze Hose und der graue Pulli waren sauber und frisch gebügelt, und sie roch nach Magnolien. Aber trotz ihrer Beteuerung fragte er sich, ob oben nicht das gleiche Chaos wie unten herrschte.

«Ja, ich denke, schon.»

Ihre Antwort überraschte ihn. Bislang hatte es vier Rendezvous gegeben, und obwohl sie zweimal bei ihm zu Hause ein Video angeschaut und Essen aus der Imbissstube verzehrt hatten, war zwischen ihnen nichts gelaufen. Bis eben war er nicht in der Lage gewesen, den Grund dafür zu benennen. Eigentlich hatte Anna dieselben Macken wie seine Exfrau, doch ihr Körper hatte ihn das vergessen lassen. Vielleicht wog dieser atemberaubende Körper die Unordnung ja auf.

«Wie wär's mit jetzt?», schlug er vor.

«Warum nicht? Ich bin sicher, dem Chef macht es nichts aus, wenn wir die Einsatzbesprechung verpassen.»

«Kommt doch immer wieder vor, dass ein Wagen kaputtgeht.»

«Selbst ein neuer BMW.»

«Bei denen platzen die Reifen genauso wie bei einem Ford.»

«Da du augenscheinlich nicht sonderlich große Stücke auf meine hausfraulichen Fähigkeiten hältst, wäre es dir doch sicherlich lieber, wenn der Reifen vor deinem Haus platzt, oder? Dann könntest du das Techtelmechtel auf garantiert sauberen Laken genießen.» Ihre grünen Augen funkelten auf einmal eigenartig. Er fluchte leise. Hielt sie ihn zum Narren – oder nicht?

«Der Chef erwartet uns.» Er musste Schadensbegrenzung betreiben. Zum ersten Mal in seinem Leben wusste er nicht genau, wo er mit einer Frau stand.

«Ausreden, nichts als Ausreden. Die kriege ich immer zu

hören, wenn ich einem Mann ein ehrliches Angebot mache. Kommt mir fast so vor, als hättest du trotz aller Versprechungen Angst davor, dass eine Frau obenauf ist, Peter. Egal, wie man das auslegen möchte. Na, gehen wir nun zu dieser Einsatzbesprechung oder nicht?» Sie zog die Schlüssel aus der Umhängetasche, stürmte die Treppe hinunter und zur Tür hinaus. Und er fühlte sich wie ein Teenager, der gerade bei einer Mutprobe versagt hatte.

«Sam Mayberry hat die Schuhe identifiziert», informierte der Superintendent Trevor und Dan Evans. «Sie gehörten einem Obdachlosen namens Tony. Und gleich können wir uns ein Bild von ihm machen.»

«Gibt es Fotos?» Evans tauchte einen Plastiklöffel in einen Styroporbecher mit Kaffee.

«Sam hat erwähnt, dass sich letzten Monat ein Team des lokalen Fernsehsenders auf der Jubilee Street herumgetrieben hat. Sie haben einen Dokumentarfilm über die städtischen Sanierungspläne für dieses Viertel gedreht. Und sie haben mit Sam, Tom Morris, Captain Arkwright und allen Pennern, die sich vor die Kamera trauten, Interviews geführt. Dazu gehörte auch unser Tony.»

«Sie haben das Filmmaterial?» Evans verzog die Miene, als er einen Schluck von dem bitteren Gebräu trank.

«Der Produzent sagte, der Film wäre nicht fertig», antwortete Mulcahy. «Daraufhin habe ich ihm versichert, dass wir keine Kritiker sind und nur das Material sichten wollen, auf dem Tony zu sehen ist. Andrew holt zuerst den Produzenten und den Film und danach Sam ab.»

«Und was ist mit Tom Morris und Captain Arkwright?», fragte Trevor.

«Die kannten diesen Tony auch, aber Sam kannte ihn besser. Darum kommt er, und die anderen nicht ... Guten

Abend», begrüßte der Superintendent Anna und Peter. «Nett, dass Sie sich zu uns gesellen.»

«Peter?» Trevor zog eine Augenbraue hoch.

«Da unser Opfer ein Junkie war, ist auch ein Mitarbeiter vom Drogendezernat anwesend», erläuterte Evans.

«Und wann immer das Dezernat für Schwerverbrechen in der Klemme steckt und da nicht allein rauskommt, wird meine Hilfe erbeten», meinte Peter, lächelte und nahm neben Anna Platz.

Kapitel drei

«Das ist das Einzige, was zählt. Ein Schuss, und sich dann dem Vergessen hingeben. Trinken oder drücken und nichts mehr fühlen. Wir sind immer auf der Suche nach dem nächsten Schuss oder Drink. Und hoffen, dass wir irgendwie an unsere Droge kommen», sagte ein Mann mit tiefer Stimme. Er klang gebildet und schien sich der Sinnlosigkeit seines Tuns bewusst zu sein. Der Sprecher war groß, unglaublich dünn und schmuddelig und hatte erweiterte Pupillen. Sein unsteter Blick legte nahe, dass er dringend einen Drink oder einen Schuss brauchte.

«Und was passiert, wenn Sie kein Geld haben, um sich den nächsten Drink oder Schuss zu kaufen, Tony?», fragte eine weibliche, sehr professionell klingende Stimme.

«Man zieht los und macht sich auf die Suche. Man muss in Bewegung bleiben. Sehen Sie …»

Die Kamera machte einen Schwenk und fuhr über die schmuddeligen Klamotten, die für den ausgezehrten Körper viel zu weit waren. Ein langer, abgewetzter schwarzer Mantel, von Rissen und Flecken übersät. Ein zerknittertes, gestreiftes Hemd aus dem Altkleidersack, für das sein ehemaliger Besitzer eine Stange Geld hingeblättert hatte. Schäbige, kaputte Jeans. Füße in überdimensionierten roten Baseballschuhen mit blauen Schnürsenkeln. Die Kamera fuhr wieder hoch und fing ein Paar knochige Hände ein, die permanent in Bewegung waren. Schmutzverkrustete Finger mit abgebrochenen, schwarz verfärbten Nägeln. Eine Person außerhalb des Blickfeldes bot dem verwahrlosten Mann eine Zigarette an. Gepflegte Hände, die sich den dreckigen Fingern nur zögerlich näherten und sie augenscheinlich nicht berühren wollten.

Die Kamera zeigte, wie der Mann die Zigarette in seinen Mund steckte. Als sich die aufgesprungenen, trockenen Lippen teilten, kamen stark vergilbte, ungepflegte Zähne zum Vorschein, die teilweise abgebrochen waren. Mit verzückter Miene und geschlossenen Augen sog er den Rauch tief in die Lungen und atmete ganz langsam aus, als wollte er den Genuss des Nikotins voll auskosten.

«Ein Mann, der die kleinen Freuden des Lebens zu genießen weiß», kommentierte Peter.

«Ruhe!» Mulcahy hielt den Film an, bis es im Raum wieder still war.

«Und heute Abend, Tony?», wollte dieselbe Frauenstimme wissen.

«Heute Abend?» Egal welche Position die Kamera einnahm, Tonys Augen wichen ihrem kritischen Blick aus.

«Heute Morgen sind Sie aufs Sozialamt gegangen und haben sich Ihre Unterstützung abgeholt», sagte die Frau. «Haben Sie noch genug Geld übrig, um sich heute Nacht ein warmes Bett zu leisten?»

«Die Schweine haben mir nichts gegeben, sondern erklärt, dass ich noch warten muss.» Mit der brennenden Zigarette zwischen Daumen und Zeigefinger schwankte er vor und zurück.

Trevor, der genug Zeit in der Jubilee Street verbracht hatte, konnte Männer wie ihn sofort einschätzen. Hätte Tony an diesem Tag vom Sozialamt Geld gekriegt, hätte er es in den nächstbesten Schnapsladen getragen, falls er an der Flasche hing. Die erweiterten Pupillen legten einen anderen Schluss nahe. Im Hafenviertel war genug billiges Dope im Umlauf, mit dem die «Heimgäste» sich für ein paar Stunden zudröhnen konnten.

Nach Tonys Zustand im Film zu urteilen, hatte ihn jemand für den Dreh aufgepäppelt. Der Regisseur des Dokumentarfilms brauchte einen Penner, der halbwegs funktionierte und eine oscarreife Vorstellung ablieferte. Dass seine Wahl auf Tony gefallen war, deutete darauf hin, dass er sich mit Süchtigen auskannte und gedacht hatte: Schnapp dir einen Typen, der gerade gut drauf ist, denn so ein Kerl spielt auf jeden Fall mit. Und wenn man ihn dann ein bisschen aufbaut, reißt er sich ein Bein aus in der Hoffnung, dass man ihm den nächsten Trip spendiert.

Was hatten sie ihm angeboten? Geld oder Dope? Viel gekostet hatte das sicherlich nicht. Schade, dass sie ihn nicht gefilmt hatten, als die Wirkung der Droge nachließ. Ein paar Stunden später hätten sie eine völlig andere Geschichte gekriegt: Hier sehen Sie einen Wahnsinnigen mit Entzugserscheinungen, der bereit ist, für den nächsten Schuss seine Großmutter zu töten!

Trevor ließ den Blick über die am Tisch sitzenden Personen schweifen. Der Superintendent und der Inspector, Anna, Andrew, Sam Mayberry und Nigel Valance, der Dokumentarfilmer, verfolgten wie gebannt die Bilder. Nur Peter kriegte mit, dass Trevor ihn ansah. Der kurze Blick, den sie austauschten, sprach Bände. Peter schossen die gleichen Gedanken durch den Kopf wie ihm, nur dass bei Trevors Freund der Geduldsfaden schneller riss.

«Glauben Sie allen Ernstes, die Zuschauer fallen auf Ihre Grütze über diese ‹bemitleidenswerte verlorene Seele› herein?»

«Wie bitte?» Nigel, der einen Pferdeschwanz und eine Brille mit goldfarbenem Metallgestell trug, drehte den Kopf und musterte Peter mit seinen blassblauen Augen.

«Zielen Sie darauf ab, dass die Welt Mitleid mit einem Junkie empfindet, der spätestens in einer Stunde auf dem Turkey ist und dann nur noch eins im Sinn hat, nämlich wie er zu seinem nächsten Schuss kommt oder jemanden findet, der ihm die Kohle dafür gibt?»

«Uns hat er gesagt, er würde trinken.»

«Und ich bin der Weihnachtsmann.»

«Das könnte erklären …»

«Was?» Mit einem Tastendruck hielt Mulcahy den Film wieder an.

«Was wollen Sie eigentlich von mir? Pater Mayberry und Constable Murphy haben den Mann beschrieben, für den Sie sich interessieren. Ich habe dann das Filmmaterial gesichtet und die Stellen, wo er zu sehen ist, auf diese CD gebrannt. Und noch einiges mehr.»

«Wenn es noch mehr Material gibt, sollten wir es uns auch anschauen.» Der Superintendent drückte auf die *Play*-Taste.

«Wir waren zwei Wochen lang in der Jubilee Street …»

«Ruhe!», befahl Mulcahy, woraufhin sich alle wieder auf den Bildschirm konzentrierten.

Es folgte ein weiteres Interview, diesmal mit Captain Arkwright, die für mehr Verständnis und stärkere finanzielle Unterstützung durch die Stadt warb. Danach folgte ein längeres Gespräch mit Tom Morris. Er wiederholte die Botschaft, die bereits vom Captain der Heilsarmee vorgetragen worden war. Allerdings sprach er direkt in die Kamera und wandte sich so geradewegs an die Zuschauer – mit eindringlichen, bewegenden Worten. Da war selbst Peter geneigt, den Geldbeutel zu zücken.

«Er sieht ziemlich gut aus», befand Anna.

«Und ist verheiratet», warnte Trevor.

«Wen interessiert das bei dem Aussehen?», meinte Anna und warf Peter einen vielsagenden Blick zu.

«Strahlt dieser Mann nicht Aufrichtigkeit aus? Er ist ein Glücksfall, ein Geschenk für jeden Dokumentarfilmer», schwärmte Nigel. «Blonde Haare und blaue Augen sind meistens sehr fotogen. Das trifft auch auf dich zu, Anna –»

«Ihr kennt euch?», unterbrach Peter ihn.

«Ja.» Nigel zwinkerte Anna zu.

«Das ist doch Schnee von gestern», sagte Anna in einem Ton, der als Warnung an Nigel und Peter gedacht war.

«Aber Tom sieht nicht nur gut aus», fuhr Valance fort. «Die Arbeit, die er macht, ist doch keine Herausforderung für so einen klugen Burschen. Ich habe ihm geraten, sich einen Job in der Werbung oder im Vertrieb zu suchen. Mit dem Aussehen und seiner vertrauenswürdigen Art könnte er es bis ganz nach oben schaffen.»

«Womöglich wirkt er ja so aufrichtig, weil er an das glaubt, was er tut», gab Peter zu bedenken.

Nun folgte ein Schnitt, und man sah eine Schlange, die sich vor einem Wohnheim gebildet hatte. Es war immer noch hell, eventuell später Nachmittag. Ein Kameraschwenk über die Leute, die für einen Schlafplatz anstanden. Tony mit seinem schwarzen Mantel und den grellroten Baseballschuhen stand zwischen zwei Männern. Einer der beiden, der zwischen dreißig und fünfzig sein konnte, hatte dreckige blonde Haare, ein rundes Gesicht und grinste stumpfsinnig. Der andere, so groß und dunkel wie Tony, hatte ein schmales Gesicht und tiefe, glanzlose Augen. Trevor überlegte, ob sein leerer Blick von Desinteresse oder jahrelangem Drogenmissbrauch zeugte.

«Kennen Sie die, Sam?», fragte Mulcahy den Pater.

«Der Dunkle ist Vince. Aus Erfahrung wissen wir, dass wir mit unseren Gästen sehr behutsam umgehen müssen. Vince ist ziemlich verschlossen.»

Evans kramte in seiner Tasche nach den Pfefferminzbonbons. «Treibt er sich noch in der Gegend herum?»

«Gestern Abend habe ich keinen von beiden gesehen, was allerdings nichts zu bedeuten hat. Sie schlafen nur gelegentlich bei uns, müssen Sie wissen. Wenn sie es sich leisten können, kommen sie zu uns. Wenn nicht, verbringen sie die Nacht auf der Straße. Manchmal dauert es ein paar Tage, bis wir sie wiedersehen.»

Peter stützte sich auf seine Ellbogen und beugte sich vor. «Sind sie ein Paar?»

«Normalerweise tauchen sie zu zweit auf. Der Dunklere ist … nicht ganz bei sich.»

«Geisteskrank?», fragte Peter.

«Ich glaube, sie waren früher mal in Compton Castle und sind irgendwann entlassen worden.»

Trevor schwieg. Mit Compton Castle hatte er so seine eigenen Erfahrungen gemacht. Und nach seinem kurzen Aufenthalt in der Psychiatrie hatten ein paar seiner Kollegen ein Verhalten an den Tag gelegt, das alles andere als hilfreich oder verständnisvoll gewesen war. Am stärksten setzte ihm das Schweigen zu, das sich breitmachte, wenn er gewisse Büros auf dem Revier aufsuchte.

Die Kamera fuhr langsam über die Schlange. Im Hintergrund war erneut diese zuckersüße Frauenstimme zu hören. Ein graues, schaumstoffbezogenes Mikrofon tauchte in der Bildmitte auf. Aus dem Off richtete Nigel das Wort an Tony und die beiden Männer neben ihm.

«In diesem Heim gibt es nur siebenundzwanzig Betten. Sind Sie sich darüber im Klaren, dass in dieser Schlange rund fünfzig Leute vor Ihnen stehen?»

«Selbstverständlich wissen wir das!» Als Tony sich vor der Kamera aufbaute, war er nicht mehr unsicher auf den Beinen und widersprüchlich in seinen Äußerungen, sondern aggressiv. Irgendetwas machte ihn high und pumpte Adrenalin durch seine Adern. «Scheiße, was haben Sie hier zu suchen? Können Sie uns nicht in Ruhe lassen? Manche von uns haben Familienangehörige. Menschen, die nicht wissen, wie tief wir gesunken sind.» Die Kamera wackelte und schwenkte nach unten. Sie fing einen Moment lang den von Spucke und Hundekot übersäten Bürgersteig ein, dann wurde das Bild schwarz. Kurz darauf sah man den Himmel – einen wunderschön klaren und blauen Himmel mit ein paar weißen Schäfchenwolken –, und urplötzlich war wieder alles schwarz.

«Er hat die Kamera kaputt gemacht», erklärte Nigel.

«Das geschieht Ihnen ganz recht. Man spielt nicht mit Junkies herum», fand Peter.

«Wir wollten ein ehrliches soziales Statement abgeben.»

«Und wozu?», fragte Peter. «Wollten Sie zeigen, wie tief die Menschen gesunken sind, die notgedrungen auf unseren Straßen leben? Nehmen wir mal ein paar Stadtstreicher unter die Lupe. Die sind viel amüsanter als Affen und zudem noch eine Spur gefährlicher. Und wer sich dieses Programm anschaut, darf sich der gewöhnlichen Herde ein, zwei Stunden lang überlegen fühlen.»

«Jetzt reicht es, Peter!», rief Mulcahy warnend.

«Es gibt nichts Schlimmeres als einen verdammten Weltverbesserer, der schön im Warmen sitzt. Nehmen Sie sich an ihm ein Beispiel!», sagte Peter und zeigte auf Sam. «Dann bewirken Sie vielleicht etwas.»

«Wir verändern das Bewusstsein …»

«Indem Sie aus Zuschauern Voyeure machen? Sie und Ihresgleichen machen mich krank.» Peter ignorierte das Rauchverbotsschild an der Wand, fischte eine Zigarre aus seiner Hemdtasche und steckte sie zwischen die Lippen.

Der Superintendent wartete, bis Peters Wut verraucht war, ehe er den Finger von der *Pause*-Taste nahm. Auf dem Bildschirm war nun das kärglich beleuchtete Wohnheim von innen zu sehen. Männer zogen sich in einem trostlosen Flur vor der Gemeinschaftsdusche aus. Die Kamera fing die beschädigten Kacheln ein, mit denen der holprige Boden gefliest war. Als Nächstes wurde der schwarze Schimmel zwischen den zersprungenen weißen Wandfliesen ins Bild gerückt; danach sah man die dreckigen Duschkabinen mit den verstopften Abläufen.

«Ich habe Ihnen nicht erlaubt, drinnen zu filmen», protestierte Sam. «Und ich habe Sie darauf hingewiesen, dass wir schlichtweg nicht in der Lage sind, die Duschen bei laufendem Betrieb zu reinigen.»

«Ich kann mir gut vorstellen, wie schwierig es ist, so alte Duschen sauber zu halten», erklärte Anna voller Anteilnahme. Nachdem Peter einen Blick in ihr unaufgeräumtes, schmutziges Wohnzimmer geworfen hatte, fragte er sich, wie es wohl um ihr Badezimmer bestellt war.

Halbnackte Männer, die sich billige gestreifte Handtücher um die Taille gewickelt hatten, stellten sich an und reichten ihre Kleider Freiwilligen. Die Kamera zeigte, wie die Bündel in riesige emaillierte Maschinen gestopft wurden.

«Seit wann waschen Sie ihre Klamotten, Sam?», wollte Trevor wissen.

«Ich wünschte, wir wären dazu in der Lage, doch dafür fehlt uns die Zeit. Unsere Heimgäste haben für gewöhnlich nur das, was sie am eigenen Leib tragen. Wir bemühen uns stets um Spenden, aber in den Läden gemeinnütziger Einrichtungen landet nicht genug Männerkleidung, um unsere Leute vernünftig ausstatten zu können. Frauen- und Kinderklamotten gibt es immer in ausreichenden Mengen, nie aber Männerbekleidung.»

«Sind das da denn nicht Waschmaschinen?», erkundigte sich Evans.

«Nein, das sind Wäschetrockner. Die Hitze tötet die Läuse.»

«Frittierte Läuse?», rief Peter.

«Sergeant Collins!» Mulcahy warf ihm einen finsteren Blick zu.

Peter jedoch setzte eine Unschuldsmiene auf. «Wollte nur ein bisschen für bessere Stimmung sorgen.» Die Zigarre hing immer noch unangezündet zwischen seinen Lippen. Er würde sich hüten, Mulcahy noch weiter auf die Palme zu treiben, indem er sich die Zigarre ansteckte.

Sekunden später waren wieder alle Blicke auf den Fernseher gerichtet. Bilder von baufälligen Gebäuden, die an verlassene Schiffe auf einem Meer aus Schutt erinnerten, flackerten über den Bildschirm. Danach folgte ein Schwenk auf den neuen weißen Jachthafen – auf blitzblanke Betongangways und mehrstöckige Backsteingebäude mit nagelneuen Kunststofffenstern. Ordentlich gekleidete, gesetzestreue Bürger saßen in Straßencafés und gönnten sich ein Glas Wein, ein Bier oder einen Meeresfrüchtesalat. Menschen schlenderten umher, unterhielten sich und suchten Zerstreuung. Man sah Mädchen in hellen, sommerlichen T-Shirts und Jeans, Frauen in Miniröcken und Strohhüten, Männer mit blassen, behaarten Armen in kurzärmeligen Hemden, Kinder mit Eisbechern, die in Schaufenster starrten, ehe Musik erklang und der Abspann kam.

«Ist das alles?», erkundigte sich Mulcahy, und Bill spulte vor.

«Ja, im Großen und Ganzen. Das Material muss noch um die Hälfte gekürzt werden. Ein paar Einstellungen sind schon beim Schnitt draufgegangen, aber Sie haben alle Sequenzen mit den Obdachlosen gesehen.»

«Mehr gibt es nicht?», fragte Peter mit skeptischer Miene.

«Es gibt noch Interviews mit Pater Mayberry, Captain Arkwright, Tom Morris und ihren Helfern», merkte Andrew an. «Die habe ich schon gesehen.»

Valance hielt eine zweite CD hoch. «Für den Fall, dass Sie sich dafür interessieren, habe ich Ihnen noch die Outtakes mitgebracht.»

«Können wir beide behalten?» Der Superintendent hatte die Bitte natürlich nur aus reiner Höflichkeit geäußert.

«Gern. Das sind bloß Kopien.»

«Haben Sie noch mit Tony geredet, ohne das aufzuzeichnen?», erkundigte sich Trevor.

«Wir haben nur ein paar Worte gewechselt. Der Film war meine Idee. Ich habe ihn produziert, Regie und einige der Interviews geführt. Tony hat nicht viel mehr gesagt als das, was Sie gesehen haben.»

«Und was ist mit den Leuten, mit denen Sie zusammengearbeitet haben?»

«Die Leute, mit denen ich zusammengearbeitet habe?» Nigel lachte verächtlich. «Sie meinen den Kameramann und Joanne, die recherchiert und auch Interviews macht?»

«Sie sind nur zu dritt?»

«Wir sind das ganze Team. Mehr Ressourcen kann ein Fernsehsender unserer Größe nicht bereitstellen.»

«Fällt Ihnen wirklich nichts mehr ein, was Sie uns sonst noch über Tony erzählen könnten?», hakte Dan Evans nach.

«Nein», versicherte Nigel ihm. «Wir haben ihn gefunden und ihm gleich vor laufender Kamera Fragen gestellt.»

«Sie meinen, gleich nachdem Sie ihn aufgepäppelt haben.»

«Woher wissen ...» Nigels Blick wanderte von Peter zu Mulcahy. «Wie Sie ja gesehen haben, ist er während des zweiten Interviews ausgerastet, als er die Kamera entdeckt hat.»

«Haben Sie ihn nochmal getroffen?»

«Ein-, zweimal, aber ab dann haben wir ihn gemieden.»

«Sie haben sich also nicht mehr mit ihm unterhalten?»

«Machen Sie Witze? Bei unserer nächsten Begegnung war er mit den beiden anderen Typen unterwegs, und da habe ich schleunigst das Weite gesucht.»

«Haben Sie ihm nach dem ersten Interview etwas gegeben?», fragte Peter.

«Was meinen Sie?»

«Geld. Einen Schuss. Alkohol?»

«Kann sein, dass wir ihm ein paar Pfund in die Hand gedrückt haben.»

«Kann sein?»

«Ich weiß es nicht mehr so genau.»

«Sind Sie sich sicher, dass Sie ihn nicht mit ein paar Tütchen entlohnt haben?»

«Ich bin kein Drogendealer, Sergeant Collins», protestierte Valance.

«Was bringt Sie denn auf die Idee, dass ich von Drogen gesprochen habe?»

«Das ist doch offensichtlich ... Das ist ...»

«Sie haben ihm also Geld gegeben. Und sonst nichts?», hakte Trevor nach, der an die Flasche Whisky denken musste. «Keinen Whisky?»

Als Nigel nicht antwortete, wandte Sam sich an ihn.

«Mr. Valance, Sie haben mir versprochen, dass Sie keinen Alkohol verteilen», erinnerte der Pater ihn mit vorwurfsvollem Blick.

«Constable Murphy wird Ihre Aussage aufnehmen, Mr.

Valance», beendete Mulcahy das Gespräch. «Vielen Dank, dass Sie sich Zeit für uns genommen haben.»

«Falls ich Ihnen sonst noch irgendwie behilflich sein kann, Superintendent, brauchen Sie es mich nur wissen zu lassen.» Nigel hatte es offenbar nicht eilig zu verschwinden. Ihm war die Idee gekommen, einen Dokumentarfilm über die hiesige Polizei zu drehen. Sollte er das Thema jetzt gleich anschneiden? Während er die Mienen der Anwesenden musterte, überlegte er, ob der Zeitpunkt dafür gerade günstig war.

«Wir rufen Sie an, falls wir Sie nochmal brauchen, Mr. Valance», erklärte Mulcahy. «Und ich nehme an, Sie melden sich bei uns, sollte Ihnen noch etwas einfallen. Uns interessiert alles, mag es noch so trivial oder unwichtig sein. Bei einem Fall wie diesem sind wir auf alle Informationen angewiesen, die wir kriegen können.»

«Selbstverständlich, Superintendent», sagte Nigel und stand auf. Zusammen mit Andrew Murphy, der ihm die Tür offen hielt, verließ er den Raum.

«Und? Irgendwelche Vermutungen?» Mulcahy blickte erwartungsvoll in die Runde.

«Zwei Penner, die sich wegen einer Pulle in die Wolle gekriegt haben?», spekulierte Anna.

Peter nahm die Zigarre aus dem Mund. «Das würde die Stichverletzungen im Gesicht erklären, aber nicht das Benzin. Das klingt für meinen Geschmack schwer nach Vorsatz.»

«Das sehe ich auch so», stimmte Trevor ihm zu. «Penner schleppen doch kein Benzin mit sich herum. Ich tippe auf Jugendliche mit einer abartigen Vorstellung von Humor.»

«Hat irgendwer irgendwann mal versucht, Benzin zu trinken?»

«Methylalkohol, aber meines Wissens kein Benzin», sagte Sam Mayberry.

«Ein Typ, der so richtig am Ende ist, könnte doch etwas aus einem Autotank zapfen», mutmaßte Anna.

«Ein Großteil der alten Hasen hat ein Messer.» Peter schob seinen Stuhl zurück und legte die Füße auf den Tisch. «Hätte ich nur einen Fünfer für jedes gekriegt, das Trevor und ich den Burschen abgenommen haben.»

«Hast du jemals mitgekriegt, dass Tony eins besitzt, Sam?», fragte Trevor.

Sam schüttelte den Kopf. «Die Jungs kennen die Regeln. Wenn sie im Heim mit einer Waffe erwischt werden, nehmen wir sie ihnen ab und schmeißen sie raus. Und dann können sie nie mehr bei uns übernachten.»

«Nehmen wir mal an, es ist so gelaufen, wie Anna gesagt hat», überlegte Evans laut. «Tony hatte eine Flasche, die ein anderer Penner wollte. Einer von beiden zog ein Messer, sie kämpften ...»

«Und der andere Obdachlose hatte rein zufällig einen Kanister Benzin dabei?», wandte Trevor ein.

«Vielleicht kam zuerst das Messer und hinterher das Benzin zum Einsatz. Mal angenommen, Tony ist während einer Schlägerei umgekommen. Und der andere Typ kriegte Panik, als er sah, dass Tony tot war, und hat sich erst dann das Benzin besorgt, um seine Spur zu verwischen.»

«Tony hat noch geschrien, als Sam aus dem Heim gerannt kam», gab Trevor zu bedenken.

«Manche von unseren Jungs werden gewalttätig, wenn man sie provoziert, vor allem wenn Alkohol im Spiel ist», räumte Sam ein. «Aber ich glaube nicht, dass sie schlau genug sind, um das, was sie getan haben, zu vertuschen.»

«Unsere Aufgabe ist es, herauszufinden, was passiert ist, und bislang spekulieren wir ja nur.» Mulcahy erhob sich. «Wenn Sie dem, worüber wir gesprochen haben, später noch etwas hinzufügen wollen ...»

«Melde ich mich», versprach Sam.

«Und Sie rufen uns an, wenn wir Ihnen irgendwie helfen können.»

«Danke. Es ist gut zu wissen, dass wir uns auf die Polizei verlassen können.»

«Was ist mit den beiden Männern, die mit Tony in der Schlange standen?», fragte Trevor, als Sam zur Tür ging. «War Tony mit denen öfter zusammen?»

«Nein, das war das erste Mal, dass ich ihn mit ihnen gesehen habe. Wenn er im Heim übernachtete, hat er geduscht, seine Kleider entlausen lassen, etwas gegessen, sich hingehauen und geschlafen.»

«Hat er regelmäßig bei dir auf der Matte gestanden?»

«Ab und an. Nach den Büchern kam er seit einem oder anderthalb Jahren ein paar Mal pro Woche. Ich habe das nachgeschaut, bevor ich hierhergekommen bin.»

«Danke, dass du dir die Mühe gemacht hast.»

«Da fällt mir noch etwas ein.» Sam zog ein gefaltetes Blatt Papier aus der Hosentasche. «Ich habe die Tage notiert, an denen er bei uns geschlafen hat. Dachte, es könnte euch weiterhelfen.»

«Damit haben Sie jemandem eine Menge Arbeit erspart.» Evans faltete das Blatt auseinander und legte es auf den Tisch. «Danach hat er in den letzten achtzehn Monaten zwei-, dreimal die Woche bei Ihnen übernachtet. Im Winter häufiger als im Sommer. Haben Sie eine Ahnung, wo er die anderen Nächte verbracht hat?» Er reichte Peter das Blatt Papier.

«Dort, wo alle hingehen, die nicht die fünfundsiebzig Pence aufbringen, die wir verlangen, oder die wir aus Kapazitätsgründen nicht aufnehmen können. Sie richten sich mit Kartons und Decken am Strand ein oder schlagen ihr Lager unter einer Unterführung auf oder in mehrgeschossigen

Parkdecks. Aber eigentlich müssten Leute wie Sie hier besser darüber Bescheid wissen als ich.»

«Nur wenn man noch grün hinter den Ohren ist und auf Streife geht. Kaum schiebt man Bürodienst, vergisst man, wie es auf den Straßen zugeht», sagte Peter.

«Danke, dass Sie gekommen sind, Sam.» Mulcahy stand auf und ging zur Tür. «Ich begleite Sie nach draußen.»

Nachdem der Superintendent und Sam gegangen waren, schnappte Evans sich die Fernbedienung und drückte auf die *Start*-Taste. Wieder sahen sie zu, wie Tony an seiner Zigarette zog und sich nervös umschaute.

«Ich würde einen ausgeben, wenn ich nur wüsste, was diesen Burschen reitet.» Peter nutzte Mulcahys Abwesenheit und zündete seine Zigarre an.

«Ich würde immer noch darauf wetten, dass sich da zwei Penner wegen einer Pulle Alk gestritten haben», erklärte Anna. Peters Zigarrenrauch veranlasste sie, ein Stück von ihm abzurücken.

«Warum?», wollte Evans wissen.

«Wie Peter eben erwähnt hat, besitzen die alten Hasen zumeist ein Messer. Und wir dürfen nicht vergessen, wie Tony im zweiten Interview gewirkt hat. Die Sorte hat immer ein Messer im Stiefel stecken. Jemand hat es ihm abgenommen und ihn damit fertiggemacht.»

«Ein Messer wurde nicht gefunden», erinnerte Trevor sie.

«Vielleicht ist der Mörder ja zum Dock hinuntergelaufen und hat es ins Wasser geworfen. Wenn ihr mich fragt, sollten wir dort danach suchen lassen.»

«Der Kai ist achtzig Meter lang und das Wasser so dreckig, dass man die Hand vor Augen nicht sieht.» Peter schnippte Asche auf den Boden. «Erinnert ihr euch noch an die Frau, die da mit dem Wagen reingefahren ist? Wir haben sie erst ein Jahr später gefunden – und das, obwohl dort fünf Taucherteams nach ihr gesucht haben.»

«Sie haben aber nicht weit draußen gesucht», warf Anna ein.

«Selbst wenn, besteht doch ein Riesenunterschied zwischen einem Fahrzeug und einem Messer. Wenn wir schon nicht in der Lage sind, einen Wagen zu finden, wie groß ist die Chance dann bei einem Messer?»

Evans sah zu Peter hinüber. «Was sollen wir denn Ihrer Meinung nach tun?»

«Ich schließe mich eher Trevors These an. Wahrscheinlich waren das ein paar Teenager auf Drogen, die ihre kranken Neigungen ausleben wollten.»

«Gibt es irgendetwas Neues über die Whiskyflasche?», fragte Trevor.

«Nicht, dass ich wüsste», antwortete Evans.

Nachdenklich betrachtete Peter die CDs, die Nigel Valance dagelassen hatte. «Tony brauchte doch gar keinen triftigen Grund zum Zuschlagen. Was, wenn es bei der Auseinandersetzung um gar nichts Besonderes ging? Ihr habt ja gesehen, wie er sich im Film aufführte. Oder er hat sich nur über die Sockenfarbe eines anderen Typen aufgeregt und ihn angegriffen, aber sein Opfer war stärker und womöglich sogar nüchtern. Hat ihm das Messer abgenommen, ist auf Tony losgegangen, hat sein Gesicht mit der Klinge bearbeitet – die Wangen aufgeschlitzt, das Ohr abgeschnitten. Er hat so ein Blutbad angerichtet, dass er in Panik geriet. Dann hat er sich umgesehen, einen Wagen entdeckt, Benzin abgezapft …»

«Und hatte ganz zufällig einen Kanister und Schlauch zur Hand?» Evans grinste.

«Womöglich hat er eines der geparkten Fahrzeuge aufgebrochen. Mitarbeiter gemeinnütziger Einrichtungen wie

Sam haben für den Notfall immer einen Ersatzkanister zur Hand.»

«Das stimmt», meinte Trevor. «Mir ist dort unten mal das Benzin ausgegangen, und Sam hat mir mit einer Gallone ausgeholfen.»

«Dann hat also unser Ganove, wer immer er auch sein mag, zum Schluss Tony mit Benzin übergossen und ihn angezündet», sagte Evans. «Keine schlechte Theorie, wenn man bedenkt, dass Sie keinerlei Beweise dafür haben.» Er wirkte immer noch sehr skeptisch.

«Veröffentlichen wir diesen Film, Sir?», fragte Anna ihn. «Könnte ja sein, dass dort draußen ein Zeuge herumläuft.»

«Volltreffer.» Peter trat den Zigarrenstummel mit dem Schuh aus. «Beispielsweise der Mörder.»

«Für die Frühabendnachrichten ist es schon zu spät. Wir werden ihn um halb elf nach den landesweiten Nachrichten im Lokalteil ausstrahlen», verriet Evans.

«Die zeigen wirklich den Film?»

«Meinen Sie, dem Sender wäre eine andere Wahl geblieben, wo einer ihrer freien Mitarbeiter diesen Film gedreht hat?», erwiderte Evans.

Mulcahy kehrte zurück und schaute Evans an, der daraufhin steifbeinig aufstand und erklärte: «Wir sollten ein paar Stunden über die Sache schlafen, Sir. Falls sich nach der Ausstrahlung des Films etwas ergibt …»

«Ja, ja», sagte Peter, «dann rufen Sie uns an.»

«Anna, Dan und Trevor kriegen einen Anruf. Peter, Sie haben bis Mitternacht Dienst», verkündete Mulcahy.

«Womit habe ich mir das nur verdient?»

«Sie konnten vergangene Nacht schlafen.» Evans gähnte und streckte sich. «Wir sehen uns dann morgen früh.»

Anna wandte sich an Trevor. «Kannst du mich nach Hause fahren?»

«Klar doch», antwortete er und warf beim Hinausgehen Peter einen mitfühlenden Blick zu.

Peter, der es nicht eilig hatte, in sein Büro zurückzukehren, schenkte sich noch eine Tasse Kaffee aus der Kanne auf der Warmhalteplatte ein, setzte sich wieder auf seinen Stuhl und sah sich noch einmal Tonys zweiten Auftritt an. Dabei fiel ihm eine verräterische Äußerung auf, die ihm – und offenbar auch den Kollegen – zuvor unbemerkt geblieben war.

«Da draußen laufen Leute herum, die uns kennen. Die wollen uns nicht so sehen, wie wir jetzt sind ...»

Er machte eine Notiz auf der Rückseite von Sams Liste. Es musste doch eine Möglichkeit geben, in Erfahrung zu bringen, vor wem Tony sein Leben als Obdachloser geheim gehalten hatte.

Trevor ging zu seinem Schreibtisch und nahm den Telefonhörer ab. Er wählte die Neun vor, dann die Nummer seines Privatanschlusses und ließ es achtmal klingeln. Lyn hatte es offenbar aufgegeben, auf ihn zu warten, und war ausgegangen. Falls sie überhaupt nach Hause gekommen war. Er überlegte, ob er irgendwo anhalten und sich etwas zu essen besorgen sollte, bis ihm die Reste im Kühlschrank einfielen.

«Hast du schon gegessen?», fragte er wenig später Anna, als sie in seinen Wagen stieg.

«Nein. Ich bin am Verhungern.»

«Was hältst du von den Partyresten?»

«Klingt super.»

Das Telefon hörte gerade in dem Moment auf zu läuten, als Lyn munter genug war, um zur Bettkante hinüberzurollen und den Hörer abzunehmen. Fluchend knallte sie ihn auf die Gabel und schaute sich um. Sie trug immer noch ihre Schwesterntracht.

Kaum war sie in ihre Straße eingebogen, hatte sie gesehen, dass Trevor nicht da war. Sein Wagen stand nicht auf der Auffahrt. Und als sie die Haustür öffnete, gab es nichts mehr zu deuteln. Das Haus war leer. Weder standen Schuhe im Flur herum, noch lag sein Mantel auf dem Geländer. Sie hatte einen Blick in die Küche geworfen für den Fall, dass er kurz vorbeigeschaut und gleich wieder weggegangen war. Doch es gab kein benutztes Geschirr; nichts deutete darauf hin, dass Trevor nach Hause gekommen war. Entmutigt war sie ins Schlafzimmer gegangen und hatte sich aufs Bett gelegt – für ein paar Minuten.

Sie rieb sich die Augen und warf einen Blick auf die Uhr. Halb neun. Sie fühlte sich hundsmiserabel. Müde, traurig und hungrig. Sie duschte und zog dann einen Seidenpyjama sowie einen Bademantel an. Die Nachtwäsche hatte Trevor ihr zu Weihnachten geschenkt.

Da sie sich jetzt etwas besser fühlte, ging sie nach unten, holte einen Teller, stöberte im Kühlschrank herum und nahm sich etwas von der Pasta und den verschiedenen Salaten. Polizisten sind ja sehr gesundheitsbewusst, dachte sie, als ihr auffiel, dass fast alle Fleischpasteten, Kuchen und Chips aufgegessen worden waren. Zwei Stücke feurig gewürztes Huhn und ein halbes schottisches Ei vervollständigten ihre Mahlzeit. Auf die kalten, fettigen Würstchen und Pasteten verzichtete sie, weil ihr davon leicht übel wurde. Trevor konnte sie essen, falls sie noch genießbar waren, wenn er nach Hause kam.

Aus dem obersten Fach in der Kühlschranktür holte sie eine halb volle Flasche Chardonnay, stellte sie neben den Teller aufs Tablett, nahm ein Glas und ging mit ihrem Festmahl ins Wohnzimmer. Dort schaltete sie den Fernseher ein, machte es sich auf dem Sofa bequem und stellte das Tablett auf ihren Schoß.

Nachdem sie sich durch die Kanäle gezappt hatte, entschied sie sich für einen alten Kriegsfilm in Schwarzweiß. Sie kannte den Film und wusste, dass er traurig ausging. Der Held starb in einem brennenden Flugzeug, doch das war ihr immer noch lieber als Fußball oder Boxen. Gerade als sie sich die erste Gabel mit Pasta in den Mund schieben wollte, hörte sie, wie ein Schlüssel ins Schloss gesteckt wurde. Sie stellte das Tablett weg und eilte in den Flur. Ihr Lächeln erstarb, als sie sah, dass nicht nur Trevor, sondern auch Anna Bradley hereinkam.

«Ich habe angerufen.»

Sie sah nicht die Müdigkeit, sondern nur Trevors schuldbewusste Miene, als er eine Haarsträhne aus der Stirn strich.

«Ich habe geschlafen. Du hattest schon aufgelegt, als ich ranging.»

«Wenn ihr beide lieber allein sein wollt, kann ich mir ein Taxi rufen», sagte Anna. «Ich muss eh duschen.»

«Das kannst du auch hier machen», bot Lyn an.

«Nach dem Essen», meinte Trevor. «Wir beide sind am Verhungern.»

«Ich kann euch etwas kochen.»

«Lass nur. Im Kühlschrank stehen noch genug Reste.»

Lyn kehrte ins Wohnzimmer zurück. Das Essen auf ihrem Teller schmeckte wie Sägemehl, und der Film langweilte jetzt noch mehr.

«Stört es dich wirklich nicht, dass ich hier einfach so reinplatze?», fragte Anna und trug einen üppig mit Speisen beladenen Teller ins Wohnzimmer.

«Überhaupt nicht», log Lyn.

«Ich weiß, wie es ist, wenn man den Mann, mit dem man zusammenlebt, kaum zu Gesicht kriegt.»

Und wieso bist du dann hier?, hätte Lyn am liebsten laut herausgeschrien. Stattdessen sagte sie: «Seid ihr für heute fertig?»

«Hoffentlich», antwortete Trevor, als er seinen Teller und die beiden Biere für sich und seine Kollegin auf den Tisch stellte. Er schlenderte zu Lyn hinüber und hauchte ihr einen Kuss auf die Backe. Doch als er merkte, in welcher Stimmung sie war, setzte er sich neben Anna.

«In den Zehn-Uhr-Nachrichten bringen sie etwas über das Opfer», verkündete Anna. «Wenn sich hinterher jemand meldet, könnte es schon sein, dass wir nochmal aufs Revier müssen.»

Lyn blickte zu Trevor hinüber. «Du arbeitest dieses Wochenende?»

«Nur, wenn es sich nicht verhindern lässt.»

«Worum geht es bei dem Fall? »

«Wir gehen davon aus, dass ein Penner einen anderen Obdachlosen getötet hat. Nun müssen wir nur noch rauskriegen, wer der Mörder ist. Mit ein bisschen Glück sind auf seinen Kleidungsstücken Blutspritzer.»

«Jetzt noch?»

«Diese Typen haben doch keine Klamotten zum Wechseln.» Trevor spickte Salat auf eine Gabel, schob ihn in den Mund und erstickte fast an den trockenen grünen Blättern.

«Gleich fangen die Nachrichten an», meinte Anna.

Lyn schaltete auf einen anderen Kanal. Sie kauten mechanisch, während sie über die Schrecken Afrikas, die ungehobelten Beschimpfungen der Parlamentsmitglieder und den Tod zweier Berühmtheiten – darunter ein Filmstar – informiert wurden. Dann folgte ein Ausschnitt von dem Film, den Lyn sich zuvor angeschaut hatte. Jetzt dämmerte ihr, warum er so kurz nach der letzten Ausstrahlung schon wieder gezeigt worden war.

Eine Frau, die allein am Strand spazieren geht. Hoch oben am Himmel gehen Flugzeuge in Schräglage. Und dann eine Überblendung. Zwei schemenhafte Gestalten, die sich am Horizont umarmen.

«Liebling, für immer ...»

Lyn bemerkte, dass Trevor sie beobachtete, und sah in eine andere Richtung. Der Meteorologe stand vor einem Schaubild mit Pfeilen und Linien. Kälte und Regen, der sich in höheren Lagen in Schnee verwandelte. Musik. Beginn der Lokalnachrichten.

«Mord in der Jubilee Street ...»

Lyn konzentrierte sich auf ihren Teller. Die Ausstrahlung der Lokalnachrichten endete, eine amerikanische Detektivserie begann. Als die erste Werbeunterbrechung kam, klingelte das Telefon.

Trevor nahm den Hörer von der Gabel und hörte seinem Gesprächspartner aufmerksam zu. Zum Schluss sagte er nur: «Wir sind gleich da.»

«Du musst schon wieder los?» Lyn bedachte ihn mit einem vorwurfsvollen Blick.

«Das war Peter.» Er sah nicht zu Lyn hinüber, sondern zu Anna.

«Gibt es neue Anhaltspunkte?», fragte die Polizistin.

«Unser Mann wurde identifiziert. Anthony George, Rechtsanwalt aus Crawley Woods.»

«Ein Name und ein Ort. Was haben wir für einen Dusel?» Sie tupfte sich den Mund mit einer Papierserviette ab.

«So würde ich das nicht nennen. Anthony George hat vor zwei Jahren einen Herzinfarkt erlitten und ist in einem Krankenhaus gestorben.»

Kapitel vier

«Sind nach der Ausstrahlung viele Anrufe eingegangen?», erkundigte sich Trevor bei Constable Sarah Merchant, als er an der Telefonzentrale vorbeikam.

Sie warf einen Blick auf ihren Notizblock. «Bislang neun. Ein pensionierter Polizist, ein Arzt und sieben weitere Personen haben sich gemeldet.»

«Und? Haben sie unterschiedliche Angaben gemacht?»

«Nein, ihre Aussagen stimmen alle überein. Wie es aussieht, stehen wir vor einem Rätsel.» Sarah hatte eine Schwäche für Trevor. Im Umgang mit den Constables war er höflicher und liebenswürdiger als die anderen Sergeants – Anna inklusive.

«Na, das wird Peter aber freuen. Danke für die Info.» Trevor stieß die Tür zwischen dem Empfang und Büroflur auf und ging zu dem Raum, den er sich mit Anna teilte. Mit zwei Styroporbechern in der Hand holte sie ihn kurz vor der Tür ein und reichte ihm einen.

«Danke.»

Trevor betrat das Büro. Peter saß auf einem gefährlich weit nach hinten geneigten Stuhl hinter seinem Schreibtisch und hatte die Füße neben den Posteingangskorb gelegt.

«Hast du's bequem?», fragte Trevor.

«Der Stuhl könnte weicher sein», antwortete Peter und wandte sich dann Anna zu. «Wo ist mein Kaffee?»

«Hol dir selber einen.» Anna warf ihre Handtasche auf den Schreibtisch und stellte den Kaffee daneben. «Wo brennt's denn?»

«So würde ich das nicht nennen. Der Chef will wegen der eingegangenen Informationen einen neuen Dienstplan aufstellen.»

Anna trank einen Schluck Kaffee. «Jetzt erzähl mal was, das wirklich interessant ist.»

Peter nahm ein Blatt Papier vom Schreibtisch. «Unser Opfer ist ein gewisser Anthony George, Rechtsanwalt. Der Unfallarzt, der ihn behandelte, hat sich gemeldet und ihn identifiziert. Ebenso zwei Personen, die mit ihm zusammengearbeitet haben, die Reinigungsfrau seiner Mutter, drei seiner Freunde und ein pensionierter Polizist. Unser ehemaliger Kollege hat eine Ermittlung geleitet, denn Georges Gesicht wurde in der Leichenhalle des Krankenhauses verunstaltet, in dem er gestorben ist.»

«Verunstaltet?» Anna setzte sich auf ihren Stuhl und suchte etwas in ihren Schreibtischschubladen.

Peter warf einen Blick auf seine Notizen. «Laut unseren Informanten besteht kein Zweifel an der Identität unseres Opfers. Anthony George, zum Zeitpunkt seines Todes achtundzwanzig Jahre alt, hat vor zwei Jahren beim Squash einen Herzinfarkt erlitten. Dass er gestorben ist, steht ebenfalls einwandfrei fest, denn das haben der Unfallarzt und zwei weitere Personen bestätigt. Sein Chef und der Anwalt seiner Familie haben seine Leiche identifiziert, weil Georges Mutter, die nächste Angehörige, dazu aus gesundheitlichen Gründen nicht in der Lage war. Inspector Edwards' Aussage, der damals in dem Fall ermittelte, war am hilfreichsten.»

«Unser Opfer ist bestimmt ein enger Verwandter», meinte Trevor. Da sein Arbeitsplatz belegt war, setzte er sich auf die Kante von Annas Schreibtisch.

«Anthony George war Einzelkind.»

Trevor nippte an seinem Kaffee. «Dann halt ein Cousin, der ihm ähnlich sieht. Es heißt doch, jeder Mensch hätte einen Doppelgänger.»

«Und das glaubst du, obwohl sich neun Personen gemeldet haben, die alle der Überzeugung sind, dass unser Opfer ein Toter ist?»

«Hätte das nicht bis morgen warten können?», beschwerte sich Anna.

«Wo ist denn deine Hingabe an den Job geblieben, Anna?» Peter zog seine obligatorische Zigarre hervor.

«Trevor. Anna. Danke, dass Sie gekommen sind.» Dan Evans kam mit einem Stapel Papiere ins Büro gerauscht. «Ich habe das Polizeirevier in Crawley Woods gebeten, uns die Akte George zur Verfügung zu stellen.» Er schob Peters Füße weg, schaffte Platz auf dem Schreibtisch und breitete die Dokumente aus. «Anthony Georges Gesicht wurde kurz nach seinem Ableben entfernt.»

«Entfernt?» Anna blickte zu Peter hinüber. «Du hast von Verunstaltung gesprochen.»

«Nach dem Bericht des Pathologen wurde der Mann gehäutet», las Evans vor.

«Wie ein Kaninchen?»

«Die Todesursache war eindeutig. Anthony George ist auf der Unfallstation gestorben. Nachdem er für tot erklärt wurde, hat man seinen Leichnam in die Leichenhalle des Krankenhauses gebracht. Der Krankenpfleger war gerade damit beschäftigt, den Leichnam aufzubahren, als er weggerufen wurde, um eine weitere Leiche abzuholen. Entgegen den Krankenhausbestimmungen hat er die Leichenhalle nicht zugesperrt, bevor er weggegangen ist. Und als er zurückkehrte, hatte jemand Anthony Georges Gesicht entfernt.»

«Tony und dieser Anthony George können bestimmt nicht ein und dieselbe Person sein, oder?», wandte Anna ein.

«Natürlich nicht.» Evans blätterte wieder die Unterlagen durch. «Aber da ist noch etwas – der Superintendent aus Crawley Woods hat es erwähnt. Ein Zeitungsartikel.»

«Mit der Telefonnummer eines Hellsehers?»

«Was würden wir nur ohne deinen Humor machen, Peter?» Anna warf ihren Becher in den Abfalleimer.

«Dabei handelt es sich um einen Bericht über bahnbrechende Fortschritte in der Chirurgie. Da ist von Gesichtstransplantationen für Unfall- und Brandopfer die Rede.»

«Ich habe von partiellen Gesichtstransplantationen gehört. Diese Frau in Paris –»

Evans schnitt Anna das Wort ab. «Offenbar kann man mit einer Gesichtstransplantation dasselbe Ergebnis erzielen wie mit mehreren Einzeloperationen, die sich über Jahre hinziehen. Theoretisch ist es möglich, das Gesicht eines passenden Spenders während einer einzigen Operation zu transplantieren. Ohren, Nase und so weiter, was wesentlich effektiver ist als die derzeitige Methode, bei der den Brandopfern Knochen transplantiert und Ohren angenäht werden.»

«Ersparen Sie uns die Einzelheiten.»

«Zartbesaitet, Anna?», stichelte Peter.

«Ich habe gerade gegessen.»

Trevor erhob sich von Annas Schreibtisch und ging zum Fenster hinüber. «Sie denken also, dieser Tony hatte Anthony Georges Gesicht?»

«Zumindest ist es eine interessante Theorie», meinte Evans. «Und das Team, das mit dem bislang ungeklärten Fall von Georges Gesichtsdiebstahl betraut gewesen ist, hält so etwas für denkbar.»

«Science-Fiction», spottete Peter.

«Nein. Wenn solche Artikel publiziert werden, ist das keine Zukunftsmusik mehr, sondern der neueste Stand der Wissenschaft. Sie können Ihr letztes Pfund darauf verwetten, dass es vor dieser Veröffentlichung ein, zwei Fälle gegeben hat, bei denen diese Methode angewendet und getestet wurde.» Evans blickte Trevor eindringlich an. «Gleich morgen früh suchen Sie und ich Patrick auf und finden heraus, ob er etwas Neues über unser Opfer zu vermelden hat. Darauf soll er auch einen Blick werfen …» – er hielt den Bericht hoch –, «… und hinterher fahren wir ins Polizeilabor. Peter, Sie und Anna fahren nach Crawley Woods und sprechen mit so vielen Informanten wie möglich. Sollte die Zeit noch reichen, schauen Sie auch noch in dem Krankenhaus vorbei, wo Anthony George gestorben ist.»

«Der Fall liegt zwei Jahre zurück. Glauben Sie wirklich, dass sich daran noch jemand erinnert?», fragte Peter.

«Auch wenn Sie normalerweise im Drogendezernat arbeiten, sind Sie doch erfahren genug und werden schon was aus den Leuten rausholen.»

«Und ich dachte, man hätte mich angefordert, damit ich herausfinde, ob unser Tony mit Drogen dealt», scherzte Peter, der nicht damit rechnete, dass sein Einwand Gehör finden würde.

«Müssen wir dort übernachten?», wollte Anna wissen.

«Falls es genug Hinweise gibt, ja. Packen Sie lieber ein paar Sachen ein.»

«Klasse.»

«Sie reisen nicht zu Ihrem Vergnügen.» Evans' strenger Blick wanderte von Anna zu Peter.

«Ich kann nicht für Anna sprechen, aber meine Absichten sind redlich», wehrte Peter sich. «Und außerdem werde ich nach dem Programm hundemüde sein.»

«Schlaf können Sie vergessen, solange dieser Fall nicht gelöst ist. Trevor, ich hole Sie morgen um acht Uhr früh ab.»

«Aus der Jubilee Street hat sich niemand gemeldet?», erkundigte sich Trevor, der seinen halb vollen Kaffeebecher auf dem Fensterbrett stehen ließ.

«Die Leute dort haben kein Wohnzimmer, geschweige denn einen Fernseher», erinnerte Peter ihn.

«Eine Sache könnten Sie heute noch erledigen, Trevor.

Rufen Sie Inspector Edwards an, diesen pensionierten Polizisten. Er wohnt unten am Jachthafen, gleich bei Ihnen um die Ecke.»

«Es ist Mitternacht.»

«Der Mann ist Exbulle und kennt das Spiel. Er erwartet Sie.»

«Ist nur die gerechte Strafe dafür, dass ich hier allein die Stellung halten musste», fand Peter und grinste bis über beide Ohren.

«Peter, Sie und Anna begleiten mich in die Jubilee Street. Jeder von uns knöpft sich ein Heim vor und verhört die Gäste, die gestern Nacht nicht da waren.»

«Dass wir den Schlaf vergessen können, ist also kein Scherz gewesen, was, Inspector?»

«Anna, Sie werden schon noch lernen, dass im Dezernat für Schwerverbrechen niemand scherzt, einmal abgesehen von den Kriminellen. Dann allerdings geht es immer auf unsere Kosten.» Und nach diesen Worten scheuchte Evans seine Mitarbeiter aus dem Raum.

Inspector Edwards wohnte in der zweiten Etage eines luxuriösen Apartmenthauses mit Blick aufs Meer. Zu Fuß war es keine fünf Minuten von Trevors Haus entfernt, und deshalb überlegte er, ob er nicht zuerst bei Lyn vorbeischauen sollte. Plötzlich fiel ihm Evans wieder ein. Der Inspector wusste, wohin er unterwegs war. Falls sich jetzt noch irgendetwas ergab, würde sein Chef sich bald bei ihm melden, und sollte er dann nicht mit Edwards gesprochen haben, käme ihn das teuer zu stehen.

So bog er schließlich nach links anstatt nach rechts ab, parkte seinen Wagen auf einem für Hausbewohner reservierten Platz und schaltete den Motor aus. Er stieg aus und warf einen Blick auf das Meer und die renovierten viktorianischen

Reihenhäuser an der Strandpromenade. Das Haus, in dem Edwards wohnte, war das dritte in der Reihe. Alle Fenster waren dunkel. Es bestand keine Veranlassung, sich mit der Befragung zu beeilen. Lyn lag sicherlich schon im Bett.

Er steckte die Schlüssel in die Hosentasche und ging auf das Foyer zu. Ein Nachtportier mit keck in den Nacken geschobener Mütze saß an seinem Schreibtisch und las die *Sun*. Als er Trevor sah, betätigte er den Summer, ohne die Gegensprechanlage einzuschalten, und erhob sich.

«Sergeant Joseph?»

«Ja.»

«Mr. Edwards erwartet Sie. Zweiter Stock, Apartment sieben.»

Trevor nahm die Treppe. Vor sechs Monaten war er nicht mal in der Lage gewesen, ohne Hilfe einen Fuß vor den anderen zu setzen. Erst vor drei Wochen hatte er die Krücke weggelegt und fühlte sich ohne sie immer noch etwas unbeholfen. Multiple Beinfrakturen verheilten nur langsam, doch es hieß, Bewegung würde den Genesungsprozess beschleunigen.

Nur Sekunden nachdem er geläutet hatte, ging die Wohnungstür auf.

«Sergeant Joseph?»

«Nennen Sie mich Trevor. Sehr nett von Ihnen, dass Sie mich um diese Uhrzeit empfangen, Inspector Edwards.»

«Eigentlich genügt ein einfaches ‹Mister›, Sergeant, aber bitte nennen Sie mich Ted. Treten Sie ein.»

Der ehemalige Inspector war ein großer, kräftiger Mann. Die Einrichtung des Wohnzimmers bestand aus teurem, minimalistischem Mobiliar, das sehr maskulin wirkte. Dunkelgrauer Teppichboden, vier blaue Ledersessel, die sich um einen Glastisch gruppierten. Marineblaue Vorhänge vor breiten Panoramafenstern, die das Meer und den Jachthafen einzurahmen schienen. In einem Schrank standen ein Fernsehapparat und ein DVD-Player. Das war alles an Inventar. Kein einziges Bild oder Foto – nichts, das einem etwas über den Charakter des Eigentümers verriet.

Ganz typisch für einen pensionierten Polizisten, fand Trevor. In Beziehungsfragen ein Opfer des Berufes. Keine Aufgabe mehr, ohne Ziel und Partner, den man lieben könnte, nur ein Fernseher und manchmal Anrufe in der Hoffnung, den ehemaligen Kollegen helfen zu können. Dieser Mann hatte für seine Arbeit gelebt und spürte nun eine große Leere in seinem Leben.

«Ich kann mich nur allzu gut daran erinnern, wie es zu Beginn einer neuen Ermittlung war. Möchten Sie etwas essen oder trinken?», fragte Ted. «Kaffee? Tee? Oder, falls Sie nachher Dienstschluss haben, etwas Stärkeres?»

«Kaffee wäre gut. Danke.»

«Ich habe ein paar Sandwichs vorbereitet», rief Ted, während er in der Küche verschwand. «Wir sind nicht oft hier, und wenn, dann essen wir meistens im Restaurant. Von daher kann ich Ihnen keine große Mahlzeit anbieten.»

«Wir?» Trevor suchte in dem Raum nach einer weiblichen Note.

Ted brachte ein Tablett mit Tellern, Messern, Senf, Milch, Zucker und zwei Porzellantassen samt Untertassen ins Wohnzimmer. Er stellte alles auf den Tisch, ging nochmal in die Küche und kehrte mit einer Kanne Kaffee und belegten Broten zurück.

«Die Wohnung hier gehört Ihnen nicht?» Da Trevor wusste, wie teuer Apartments am Jachthafen waren und was ein Inspector verdiente, überraschte es ihn, dass Edwards indirekt ein zweites Heim erwähnt hatte.

«Meine Frau bezeichnet diese Wohnung immer als unser Sommerdomizil. Weil sie ein Leben lang auf einem Bauernhof gewohnt hat, hält sie es hier kaum aus. Um ehrlich zu sein – ich glaube, sie zieht Tiere Menschen vor. Wir vermieten das Apartment oder tauschen es zeitweise gegen eine Wohnung im Ausland. Seit ich in Rente bin, reisen wir ziemlich häufig. Meine Frau hat die Leitung des Hofes ihrem Sohn übertragen, aber sie züchtet immer noch Hunde und Pferde. Daher leben wir meistens auf dem Land, wenn wir in Großbritannien sind.»

«Ihr Sohn», fuhr es Trevor durch den Kopf. Deutete das auf eine zweite, spät geschlossene Ehe hin?

«Während der Segelsaison ist es allerdings praktisch, so ein Apartment zu haben.»

«Sie besitzen eine Jacht?» Trevors Neugier war geweckt. Ted erlaubte ihm, einen Einblick in das Leben nach dem Polizeidienst zu werfen.

«Ein Finn-Dingi. Mein Hobby, nicht das meiner Frau. Doch nachdem sie diese Wohnung von ihrem Vater geerbt hatte, kam auf einmal eins zum anderen. Er hat das Apartment drei Monate vor seinem Tod gekauft, als Investition, und es nie betreten. Er hätte es gehasst. Wie meine Frau fühlte er sich auf dem Land wohler als zwischen Wasser und Beton.»

«Na, so kann man einen Jachthafen natürlich auch sehen», meinte Trevor und revidierte seinen ersten Eindruck.

«Ich habe das Boot gerade in einem Trockendock überholen lassen. Jetzt ist es für das erste Rennen der Saison bereit, und ich wollte dabei sein, wenn es zu Wasser gelassen wird. Ziemlich einfältig von mir. Der Mann, der sich darum kümmert, ist sehr kompetent. Nach so einem langen, kalten Tag genehmige ich mir gern einen Drink …» – er öffnete den Schrank und holte eine Flasche Cognac heraus –, «sehe fern und gehe früh zu Bett. Die Nachrichten haben mir einen Strich durch die Rechnung gemacht.»

«Sie haben das Ermittlungsteam im Anthony-George-Fall geleitet?»

«Stimmt. Wir haben allerdings dem Fall nicht die nötige Aufmerksamkeit geschenkt, weil wir damals unterbesetzt waren. Als wir den George-Fall kriegten, schlugen wir uns schon mit einem halben Dutzend anderer Ermittlungen herum, die oberste Priorität hatten. Wie alle anderen bin auch ich davon ausgegangen, dass es sich bei dem Täter um einen Geisteskranken handelte. Kaum erwähnte eins von den Boulevardblättern schwarze Magie, schossen die Gerüchte ins Kraut. Ein Jahr später bin ich dann auf einen Zeitungsartikel gestoßen.»

«Inspector Evans hatte davon eine gefaxte Kopie.»

«Dass der immer noch in den Akten ist, spricht für mein ehemaliges Revier.» Er gab einen großzügigen Schuss Cognac in seinen Kaffee und hielt Trevor die Flasche hin, der jedoch den Kopf schüttelte. «Ich dachte, das könnte uns weiterhelfen, doch zu der Zeit gab es in Großbritannien kein Gesichtstransplantationsprogramm. Ich habe mit einem plastischen Chirurgen in der Harley Street gesprochen. Erstklassiger Mann. Er räumte ein, dass Gesichtstransplantationen theoretisch möglich sind, wenn man beim Entfernen des Spendergesichtes große Vorsicht walten lässt. Und es bis zur Verpflanzung unter bestimmten Bedingungen aufbewahrt. Ich habe ihm Fotos von Anthony Georges Leiche gezeigt. Er meinte, das Gesicht könnte tatsächlich von einem Chirurgen fachmännisch entfernt worden sein; allerdings wäre auch ein Täter denkbar, der sich aufs Häuten von Tieren versteht. Ohne persönlich einen Blick auf die Leiche geworfen zu haben, wollte er keine eindeutige Aussage treffen.»

«Wurde der Leichnam obduziert?»

«Ja, wegen des Infarktes. Dass das Gesicht von einem

Chirurgen entfernt worden sein könnte, haben wir erst in Betracht gezogen, nachdem ich über den Artikel gestolpert war. Und zu dem Zeitpunkt war George längst eingeäschert worden. Laut Aussage des Pathologen, der den Leichnam untersucht hat, war das Gesicht mit einer scharfen Klinge – mit einem Skalpell oder einem Messer – entfernt worden. Ich habe seinen Bericht gelesen, doch da es sich bei dem Fall nicht um ein Kapitalverbrechen handelte und ich schon drei Mordfälle bearbeitete, hatte der Diebstahl von Anthony Georges Gesicht für mich zu der Zeit nicht oberste Priorität. Das soll keine Entschuldigung dafür sein, dass ich ihn an die Jungs weitergereicht habe, die sich mit den ungeklärten Fällen befassen. Wir hatten zu wenig Personal, und von oben kam die Order, Prioritäten zu setzen.»

«Was war mit Georges Verwandten?»

«Da gab es ja kaum jemanden. Seine Mutter war unheilbar an Krebs erkrankt. Ihr Arzt hat uns nicht gestattet, der alten Dame Fragen zu stellen. Sie ist kurze Zeit später gestorben.»

«Freundin?»

«Nun, es gab einen … Partner. Er führte einen Pub gleich um die Ecke von Georges Büro. Damals war er ziemlich verzweifelt. Vor meiner Pensionierung habe ich da nochmal vorbeigeschaut. Da bediente aber jemand anderer.»

«Wie hieß der Freund?»

Ted schüttelte den Kopf. «Ich kann mich nicht erinnern. Das müsste aber in der Akte stehen.»

«Was ist mit dem Erbe?»

«Wenn Sie denken, jemand würde sich die Mühe machen, sich für ihn auszugeben, sollten Sie sich das besser schnell aus dem Kopf schlagen. In die Richtung habe ich auch ermittelt und bin in einer Sackgasse gelandet. Anthony

George ging es finanziell gut. Zusammen mit dem Geld aus den Versicherungen hat er, grob geschätzt, zweihunderttausend Pfund hinterlassen, die an seine Mutter gingen.»

«Und als die Mutter starb?»

«Das habe ich ebenfalls überprüft. Sie hinterließ eine halbe Million, wovon eine Hälfte an die Britische Herzstiftung und die andere an die Krebsforschung ging.»

«Keine weiteren Begünstigten?»

«Ihr Koch, die Hausangestellte und der Gärtner erhielten kleinere Summen; also nichts Außergewöhnliches.» Ted legte drei Sandwichs auf seinen Teller und lehnte sich zurück. «Es war richtig unheimlich, heute Abend dieses Gesicht wiederzusehen.»

«Und Sie sind sich sicher, dass das George war?»

«Absolut», erwiderte er mit dem Selbstvertrauen eines Mannes, der sich auf sein geschultes Auge verlassen konnte. «Nachdem dieser Artikel erschienen war, habe ich wochenlang dieses Gesicht studiert, Dutzende Fotos von Anthony George gesichtet. Damals stand ich kurz vor der Pensionierung, und ich hatte deutlich weniger zu tun.» Der letzte Satz war eine Antwort auf Trevors fragenden Blick. «Ein Foto hing sogar über meinem Schreibtisch. Einmal abgesehen von den Gesichtszügen hatte der Mann in dem Video das gleiche Muttermal oben auf der rechten Wange, dieselbe Narbe unter der Unterlippe, die in Georges Pass unter ‹Besondere Merkmale› eingetragen war. Irgendjemand – ich denke, es war der Anwalt seiner Mutter – hat mir erzählt, dass er als kleiner Junge gestürzt war und sich dabei seine Zähne durch die Lippe gebohrt hatten.»

«Sie kennen das Gesicht aber wirklich gut.» Trevor nahm ein Sandwich.

«Wenn man bedenkt, wie lange ich dieses Gesicht studiert habe, ist das kein Wunder.»

«Langsam beschleicht mich das Gefühl, dass ich vermutlich genau das auch tun werde», meinte Trevor.

Um halb zwei Uhr nachts schloss Trevor seine Haustür auf. Da Dan Evans ihn morgen abholte, hatte er den Wagen auf der Straße geparkt, damit Lyn problemlos aus der Einfahrt kam, falls sie früh losmusste. Lyn hatte die Geschirrspülmaschine ausgeräumt und wieder bestückt, die Arbeitsflächen in der Küche gereinigt und die Reste vom Abendessen entsorgt.

Müde stieg er die Treppe hoch und betrat leise das Schlafzimmer. Mondlicht fiel durch die Tür des Balkons, dessen schmiedeeisernes Geländer Schattenmuster in den Raum warf. Lyn, die schlafend auf ihrer Bettseite lag, hatte die Decke bis zum Kinn hochgezogen. Er nahm den Wecker von seinem Nachttisch und stellte ihn im Badezimmer, um sie nicht zu stören. Zum Duschen war er zu erschöpft, und so zog er nur die Kleider aus, warf sie in den Wäschekorb und putzte sich die Zähne. Nachdem er im Bad fertig war, kehrte er ins Schlafzimmer zurück, hob vorsichtig die Decke und legte sich neben Lyn. Er wartete, bis sein Körper warm geworden war, ehe er es wagte, sie zu berühren. Doch er schlief ein, bevor er sich traute, seinen Arm um ihre Taille zu legen.

Als der Wecker klingelte, tastete er nach seiner Uhr, bis er merkte, dass es auf Lyns Seite läutete. Er drehte sich um und sah, wie sie im Badezimmer verschwand. Trevor ging ins andere Bad. Aufgrund ihrer unterschiedlichen Dienstpläne hatte er dort ein paar von seinen Toilettenartikeln deponiert. Beim Duschen hörte er die Geräusche, die sie im anderen Badezimmer machte. Er beschloss, sich zu beeilen und Frühstück zu machen. Vielleicht gelang es ihm, sie auf diese Weise ein wenig zu beschwichtigen.

Fünf Minuten später stand er angekleidet in der Küche und öffnete die Tür des Kühlschrankes, in dem nur die Reste von der Party standen. Er nahm die Frischhaltefolie von einer Schüssel. Dem Geruch nach zu urteilen, war der Salat heute noch genießbar, aber morgen bestimmt nicht mehr. Er kochte Kaffee, verrührte Eier und tat Brot in den Toaster. Als Lyn nach unten kam, war alles fertig, und er saß am Tisch und wartete auf sie.

«Frühstück?», fragte er verzagt und hoffte auf ein Lächeln von ihr.

«Ich habe keine Zeit.»

«Es ist erst halb sieben.»

«Ich habe versprochen, eine von meinen Kolleginnen abzuholen. Sie hatte gestern eine Wagenpanne.»

«Iss doch wenigstens einen Toast. Ich habe ihn schon mit Butter bestrichen.» Er hielt ihr den Teller hin.

Sie nahm eine Scheibe. «Wann kommst du heute Abend nach Hause?»

«Das kann ich dir nicht sagen.»

«Dann hast du ja wohl auch nichts dagegen, wenn ich mit den Mädels ins Kino gehe.»

«Nein, selbstverständlich nicht. Lyn …»

«Wir unterhalten uns später. Ich muss jetzt los.» Sie legte den halb gegessenen Toast auf den Tisch und rauschte aus der Haustür.

Er betrachtete das Frühstück, das er zubereitet hatte, nahm die Teller und gab das Essen in den Mülleimer. Erst als er nach oben ging, um das Bett zu machen, bemerkte er die Geschenkschachtel auf seinem Nachttisch. Doch er rührte sie nicht an.

«Wohin zuerst?», wollte Anna von Peter wissen und schaltete das Navigationsgerät im Wagen ein.

«Als Erstes statten wir der Polizeistation in Crawley Woods einen Höflichkeitsbesuch ab», meinte Peter. «Immerhin wildern wir in ihrem Revier.»

«Evans hat uns doch letzte Nacht Kopien von der Akte gegeben.»

«Akten sind nie vollständig. Trevor hat gestern Nacht von dem Typen, der damals die Ermittlung leitete, ein paar Dinge erfahren, die da nicht drinstehen.»

«Du hast mit Trevor telefoniert?»

«Um sieben.»

«Und unsere Turteltäubchen gestört.»

«Lyn war schon zur Arbeit gefahren.»

«Mir schwant, dass dieses Vögelchen bald sein Nest verlässt.»

«Das ist Trevors Baustelle, nicht unsere.»

«Wir sitzen doch alle im selben Boot. Ich hatte vier längere Beziehungen, die alle kaputtgegangen sind. Und wie man hört, warst du mal verheiratet …»

«Was soll das hier werden? Tante Annas Eheberatungsstunde?»

«Wünschst du dir nicht manchmal, ein Durchschnittstyp mit normalem Job und geregeltem Feierabend zu sein?»

«Nur wenn ich mit einem weiblichen Sergeant im Auto sitze, die zu viele Bücher über Psychologie für Anfänger gelesen hat.»

«Los, Peter, gib es zu. Dir fehlt eine Frau.»

«Mir fehlt nur der Sex, und falls das ein Angebot sein soll …»

«Um diese Uhrzeit mache ich nie Angebote.»

«Schade, denn ich kenne hier in der Nähe einen netten kleinen Rastplatz.»

«Für Sex im Auto hatte ich nur als Teenager etwas übrig.»

«Ein sittsames Weib.»

«Mit sittsam hat das gar nichts zu tun ...»

«Da sind wir.» Er musste durch mehrere Tore fahren, bis er den Parkplatz fand. «Zuerst überprüfen wir die Akten, um sicherzugehen, dass wir letzte Nacht nichts übersehen haben.»

«Meine Lieblingsbeschäftigung», murrte sie.

«Dann hättest du lieber Hausfrau anstatt Polizistin werden sollen», erwiderte Peter.

«Sie habe ich gerade gesucht.» Bill Mulcahy fing Evans und Trevor ab, als sie die Polizeidienststelle betraten.

«Das dauert hoffentlich nicht lange», sagte Evans. «Wir sind auf dem Weg in die Leichenhalle.»

«Sind wir das nicht alle», scherzte der Superintendent.

«Hoffentlich nicht diese Woche.»

«Der Bericht der Spurensicherung ist gekommen.» Mulcahy deutete mit einem Blatt Papier auf die Tür seines Büros, in das sie ihm folgten.

«Konnten sie Fingerabdrücke nehmen?», wollte Trevor wissen.

«Daran arbeiten sie noch. Sie probieren eine neue Technik aus, aber bislang ist dabei noch nichts Brauchbares herausgekommen. Sie haben eine Reihe verwischter Abdrücke gefunden und auf der Flasche zwei astreine, was phantastisch ist.»

«Stammen die verwischten Abdrücke von Handschuhen?», fragte Evans.

«So ist es», meinte Mulcahy. «Sieht aus, als hätten zwei Personen die Flasche in der Hand gehabt. Die Abdrücke werden gerade durch den Computer gejagt. Und sie setzen sich auch mit Schuhherstellern in Verbindung. Aber selbst wenn sie herausfinden, wer diese Schuhe produziert hat, gehe ich davon aus, dass uns das nicht groß weiterbringen wird. In den gemeinnützigen Secondhandshops haben wir Beschreibungen der Schuhe verteilt. Vielleicht erinnert sich jemand daran, so ein Paar verkauft zu haben.»

«Er könnte sie auch vom Heim gekriegt oder getauscht haben.»

«Das weiß ich auch, Trevor», entgegnete Mulcahy gereizt. «Heute ist ein Freudentag für die Presse.» Er schob eine Zeitung über den Schreibtisch. Die Schlagzeile war acht Zentimeter hoch: WEN KÜMMERT ES? «Die Polizei nicht, nach deren Meinung. Da wird mit äußerst drastischen Worten beschrieben, wie der Mann langsam verbrannt ist und sich dabei die Seele aus dem Leib geschrien hat. Die Presse findet, wir strengen uns nicht sonderlich an, den Fall zu lösen.»

«Von den Medien kann man doch nichts anderes erwarten.» Evans schob die Zeitung wieder zu Mulcahy hinüber.

«Die da oben sind nicht glücklich.»

Trevor verschränkte die Arme vor der Brust und lehnte sich an die Tür. Seiner Erfahrung nach waren die da oben nie glücklich und machten gerade bei den schwierigen Fällen Druck. Ihm war noch nie zu Ohren gekommen, dass ein Polizist dafür gelobt wurde, wenn er einen Fall schnell löste. Aber jedes Mal, wenn mit einem Journalisten die Phantasie durchging, kriegten sie einen Tritt in den Hintern.

«Wir melden uns, nachdem wir mit Patrick gesprochen haben», versicherte Evans und ging zur Tür.

«Wo stecken Peter und Anna?»

«Die beiden überprüfen die Identität des Opfers.»

«Die des Toten?», hakte Mulcahy nach. «Meinen Sie nicht, das ist Zeitverschwendung?»

«Wir haben ja noch keine eindeutige Identifizierung.»

«Könnte ein Verwandter sein», gab Trevor zu bedenken.

«Halten Sie mich auf dem Laufenden.»

«Das werden wir, Sir.» Mit Trevor im Schlepptau verließ Evans das Büro.

«Ich dachte mir schon, dass Sie heute Morgen auftauchen.» Patrick befasste sich eingehend mit der Bauchhöhle eines Leichnams, der vor ihm auf dem Tisch lag, und schnippelte daran herum. Einen Moment später nahm er die Leber heraus.

«Haben Sie noch etwas über unser Brandopfer herausgefunden?», erkundigte sich Evans.

«Alkohol im Blut. Das in seinem Fuß reichte noch für den Test.»

«Wie viel?»

«Ganz ordentlich, aber das Ergebnis ist nicht hieb- und stichfest. Bestimmte Blutzuckergruppen verwandeln sich nach dem Tod in Alkohol.»

«Immerhin haben wir in der Nähe eine Whiskyflasche gefunden. Wenn wir das auch in Betracht ziehen, können wir dann davon ausgehen, dass er betrunken war?»

«Nun, er hatte wohl mindestens eins Komma sechs Promille.»

«Die Spurensicherung hat zwei astreine und ein paar verschmierte Abdrücke auf der Flasche gefunden.»

«Hat da jemand Handschuhe getragen?», fragte Patrick und hob interessiert den Blick.

«Könnte sein, vorausgesetzt, die Flasche hat etwas mit unserem Fall zu tun.»

«Mir sind ein paar andere Dinge aufgefallen, die Sie interessieren könnten.» Patrick legte die Leber auf ein Tablett und reichte sie seinem Assistenten. «Einfrieren und dann quer zur Faser schneiden.»

«Toller Job», spöttelte Evans.

«Beweisstück in einem Fall, bei dem von einer Firma Schadensersatz gefordert wird.» Patrick streifte die Handschuhe ab, warf sie in den Mülleimer und zog ein paar neue an, ehe er zu einer Kühlkammer an der gegenüberliegenden Wand ging. Er zog eine Schublade heraus, in der die verbrannten Überreste des Opfers aufbewahrt wurden, nahm das Stück Wangenknochen, an dem noch Gewebefetzen hingen, und ein zweites Teil heraus, das wie getrocknete Borke aussah. «Das hier ist oder – besser gesagt – war Gesichtshaut, die wir von einer Kniescheibe entfernt haben. Unter dem Mikroskop haben wir darauf eine Reihe Schnittverletzungen entdeckt.»

«Als wäre der Mann gehäutet worden?», vermutete Trevor.

«Nein, ganz und gar nicht. Ein paar von diesen Schnitten passen zu denen am Kopf. Wer immer das getan hat, hat das Gesicht in Streifen geschnitten. Selbst wenn das Opfer nicht verbrannt wäre, hätten wir meiner Ansicht nach größte Schwierigkeiten, es zu identifizieren.»

Evans blickte von den Notizen auf, die er machte. «Sonst noch was?»

«Manche Leute sind auch nie zufrieden.»

«Können wir mit Ihnen etwas besprechen?»

«Ja, solange wir das in meinem Büro bei einer Tasse Kaffee machen. Ich habe die ganze Nacht durchgearbeitet.»

«Danke, ich brauche keinen.» Trevor kannte Patricks Kaffee. Egal wie oft Patrick und seine Assistenten ihm versicherten, dass in diese speziellen Bechergläser nur Kaffee kam, brachte er es nicht übers Herz, aus ihnen zu trinken.

«Inspector?»

«Danke, ich passe auch.»

«Ein Kaffee», rief Patrick seinem Assistenten zu. Anschließend führte er die beiden Polizisten in sein Büro, wo er sich auf den Stuhl hinter seinem Schreibtisch fallen ließ. Trevor und sein Vorgesetzter nahmen ihm gegenüber Platz.

«Haben Sie mal etwas über Gesichtstransplantationen gehört?», wollte Evans wissen.

«Interessiert sich die Polizei neuerdings für die neuesten Entwicklungen in der plastischen Chirurgie?»

«Erst seit mehrere Personen behaupten, dass unser Opfer schon eine Weile tot ist.»

«Das ist ja höchst interessant.»

«Haben Sie in dem Gesicht Spuren einer Operation entdeckt?»

«Sie haben doch gesehen, was davon noch übrig war und mir zur Verfügung stand. Wunder kann auch ich nicht vollbringen.»

«Aber Gesichtstransplantationen sind möglich?»

«Ja.»

«In Amerika?»

«Hier.»

«In London?»

«Hier», wiederholte Patrick. «In der Abteilung für Verbrennungschirurgie.»

«So was gibt es im General Hospital?»

«Sie ist erst vor zwei Wochen neu eröffnet worden. Lesen Sie denn keine Zeitung? Es gab sogar eine offizielle Einweihung. Mit Mitgliedern der königlichen Familie …»

«Und dort werden Gesichtstransplantationen durchgeführt?» Evans beugte sich zu Patrick hinüber.

«Ich habe erst neulich Abend etwas mit dem Kerl getrunken, der sie leitet. Netter Typ. Wir haben uns darüber unterhalten, wie man das Material der Spender entfernt. Er wollte wissen, ob ich Interesse daran hätte, im Notfall als Bereitschaftsarzt einzuspringen. Bislang hat er das nur zweimal gemacht. Vom medizinischen Standpunkt aus betrachtet, waren beide Operationen erfolgreich.»

«Und er hat sie in Großbritannien durchgeführt?»

Patrick schüttelte den Kopf. «In einem Privatkrankenhaus in Deutschland. Beide Patienten waren Frauen. Eine kam schon mit Missbildungen auf die Welt, die andere war ein Brandopfer.»

«Und die Presse hat darüber nicht berichtet?»

«Einmal abgesehen von ein paar vagen Infos wurde die Presse über das Programm nicht informiert. Ich habe erwähnt, dass beide Transplantationen erfolgreich verliefen. Wie die Betreffenden seelisch damit zurechtkommen, steht auf einem anderen Blatt. Beide Patientinnen hatten Schwierigkeiten, sich an ihr neues Aussehen zu gewöhnen.»

«Muss wirklich ein Schock sein, wenn man in den Spiegel schaut und ein anderes Gesicht sieht», meinte Trevor.

«Können Sie mit Sicherheit sagen, dass hier noch kein einziger Mann eine Gesichtstransplantation erhalten hat?», hakte Evans nach.

«Ich weiß nur das, was vergangene Woche in der Zeitung gestanden hat. Sie sprechen besser mal mit dem Typen, der die Abteilung für Verbrennungschirurgie leitet. Sie ist leicht zu finden. Der Bau hat vierzig Millionen gekostet, und sechsunddreißig davon sind fürs Foyer draufgegangen.»

«Wie heißt der Mann?»

«Mark Addison. Leider ist er heute Morgen wegen einer Konferenz nach Key West geflogen. Seine Stellvertreterin, Dr. Randall, müsste aber da sein.» Der Pathologe warf einen Blick auf Trevor. «Sie kennt sich hervorragend aus. Bevor sie hier angefangen hat, war sie die Assistentin des Mannes, der auf diesem Feld Pionierarbeit geleistet hat. Die ersten Operationen wurden in einer afrikanischen Leprakolonie durchgeführt. Guter Ort für medizinische Experimente.»

«Weil dort niemand genug Geld hat, um Klage einzureichen, falls was schiefgeht.»

«Sie haben mal wieder den Nagel auf den Kopf getroffen, Trevor.»

Kapitel fünf

«Mr. Marks kann Sie jetzt empfangen, Sergeant Collins und Sergeant Bradley.» Miss Wilkinson, eine Dame mittleren Alters, kam in den in unpersönlichen Braun- und Beigetönen gehaltenen Warteraum und sammelte ihre leeren Kaffeetassen ein. «Er opfert für Sie den Rest seiner Mittagspause und hat in einer Viertelstunde einen Termin mit einem Mandanten. Hätten Sie vorher angerufen, hätten wir einen passenderen Termin vereinbaren können.»

«Fünfzehn Minuten müssten reichen», beeilte Anna sich zu sagen, ehe Peter etwas verlauten ließ, das Brian Marks' Sekretärin auf die Palme bringen könnte.

Der großgewachsene Rechtsanwalt hatte schütteres Haar und war überraschend attraktiv für einen Mann Ende sechzig. Er kam hinter seinem riesigen Schreibtisch hervor und führte sie zu bequemen Sesseln, die sich vor einem Fenster mit Blick auf den Park um einen Wohnzimmertisch gruppierten. Das Büro hatte eine hohe Decke, eine Eichentäfelung und dazu passende Buchregale, in denen sich – nicht ungewöhnlich für ein Anwaltsbüro – juristische Fachliteratur stapelte. Zu ihrer Überraschung besaß Marks jedoch auch ein paar Kunstbände.

«Kaffee?», fragte er.

«Ihre Sekretärin hat uns schon welchen gebracht, danke», antwortete Anna.

«Hat sie erwähnt, dass ich Ihnen nur fünfzehn Minuten zugestehen kann? Normalerweise bin ich der Polizei gern behilflich, doch ich habe einen Termin, der sich leider nicht verschieben lässt. Falls Sie allerdings irgendwann anders nochmal vorbeischauen möchten …»

«Das wird hoffentlich nicht nötig sein.» Peter blätterte die Notizen durch, die er sich auf dem Revier gemacht hatte. «Sie waren der Anwalt von Anthony George und seiner Mutter?»

«Das trifft zu.» Seine ausdruckslose, geschäftsmäßige Miene verdüsterte sich. «Was für eine Tragödie.»

«Wie meinen Sie das, Mr. Marks?»

«Anthony starb in der vollen Blüte seines Lebens. Er hatte noch so viel vor sich. Und dann passierte auch noch diese schreckliche Sache im Krankenhaus.»

«Sie spielen damit auf die Verstümmelung seines Gesichtes in der Leichenhalle an?»

«Ja.»

«Wie hat seine Mutter auf diese Nachricht reagiert?», fragte Peter. Trevor hatte ihm während des Telefonates als Erstes erzählt, dass der für die Ermittlungen verantwortliche Inspector nie mit der Mutter gesprochen hatte und dass sie auch nicht in den Akten der dortigen Behörde erwähnt wurde.

«Sie hat es nie erfahren, Sergeant. Ich war sowohl Mrs. Georges Testamentvollstrecker als auch der ihres Gatten. Mr. George, Anthonys Vater, ist etwa zwanzig Jahre vor ihr verschieden. Bis auf Anthony gab es keine weiteren Angehörigen. Da der Junge erst zehn war, als sein Vater starb, hat Mrs. George sich an diese Kanzlei gewandt und um Unterstützung in persönlichen und finanziellen Angelegenheiten gebeten. Als Anthony starb, habe ich ihn identifiziert, mich um seine Bestattung gekümmert und als sein Testamentsvollstrecker seinen Nachlass verwaltet. Dabei hat mich Anthonys Arbeitgeber, der um den schlechten Gesundheitszustand von Mrs. George wusste, großzügigerweise unterstützt. Sie war nicht in der Verfassung, sich um geschäftliche Dinge zu kümmern, geschweige denn, an Anthonys Beerdigung teilzunehmen.»

«Stimmt es, dass Anthony ihr fast alles vermacht hat?»

«Alles, Sergeant Collins. Sein Vater hat ihm ein beträchtliches Treuhandvermögen hinterlassen, das wir klug investiert und verdreifacht haben. Nach seinem Tod fiel das Vermögen an seine Mutter.»

«Und sonst wurde niemand bedacht?»

«Wir haben ein, zwei Dinge engen Freunden von ihm vermacht. Die Liste ist in der Akte, doch keines der Stücke war von großem Wert.»

Peter konsultierte wieder seine Notizen. Dass es weitere Erben gab, stand da nicht. «Wenn es nicht zu viele Umstände macht, würde ich diese Liste gern sehen.»

«Es wird etwas dauern, bis Miss Wilkinson die Akte herausgesucht hat. Rufen Sie doch heute Abend an. Bis dahin dürfte sie die Unterlagen gefunden haben.»

«Sehr freundlich von Ihnen. Können Sie bestätigen, dass Mrs. George kurz nach ihrem Sohn gestorben ist?»

«Sie ist keine zwei Monate nach ihm verschieden.»

«Und ihr Erbe?»

«Wurde zwischen karitativen Organisationen aufgeteilt, so wie sie es testamentarisch geregelt hat. Sowohl sie als auch ihr Gatte haben alles ganz genau festgelegt. Sie haben sich gegenseitig als Erben eingesetzt, und für den Fall, dass sie beide starben, sollte alles an ihren Sohn Anthony gehen. Beide haben eine Klausel eingefügt und zwei karitative Organisationen als Begünstigte benannt, an die das Erbe gehen sollte, wenn kein Familienmitglied mehr übrig ist.»

«Und welche Organisationen waren das?» Obwohl Peter sie in sein Notizbuch geschrieben hatte, wollte er das nochmal aus Marks' Mund hören.

«Zwei Einrichtungen, die auf Herz- und Krebsforschung spezialisiert sind.»

«Und die haben sich das Erbe geteilt?»

«Mit Ausnahme des Geldes, das drei weitere Begünstigte erhielten. Mrs. George hat ein Jahr vor ihrem Tod diese drei benannt und jedem von ihnen zwanzigtausend Pfund hinterlassen.»

«Und wer waren diese Personen?»

«Die Köchin und der Gärtner, die bei ihr gewohnt haben. Das Ehepaar hat dreißig Jahre für die Familie George gearbeitet. Und eine Putzfrau, die zehn Jahre lang für Mrs. Georges Mutter tätig war, bevor sie bei Mrs. George nach dem Rechten gesehen hat.» Der Anwalt warf Peter einen Blick zu, der einen weniger selbstbewussten Mann eingeschüchtert hätte. «All diese Fragen habe ich schon vor zwei Jahren beantwortet, als die Polizei wegen der Verstümmelung von Anthony Georges Leichnam ermittelt hat. Rollen Sie den Fall jetzt wieder neu auf?»

«So würde ich es nicht nennen.»

«Darf ich Sie dann fragen, wieso Sie hier sind?»

«Sie schauen wohl nicht häufig fern, Mr. Marks.» Peter griff in seine Jackeninnentasche und zog einen Umschlag heraus, den er vor dem Anwalt auf den Tisch legte.

«Ich sehe überhaupt nicht fern. Meine Augen sind nicht mehr so gut wie früher – und das Programm ebenfalls nicht. Daher gebe ich dem Radio den Vorzug.» Er nahm den Umschlag in die Hand und öffnete ihn. Das, was er sah, ließ ihn ganz blass werden.

«Dieser Mann ist vor zwei Tagen siebzig Meilen von hier in einem heruntergekommenen Hafenviertel verbrannt. Er war obdachlos und hat gelegentlich in einem Wohnheim übernachtet. Bei den zuständigen Heimleitern war er unter dem Namen Tony bekannt», führte Peter aus. «Das Video, aus dem diese Standfotos stammen, wurde gestern Abend in den Spätnachrichten gezeigt. Hinterher haben sich elf Personen bei der Hotline gemeldet. Und alle haben ausgesagt, der Mann in dem Video wäre Anthony George.»

«Das ist unmöglich. Ich habe Anthony Georges Leiche identifiziert. Das ist gut zwei Jahre her.» Der Anwalt legte die Fotos auf den Tisch und lehnte sich zurück. Er war aschfahl und zitterte.

«Soweit ich weiß, wurde sein Gesicht nach seinem Tod entfernt. Könnte es sein, dass Ihnen ein Fehler unterlaufen ist?»

«Nein, Sergeant. Das ist vollkommen unmöglich. Anthony George hatte seinen ersten Herzinfarkt in einem Squash-Club. Ein Freund hat ihn ins Krankenhaus gefahren. Und weil er wusste, wie schlecht es um die Gesundheit von Mrs. George bestellt war, hat er mich und Fraser Caldwell benachrichtigt …»

«Fraser Caldwell?»

«Ich habe ihn vorhin bereits erwähnt. Anthony hat in seiner Kanzlei gearbeitet. Caldwell, Caldwell und Buckingham. Anthony erlitt in der Notaufnahme einen zweiten Infarkt und verstarb vor unserem Eintreffen. Wir beide haben Anthony identifiziert, ehe seine sterblichen Überreste in die Leichenhalle gebracht wurden.»

«Und wie erklären Sie sich dann das hier, Mr. Marks?»

«Das kann ich nicht. Das Einzige, was mir dazu einfällt, ist die These, dass wir alle irgendwo einen Doppelgänger haben.»

«Der dasselbe Muttermal auf der Wange und dieselbe Narbe unter der Unterlippe hat?»

«Das ist mir nicht entgangen», erwiderte Marks frostig. «Aber eins weiß ich ganz gewiss, Sergeant. Anthony George war tot, als ich ihn das letzte Mal gesehen habe.»

«Dann ist dieser Mann hier Ihrer Meinung nach nicht Anthony George?»

«Ich gebe zu, dass … wer immer das auch ist …»

«War», korrigierte Anna ihn.

«… ihm unheimlich ähnlich sieht. Allerdings weiß ich auch, dass Tote nicht die Angewohnheit haben, auf Straßen herumzuspazieren.»

«Sie können sich diese bemerkenswerte Ähnlichkeit also nicht erklären?»

«Nein. Anthony George und seine Mutter sind Mandanten von mir …»

«Waren, Mr. Marks», verbesserte Peter ihn. «Ich gehe mal davon aus, dass es für Sie da nichts mehr zu tun gibt.»

«Viele Jahre habe ich mich um die Angelegenheiten der Familie gekümmert. Ich habe Anthony aufwachsen gesehen. Sich mit dem Tod von jemandem abzufinden, den man schon als Kind kannte, ist alles andere als leicht.» Er warf einen Blick auf seine Uhr. «Es tut mir leid, Sergeants, aber ich muss jetzt einen anderen Termin wahrnehmen.» Er stand auf und ging zur Tür.

«Kein Problem.» Peter erhob sich von seinem Platz. «Wenn Sie möchten, können Sie die Fotos behalten, Mr. Marks.»

«Nein, das möchte ich nicht, Sergeant, aber danke für Ihr Angebot.»

«Falls Ihnen noch etwas einfällt … irgendetwas …»

«Ich hatte zwei Jahre Zeit, mich zu erinnern, Sergeant. Ich denke nicht, dass mir noch etwas Neues in den Sinn kommt.»

«Er hat die Mutter geliebt.»

«Was?» Peter trat auf die Bremse, weil ihn ein anderes Fahrzeug schnitt, als er vom Parkplatz fuhr.

«Brian Marks hat die Mutter geliebt», erklärte Anna. «Hast du nicht bemerkt, wie seine Miene sich jedes Mal veränderte, wenn er ihren Namen erwähnte? Sie wurde weicher …»

«Du klingst wie so eine Tussi aus einem Werbespot für Geschirrspülmittel.»

«Verlass dich drauf. Zwischen Marks und Mrs. George ist was gelaufen.»

«An dem Tag, wo ich weibliche Intuition als stichhaltigen Beweis akzeptiere, werde ich kündigen.»

«Ich könnte dich beim Wort nehmen.»

«Nur zu.»

«Gut. Gleich heute Abend, falls wir übernachten müssen. Du musst links abbiegen, wenn du zum Krankenhaus willst.»

Peter musterte Anna aus den Augenwinkeln. Diese Frau war anders. Sie war die erste Kollegin, bei der man sich darauf verlassen konnte, dass sie immer eine freche Antwort parat hatte.

Als Trevor im Foyer der neuen Abteilung für Verbrennungschirurgie stand, hielt er Patricks Kommentar nicht mehr für übertrieben. An einem ganz normalen Samstag konnte man nicht bummeln gehen, ohne engagierten Bürgern zu begegnen, die Unterschriften dafür sammelten, dass die Unfallstation des General Hospital rund um die Uhr Patienten aufnahm. Vor sechs Monaten hatte nämlich das Gesundheitsamt im Rahmen eines Kostensenkungsprogramms beschlossen, dass Unfallopfer nachts in ein Krankenhaus gebracht wurden, das acht Meilen außerhalb lag und nicht an eine Schnellstraße angeschlossen war. Zudem wurde jedem Passanten eine Sammelbüchse unter die Nase gehalten, damit er eine Spende zur besseren Ausstattung der Intensiv- und Frühchenstation gab. Angesichts solcher Defizite, die möglicherweise Leben kosteten, erschien es geradezu obszön, dass so viel Geld auf Marmorfliesen, verchromte Treppen, Springbrunnen und eine riesige Zahl von Topfpflanzen – mehr hatte er nur in botanischen Gärten gesehen – verschwendet worden war.

«Kann ich Ihnen helfen, Sir?»

Die Empfangsdamen trugen maßgeschneiderte blaue Kostüme mit silbernen Paspeln – eine Kleidung, die hervorragend zur Umgebung passte.

«Ich möchte Dr. Randall sprechen.»

«Haben Sie einen Termin?»

«Sie erwartet mich.»

«Wie heißen Sie, Sir?»

«Sergeant Trevor Joseph.» Er zeigte seinen Dienstausweis.

«Unter diesem Namen ist niemand bei Dr. Randall eingetragen.»

Welche Schulungen ließ sich die Krankenhausbürokratie nur einfallen, um aus dem Personal Roboter zu machen? «Patrick O'Kelly hat den Termin für mich gemacht. Er hat von der Leichenhalle aus angerufen.»

«Trevor, wie geht es Ihnen? Schön, Sie wiederzusehen.»

Das war eine Stimme aus seiner Vergangenheit, und er hatte nicht erwartet, sie im wahren Leben nochmal zu hören. Er wandte sich vom Empfangspult ab und ergötzte sich an ihrem Anblick. Sie war eins dreiundsiebzig groß, schlank, dunkelhaarig und atemberaubend schön. Aussehen und Stimme waren ihm vertraut. Das war sie. Nur ihr Name, Randall, war ihm fremd.

«Sergeant Joseph hat keinen Termin, Dr. Randall», verkündete die Empfangsdame vorwurfsvoll.

«Doch, doch, Mary. Er wurde eben erst vereinbart.»

«Wie sollen wir diese Abteilung leiten, wenn –»

«Ich hatte keine Zeit, Sie zu informieren, Mary.» Höflich, charmant, resolut. Genau so, wie Trevor sie in Erinnerung hatte. «Bitte, hier entlang, Sergeant.»

In diesem Moment wäre Trevor ihr bis ans Ende der Welt gefolgt. Er stieg hinter ihr die Treppe hoch und bewunderte wieder die schwarz bestrumpften, langen Beine. Die Haare hatte sie im Nacken zu einem Knoten hochgesteckt – wie vor zwei Jahren. Da er sie einmal mit offenen Haaren gesehen hatte, wusste er, dass sie ihr bis zur Taille reichten.

«Kaffee?», fragte sie und führte ihn in ein Büro. Auch hier dominierten Chrom, Marmor und helle Hölzer.

«Gern.»

Sie drückte eine Taste auf dem Tischtelefon und bestellte Kaffee. «Sie sehen besser aus als bei unserer letzten Begegnung.»

«Wann war das?»

«Am Strand, nachdem man Sie von der Pier geworfen hatte. Wer hätte seinerzeit gedacht, dass Sie das überleben?»

«Es gab Zeiten, da hatte ich auch so meine Zweifel.» Er atmete tief durch und wünschte zum ersten Mal im Leben, er würde wie Peter Zigarre rauchen. «Von Peter weiß ich, dass Sie nach Afrika gegangen sind.»

«Ja, ich habe in einer Leprakolonie gearbeitet.»

Auf einmal erinnerte er sich an alle Details, die Peter ihm damals verraten hatte. «Sie sind also die Assistenzärztin, die Gesichtstransplantationen gemacht hat?»

«Nur Teilverpflanzungen», relativierte sie. «Anfänglich wurden nur Ohren, Nasen, Lippen transplantiert. Ich habe nur bei zwei vollen Transplantationen assistiert.» Es klopfte an der Tür. «Kommen Sie herein», rief sie und räumte ihren Schreibtisch für das Tablett frei, das ihre Sekretärin brachte.

«Stellen Sie die nächste halbe Stunde bitte keine Anrufe durch, Julie», bat sie. «Schwarz, ohne Zucker?»

«Sie erinnern sich noch.» Er kriegte kaum mit, wie die Sekretärin die Tür hinter sich schloss.

«Ich erinnere mich noch an vieles, was Sie betrifft, Sergeant Joseph. Ihnen ist es zu verdanken, dass die schwierigste Zeit in meinem Leben einigermaßen erträglich war.»

«Haben Sie wieder geheiratet?»

«Nein.» Sie lächelte, und ihre silbergrauen Augen funkelten vergnügt. «Als ich nach Afrika ging, habe ich wieder meinen Mädchennamen angenommen. Der Name Sheringham beschwor in meinem persönlichen Umfeld und in der Welt der Medizin zu viele Erinnerungen herauf. Und Sie?»

«Ich?», fragte er verwundert und vergaß alles, sogar den Grund für seinen Besuch.

«Sind Sie aus beruflichen Gründen hier oder weil Sie eine alte Freundin besuchen möchten?»

Er musste an Patricks ominösen Blick denken, als Dr. Randalls Name gefallen war. Offenbar hatte er sein Herz auf der Zunge getragen, als er vor zwei Jahren das Verschwinden von Daisy Sherringhams Ehemann untersucht hatte.

«Beruflich.» Während er kurz die Fakten des Falles schilderte und die möglicherweise leicht abwegige Theorie einer Gesichtstransplantation erwähnte, konnte er den Blick nicht von ihr abwenden. Die äußerlichen Veränderungen waren nicht zu übersehen: die Bräunung der Hände und des Gesichts, der Gewichtsverlust, der ihre Wangenknochen stärker hervortreten ließ, und die ersten Fältchen um ihre Augen. Es war noch gar nicht so lange her, da rankten sich seine wildesten und schönsten Träume um Daisy Sherringham. Und nun saß sie leibhaftig vor ihm, und er schwadronierte wie ein Idiot über die Ermittlung. Falls sie verstand, wovon er sprach, grenzte dies an ein Wunder, denn er war sich nicht mal sicher, ob er selbst wusste, was er da redete.

«Man hat dem Mann das Gesicht vor zwei Jahren entfernt?», unterbrach Daisy ihn.

«Ja.»

«Damals gab es in diesem Land aber niemanden, der Transplantationen durchführte.»

«Sind Sie sich dessen sicher?»

«Natürlich nicht hundertprozentig, aber soweit ich weiß, wurde die Pionierarbeit in Amerika und aus juristischen Gründen in Afrika geleistet.»

«Weil in Afrika keiner klagt?»

«Klingt nach einer von Peter Collins' Bemerkungen.»

«Ich arbeite gelegentlich immer noch mit ihm.»

«Auch in diesem Fall?»

Trevor nickte.

«Seit ein paar Jahren prozessieren die Amerikaner und die Europäer oft und gern. Bald sind wir an einem Punkt, wo Ärzte sich fürchten, Patienten zu behandeln, weil diese sie später verklagen könnten wegen etwas, das zu der Zeit niemand wissen konnte. Außerdem sind Leprakranke im Allgemeinen eher bereit, das Risiko einzugehen, sich auf eine chirurgische Pionierarbeit einzulassen.»

«Wie viele Transplantationen wurden denn hier in der Abteilung durchgeführt?»

«Keine. Wir haben allerdings drei Patienten, die auf passende Spender warten.»

»Männer oder Frauen?

«Zwei Männer, eine Frau.»

«Und in London wurden schon zwei durchgeführt, beide an Frauen?»

«Das wissen Sie bestimmt von Patrick. Mark hat sich mit ihm angefreundet. Es gibt viele plastische Chirurgen in diesem Land, aber soweit ich weiß, hat – mit Ausnahme von Mark – keiner von ihnen ein ganzes Gesicht verpflanzt.»

«Halten Sie mit den anderen Teams Kontakt?»

«Im Gegensatz zu dem, was in den Zeitungen steht, kooperieren wir miteinander. Das tun die meisten Mediziner, wenn sie Techniken testen, die noch im Stadium der Erprobung sind. Auf diese Weise können unsere Fehler zum Erfolg eines Kollegen führen und umgekehrt.»

«Könnten Sie mir die Namen von anderen Ärzten nennen und auch verraten, in welchen Krankenhäusern sie operieren?»

«Ich könnte noch mehr tun. Wenn das, was Sie mir gerade erzählt haben, nicht vertraulich behandelt werden muss, könnte ich den anderen Ärzten von diesem Fall erzählen. Vielleicht wissen sie ja was.»

«Würden Sie das tun?»

«Für Sie, Trevor, jederzeit.» Sie wandte den Blick von ihm ab und schaute aus dem Fenster. Es herrschte Ebbe. Der breite Strand war von winzigen Gestalten übersät, die nach Köderwürmern suchten. «Geben Sie mir Ihre Telefonnummer. Ich melde mich dann bei Ihnen.»

«Wie lange wird es dauern, die Informationen zu beschaffen?»

«Das mag ich so an der Polizei. Man bietet an, ihr einen Gefallen zu tun, und sie verlangt ihn sofort.»

«Wir brauchen die Infos so schnell wie möglich. Hätten Sie Lust, mich bei einem Abendessen auf den neuesten Stand zu bringen?»

«Sie haben sich verändert. Vor anderthalb Jahren hätten Sie acht Wochen gebraucht, um mir solch einen Vorschlag zu unterbreiten.»

«Seit wir uns begegnet sind, bin ich geselliger geworden und lebe nicht mehr so einzelgängerisch.»

«Ich möchte keine Unruhe stiften.»

«Das tun Sie nicht.»

«Na, was halten Sie von morgen Abend? Falls es neue Erkenntnisse gibt, müsste ich sie bis dahin haben.»

«Ich hole Sie um acht Uhr ab.»

«Ich habe meine Zelte wieder in dem Schwesternheim aufgeschlagen, wo ich früher schon gewohnt habe.»

«Bis dann.» Bevor er zur Tür hinausging, schüttelte er ihre Hand – und widerstand gerade noch der Versuchung, sie länger als nötig zu halten.

«Hören Sie, Sergeant …»

«Ich bin Peter, und das ist Anna.» Peter drückte seine Zigarre im Aschenbecher aus. Der Tag war lang und fruchtlos gewesen. Im Krankenhaus hatten sie nichts Neues erfahren, was nach zwei Jahren auch nicht anders zu erwarten gewesen war. Wie sich herausstellte, hatte man den diensthabenden Pfleger nach der Schicht, in der Anthony Georges Gesicht entfernt worden war, sofort gefeuert. Der Arzt, der die Hotline angerufen hatte, wollte helfen, konnte aber der Aussage, die er vor zwei Jahren gemacht hatte, nichts hinzufügen. Der Hausarzt der Familie George hatte ein paar Andeutungen fallen lassen und Anna in ihrer Meinung bestätigt, dass Mrs. George und Brian Marks ein Liebespaar gewesen waren. Und seit dem Moment saß Anna auf dem hohen Ross, obwohl diese Information sie keinen Schritt weiterbrachte.

Anthony Georges Freunde hatten bekräftigt, dass der

Mann im Fernsehen zweifelsfrei Anthony George war. Auch das half ihnen nicht weiter. Der letzte Punkt auf ihrer Liste war der Besuch eines Pubs, der, wie Inspector Edwards herausgefunden hatte, Anthony Georges Freund gehörte.

Luke Davies war ein femininer Schwuler, den Peter von Anfang an nicht leiden konnte. Anna hingegen verstand sich ganz prächtig mit ihm.

Davies sah sich die Fotos vom Toten noch einmal genau an und gab sie Anna zurück. «Ich kann hierzu nur eines sagen: Wer auch immer dieser Kerl da sein mag – er sieht dem Anthony, den ich kannte ...» – er warf Peter einen herausfordernden Blick zu – «... und liebte, zwar unheimlich ähnlich. Aber Tony ist das nicht.»

«Wieso nicht?» Peter schwenkte sein Pint-Glas und trank es aus. Dies war sein zweites Bier, und er beabsichtigte, sich ein drittes zu genehmigen. Dann musste sich eben Anna auf der Rückfahrt hinters Steuer setzen, oder sie würden hier übernachten. Im Moment war es ihm völlig schnuppe, wie der Abend endete.

«Weil ich Anthony nach dem ersten Herzinfarkt ins Krankenhaus gebracht habe. Weil ich im Wartezimmer saß, während sie versuchten, ihn wiederzubeleben. Und weil ich seine Hand hielt, als er starb.»

«Und das war ganz sicher Anthony George?», hakte Anna nach.

«Zweifelsfrei.»

Hinter der Theke arbeitete ein junger Mann – genau wie Inspector Edwards Trevor erzählt hatte. Beim Bierzapfen schaute er gelegentlich zu ihnen hinüber, doch seine Neugier hinderte Luke Davies nicht daran, über Tonys Foto Tränen zu vergießen.

«Demnach müssen wir davon ausgehen, dass Anthony George seit zwei Jahren tot ist», erklärte Peter. An dieser

Tatsache gab es nichts mehr zu rütteln, nachdem der Arzt, Marks, Caldwell und nun auch Davies sie bestätigt hatten. «Wissen Sie, dass sein Gesicht nach seinem Tod entfernt wurde?»

«Kranker Mistkerl. Wäre der mir damals unter die Augen gekommen, hätte ich ihn umgebracht.»

«Laut Inspector Edwards haben Sie Anthony George besser gekannt als sonst wer.»

Luke nickte und bedeutete dem Mann hinter der Theke, ihnen eine neue Runde zu bringen.

«Haben Sie eine Idee, wieso es jemand darauf anlegen könnte, sich für ihn auszugeben?»

«Für ihn ausgeben?» Luke starrte Peter verständnislos an, als der Barkeeper ihm einen großen Gin Tonic und Anna und Peter frisch gezapftes Bier brachte.

«Sie haben doch zugegeben, dass der Mann im Video wie Anthony George aussieht.»

«Nach dem, was gestern Abend im Fernsehen berichtet wurde und was Sie mir gerade erzählt haben, war dieser Tony ein Penner, der auf der Straße oder in Heimen übernachtet hat.»

«Stimmt.»

«Seltsam, sich für Anthony auszugeben und dann auf der Straße zu landen. Wenn er versucht hätte, an Anthonys Haus oder Vermögen zu kommen, könnte ich das ja noch verstehen. Anthonys Mutter besaß ein schönes Haus und, soweit ich weiß, ein kleines Vermögen.»

«Sie haben nach Anthonys Tod nichts geerbt?» Peter wollte wissen, ob sein Gegenüber einen Groll hegte.

«Ich habe weitaus mehr gekriegt, als mir zustand. Anthony hatte mir für den Kauf des Pubs Geld geliehen. Im Gegenzug habe ich ihn zum Partner gemacht, was wir nur informell geregelt haben. Ich wollte, dass Anthony einen

Vertrag aufsetzt, doch das hat er nie gemacht. Er behauptete, das wäre nicht nötig.»

«Und als er starb?»

«Sein Anwalt, ein netter älterer Kerl …»

«Brian Marks», warf Anna ein.

«Ja, so hieß er. Ich habe ihn im Krankenhaus kennengelernt. Hinterher … nach der Beerdigung, meine ich, habe ich ihn aufgesucht und ihm von unserer Vereinbarung erzählt. Er riet mir, die Sache zu vergessen. Der Kredit war weder in Anthonys Letztem Willen noch in seinen Unterlagen vermerkt. Und als ich meinte, das ginge nicht an, hat er vorgeschlagen, einer der karitativen Einrichtungen, die Anthonys Mutter unterstützte, etwas zu spenden, sobald ich dazu finanziell in der Lage bin.»

«Sehr großzügig von ihm.»

«Er war der Meinung, Anthony hätte es so gewollt. Als Anthonys Anwalt muss er gewusst haben, was im Fall seines Todes passieren sollte. Ein paar Wochen später ist Mr. Marks hier aufgekreuzt, hat ein paar von Anthonys persönlichen Sachen gebracht und mich aufgefordert, mir etwas auszusuchen. Ein paar von Anthonys anderen Freunden hat er auch einen Besuch abgestattet.»

«Was für Sachen waren das?» Peter besaß eine Liste, die Brian Marks zusammengestellt hatte. Ein Kredit an Luke Davies war darauf nicht vermerkt.

«Seine silbernen Haarbürsten, ein paar Gemälde, moderne Kunst … Nichts Wertvolles. Anthony hat Studenten von der Kunsthochschule gefördert. Er hatte ein gutes Auge.»

Da Davies' Schilderung mit der Liste übereinstimmte, die Marks ihm gegeben hatte, verfolgte Peter das Thema nicht weiter. Eine Weile lang genossen sie schweigend ihre Drinks.

«Seit den gestrigen Abendnachrichten geht mir der

Mann aus dem Film nicht mehr aus dem Kopf. Selbst wenn ich nicht dabei gewesen wäre, als Anthony starb, würde ich trotzdem nicht glauben, dass er dieser Typ ist.»

«Warum denn nicht?»

«Anthony hätte sich lieber umgebracht, als mit so schmutzigen Klamotten herumzulaufen wie dieser Kerl. Er achtete sehr auf sein Äußeres und konnte Dreck nicht ausstehen. Mein Badezimmer hat er nur betreten, wenn ich vorher sauber gemacht habe.»

«Dann halten Sie es also für unwahrscheinlich, dass er es in der Jubilee Street ausgehalten hätte?»

«Jubilee Street?» Luke warf Peter einen fragenden Blick zu.

«In der Gegend wurde der Obdachlose ermordet», erklärte Anna.

«Dazu kann ich Ihnen nichts sagen. Aber ich weiß, dass er keinen Fuß hinter die Bar gesetzt hat aus Angst, ein Tropfen Bier könnte auf seiner Kleidung landen. Hat nur das Bett mit mir geteilt, wenn ich so lange duschte, bis ich nicht mehr nach Essen und Alkohol gerochen habe.» Er betrachtete die leeren Gläser. «Noch eine Runde?»

«Entweder wir fahren heute Abend noch nach Hause, oder wir suchen uns ein Zimmer.»

«Niemand fährt mehr irgendwohin!», schmetterte Peter Annas Vorschlag kategorisch ab. «Jeder von uns hat schon drei große Gläser Bier intus.»

«Ich habe oben ein Zimmer, das ich Ihnen überlassen könnte», bot Davies an.

«Aber nur, wenn Sie uns die Übernachtung auf die Rechnung setzen. Und die Drinks auch. Das geht alles auf Spesen.»

«Gern.»

«In dem Fall nehmen wir noch eine Runde, Barkeeper.»

Als Peter und Anna an diesem Abend die Treppe hochstiegen, waren beide ziemlich ramponiert. Auf den Alkohol reagierten sie völlig unterschiedlich. Peter sprach und bewegte sich langsam. Anna brabbelte unartikuliert und konnte sich kaum mehr auf den Beinen halten.

«Da eh alles auf Spesen geht, hätten wir ihn um zwei Zimmer bitten sollen.» Peter versuchte, den Schlüssel ins Loch zu stecken und gleichzeitig Anna zu stützen.

«Ich habe nicht mitgekriegt, dass er sagte, er hätte zwei.»

«Wenn du mich fragst, hast du nichts von dem mitgekriegt, was während der letzten halben Stunde gesprochen wurde.» Peter drehte den Schlüssel um und stieß die Tür mit dem Fuß auf.

«Ich habe über den Fall nachgedacht.» Beim Eintreten stolperte Anna über Peters Fuß.

«Warte, bis ich Licht gemacht habe.»

«Sehr schön.» Sie ließ sich auf die pinkfarbene Satintagesdecke fallen.

Peter durchquerte den Raum und öffnete die andere Tür, die in ein Badezimmer mit rosafarbenen Objekten, Messingarmaturen und grünen Fliesen führte. Als sein Blick auf die Wegwerfzahnbürsten, die kleinen Zahnpastatuben und die winzigen Seifenstücke fiel, gelangte er zu der Auffassung, dass das Zimmer für eine Nacht vollkommen in Ordnung war.

«Willst du zuerst duschen?» Er drehte sich um. Anna hatte sich auf die Seite gedreht und war bereits eingeschlafen.

«Verdammte Weibsbilder. Können einfach keinen über den Durst trinken.» Er zog ihr Schuhe und Jacke aus. Die Bluse und der Rock stellten ihn vor Probleme. An unerwarteten Stellen gab es sonderbare Knöpfe und Häkchen. Entweder hatte die Damenkleidung sich verändert, oder er war aus der Übung. Beim Ausziehen der Strumpfhose versuchte er, sie nicht anzustarren, was nicht funktionierte. Sie hatte eine Traumfigur, was ihm bislang nicht aufgefallen war, da sie immer Hosen oder einen langen Rock trug. Seiner Meinung nach bestand bei den Beinen hierzu überhaupt keine Veranlassung.

Er widerstand der Versuchung und ließ die Finger von ihrem Büstenhalter und Höschen. Kopfschüttelnd schlug er die Bettdecke zurück, drehte sie um und deckte sie zu. Zum ersten Mal seit Monaten war er mit einer Frau allein in einem Schlafzimmer – allerdings mit einem weiblichen Wesen, das ausgerechnet jetzt total hinüber war.

Vollkommen ausgelaugt von einem Brainstorming mit Dan Evans und Bill Mulcahy, bei dem überhaupt nichts herausgekommen war, trat Trevor in sein leeres Heim und schloss die Tür. Daisy Sherringham oder – besser gesagt – Randall beschäftigte ihn gerade mehr als eine Leiche ohne Gesicht.

Auf dem Fensterbrett im Wohnzimmer standen seine Glückwunschkarten zum Geburtstag. Er begann, sie wegzuräumen, und hielt einen Moment inne, als sein Blick auf die von Lyn fiel. Sie hatte sich für eine lustige Karte mit einem pink-blauen Nilpferd entschieden, das sich im Schlamm wälzte. Wieso geisterte ihm eine ganz bestimmte Frau durch den Kopf, wo er doch mit einer anderen zusammenlebte? Es war ein Fehler gewesen, Daisy um ein gemeinsames Abendessen zu bitten. Das zeugte genau von dem Verhalten, für das er Peter und seine Kollegen oft kritisierte. Viele Polizisten handelten nach der Devise, dass man jede Frau anbaggern konnte und alles erlaubt war, solange man nicht erwischt wurde. Mit dieser Einstellung versuchten sie, ihre gescheiterten Beziehungen zu vergessen.

Bislang war er stolz darauf gewesen, seinen Freundinnen

gegenüber immer ehrlich gewesen zu sein. Nicht, dass er viele Beziehungen gehabt hätte. Alles in allem war er nur mit zwei Frauen zusammen gewesen. Mit Mags und Lyn. Nachdem Lyn ihm geholfen hatte, die schwierigen Monate im Krankenhaus durchzustehen, hatte er ihr vorgeschlagen, mit ihm zusammenzuziehen. Lyn hatte ihn auf dem Tiefpunkt kennengelernt und ihn fachmännisch, fürsorglich und später auch liebevoll gesund gepflegt. Welches Recht hatte er da, ihr gemeinsames Leben aufs Spiel zu setzen, um einem Wunschtraum nachzujagen? Denn genau das war Daisy. Der verlockendste Traum, der jemals in greifbare Nähe gerückt war. Er konnte nicht behaupten, sie wirklich zu kennen. Nie hatte er ihre Hand gehalten, geschweige denn sie geküsst.

Er ging in die Küche und öffnete den Kühlschrank. Als sein Blick auf die Reste von der Party fiel, nahm er den Deckel vom Mülleimer, warf die Speisen weg und stellte das dreckige Geschirr in die Geschirrspülmaschine. Anschließend warf er einen Blick in den Gefrierschrank. Was aß Lyn am liebsten? Sie mochte leichte, schmackhafte Gerichte. Fleischpastete auf Toast, Nudelsalat mit Thunfisch, Chinesisch …

Er entdeckte die Speisekarte vom Imbiss am Jachthafen und sah auf die Uhr. Halb elf. Selbst wenn Lyn noch in eine Kneipe gegangen war, würde sie spätestens in einer halben Stunde heimkommen. Er nahm das Telefon und bestellte für sie beide die Spezialität des Tages. Zwanzig Minuten später wurde das Essen geliefert. Ein wenig einfallslos, aber routiniert, deckte er den Tisch im Esszimmer, zündete Kerzen an und suchte die beste Tischdecke heraus.

Gegen halb zwölf hörte Trevor, wie ihr Wagen auf die Auffahrt rollte. Das Essen stand noch im Ofen, und er hatte schon mehr als eine halbe Flasche Wein getrunken.

«Du bist zu Hause.» Mit überraschter Miene hängte sie ihren Mantel auf.

«Ich habe uns etwas zu essen bestellt. Wenn wir Glück haben, ist es noch genießbar.»

«Wenn ich das gewusst hätte, wäre ich eher gekommen», sagte sie mit einem Unterton, der ihn daran erinnerte, dass normalerweise sie auf ihn wartete.

«Können wir jetzt essen?»

Sie betrachtete den Tisch, die Kerzen, den Wein und bekam schlechte Laune.

«Ich habe keinen Hunger.»

«Dann vielleicht ein Glas Wein?»

«Wegen mir brauchst du keine neue Flasche aufzumachen.»

«Lyn, es tut mir leid. Dass ich so viel und lange arbeiten muss, passt mir auch nicht, aber ich bin nun mal Bulle. Damit verdiene ich mein Geld. Ich dachte, du würdest das verstehen.»

«Das tue ich … Ich …» Wie gern hätte sie einen Schritt auf ihn zugemacht und sich von ihm in die Arme nehmen lassen, doch ihr Stolz siegte. «Ich bin müde und gehe jetzt ins Bett. Vergiss nicht, den Ofen auszuschalten.»

Kapitel sechs

«Guten Morgen.»

Anna öffnete verschlafen ein Auge. Vor ihr stand Peter, vom Duschen noch leicht nass. Er hatte sich ein Handtuch um die Taille gewickelt und hielt ein Tablett mit zwei Tassen Kaffee in der Hand.

«Ich habe das hier bestellt. Dachte, dass du den jetzt nötig hast.»

«Wie spät ist es?», murmelte sie undeutlich. Plötzlich kam es ihr vor, als wäre ihre Zunge viel zu groß für ihren Mund.

«Acht. Im Revier erwartet man uns erst in ein paar Stunden.»

«Ist mir doch schnuppe.»

«Sergeant, Sie vertragen keinen Alkohol.»

«Falls ich mich recht entsinne, du auch nicht.»

«Immerhin habe ich dich ausgezogen – und nicht umgekehrt.»

Sie hob die Bettdecke und spähte darunter. «Hast wohl einen Hang zur Nekrophilie, was?»

«Nein. Deshalb habe ich ja irgendwann auch aufgehört.» Er nahm eine der Tassen und stellte sie auf ihren Nachttisch.

Sie schüttelte das Kissen auf, zog das Laken hoch und setzte sich auf. «Ich hoffe, du hast meine Kleider fein säuberlich zusammengelegt.»

«Nach dem Chaos bei dir daheim zu urteilen, wahrscheinlich ordentlicher als du. Willst du hier oben oder lieber unten frühstücken?»

«Frühstück kann ich gerade nicht gebrauchen.»

«Ich dachte, du wärst immer hungrig.»

«Haben wir gestern Abend etwas herausgefunden?», fragte sie.

«Nur, dass du dringend was trinken musstest.»

«Dann haben wir also einen ganzen Tag verschwendet.»

«Und die Nacht auch.»

«Du vielleicht, Peter. Ich habe tief und fest geschlafen. Was hast du mit meiner Handtasche angestellt?»

Er schaute sich im Zimmer um.

«Hast du sie mit hochgenommen?»

Er entdeckte sie neben der Tür und brachte sie ihr.

«Jetzt kann ich mich anziehen.» Sie machte die Tasche auf und kramte frische Unterwäsche, eine Strumpfhose, Zahnpasta und Zahnbürste heraus.

«Endlich kapiere ich, wieso Frauen auf riesengroße Handtaschen stehen.»

«Hast du gestern Abend nochmal unser Revier angerufen?»

«Nein.»

«Wäre aber besser gewesen. Die haben bestimmt schon eine Vermisstenmeldung rausgegeben.» Sie stieg aus dem Bett. Sein Kennerblick wanderte über ihre schlanke, leicht muskulöse Gestalt.

«Ich habe nichts dagegen, noch ein, zwei Stunden länger als vermisst zu gelten.»

«Ich dachte, du hättest es eilig.»

«Jetzt nicht mehr.» Er stellte seine Kaffeetasse auf den Nachttisch.

«Ich habe meine Meinung zum Thema Frühstück geändert. Bestell schon mal Eier und Speck. In zehn Minuten bin ich unten.»

«Alles Gute zum Geburtstag», sagte Lyn, als sie zu Trevor in die Küche kam. «Das Geschenk kommt mit zweitägiger Verspätung. Es war allerdings oben im Schlafzimmer.»

«Ich habe es gesehen, wollte es aber nicht ohne dich aufmachen.»

«Jetzt bin ich ja da.» Lyn sah sich um. Trevor hatte zwar kein Frühstück gemacht, aber Kaffee aufgebrüht. Sie nahm eine Tasse aus dem Schrank und bediente sich.

«Lyn …»

«Ich muss in einer halben Stunde bei der Arbeit sein.»

«Wir müssen reden.»

«Aber nicht gleich nach dem Aufstehen.»

«Wie oft und in welcher Form muss ich mich noch für meinen Beruf entschuldigen, bevor du akzeptierst, dass es nun mal so läuft, wenn ich in einem Fall ermittle?»

«Es dauert eine Weile, bis man sich daran gewöhnt. An die Einsamkeit, die geplatzten Dates. War nicht abgemacht, dass wir heute zu deiner Familie fahren?»

«Das machen wir an einem anderen Wochenende.»

«Wann, Trevor?»

Er löste das Geschenkband, entfernte das Papier und hob den Deckel. Auf einem dicken Wattebausch lag eine antike silberne Taschenuhr. «Ich weiß gar nicht, was ich sagen soll.»

«Mach sie auf.»

Er drückte auf einen kleinen Knopf, woraufhin der Deckel aufsprang. Auf der Innenseite befand sich eine Gravur:

Trevor, ich danke dir für die sechs glücklichsten Monate in meinem Leben.

«Ich würde mir wünschen, es wäre auch so», meinte er schuldbewusst.

«Bist du heute Abend daheim?»

«Nein, ich muss mich wegen des Falls mit einer Ärztin treffen. Das geht nur heute Abend. Vielleicht morgen ...»

«Vielleicht.» Sie stürmte nach draußen und schlug die Tür hinter sich zu.

«Die Fingerabdrücke auf der Flasche wurden identifiziert», berichtete Evans, als Trevor aufs Revier kam. «Sie gehören einem Philip Matthews. Hat als Gefreiter bei der Armee gedient und ist desertiert, nachdem er das Gesicht eines Vorgesetzten mit der Faust bearbeitet hat. Er ist dafür in den Bau gewandert und wurde nach Verbüßung der Strafe unehrenhaft entlassen. Hat dann als Zivilist krumme Dinger gedreht. Einbruch, Scheckfälschung, Kreditkartendiebstahl, Erpressung. Werfen Sie mal einen Blick darauf. Mal sehen, ob Ihnen das Gleiche ins Auge springt wie mir.» Er warf Trevor die Akte zu.

«Eins fünfundachtzig groß, normaler Körperbau, vierundsechzig Kilo schwer, schwarze Haare, braune Augen ... Bis auf das Muttermal und die Narbe könnte das Tony sein.»

«Die Beschreibungen stimmen überein.»

«Haben wir ein Foto von Philip Matthews?»

«Sie haben uns eins mit der Akte gefaxt. Klebt hinten auf dem Blatt.»

Trevor drehte das wächserne Papier um. Obwohl das Bild ziemlich verschwommen war, konnte er sofort erkennen, dass dieses Gesicht nicht die geringste Ähnlichkeit mit dem von Tony hatte. Der Mann sah älter aus, und seine Augen standen weiter auseinander; zudem war das Kinn länger und der Mund nicht ganz so breit. «Unser Mörder?»

«Könnte sein, falls die Flasche etwas mit dem Verbrechen zu tun hat. Aber das würde bedeuten, dass das Opfer Handschuhe anhatte, was Patrick nicht erwähnt hat.»

«Wäre doch möglich, dass sie im Feuer verbrannt sind, oder?»

«Ja. Ich habe Verbrecherfotos von Philip Matthews angefordert. Sobald wir sie haben, will ich, dass Sie mit ihnen in die Jubilee Street gehen und sie dort herumzeigen. Womöglich erinnert sich jemand, ihn dort gesehen zu haben.»

«Haben Peter und Anna etwas herausgefunden?»

«Die müssen erst noch klären, was zwischen ihnen beiden läuft.»

Trevor zog eine Augenbraue hoch.

«Allerdings kann ich mir nicht vorstellen, dass Anna dem Charme von Peter erliegt», meinte Evans.

«Ach, ich weiß nicht, er hat schon seine Momente.»

«Na, in dem Fall werde ich dafür sorgen, dass er erst

wieder ins Bett kommt, wenn dieser Ganove hinter Gittern sitzt.»

«Soll ich mich jetzt auf den Weg in die Jubilee Street machen?» Trevor hielt das Fax hoch. «Ich könnte es fotokopieren und Sam, Tom Morris und den Leuten von der Heilsarmee zeigen.»

«Ja, das hat momentan Vorrang. Falls Sie mich brauchen, ich bin hier.»

«Glauben Sie, wir stecken in einer Sackgasse?»

«Ja, ich denke, schon. Oder Sie sehen etwas, das ich übersehen habe?»

Der Morgen war unangenehm feucht und kühl. Die Fahrt ins Hafenviertel deprimierte Trevor unendlich. Tags zuvor hatte noch die Sonne geschienen und ihn hoffen lassen, dass endlich der Frühling nahte. Eine graue Straße reihte sich an die nächste. Die endlosen Reihenhäuser schimmerten nassgrau im Regen, und je näher die Jubilee Street kam, desto schäbiger und heruntergekommener wirkten sie.

Die Umgebung passte zu seiner Stimmung. Ihn irritierte, dass Lyn gerade in dem Moment, wo Daisy wieder in seinem Leben aufgetaucht war, zu ihm auf Distanz ging. Er hätte Lyn zwingen müssen, ihm zuzuhören. Er hätte ihr von Daisy erzählen, mit ihr über den Fall sprechen und versuchen sollen, sie einzubinden. Wie hatte er in solchen Situationen reagiert, als er noch mit Mags zusammen gewesen war? Rückblickend betrachtet, hatte er sich damals auch nicht sonderlich um sie bemüht. Wie Lyn war auch Mags seelisch und körperlich zunehmend auf Distanz gegangen, ohne das Gespräch zu suchen. Und eines Tages hatte Peter ihn beiseite genommen und ihm verraten, dass Mags eine Affäre mit einem anderen Mann hatte.

Er parkte vor Sams Wohnheim, klaubte die Kopien des

Fax vom Beifahrersitz, steckte sie in die Innentasche seines Anoraks und hielt auf die ramponierte Eingangstür zu.

«Wir haben geschlossen!», verkündete eine Stimme aus dem Gebäude, ehe er die Türschwelle erreichte.

«Sergeant Trevor Joseph. Ich möchte Sam Mayberry sprechen», rief er zurück.

Er hörte, wie jemand durch einen Flur schlurfte, dann aber von schnelleren, entschlosseneren Schritten überholt wurde. Anschließend knarrte der Riegel an der Innenseite der Tür; offenkundig schob man ihn zurück.

«Trevor, ist mir immer eine Freude, dich zu sehen. Komm rein.» Sam stieß die Tür weit auf. «Komm rein», wiederholte er wie ein leutseliger Pubbesitzer. «In mein Büro. Einer der Jungs hat für mich da gerade Feuer im Kamin gemacht. Möchtest du einen Tee?»

«Tee wäre schön. Danke, Sam.» Trevor setzte sich auf einen der gestifteten Stühle, der in einem Weiterbildungskurs mit Schaumstoffresten neu gepolstert worden war.

«Gibt es was Neues über die arme Seele, die im Feuer umgekommen ist?», fragte Sam und nahm ihm gegenüber Platz.

«Wir stehen noch ganz am Anfang, Sam.» Trevor steckte die Hand in die Innentasche. «Ich weiß, das Bild hier ist ziemlich unscharf. aber hast du diesen Mann mal in der Nähe der Obdachlosenheime gesehen?»

Sam holte eine randlose Brille aus seinem Schreibtisch, setzte sie auf die Nasenspitze und spähte durch die Gläser. «Ich habe ihn in der Schlange vor Tom Morris' Heim gesehen. Wenn also jemand was über diesen Mann hier weiß, dann Tom. Er redet stundenlang mit seinen Gästen. Hat übrigens einen ziemlich guten Posten beim Sozialamt an den Nagel gehängt und sich für zwei Jahre hierher versetzen lassen, obwohl dieser Job viel schlechter dotiert ist.»

«Er ist halt ein Idealist.»

«Nein, er hat kapiert, dass es hier an allen Ecken und Enden brennt, und beschlossen, Abhilfe zu schaffen.»

«Wie lange arbeitet er schon hier?», fragte Trevor, als ein junger Priester zwei Tassen Tee brachte.

«Seit Weihnachten», antwortete Sam und griff nach seiner Pfeife. «Er kam mit einer Gruppe vom Sozialamt in die Jubilee Street, um ein städtisches Obdachlosenheim zu inspizieren, das geschlossen werden sollte. Ben Proctor, der damalige Leiter, stand kurz vor der Pensionierung. Nach Ansicht des Bezirkes wurde das Heim nicht mehr gebraucht. Tom Morris war da zum Glück anderer Meinung. Ein Blick auf die Menschenschlange genügte, und schon hat er um die Versetzung gebeten. Tom versteht sich darauf, die hiesigen Wohlfahrtsverbände unter Druck zu setzen. Darum sieht sein Heim von innen auch besser aus als unseres. Er hat Freunde in den Ausschüssen der ehrenamtlichen Einrichtungen. Innerhalb von vier Monaten ist es ihm gelungen, genug Geld aufzutreiben, um sein Heim von Grund auf zu renovieren, neue Duschen zu installieren, die alten Matratzen rauszuwerfen und neue anzuschaffen. Ist wirklich schade, dass die Leute vom Fernsehen unbedingt bei mir und nicht bei ihm drehen wollten.»

«Die Bilder wären den Zuschauern nicht so unter die Haut gegangen», meinte Trevor.

«Stimmt. Tom macht seinen Job gut. Es ist schon komisch, aber wir alle haben uns irgendwie spezialisiert, auch wenn das nicht so geplant war. Captain Arkwright kümmert sich um Frauen und junge Mädchen. Gott steh ihnen bei! Sie sind noch schutzbedürftiger als die Männer. Bei mir landen die Säufer und hoffnungslosen Fälle. Tom möchte aus seinem Laden eine Art Übergangshaus machen und denen helfen, die wieder auf eigenen Füßen stehen wollen.

Und er hat Erfolg damit. Seit Januar hat er für sechs junge Männer Weiterbildungsangebote und möblierte Zimmer in der Stadt organisiert.» Sam klopfte die Pfeifenasche in den Kamin. «Dich mag diese Zahl nicht sonderlich beeindrucken, aber nun haben sechs vermeintlich hoffnungslose Fälle eine Chance. Und bevor Tom hier auftauchte, schien so etwas schlichtweg unmöglich.»

«Das kann ich mir vorstellen.» Trevor sah aus dem Fenster und betrachtete zwei torkelnde Gestalten. Sie steuerten mit einem Einkaufswagen auf eine Unterführung zu, die ins Stadtzentrum führte.

Sam trank den letzten Schluck Tee. «Sollen wir mal zu Tom rübergehen? Sein Heim ist echt eine ganz andere Liga.»

Trevor folgte ihm in Tom Morris' Haus. Es roch nach frischer Farbe. Decken, Wände und Gebälk waren geweißt, auch wenn der Anstrich nicht gerade professionell wirkte. Die gesprungenen Bodenfliesen waren mit Farbklecksen übersät, die Übergänge zwischen Dispersions- und Lackfarbe hie und da nicht sauber gearbeitet. Manche Wände waren versehentlich lackiert und die eine oder andere Tür mit Wandfarbe angepinselt worden.

Tom kam in weißem Baumwollpulli und brauner Hose die Treppe hinunter und begrüßte sie. Der Heimleiter und der Polizist gaben sich die Hand. Tom registrierte, wie Trevor sich neugierig umschaute.

«Dieses Heim wurde weniger mit Sachverstand als mit Enthusiasmus renoviert, Sergeant. Der Rotary Club hat das Material gespendet, und ein paar von unseren Bewohnern haben die Ärmel hochgekrempelt und Hand angelegt.»

«Ich habe Tom schon gefragt, wann er mein Heim auf Vordermann bringt», scherzte Sam.

«Sobald wir hier fertig sind», entgegnete Tom und führte

seine beiden Gäste nach oben. Sie kamen an einem Raum vorbei, der zum Café umfunktioniert worden war.

«Das könnte ein Tageszentrum werden», erklärte Tom. «Es bringt ja nichts, jemandem nur einen Schlafplatz zu geben und ihn tagsüber vor die Tür zu setzen. Kein Wunder, dass so viele trinken oder Drogen nehmen.»

«Ein Tageszentrum wäre großartig», stimmte Trevor ihm zu.

«Wir versuchen, die regelmäßigen Gäste zu überreden, ihre Chancen zu verbessern und beim CVJM einen der kostenlosen Schreib- und Rechenkurse zu belegen. Letzte Woche haben zwei sogar einen Computerkurs angefangen.»

«Verstehst du jetzt, was ich mit Engagement meine?», fragte Sam, als Tom sie in ein kaltes, vollgestopftes Büro führte.

Tom nahm hinter dem Schreibtisch Platz und deutete auf den einzigen Besucherstuhl im Raum.

«Sam dachte, Sie würden diesen Mann vielleicht kennen.» Trevor reichte Tom eine Fotokopie.

«Das Gesicht kommt mir bekannt vor, aber er übernachtet nicht regelmäßig bei uns. Ich habe ihn vor vier oder fünf Tagen rausgeworfen, weil er einen anderen Mann vermöbelt hat.» Tom griff nach einer Mappe auf seinem Schreibtisch und blätterte sie durch. «Er hat ihn an die Wand geschmettert. Glücklicherweise hat der Junge sich keine ernsthaften Verletzungen zugezogen. Der Kerl war an jenem Abend sternhagelblau.»

«Wissen Sie noch, wie er heißt?»

«Die Jungs hier nennen ihn ‹General›, aber wieso, weiß ich nicht. Er hat sich bei uns als Philip Smith eingetragen.»

«Wissen Sie, ob er früher bei der Armee war?», erkundigte sich Trevor.

«Nein. Interessieren Sie sich für ihn im Zusammenhang mit dem verbrannten Leichnam?»

«Wir möchten ihm nur ein paar Fragen stellen.» Trevor steckte die Fotokopie wieder in seine Tasche.

«Meinst du, er hat den armen Mann auf dem Gewissen, Trevor?», fragte Sam.

«Keine Ahnung, Sam.»

«Ist er gefährlich? Müssen wir unsere Gäste vor ihm warnen?», wollte Tom wissen.

«Sie haben doch gesagt, Sie hätten ihn rausgeworfen.»

«Ins Heim darf er nicht mehr. Aber was, wenn sie ihm auf der Straße begegnen?»

«Es wäre nett, wenn Sie sich mal umhören.» Trevor begann vor Kälte zu zittern und zog den Reißverschluss seiner Jacke hoch. «Und uns benachrichtigen, falls jemand ihn sieht.»

«Das kann ich machen. Aber müsste ich meine Leute nicht vor ihm warnen?»

«Tun Sie das.» Trevor stand auf.

«Kann ich Ihnen noch etwas anbieten, bevor Sie gehen? Kaffee, Tee?»

«Nein, danke. Ich muss leider los», lehnte Trevor das Angebot höflich ab.

«Ich nehme gern eine Tasse Tee, Tom.» Sam grinste. «Und außerdem könntest du mir verraten, wie ich kostenlos an Farbe komme.»

Trevor verließ das Obdachlosenheim und überquerte die Straße. Vier junge Männer und ein Mädchen hatten sich um seinen Wagen geschart und spähten durch die Fenster.

«Sie sind Bulle, oder?», fragte einer der jungen Kerle, den Trevor auf sechzehn oder siebzehn schätzte. Sein Kopf war kahl rasiert und von Amateurtattoos überzogen. Auf der Schädeldecke prangte ein Hakenkreuz. Ein Dolch zierte die eine Wange, ein Feuer speiender Drache die andere.

Sein Instinkt riet Trevor, sofort einzusteigen und sich aus dem Staub zu machen. Doch da es in diesem Fall so wenige Spuren gab, denen er nachgehen konnte, wollte er es auf einen Versuch ankommen lassen.

«Ja, ich ermittle in einem Mord, der hier vor drei Nächten begangen wurde.»

«Warum?» Das Mädchen, kaum älter als der Bursche, wirkte noch abgerissener als die Jungs. Ihr grauer Minirock war fleckig, und ihr schmuddeliger blauer Anorak hatte mehrere Risse. Ihre nackten, schmutzigen Beine waren von blauen Flecken überzogen, ihre Schuhe kaputt und abgelaufen. Das dünne, fettige blonde Haar hatte sie mit einer Schnur zusammengebunden.

«Weil das Teil meiner Arbeit ist», antwortete Trevor geduldig.

«Interessiert doch niemanden einen Scheiß, was hier unten läuft», behauptete sie.

«Mich schon, und die Leiter der Obdachlosenheime auch.» Trevor zog die Kopie des Fax und eine Mappe mit «Tony-Fotos» heraus. «Hat einer von euch diese Männer gesehen?»

«Nö.» Der Junge mit dem kahlrasierten Kopf drehte sich um und fischte ein Päckchen Zigaretten aus seiner Tasche.

«Du», sagte Trevor und zeigte mit dem Finger auf das Mädchen, «hast gerade behauptet, keiner würde sich für das interessieren, was hier passiert. Hast du mal darüber nachgedacht, es könnte vielleicht auch daran liegen, dass Leute wie du den Menschen, die sich interessieren, nicht helfen?»

«Was geht es Sie an, was mit uns passiert?»

«Ich suche einen Mörder, der hier in dieser Straße schon mal getötet hat. Wenn wir ihn nicht kriegen, könnte einer von euch sein nächstes Opfer sein.»

«Das soll mal einer bei mir oder einem von meinen Kumpeln probieren.» Ein Junge mit knallroten Haaren zog ein Jagdmesser aus einer Lederscheide und fuhr mit den Fingern über die etwa zwölf Zentimeter lange Klinge.

Trevor überlegte, was Patrick gesagt hatte. Hatte der Pathologe vielleicht mit seiner spontanen Vermutung richtig gelegen, dass da Jugendliche am Werk gewesen waren, die auf abartige Späße abfuhren?

«Was glotzen Sie denn da so?», fragte der Junge trotzig.

«Dem Opfer nach zu urteilen, das vor zwei Tagen in der Leichenhalle obduziert wurde, wirst du schon mit mehr aufwarten müssen als dem da.» Trevor deutete mit dem Kinn auf das Messer. «Zumindest wenn du dem Ganoven über dem Weg läufst, der den armen Kerl hinter diesem Bretterzaun abgefackelt hat. Ein benzingetränkter, verkohlter Leichnam ist kein schöner Anblick. Aufgrund der Verbrennungen lassen sich sein Alter, seine Augenfarbe oder Statur nicht ermitteln. Viel ist von ihm nicht übrig geblieben. Da habe ich schon mehr Fleisch auf einem Grill liegen gesehen», sagte er, um die Jugendlichen zu provozieren.

«Was sollen wir tun, wenn wir ihm über den Weg laufen?», wollte das Mädchen wissen.

«Die Beine unter den Arm nehmen und weglaufen. Aber wenn wir ihn erwischen, kommt ihr erst gar nicht in eine solche Situation. Schau dir mal diese Fotos an.» Trevor hielt sie ihr vor die Nase. «Hast du einen der beiden gesehen?»

Das Mädchen nahm sie, musterte sie eine Weile und schüttelte den Kopf.

Der Junge mit der Glatze und dem Hakenkreuz riss sie ihr aus der Hand. «Denken Sie wirklich, wir könnten darauf jemanden erkennen?» Voller Empörung drückte er Trevor das Fax auf die Brust.

«Seht euch den anderen Ausdruck an. Er ist besser.»

Das Mädchen klappte die Mappe auf. «Den kenne ich», meinte sie und deutete auf das Bild von Tony.

«Stimmt», bestätigte der Junge mit den Tätowierungen. «Ist das der Mörder?»

«Wir gehen davon aus, dass er das Opfer ist.»

«Der Mann, der verbrannt wurde?» Der Junge ließ den Blick über die Brache schweifen, die nicht mehr so zugemüllt war wie in den Jahren zuvor, denn die Polizei hatte bei der Spurensuche einen Großteil des Unrats entfernt.

«Ja.» Trevor faltete das Fax zusammen und steckte es in die Tasche zurück.

«Der ist nicht tot.» Das Mädchen hielt das Foto hoch, damit der Junge mit den roten Haaren es sich anschauen konnte. «Den haben wir gestern Abend noch gesehen.»

«Wo?», wollte Trevor wissen.

Das Mädchen und der Junge tauschten Blicke aus.

«In der Unterführung», antwortete der Junge schnell. Zu schnell.

Trevor wusste, dass er log. «Um wie viel Uhr?»

«War schon spät.»

«Hat er geschlafen?»

«Nö. Ist nur durchmarschiert», meinte der Junge mit dem Rotschopf.

«Er ist da aufgetaucht, bevor …», sagte das Mädchen und verstummte.

«Bevor was?», hakte Trevor nach.

Der Junge mit der Glatze gab ihr ein Zeichen, damit sie den Mund hielt.

«Bitte. Das könnte wichtig sein. Wohin ist er gegangen?»

«Wenn wir Ihnen das sagen, buchten Sie uns ein. Wir kennen Typen von Ihrer Sorte.»

«Ich schwöre, dass ich – solange ihr keinen Mord begangen habt – ein Auge zudrücke.»

«Das sagen Sie nur, weil Sie was von uns wollen. Ihr Bullen seid doch alle gleich. Kaum verraten wir Ihnen, was Sie wissen wollen, buchten Sie uns ein.»

«Soll ich es euch schriftlich geben?»

«Ja, los, geben Sie uns ein Stück Papier, auf dem steht, dass uns kein Bulle einsacken darf.»

«Nur für die krummen Dinger, die ihr bis zum heutigen Tag gedreht habt», sagte Trevor und tastete seine Taschen nach einem Blatt Papier ab. Er fand eine Telefonrechnung, die eine Woche überfällig war, zog sie aus dem Umschlag und fischte einen Kugelschreiber aus der Brusttasche.

«Das gilt doch nicht», behauptete der tätowierte Junge. «Sie wollen uns wohl verarschen ...»

«Einer von euch könnte das nächste Opfer sein», gab Trevor zu bedenken und blickte dabei das Mädchen an – in der Annahme, dass der Junge mit den Tattoos etwas für sie übrig hatte.

«Was, wenn der Mann, den wir gesehen haben, der Mörder ist?», fragte das Mädchen die Jungs.

«Und was, wenn wir unseren Unterschlupf verlieren?»

«Geht es darum?», hakte Trevor nach. «Ihr wollt nicht verraten, wo das Haus ist, das ihr besetzt habt? Ihr habt echt keine Ahnung, wie die Mühlen des Gesetzes mahlen, was? Selbst wenn ihr euch widerrechtlich Zutritt verschafft, bräuchten wir Wochen, um euch zu räumen. Natürlich immer unter der Voraussetzung, dass ihr keinen Einbruch begangen habt.»

«Da seht ihr, ich habe es euch ja gesagt», frohlockte das Mädchen hämisch.

«Wie auch immer, ich verspreche euch, dass da kein Polizist auftaucht ... es sei denn, ein anderer zeigt euch an.»

«Es ist die alte Fabrik neben den Hafengebäuden.» Das Mädchen warf den Jungs einen herausfordernden Blick zu.

«Und ihr seid ganz sicher, dass ihr diesen Mann dort gesehen habt?»

«Gestern Abend.»

«Würdet ihr mir die genaue Stelle zeigen?»

Das Mädchen sah sich um.

«Das ist jetzt dein Ding, Dell. Wir reden nicht mit Bullen.» Die Jungs wandten sich von ihr ab und begannen wegzugehen.

«Jason?», flehte sie den tätowierten Jungen an. «Du weißt doch, ohne deine Hilfe komme ich da nicht rein.»

Der Angesprochene blieb stehen und drehte sich um. Sein Blick wanderte von ihr zu Trevor. «Sind Sie sicher, dass der Typ ein Mörder ist?»

«Ja, er könnte einen Mord begangen haben», antwortete Trevor ausweichend.

«Ich hätte nie gedacht, dass ich mal einem Bullen helfen würde. Na, dann mal los.»

Trevor warf einen wehmütigen Blick auf seinen Wagen. Die Fahrt zu den Hafengebäuden würde gerade mal zwei Minuten dauern. Zu Fuß brauchte man für die Strecke zehn Minuten, doch er konnte sich nicht vorstellen, dass die Jugendlichen freiwillig bei ihm einstiegen. Daher fügte er sich in sein Schicksal, steckte die Autoschlüssel weg und folgte ihnen.

Die Teenager legten ein ordentliches Tempo vor. Trevor hatte Mühe, mit ihnen Schritt zu halten. Richtig mühselig wurde es, als der Asphalt endete und sie auf unebenes Gelände kamen. Als er endlich vor einem mehrstöckigen Gebäudequader stand, schmerzten seine Beine. Das ehemals weiß getünchte Haus war von grünem Schimmel und einer dicken Schmutzschicht überzogen. Jemand hatte die Fenster verbarrikadiert und die Türen im Erdgeschoss mit schweren Eisenstangen und Vorhängeschlössern gesichert.

«Wie kommt ihr da rein?», wunderte Trevor sich.

«Hier entlang.» Das Mädchen führte ihn über Glasscherben und Schutt zu einer der anderen Seiten des etwa zehn Meter hohen Gebäudes. Mit Ausnahme des Erdgeschosses waren die Fensterreihen der anderen Etagen genau übereinander angeordnet. Das Mädchen blieb auf halber Strecke stehen und schaute nach oben.

«Los.» Der Junge stellte sich unter ein schmales, verbarrikadiertes Fenster in der ersten Etage und streckte die Hände aus.

Dells Blick wanderte von ihm zum Fenster. Dann umfasste sie flink seine Hände, kraxelte an ihm hoch und stellte sich auf seine Schultern. Er umklammerte ihre Fesseln, als sie schwankend die Hände nach dem verbarrikadierten Fenster ausstreckte, nach der Holzplatte griff und sie wegklappte. Sie legte die Hände aufs Fensterbrett, zog sich nach oben und rutschte hinein. Atemlos beobachtete Trevor, wie ihre Füße hinter der Platte verschwanden.

Kurz darauf fiel ein Seil mit mehreren Knoten herab, das irgendwo im Gebäude befestigt war.

«Sie haben es versprochen. Die Bullen werden uns nicht räumen, oder?»

«Ich werde tun, was in meiner Macht steht», versprach Trevor dem Jungen.

Zehn Minuten später hangelte sich Trevor schweißtriefend über das Fensterbrett und fiel in ein dunkles Loch.

«Mach die Kerze an, Dell», ertönte hinter ihm eine Geisterstimme.

«Ich kann die Scheißdinger nicht finden, Jason.»

«Ich reiß ein Zündholz an.» Kurz blitzte eine Flamme auf, und dann brannte die Kerze, die allerdings gegen die Dunkelheit nicht viel ausrichten konnte.

«Ihr solltet den Hausbesitzer darüber informieren, dass es hier keine Elektrizität gibt», scherzte Trevor.

«Dafür gibt es Wasser», verteidigte das Mädchen seinen Unterschlupf. «Darum lässt es sich hier besser wohnen als in den meisten besetzten Häusern, in denen ich bisher gepennt habe.»

«Sie wollten doch den Schlafplatz von dem Typen sehen.» Jason nahm die Kerze und führte Trevor durch eine riesige Halle. In der fast undurchdringlichen Dunkelheit war es schwierig, die Größe des Raumes zu schätzen. Als der Junge eine Tür öffnete, schlug ihnen der Gestank von Nagetierkot entgegen.

«Ratten», bestätigte das Mädchen. «Wenn wir Licht machen, hauen sie normalerweise ab.»

Jason ging voran, hob die Kerze hoch und hielt schützend die Hand vor die Flamme.

Als sich seine Augen an die Dunkelheit gewöhnt hatten, sah Trevor die an der Flurwand deponierten Kleiderbündel, Zeitschriftenstapel und zusammengefalteten Kartons. Manche Türen hatten Schilder. DAMENTOILETTE. HERRENTOILETTE. BETRIEBSLEITER. HAUPTBÜRO. Sie bogen um eine Ecke und gelangten zu einem Treppenschacht mit einem altmodischen Fahrstuhlkorb aus Eisen.

«Je höher das Stockwerk, desto weniger Ratten», versicherte das Mädchen Trevor, während sie die Treppe hochstiegen. «Da pennen wir.» Dell zeigte auf den Flur in der nächsten Etage. «Und da ist dieser Typ reingegangen.» Sie ging ein paar Schritte und stieß die erste Tür auf der rechten Seite auf. Die Männer folgten ihr.

Trevor streckte Jason die Hand entgegen.

«Sie wollen die Kerze?»

«Nur kurz.»

Widerstrebend händigte Jason sie ihm aus.

Trevor betrat einen kleinen Raum mit umlaufender Bank und Haken an der Wand. Früher hatten sich hier vermutlich die Arbeiter umgezogen. Wie lange war es wohl her, seit hier jemand seinen Mantel aufgehängt hatte? Obwohl er seit fünfzehn Jahren in dieser Stadt wohnte, konnte er sich beim besten Willen nicht erinnern, dass in dieser Fabrik gearbeitet wurde. Die Luft war kalt und unangenehm feucht. Er hob die Kerze und schaute sich um. Als er in einer Ecke ein Bündel auf der Bank entdeckte, ging er darauf zu. Da er keine verräterischen Spuren hinterlassen wollte, überprüfte er bei jedem Schritt den staubigen Boden. Zum Glück gab es so viele Schuhabdrücke im Schmutz, dass die von Trevor überhaupt nicht auffielen.

Wie sich herausstellte, handelte es sich bei dem Bündel um einen Schlafsack. Daneben stand eine leere Konservendose, die ursprünglich, wie das Etikett verriet, gebackene Bohnen enthielt und in der sich nun ein Kerzenstummel befand. Außerdem gab es in der Ecke noch einen kleinen, verbeulten Koffer, der unter der Bank lag. Am liebsten hätte Trevor die Schnappverschlüsse mit seinem Taschenmesser geknackt, wagte es jedoch nicht in Anwesenheit von zwei Zeugen. Schließlich war er juristisch gesehen nicht befugt, den Koffer zu öffnen; im Prinzip hätte er noch nicht einmal dieses Gebäude betreten dürfen, da er keinen Durchsuchungsbefehl besaß. Und falls Tony auf dem Koffer Fingerabdrücke hinterlassen hatte, konnte man mit ihnen seine Identität bestimmen, sofern der Mann ein Vorstrafenregister hatte.

«Haben Sie genug gesehen?», schreckte Jasons Stimme ihn auf.

«Fürs Erste schon.»

«Sie kommen nochmal hierher, oder?», fragte das Mädchen. «Um ihn zu verhaften.»

Da die Jugendlichen ihn kannten, war nicht davon auszugehen, dass man ihn mit dieser Aufgabe betraute.

«Wir werden ein paar von unseren Leuten vor dem Gebäude postieren für den Fall, dass der Kerl zurückkommt und seine Sachen holt. Trotzdem ... Ihr könnt euch auf mich verlassen. Man wird euch nicht auf die Straße setzen oder in die Zange nehmen.»

«Aber sicher», höhnte Jason.

Trevor gab Jason die Kerze zurück und zog den Umschlag aus der Tasche. «Ich bin Trevor, Sergeant Trevor Joseph.» Auf die Rückseite kritzelte er seinen Namen und die Telefonnummern, unter denen er im Büro, zu Hause und per Handy zu erreichen war. Danach zog er den Reißverschluss der Innentasche seines Anoraks auf und holte fünfzehn Pfund heraus. Mehr Bargeld hatte er nicht dabei. Die Geldscheine steckte er in den Umschlag und gab ihn dem Mädchen. «Unter den Nummern könnt ihr mich erreichen. Solltet ihr den Mann nochmal sehen oder Hilfe brauchen, werde ich alles in meiner Macht Stehende tun, um euch zu helfen. Pfadfinderehrenwort.»

Das Mädchen nahm den Umschlag entgegen und steckte ihn in den Pulliausschnitt.

Als Jason ihn aus dem Raum führte, warf Trevor noch schnell einen Blick auf die Tür. Es gab kein Schild, doch es war die zweite Etage, erste Türöffnung rechts. Er musste sich mehrere wichtige Details einprägen: die Anzahl der Treppenstufen und den genauen Weg vom Umkleideraum zum Zimmer mit dem Fenster, durch das man einsteigen konnte. Die Polizisten, die heute Abend hier postiert sein würden, waren auf eine korrekte Beschreibung angewiesen. Er schwor sich, das Versprechen zu halten, das er den Jugendlichen gegeben hatte. Sollte Tony hier nochmal auftauchen, erwartete ihn ein Empfangskomitee. Mit etwas Glück würden sie dann erfahren, wer genau der Mörder war und wen er getötet hatte – und auch warum.

Kapitel sieben

Trevor stieg aus dem Wagen und massierte seine Beine, die nach der ungeschickten Landung immer noch schmerzten. Als er aus dem Fabrikgebäude geklettert war, hatte er das Seil zu früh losgelassen und war etwas unglücklich auf dem Boden angekommen. Daraufhin hatte er sich einen Moment lang kaum rühren können, lautstark geflucht und anschließend verfolgt, wie Jason das Seil hochzog und einfach herabsprang. Es ist noch gar nicht lange her, grübelte er deprimiert, da konnte ich das auch und bin hinterher sogar noch eine Meile gelaufen. Humpelnd betrat er die Polizeidienststelle.

«Wie geht es Ihnen, Sir?», erkundigte sich Sarah Merchant, als er an ihrem Schreibtisch vorbeihinkte.

«Gut.» Er verzog das Gesicht und schleppte sich in sein Büro. Wie üblich saß Peter auf seinem Stuhl, Anna an ihrem Schreibtisch, und Dan Evans stand in der Tür.

«Wir haben schon überlegt, ob wir dich suchen lassen», begrüßte Peter ihn.

«Heute Morgen warst du spurlos verschwunden.»

«Aber leider nicht für immer und ewig.» Beim Frühstück hatte Peter geschlagene zehn Minuten lang versucht, Anna davon zu überzeugen, dass ein Schäferstündchen im Zimmer über dem Pub ihrer Beziehung so richtig guttun würde. Sie hatte sich nicht von ihm beschwatzen lassen und darauf bestanden, wieder nach Hause zu fahren, kaum dass sie ihren Kaffee getrunken hatten, was ihn total frustrierte und verdrießlich stimmte.

«Hat sich euer Ausflug gelohnt?» Trevors Blick wanderte von Peter, der ein langes Gesicht machte, hinüber zu Anna.

«Wir haben nicht mehr erfahren als Inspector Edwards vor zwei Jahren.»

«Einmal abgesehen von dem, was Anthony Georges Freund uns bestätigt hat …»

«Ihr habt ihn getroffen?», fragte Trevor.

«Ja», antwortete Peter. «Er hat uns erzählt, dass er den Kauf des Pubs mit einem Kredit von Anthony George finanziert hat. Georges Anwalt hat ihm die Schulden nach dem Tod seines Mandanten erlassen.»

«Sehr großzügig von ihm, wenn man bedenkt, dass das ja nicht sein Geld war.»

«Es gab nichts Schriftliches über den Kredit. Der Anwalt war offenbar nicht der Ansicht, dass dreißigtausend Pfund bei einem Nachlass dieser Größenordnung ins Gewicht fallen. Vor allem, da die zweihunderttausend Pfund, die Anthony seiner Mutter vermachte, keine sechs Monate später zusammen mit der halben Million, die sie hinterließ, an karitative Organisationen fielen.» Anna verschränkte die Arme auf den Schreibtisch und bettete ihr Kinn darauf.

«Hatte dieser Anwalt das Recht, Georges Geld einfach so zu verschenken?»

«Ja, als alleiniger Nachlassverwalter schon. Der Freund behauptete auch, dass der Mann in unserem Film auf gar keinen Fall Tony sein kann, weil sein Anthony niemals so schäbige Klamotten getragen oder in einem Obdachlosenheim geschlafen hätte. Er war viel zu pingelig, um als Penner zu enden», erzählte Anna. Als Trevor zum Trinkwasserbehälter ging, fügte sie noch hinzu: «Ich nehme auch einen Schluck.»

Peter fiel auf, wie Trevor durch das Zimmer humpelte. «Hast du dir wieder was zugezogen?»

«Ist während des Dienstes passiert.»

«Du hast was rausgefunden, oder?», spekulierte Peter.

Trevor füllte zwei Pappbecher mit Wasser, reichte Anna einen, zog einen Stuhl unter dem Schreibtisch hervor und setzte sich. «Ich habe Tony gefunden.»

«Du hast dich heimlich in Patricks Leichenhalle geschlichen?», scherzte Peter.

«Nein», erwiderte Trevor und grinste. «Ich habe vier Jugendliche kennengelernt, die in der alten Fabrik unten am Hafen pennen.»

«In der Weberei?», fragte Anna.

«Das war mal eine Weberei?»

«Jetzt komm endlich auf den Punkt», drängte Peter ihn gereizt.

«Sie haben gesagt, unser Mann hätte dort gestern übernachtet.»

«Jugendliche Streuner», spottete Peter. «Und du hast ihnen das abgekauft?»

«Es dauerte eine ganze Weile, die Teenager zu überreden, mit mir zu sprechen. Und das hat auch nur geklappt, weil da ein Mädchen war, das wegen des Mordes Schiss kriegte. Sie ist noch ziemlich jung, fünfzehn oder sechzehn Jahre alt, und wahrscheinlich von daheim weggelaufen. Sie haben Tony identifiziert, als ich ihnen die hier gezeigt habe.» Er warf die Mappe mit den Fotos auf seinen Schreibtisch. «Und am Ende haben sie mich sogar in die alte Fabrik mitgenommen …»

«Man kommt da rein?», staunte Evans.

«So könnte man es formulieren.»

«Ich werde dafür sorgen, dass sich unsere Jungs dort umsehen.»

«Ich habe ihnen versprochen, dass wir sie in Ruhe lassen.»

«Du hast was getan?», rief Peter fassungslos und schüttelte den Kopf.

«Wir ermitteln in einem Mordfall. Hin und wieder muss die Abteilung Schwerverbrechen die Dinge eben etwas lockerer angehen. Ganz im Gegensatz zu euch Jungs vom Drogendezernat», dozierte Trevor ironisch. Peter hatte gegen mehr Regeln verstoßen als jeder andere Mitarbeiter der hiesigen Polizei.

«Trevor hat recht», räumte Evans ein. «Wir müssen unsere Spitzel hin und wieder mit Samthandschuhen anfassen, sonst gibt uns keiner einen Tipp.»

«Die Jugendlichen haben mir den Raum gezeigt, wo er schläft. Unser Mann hat dort ein paar Sachen deponiert. Einen Koffer und einen Schlafsack …»

«Dann können wir ja eine Observierung in die Wege leiten», überlegte Evans laut.

Trevors Grinsen wurde breiter. «Leider kennen die Kids mich.»

«Dann muss ich also wieder ran», beschwerte Peter sich.

«Wir beide», korrigierte Anna ihn.

«Frauen ermitteln nicht verdeckt in besetzten Häusern.»

«Die Gleichberechtigung macht's möglich.» Anna schenkte Peter ein strahlendes Lächeln, das aufgesetzt wirkte.

«Haben die Jugendlichen gesagt, wann dieser Tony wiederauftaucht?» Evans warf einen Blick auf seine Uhr. «Falls er überhaupt nochmal dort erscheint.»

«Die Fabrik ist ja kein Hotel, in das man eincheckt, auch wenn es dort fließendes Wasser gibt», meinte Trevor.

«Haben Sie beide geeignete Klamotten?» Evans' Blick wanderte von Peter zu Anna.

«Daheim schon.» Anna erhob sich.

«Die Zeit reicht leider nicht, dass Sie sich einen Bart stehen lassen, Peter, was wirklich schade ist», meinte Evans.

«Er sieht doch auch so schon schäbig genug aus», witzelte Anna.

«Ich gehe jetzt mittagessen.» Evans warf den anderen einen fragenden Blick zu.

«Ich begleite Sie in die Kantine.» Trevor streckte die schmerzenden Beine.

«Gut. Wir sind alle in zwei Stunden wieder hier, okay?»

«Wir müssen uns umziehen und auch einen Happen essen», protestierte Peter.

«Eine Stunde für das neue Outfit und eine Stunde fürs Mittagessen», entschied Evans. «Das ist mehr als genug, denn Sie müssen ja nicht mal duschen.»

Peter warf Anna einen Blick zu. Es reizte ihn, Evans eine weitere Stunde abzuringen, um sie zu verführen. Nach reiflicher Überlegung entschied er sich jedoch dagegen, weil ihn jeder Scherz, den er auf Annas Kosten machte, am Ende teuer zu stehen kam.

«Erst das Essen und hinterher die Verkleidung», schlug Peter vor, als er von der Polizeidienststelle wegfuhr.

«Falls dies unsere Henkersmahlzeit ist – es gibt ein Stück die Straße hinunter einen teuren, aber auch hervorragenden Italiener.»

«Wir sollten uns etwas beim Chinesen besorgen und bei mir essen.»

Sie musterte ihn kühl. «Solange wir da nur essen.»

«Was sollte ich denn um diese Tageszeit sonst im Sinn haben?»

«Lass mich darauf lieber nicht antworten. Fahr bei mir daheim vorbei. Ich muss noch meine Sachen holen.»

«Wohnst du hier tatsächlich, oder hast du diese Wohnung nur, um leichtgläubige Mädels mit deinem Ordnungssinn zu beeindrucken?», fragte Anna, als sie durch Peters aufgeräumten Wohnraum lief.

Sein Apartment wirkte sehr schlicht und funktional. Das Wohnzimmer mit dem Sofa, Couchtisch, zwei Sesseln, goldenen Vorhängen und dem obligaten Berber war der Inbegriff dessen, was sich Vermieter unter geschmackvoller Einrichtung vorstellten. Der Ausblick auf Strand und Meer war allerdings atemberaubend. Auf dem Kaminsims stand kein einziger Gegenstand. Das Einzige, was Rückschlüsse auf Peters Geschmack zuließ, war ein goldgerahmter Druck vom berühmten Gemälde *Triumph des Todes.* Das Werk von Pieter Brueghel dem Älteren wirkte in diesem Ambiente noch makabrer, als es eh schon war.

«Selbstverständlich wohne ich hier. Das Bild, das du dir gerade anschaust, ist der beste Beweis. Es ist der einzige dekorative Gegenstand, den ich besitze, und auch das einzige Geschenk von meiner Frau, das ich mochte», erzählte er, während sie den Druck eingehend betrachtete.

«Wollte sie dir damit etwas sagen?»

«Irgendwann geht alles zu Ende, sogar eine schlechte Ehe. Dieses Wissen hat mir die Kraft gegeben, die Scheidung einzureichen.»

«Aber du musst sie doch geliebt haben, sonst hättest du sie nicht geheiratet.»

«Der Gedanke, allein zu leben, hat mir nicht behagt. Aber dann hat sie mich eines Besseren belehrt.»

«Nimmst du irgendwann auch mal was ernst?»

«Gibt es denn etwas, das man ernst nehmen kann?»

«Das Leben?» Sie ging in die Küche, eine fensterlose Nische neben dem Wohnzimmer. Das Licht, das die Lampen unter den Hängeschränken spendeten, fiel auf eine funkelnde Arbeitsfläche, auf die Peter die Teller stellte. «Wo versteckst du deine Unordnung und deinen Unrat?»

«Gibt's bei mir nicht. Darum kümmert sich meine Perle. Sie kommt zweimal pro Woche und macht hier sauber.»

«Kannst du mir ihre Nummer geben?»

«Bevor Betty einen Fuß in dein Haus setzt, musst du den Kammerjäger rufen.» Er stellte ihr noch eingepacktes Mittagsmahl sowie zwei Teller und Besteck auf ein Tablett. Dann trug er es ins Wohnzimmer, breitete ein sauberes Tischtuch aus und packte das Essen vom Chinesen aus. «Ihr Chopsuey, Ma'am.»

«Daran könnte ich mich gewöhnen.»

«An Essen vom Chinesen?»

«Dass du mich Ma'am nennst.»

«Träum schön weiter. Ich werde noch vor dir zum Superintendent befördert.»

«Woher willst du das wissen?»

«Die Leute in den Entscheidungsgremien halten männliche Führungskräfte für besonnener, abgeklärter, weniger emotional und kompetenter.»

«Ich gehöre einer Minderheit an, und jeder weiß, dass die Frauenförderung bei der Polizei gerade oberste Priorität hat.»

«Wenn der Posten des Superintendent neu besetzt wird, gilt das nicht.»

«Das solltest du nicht tun», wechselte sie das Thema, als er einen der Stanniolbehälter öffnete.

«Was denn?», fragte er.

«Beim Chinesen ein Curry bestellen. Das gehört traditionell nicht zu ihrer Küche. Die Inder können das besser.»

«Ich finde, es schmeckt immer super.»

«Du bist ein Bulle wie aus einem Comicbuch, Peter. Hast das Naturell und die Psyche eines Zweijährigen. Du isst zu fettig und schärfer, als es dir guttut. Und du hältst dich für knallhart, während du in Wahrheit sterbenslangweilig bist.»

«Ich gratuliere dir zu deiner Menschenkenntnis.» Er ließ sich von ihr nicht auf die Palme bringen. «Hast du schon immer Hasenfutter gegessen?»

«Seit ich alt genug bin, eigene Entscheidungen zu fällen.»

«Und seit wann kannst du das? Seit letzter Woche?»

«Das war billig, Peter.» Sie stocherte mit der Gabel in ihrem Gemüse herum. «Hast du in der Jubilee Street schon mal verdeckt ermittelt?»

«Trevor und ich hatten schon öfter das Pech. Und du?»

«Ob ich dort schon verdeckt ermittelt habe? Nein.» Sie goss Wasser aus der Flasche, die Peter auf den Tisch gestellt hatte, in ihr Glas.

«Wo haben sie dich letztes Mal hingeschickt?»

«In einen Pub. Ich musste dort als Kellnerin arbeiten. Damals war ich noch bei der Sitte.»

«Du hast am Dog-und-Whistle-Fall mitgearbeitet?» Er musterte sie aus den Augenwinkeln heraus.

«Ja.»

«War 'ne ziemlich harte Nuss.»

«Hat mir die Beförderung zum Sergeant eingebracht.»

«Sieh mal einer an.» Er aß den letzten Löffel Curry. «Willst du ein Bier?»

«Wir sind im Dienst.»

«Wenn wir uns schon auf der Jubilee Street herumtreiben müssen, sollten wir entsprechend riechen.»

«Trotzdem hätte ich lieber einen Kaffee.»

«Während er durchläuft, ziehe ich mich im Schlafzimmer um. Du kannst das Badezimmer nehmen.»

«Du hast doch nicht das Interesse an mir verloren, oder?» Sie schob ihren Teller weg, stand auf und baute sich vor seinen Stuhl auf. Er erhob sich ebenfalls, traute ihr allerdings nicht so recht über den Weg. Sie schlang die Arme um seinen Hals und schaute ihm in die Augen. Er löste ihre

Arme, hielt sie an den Handgelenken fest und schob sie weg.

«Ich kann Frauen, die einen foppen, nicht leiden.»

«Wer foppt dich denn?», murmelte sie.

«Wir sind im Dienst.»

«Aber erst in …» – Anna warf einen Blick auf ihre Uhr – «… fünfundsiebzig Minuten.» Sie kam wieder näher und schmiegte sich an ihn. Er lockerte seinen Griff. «Oder brauchen Sie etwa mehr Zeit, Sergeant Collins?»

Pfeifend öffnete Peter den Kleiderschrank und holte einen schwarzen Plastiksack heraus. Abgelegte Kleidungsstücke warf er nur selten weg, denn bei verdeckten Ermittlungen zog er es vor, seine eigenen Sachen zu tragen. Er leerte den Sack aus und entschied sich für eine Jeans mit einem Loch im Knie und halb abgerissener Gesäßtasche. Dann zog er sie über ein Paar schwarze Boxershorts, die Anna aus unerfindlichen Gründen belächelt hatte, und musterte sich im Schrankspiegel. Anschließend wählte er ein paar verwaschene Baumwollsocken, ein unsägliches, blau-rot gestreiftes Hemd – ein Geschenk seiner Exfrau – und ein schwarzes Baumwollsweatshirt. Letzteres hatte er früher über alles geliebt, es jedoch trotzdem in den Lumpensack gesteckt, als der Stoff an Ellbogen dünn geworden war. Als Nächstes streifte er sich einen verblichenen marineblauen Anorak über, der picobello war. Nach seinem letzten Undercover-Einsatz hatte er ihn in die Reinigung gebracht, wo der Angestellte erst nach längerer Diskussion bereit gewesen war, das Kleidungsstück anzunehmen.

Komplementiert wurde das Ganze mit ramponierten Turnschuhen. Zu guter Letzt zog er die unterste Nachttischschublade heraus. Unter dem Boden war ein fünfundzwanzig Zentimeter langes Schnappmesser befestigt. Er drückte auf den Knopf und beobachtete fasziniert, wie die Klinge heraussprang. Schmunzelnd schob er sie wieder hinein und steckte das Messer hinten in die Socke. Danach zerzauste er seine Haare, ging in die Küche und kochte Kaffee. Mit den gefüllten Bechern ging er ins Schlafzimmer und klopfte an die Badezimmertür. Anna machte ihm auf und musterte ihn kritisch.

«Du siehst so aus, wie man sich in Hollywood einen Penner vorstellt.»

Beinahe hätte er die Becher fallen gelassen. Anna, die eine völlig verschmutzte Jeans trug, sah nicht bloß wie eine Obdachlose aus – sie war eine. Das kurze blonde Haar, vorhin noch seidig glatt und modisch geschnitten, stand in fettigen Büscheln vom Kopf ab. Ihr Gesicht wirkte fahl und grau, als wäre es seit Monaten nicht mehr mit Wasser und Seife in Berührung gekommen. Das zerrissene Männerhemd unter ihrer zerschlissenen schwarzen Weste hatte nur noch zwei Knöpfe.

«Wie eine Stadtstreicherin siehst du aus!»

«Ich war mal auf der Schauspielschule.»

«Soll das ein Witz sein?»

«Drei Jahre lang. Ich habe sogar ein Diplom. Nach dem Abschluss habe ich eine Saison lang in Blackpool als Revuetänzerin in einer Show gearbeitet. Und dann endete meine Zeit im Rampenlicht. Sechs Monate habe ich auf dem Hintern gesessen und auf ein neues Engagement gewartet, bis mir dämmerte, dass mir nur eine Saison vergönnt war. Und als mein Bauch mir sagte, dass die Zukunft für mich mehr bereithielt als kümmerliche Sozialhilfe, bin ich auf die Polizeischule gegangen.»

«Nach der Stadtstreicherin befördere ich dich und gebe dir die weibliche Hauptrolle in einem Liebesfilm.»

«Wenn du da auch mitspielst, wäre mir ein Softporno

lieber.» Sie schob ihn weg, als er seine Hände unter ihr Hemd schob. «Sachte, Junge. Wir müssen uns um dein Gesicht kümmern.» Sie nahm ihr Kosmetiktäschchen vom Badezimmerregal.

Sie setzte ihn auf einen Stuhl und schmierte ihm graue Farbe ins Gesicht.

«Entfernst du das hinterher wieder?», fragte er.

«Wenn du lieb bist.»

«An deine Gesellschaft könnte ich mich gewöhnen, Anna.» Er hätte es lieber noch deutlicher formuliert, getraute sich jedoch nicht.

«Eins nach dem anderen, Peter.»

«Heißt das, wir beide veranstalten heute Abend einen weiteren Marathon?»

Anna konzentrierte sich darauf, eine dunkle Linie auf seine Stirn zu malen. Ihr war klar, dass das, was sie beide hatten, gut war. Auf der anderen Seite war es noch ganz frisch und fragil. Sie durfte nichts überstürzen. Sie wollte, dass es stimmte, dass es Bestand hatte. Aber was, wenn ihnen nur ein, zwei Wochen vergönnt waren? Musste sie dann nicht jetzt nehmen, was er zu bieten hatte?

«Marathon oder Fünfkampf?» Grinsend schloss sie den Reißverschluss des Kosmetiktäschchens.

«Habt ihr das kapiert?», erkundigte sich Trevor bei Anna und Peter.

Peter studierte die grobe Skizze, die sein Freund angefertigt hatte. «Von vorn betrachtet rechter Hand. Das Brett vor dem fünften Fenster im ersten Stock ist locker. Hochklettern …»

«Unter dem Fenster befindet sich ein Heizkörper, an dem ein Seil befestigt ist. Aber ihr könnt auch warten, bis die Jugendlichen auftauchen. Sie werfen es euch runter.»

Trevor blickte aus dem Fenster. Draußen regnete es in Strömen. «An so einem Abend hängen sie bestimmt nicht auf der Straße herum.»

«Wird das Gebäude observiert?»

«Der Superintendent hat Kollegen in den umliegenden Hafengebäuden postiert. Chris Brooke ist bei den Leuten vom Sicherheitsdienst, die die Hafentore bewachen. Vor einer halben Stunde hat Andrew angerufen und gemeldet, dass ein paar Teenager eingestiegen sind und hinterher das Seil hochgezogen haben. Weder er noch Brooke haben jemanden gesehen, auf den die Beschreibung passt.»

Peter warf einen letzten Blick auf die skizzierte Karte und ließ sie auf Trevors Schreibtisch liegen.

«Wohin geht ihr, Anna, wenn ihr drinnen seid?», fragte Trevor. Sie wirkte irgendwie geistesabwesend. Hatte sie überhaupt ein Wort von seinem Vortrag mitgekriegt?

«Wir gehen vom Fenster aus einmal quer durch den Raum. Die Tür zum Flur liegt genau gegenüber. Durch die Tür, dann nach links, durch den Korridor, vorbei am Männer- und Frauenklo und am Büro des Betriebsleiters, bis zu einer Treppe mit einem alten Lift in der Mitte. Eine Etage nach oben. Und dann durch die rechte Tür.»

«Gut.»

«Mein Gedächtnis ist ausgezeichnet», meinte sie.

«Mir kam die Strecke ewig vor», warnte Trevor seine Kollegen.

«Du bist ein Krüppel», sagte Peter.

«Habt ihr Licht?», erkundigte sich Trevor.

Anna zog eine kleine Taschenlampe aus einer extra in den Anorak genähten Innentasche und hielt sie hoch.

«Kerzen, Zündhölzer?»

«Und das hier.» Dan Evans kam herein und legte eine Waffe auf den Schreibtisch.

«Wir haben es hier mit einem Obdachlosen zu tun», protestierte Peter.

«Mit einem Kerl, der vielleicht schon einen Menschen getötet hat. Wie stehen wir denn in der Öffentlichkeit da, wenn einer von Ihnen das nächste Opfer ist? Hat Trevor Sie darüber in Kenntnis gesetzt, dass Ihre Verstärkung in den Gebäuden der Hafenbehörde und im Kontrollhäuschen am Hafeneingang ist?»

«Ja, Sir», antwortete Anna.

«Versuchen Sie, sich alle dreißig Minuten zu melden. Wenn Sie erst mal eingestiegen sind, besteht kein Sichtkontakt mehr. Der Superintendent hat für diese Operation, bei der am Ende womöglich nichts rauskommt, nur Murphy, Brooke und mich abgestellt. Sollte jedoch irgendetwas schieflaufen, können wir über Funk Verstärkung anfordern.»

«Und Sergeant Joseph hat heute Abend frei und darf mit seiner Liebsten schmusen?», stänkerte Peter.

«Er wird sich mit jemandem aus dem Ärzteteam treffen, das hier Gesichtstransplantationen durchführt», erwiderte Trevor.

«In einem schönen, warmen Büro. Sollen wir tauschen?», fragte Peter.

«Heute nicht», wehrte Trevor ab. Was würde Peter wohl sagen, wenn er wüsste, wo das Treffen stattfand und wer dieser Jemand aus dem Ärzteteam war?

Als Peter und Anna am Kai hinunter zur alten Fabrik marschierten, peitschte vom Meer her salziger Regen landeinwärts. In der Annahme, dass sich keiner der Penner aus der Jubilee Street in die Nähe des Kontrollhäuschens wagte, hatte Evans sie unten an den Docks abgesetzt. Trotz der Anoraks fröstelte es sie. Sie zogen die Köpfe ein, steckten die Hände tief in die Taschen und hielten auf das Fabrikgebäude zu.

«Denkst du auch gerade an ein behagliches Zimmer mit Kaminfeuer und einem bequemen Bett?», fragte Anna.

«Das Erste, was ich mir bei dieser Art von Arbeit abgewöhnt habe, ist das Träumen.» Peter begann am ganzen Leib zu zittern, als ihn ein kräftiger Windstoß erfasste und ihm die Tränen in die Augen trieb.

«Eine schöne Tasse Glühwein, eine Decke und …»

«Verdammt, du bist ja sadistisch veranlagt.»

«Wie sadistisch ich veranlagt bin, wirst du schon noch erfahren; aber erst nach der Arbeit», prophezeite sie. Endlich tauchte die alte Fabrik vor ihnen auf.

«Dann wollen wir mal hoffen, dass diese Schicht bald vorbei ist.» Peter fiel auf, dass es seit Monaten – wenn nicht gar seit Jahren – zum ersten Mal etwas gab, worauf er sich nach Dienstschluss freute. «Siehst du jemanden?», fragte er.

Sie bogen um eine Ecke. Hier setzte ihnen der Wind nicht mehr ganz so schlimm zu.

«Wen soll ich denn sehen? Väterchen Frost?»

«Jemanden, der mitkriegen könnte, dass ich Andrew Murphy kontaktiere.»

Sie ließ den Blick über die Brache schweifen, auf dem das Gebäude stand, konnte allerdings niemanden entdecken. «Die Luft ist rein.»

Peter flüsterte in das Funkgerät in seiner Tasche. Sekunden später antwortete ihm Andrew mit dünner Stimme.

«Achtzehn Personen im Gebäude. Keine Spur von unserem Mann.»

«Sollen wir draußen warten, bis er auftaucht?» Anna stellte sich dicht vor die Hauswand.

«Kommt nicht in die Tüte. Ich werde doch nicht hier draußen bleiben und mir die Eier abfrieren, wo du angedeutet hast, dass sie später noch gebraucht werden.»

Ein Stück weiter hinten entdeckten sie das Seil. Es war

genau unter dem Fenster, das Trevor angegeben hatte. Peter sah, wie sich ein Mädchen daran hochhangelte.

«Nette Beine», merkte er an. «Damen haben Vortritt.»

Die beiden gingen zum Fenster, und Anna kletterte als Erste an dem Seil hoch. Sie war schneller als das junge Mädchen. Sobald ihre Beine hinter dem Brett verschwanden, kraxelte auch er hoch.

Als er die Hände auf das Fensterbrett legte und sich hochzog, taten seine Arme weh. Solche Strapazen war er nicht gewohnt, und so blieb er erst einmal auf dem Fensterbrett sitzen, um sich auszuruhen. Anna zündete ihre Kerze an. Ein schwacher Lichtschein fiel auf ihr Gesicht. Hinter ihrem Rücken flackerten zwei Flammen in der Dunkelheit.

«Wer hat euch von diesem Platz erzählt?», fragte eine wütende, trotzige Stimme. Sie gehörte dem jungen Mädchen, dessen Beine Peter bewundert hatte.

«Irgendein Typ auf dem Sozialamt hat mir und meinem Freund den Tipp gegeben», sagte Anna in einwandfreiem Cockney-Akzent. «Wir sind erst heute angekommen, und die Mistkerle haben uns keine Kohle gegeben.»

«Woher seid ihr?», wollte ein Mann wissen.

«Aus London. Wir dachten, wir könnten bei meinem Bruder bleiben, bis wir allein zurechtkommen, aber seine Freundin ist wieder bei ihm eingezogen. Die blöde Pute kann uns auf den Tod nicht ausstehen. Da ist uns nichts anderes übrig geblieben, als hier zu pennen. Das ist Eddie, mein Freund.» Sie drehte sich um, als Peter seinen Platz auf dem Fensterbrett verließ und den Raum betrat. «Er ist hier aus der Gegend und meinte, wir könnten hier was auf die Beine stellen.»

«Was denn?», höhnte der Mann.

«Geht dich das was an?», erwiderte Peter und richtete sich auf.

«Aber sicher doch. Wir stehen nicht darauf, wenn irgendwelche Fremden hier reinschneien.» Der Mann kam bedrohlich näher.

«Uns hat man gesagt, hier kann jeder her.» Nachdem Peters Augen sich an die Dunkelheit gewöhnt hatten, schaute er sich um. Bis auf die Wollmäuse, zwei Männer und das Mädchen war der Raum leer. «So wie es aussieht, ist hier doch genug Platz für uns alle.»

«Der Schein kann täuschen.» Der Rabauke kam noch einen Schritt näher.

Peter zog das Schnappmesser und drückte auf den Knopf. Die herausspringende Klinge ließ den Mann zurückweichen. «Wenn du dich mit mir anlegen willst», knurrte Peter, «dann komm nur. Wir wollen hier nur ein, zwei Nächte pennen und in Ruhe gelassen werden. Falls du was dagegen hast, kannst du jetzt damit rausrücken.»

«Ihr könnt hierbleiben, aber haltet euch von uns fern.»

«Kein Problem, so wie du riechst.»

«Sag das nochmal.»

«Du hast mich schon verstanden.» Peter legte den Arm um Anna. «Los, Schatz, wir suchen uns eine Ecke, wo wir für uns sind.»

Trevor fuhr nach Hause, duschte und rasierte sich. Danach stand er geschlagene zehn Minuten in seinem begehbaren Kleiderschrank, bis er sich für eine hellbeige Hose und ein gleichfarbiges Seidenhemd entschied. Dazu wählte er eine hellgraue Krawatte und ein dunkelgraues Sommerjackett. Er betrachtete sich im Spiegel und war mit dem Ergebnis zufrieden. Während er überlegte, in welches der vielen Restaurants in der Stadt er Daisy einladen sollte, band er die Krawatte. Er wollte mit ihr nicht zu einem der Inder oder Chinesen gehen, wo die Chance bestand, einem seiner Kollegen oder – schlimmer noch – jemandem aus dem Krankenhaus über den Weg zu laufen. Seine und Lyns Beziehung war im Augenblick schon kompliziert genug. Er konnte gut und gern darauf verzichten, dass ihr irgendwelcher Tratsch zu Ohren kam. Es gab ein gutes griechisches Restaurant, doch er wusste nicht, ob Daisy diese Küche mochte. Und ein paar Italiener und einen Mexikaner, der in etwa so authentisch war wie ein Spaghetti-Western.

Nachdem er viel zu viel von seinem teuersten Aftershave aufgetragen hatte, flitzte er die Treppe hinunter. Lyn hatte die hiesige Tageszeitung auf dem Wohnzimmertisch liegen gelassen. Er blätterte sie durch, bis er die Seite mit den Restaurantkritiken entdeckte. Oben in der Ecke war die Anzeige eines neuen türkischen Restaurants abgedruckt. Er überflog die Adresse und stellte fest, dass das Lokal im Jachthafen war. Sogleich nahm er seine Autoschlüssel und verließ das Haus. Erst als er den Motor einschaltete, fiel ihm ein, dass seine Brieftasche noch in der Jacke steckte, die er tagsüber getragen hatte. Als er erneut die Haustür aufsperrte, klingelte das Telefon.

«Trevor?» Lyns Stimme hatte ein schweres Echo. «Ich hatte gehofft, dass du zum Umziehen nach Hause kommst.»

«Richtig geraten. Jetzt bin ich schon wieder auf dem Sprung», antwortete er kurz und knapp, was er sofort bereute.

«Ich wollte dir nur sagen, dass mir mein Verhalten von heute Morgen leidtut. Ich will versuchen, mehr Verständnis für deine Arbeitszeiten aufzubringen. Es ist nur so …»

Er warf einen Blick auf seine Uhr. «Können wir heute Abend nach meiner Rückkehr weiterreden, Lyn. Ich bin spät dran.»

«Ich koche uns was.»

«Da ich zum Essen verabredet bin, werde ich wohl keinen Hunger mehr haben. Aber was hältst du davon, wenn wir eine Flasche Wein trinken?»

«Rot oder weiß?»

«Rot.»

«Sollst du kriegen. Ich liebe dich.»

«Ich dich auch.» Er legte den Hörer auf. Gestern hätte er sich nicht gefragt, ob er auch meinte, was er sagte, aber da hatte er auch nicht gewusst, dass Daisy wieder in sein Leben treten würde.

«Wie viele Leute pennen hier deiner Meinung nach?», fragte Anna leise.

«Da kann ich auch nur spekulieren.» Peter spähte in die Schatten hinter dem Lichtkegel seiner Stableuchte und an den flackernden Kerzen in den offenen Türen vorbei. Auf den Holzböden und neben den Türen häuften sich Lumpen, Zeitungen und Müll. Da brauchte ein Penner im Suff nur eine Kerze umstoßen, und das ganze Gebäude ging in Flammen auf. Er überlegte, wie dick die Holzdielen wohl waren, und hoffte, dass man sie im Notfall schnell herausreißen konnte.

«Dort ist die Treppe», sagte Anna.

Peter leuchtete sie mit der Taschenlampe von unten bis oben aus. Auf den dunkelbraun und grün gestrichenen Wänden prangten weiße Graffiti.

Dee liebt Richie. Anarchie für die Massen. Und – wen wunderte es? –: *Scheißbullen, verpisst euch.*

«Meinst du, die meinen uns?», flüsterte Peter.

«Nimm's nicht persönlich.» Anna gab sich Mühe, tapferer zu klingen, als sie sich fühlte. Die gespenstische Stille im alten Fabrikgebäude und seine unsichtbaren Bewohner setzten ihr mächtig zu.

«Die Treppe hoch und …»

«Durch die erste Tür auf der rechten Seite», beendete sie den Satz für ihn.

Peter ging voran. Kurz bevor sie den Treppenabsatz unterhalb der zweiten Etage erreichten, griff er in seinen Anorak und löste den Druckknopf seines Schulterhalfters. Mit einem Messer konnte man vielleicht Schlägertypen abschrecken, aber falls der von ihnen Gesuchte tatsächlich der Mann war, der dem Opfer in der Jubilee Street das Gesicht zerfleischt und es anschließend mit Benzin übergossen und angezündet hatte, spielte der in einer ganz anderen Liga als der Bursche, der ihnen unten die Stirn geboten hatte. Da verließ Peter sich lieber auf seine Schusswaffe, zumal Evans und Mulcahy ihm die Hölle heißmachen würden, wenn sie wüssten, dass er bei verdeckten Ermittlungen immer ein Messer dabeihatte.

Er hätte darauf bestehen sollen, vor dem Einsatz noch auf den Schießstand zu gehen. Vor sechs Monaten hatte er zum letzten Mal eine Waffe abgefeuert und sich bei der Übung nicht gut geschlagen. Und nun würde sein Leben und das von Anna möglicherweise von seinen Schießkünsten abhängen. Dass er ein Risiko einging, war akzeptabel, doch jetzt lastete auch die Verantwortung für Annas Leben auf seinen Schultern. Auf einmal waren sie mehr als nur Kollegen. Der heutige Nachmittag hatte ihre Beziehung von Grund auf verändert. Er zog den Lauf halb aus dem Halfter und stieg nach oben.

«Erste Tür rechts.» Als Anna den Eingang mit der Taschenlampe ausleuchtete, drückte Peter ihre Hand nach unten. Andrew hatte den Mann zwar nicht gesehen, aber das Gebäude verfügte über mehrere Eingänge. Durch den Spalt unter der Tür drang kein Licht. Peter stieß die Tür auf. Der dahinter liegende Raum war groß und dunkel.

«Was nun?» Anna ließ den Lichtstrahl über die Bänke und Haken wandern.

«Wir warten.»

«Hier drinnen?»

«Hast du einen besseren Vorschlag?» Er spähte hinter die Tür. Auf der Bank lag ein Stapel Zeitungen, die er mit dem Fuß auf den Boden schleuderte. Ein kleines Tier huschte hervor und flitzte durch das Zimmer.

«Verdammt, was war das?», flüsterte Anna nervös.

«Eine große Maus oder kleine Ratte. Würden Ma'am gern Platz nehmen?»

Sie leuchtete den Raum unter der Bank aus. Erst als sie sich vergewissert hatte, dass da nichts war, setzte sie sich auf den Boden, lehnte sich an die Bank und schlang die Arme um die Knie. Peter gesellte sich zu ihr.

«Gut. Lass uns die Taschenlampen ausschalten. Wir müssen Energie sparen.»

Widerstrebend löschte sie das Licht.

«Hier.» Er drückte ihr einen harten, metallischen Gegenstand in die Hand.

«Was ist das?»

«Ein Flachmann. Da du das Bier ausgeschlagen hast, das ich dir angeboten habe, dachte ich, du kriegst später sicher Lust auf etwas Stärkeres. Und wie wir alle wissen, sollte ein Penner immer etwas zur Stärkung dabeihaben.»

Sie führte den Flachmann an die Lippen. «Die Penner, die ich kenne, trinken keinen teuren Cognac.»

«Der hier schon. Jetzt halten wir besser den Mund. Solltest du Schiss kriegen, kannst du gern näher rücken.»

«Ich habe keine Angst», versicherte sie ihm. «Aber mir ist eiskalt.»

«Gibt mir deine Hand.» Sie folgte seiner Aufforderung, und er blies auf ihre Finger. «So ein Mist, dass Trevor dieses

Haus gefunden hat», fluchte Peter. «Hätte ich es gefunden, wäre er jetzt hier – und nicht wir.»

«Andererseits hätten wir dann nicht die Gelegenheit, zusammen zu sein», flüsterte sie.

«Ich läge lieber mit dir in deinem Bett.»

«Ich auch, doch du darfst die Vorteile nicht übersehen.» Sie schmiegte sich an ihn. «Während wir warten, können wir uns alles Mögliche ausmalen und es später in die Tat umsetzen.»

Kapitel acht

«Er hat gesagt, er möchte Rotwein?»

«Ja.» Mit entrüsteter Miene drehte Lyn sich zu ihrer Kollegin um, die mit ihr auf der Station arbeitete. «Vor ein paar Monaten war alles noch richtig super, und jetzt ...»

«Jetzt hat er viel zu tun, ihr seht euch nur ein paar Stunden am Tag, und da ist keiner von euch in Bestform. Das Kribbeln ist weg, der Glanz ist ab, und nun fragst du dich, ob euch nur die Lust verbindet oder ob es da noch etwas anderes gibt.»

«Woher weißt du das?»

«Habe ich alles schon durchgemacht mit meinem Ex. Der Mistkerl hat leider nicht mal in seinen besten Jahren so gut ausgesehen wie Trevor. Eure Generation ist besser dran als meine. Wären wir zusammengezogen, ohne zu heiraten, hätten unsere Eltern einen Herzinfarkt gekriegt. Deshalb mussten wir vor den Altar treten, als sich die Fleischeslust meldete. Und als der Sex abflaute, war auch unsere Ehe futsch. Was meinte der Psychologe noch, dessen Vortrag wir uns neulich angehört haben? Die Natur hat es so geregelt, dass die sexuelle Anziehung so lange anhält, bis das Kind der Höhlenfrau halbwegs selbständig ist. Also im Durchschnitt vier Jahre. So lange haben wir nicht durchgehalten.»

«Aber ihr habt wenigstens geheiratet. Du hattest etwas ...»

«Macht ungeheure Scherereien, da wieder rauszukommen», unterbrach die Krankenschwester sie. «Sei froh, dass du nicht vor Gericht ziehen oder einen Anwalt dafür bezahlen musst, deine Fehler wieder auszubügeln. Ihr habt das Haus doch nicht gemeinsam gekauft, oder?»

«Nein, aber ich denke, Trevor und ich empfinden noch etwas füreinander.»

«Einundzwanzig und sechsunddreißig ... sind nach meiner Rechnung fünfzehn Jahre.»

«Vierzehneinhalb», korrigierte Lyn sie.

«Und diese sechs Monate sollen einen Unterschied machen? Vergiss deine Probleme doch mal für einen Abend. Richard hat Geburtstag, und auch wenn er ein Dummkopf ist, bietet sich so die Gelegenheit auszugehen. Alle, die nicht Dienst schieben müssen, werden kommen.»

«Ich bin nicht in Stimmung.»

«Dann sitzt du also lieber allein in Trevors Haus, bläst Trübsal und wartest, bis er heimkommt. Genau die richtige Methode, sich noch schlechter zu fühlen. Hör auf mich.»

«Ich werde bestimmt nicht gut drauf sein.»

«Wen interessiert schon, ob du gut drauf bist? Wenn du mitkommst, hilfst du, die gemeinsame Kasse aufzubessern. Und da du mit dem Wagen zur Arbeit gekommen bist, kannst du nicht viel trinken. Wo du eh fahren musst, macht es dir doch bestimmt nichts aus, mich nach Hause zu bringen.»

Trevor ging ins Wohnheim für Krankenhausangestellte und klingelte.

«Der Verkehr war grauenvoll», entschuldigte er sich, als Daisy die Tür öffnete.

«Ich bin eben erst mit dem Ankleiden fertig.»

«Sie sehen wunderbar aus.» Da er nur selten Komplimente verteilte, meinte er auch, was er sagte. Sie trug einen wadenlangen schwarzen Rock und eine schwarze, seidene Polo-Bluse. Die langen Haare trug sie offen und aus dem Gesicht gekämmt.

«Ich mag Männer, die wissen, wie man Frauen schmeichelt.» Sie griff nach einer Wollstola und Handtasche und trat zu ihm in den Flur. Gemeinsam machten sie sich auf den Weg nach unten.

«Da ich mir nicht sicher war, was Sie gern essen, habe ich noch keinen Tisch reserviert. Unten am Jachthafen soll es ein neues türkisches Restaurant geben. Vielleicht können wir ja dorthin gehen?»

«Gegen Türkisch habe ich gar nichts einzuwenden. Die letzten Tage waren ziemlich erfolgreich. Ich habe einiges für Sie in Erfahrung gebracht.» Sie öffnete ihre Handtasche und zog einen Umschlag heraus. «Meine Sekretärin hat meine Notizen für Sie abgetippt.»

«Sie hätten sich doch nicht solche Umstände machen müssen.»

«Doch, doch. Meine Handschrift ist schlichtweg unleserlich.»

«Ist das nicht das Markenzeichen von Ärzten?» Auf der Beifahrerseite öffnete er für sie die Autotür. Was hätte er darum gegeben, wäre ihm diese Situation vor anderthalb Jahren vergönnt gewesen? Einen Moment später fiel ihm wieder ein, dass ihr Mann vor achtzehn Monaten gestorben und er damals ein Wrack gewesen war.

«Derzeit gibt es vier Transplantationsprogramme, die jeweils von hervorragenden Chirurgen geleitet werden», sagte sie im Wagen, während Trevor losfuhr. «Weltweit, meine ich. Drei dieser Programme – eins in Mexiko, eins in Los Angeles und eins in New York – werden von den Amerikanern finanziert. Das in New York hat auch einen Ableger in Afrika ...»

«Ist es das, wo Sie mitgearbeitet haben?», erkundigte er sich.

«Ja, vor meiner Rückkehr. Und dann gibt es noch das, an dem ich jetzt mitwirke.»

Er hielt an einer roten Ampel. «Ist Ihr Chef Brite oder Amerikaner?»

«Brite. Wie die Fachärzte, die die Teams in New York und Los Angeles leiten. Es würde Sie überraschen, wie viel Sachkenntnis wir Inselbewohner bei internationalen medizinischen Forschungsprogrammen beisteuern. Ich habe übrigens herausgefunden, dass die erste richtig dokumentierte Gesichtstransplantation vor zwanzig Monaten in Amerika durchgeführt wurde.»

«Und davor keine?»

«Jedenfalls nicht offiziell. Es wäre wahrscheinlich hilfreich, wenn Sie mir etwas mehr über den Fall erzählen, den Sie gerade bearbeiten. Es handelt sich doch um einen Fall, oder?»

«Ja.» Seit er sie wieder getroffen hatte, kam es ihm vor, als liefere der Fall ihm nur einen Grund, sich mit ihr zu treffen. Den ganzen Nachmittag über hatte er an nichts anderes als an die Verabredung denken können.

«Dürfen Sie darüber sprechen?»

«Worüber?», fragte er verwirrt.

«Über den Fall?»

«Wir achten immer darauf, der Presse ein paar Details vorzuenthalten, damit wir noch ein paar Asse im Ärmel haben.»

«Ich bin ja nicht die Presse.»

«Nein, Sie sind eine Sachverständige, die uns unterstützt.» Vor ihnen erstrahlten die Lichter des Jachthafens. Er fuhr auf die rechte Spur, die von der Hauptstraße wegführte.

«Wir suchen also das Turkish Delight?»

«Entsetzlicher Name, was?»

«Das Erste, was man als Arzt lernt, ist, das Innere niemals nach dem Äußeren zu beurteilen. Die hässlichsten Menschen haben oftmals eine wunderschöne Niere oder Leber.»

«Bei dem Gedanken schaudert es mich.»

«Vor dem Restaurant ist ein Parkplatz frei. Wenn das kein gutes Omen ist», meinte sie.

«Oder keiner von denen, die hier gegessen haben, kommt wieder», merkte er sarkastisch an.

Sie stiegen aus. Er schloss den Wagen ab und betrachtete die Fassade. Hier war früher ein indisches Restaurant gewesen. An der Inneneinrichtung hatte sich nur wenig geändert. Die Bänke in den Nischen waren mit türkischem Gobelinstoff und nicht mehr mit rotem Damast bezogen. Auf den Wandgemälden sah man Männer mit riesigen Turbanen und tanzende schieläugige Frauen mit üppigen Kurven. Aus der Küche drang ein verlockender Geruch, doch für halb neun abends waren nur wenige Gäste da.

Ein schwarz gekleideter Kellner führte sie an einen Tisch in der Mitte des Raumes, doch Trevor missfiel der Platz. Sie entschieden sich für eine lauschige Nische hinter einer Trennwand. Der Ober reichte ihnen die Weinkarte und brachte Daisys Stola weg.

«Sie wissen aber schon, dass Sie ihm einen Strich durch die Rechnung gemacht haben?», flüsterte Daisy. «Er wollte uns mitten in den Laden setzen, um weitere Gäste anzulocken.»

«Ich halte es für keine sonderlich gute Idee, mitten im Restaurant über das zu sprechen, worüber wir reden müssen.»

«Gewebetransplantationen, Rekonstruktion von Nasen und Ohren, die Neuausrichtung der Augenbrauen ...»

«Wein, Sir?»

«Rot oder weiß?», fragte Trevor seine Begleiterin.

«Einen sehr trockenen Weißwein, bitte.»

Trevor wählte den teuersten in der Hoffnung, dass dieser Tropfen auch der beste war. Die Wahl der Speisen bereitete ihnen keine Probleme. Sie wählten die Spezialität des Hauses – eine Mezze-Platte, Tscherkessisches Huhn, Reis und verschiedene Salate.

«Nachtisch, Sir?»

«Das entscheiden wir, wenn wir so weit sind», entgegnete Trevor schroff. Irgendwann musste der Kellner es doch kapieren und sie in Ruhe lassen.

Als der Wein serviert wurde, bestand Trevor darauf, ihn selbst zu entkorken.

«Haben Sie schon mal türkisch gegessen?», wollte Daisy von ihm wissen.

«Nein. Und Sie?»

«Nur in der Türkei.»

«Ich hätte mir denken können, dass Sie schon mal dort waren.»

«Ein Jahr vor unserer Hochzeit bin ich mit Tim dorthin gereist.»

Der Name ihres verstorbenen Gatten kam ihr ganz selbstverständlich über die Lippen. Hatte sie seinen Tod inzwischen verwunden?

«Ma'am, Sir, Ihre Mezze», sagte der Kellner und deutete mit der Hand auf die Platte. «Hackklößchen, frittierte Fleischstreifen, Sardinen in Weinblättern.»

«Klingt schwer nach einem Kannibalenfestmahl», meinte Trevor mit Blick auf die große Platte.

«Sieht wirklich köstlich aus», versuchte Daisy den gekränkten Ober zu beschwichtigen.

«Sie haben vorhin erwähnt, bis vor zwanzig Monaten wären offiziell keine Transplantationen durchgeführt worden. Wie verlässlich ist diese Aussage?»

«Nur bedingt. Irgendwo wird immer herumexperimentiert, und Ärzten ist es lieber, wenn die Medien keinen Wind davon kriegen. Negative Berichterstattung kann dazu führen, dass ein Forschungsprogramm gestrichen wird. Wann immer neue Methoden und Techniken zum Einsatz kommen, besteht die Gefahr zu scheitern. Falls die erste Transplantation ein Fehlschlag war, könnte der ausführende Mediziner versucht sein, die Sache zu vertuschen, auch wenn das unmoralisch wäre, denn wir lernen aus den Fehlern anderer.»

«Sie tauschen sich über Ihre Arbeit aus?»

«Auf Konferenzen. Und bei Gesichtstransplantationen gibt es nicht nur medizinische Probleme. Geht jemand zu einem plastischen Chirurgen, wird das generell akzeptiert, auch wenn das neue Gesicht keine große Ähnlichkeit mit dem alten hat. Erhält ein Mann oder eine Frau jedoch ein Gesicht, das einem anderen Menschen gehört hat, kann dies eine gravierende Identitätskrise auslösen, die dem Empfänger und den betroffenen Familien schwer zusetzt.»

«Kann das beim Empfänger zu einer Persönlichkeitsveränderung führen?»

«Stellen Sie sich einmal vor, Ihr Gesicht wäre bei einem Autounfall stark in Mitleidenschaft gezogen worden. Nach dem Aufwachen fühlen Sie sich wie ‹Der Unsichtbare›. Ihr Kopf ist bandagiert. Irgendwann werden die Mullbinden abgenommen, und Sie sehen wie Frankenstein aus. Plötzlich taucht ein Arzt auf und verspricht Ihnen ein Wunder. Ein neues Gesicht. Es geht nicht darum, Ihr altes Gesicht wiederherzustellen, sondern er verspricht Ihnen das Gesicht eines anderen. Allein die Wiederherstellung einer Nase kann vier bis fünf Operationen erfordern, falls die Knorpelmasse zerstört oder verbrannt wurde. Bei einer Gesichtstransplantation kriegen Sie während einer einzigen Operation eine neue Nase, Ohren, Lippen, Wangen und Augenbrauen.»

«Und wenn ich in den Spiegel blicke, sehe ich in das Gesicht eines Fremden.»

«Eines Fremden, der Freunde, Familie und ein eigenes Leben hatte. Alle, die an dem Programm mitarbeiten, vertraten von Anfang an die Meinung, dass wir mit unseren Patienten schonungslos ehrlich sein müssen. Wir bemühen uns darum, dass die Angehörigen des Spenders und der Empfänger nichts voneinander wissen. Dennoch besteht immer das Risiko, dass der Empfänger jemandem über den Weg läuft, der früher einmal den Spender kannte.»

«Muss für eine Witwe oder einen Witwer ziemlich schwierig sein.»

«Wir raten den Verwandten des Spenders, sich den Empfänger genau anzuschauen, wenn sie ihm begegnen. Schließlich ist der Empfänger nicht eine hundertprozentige Kopie ihres Angehörigen. Das ist schlichtweg unmöglich. Mir ist bislang kein Fall bekannt, wo solch eine Übereinstimmung existiert. Ganz egal, wie sorgfältig das Gewebe verpflanzt wurde, bestehen doch immer beträchtliche Unterschiede.»

«Und wenn der Spender Narben hat …»

«Hat der Empfänger sie auch. Auf der anderen Seite gibt es Dinge, die sich einfach nicht verändern lassen.»

«Geben Sie mir mal ein Beispiel.»

«Wurden die Augen nicht in Mitleidenschaft gezogen, bleiben sie erhalten. Zudem verfügt jeder Mensch über etwas, das einzigartig ist und nichts mit dem Aussehen zu tun hat. Der Gang oder die Haltung. Oder die Stimme. Die speziellen Angewohnheiten und undefinierbaren Eigenarten – also das, was einige als Seele bezeichnen. Frühe Studien haben ergeben, dass Patienten, die sich einer Gesichtstransplantation unterzogen haben, längere und eingehendere Unterstützung brauchen als solche, die ein Spenderorgan erhalten. Heute Morgen habe ich erfahren, dass das Team in Los Angeles bei jemandem eine Transplantation durchführt, der nicht nur sein Gesicht, sondern auch sein Augenlicht verloren hat. Vom psychologischen Standpunkt aus betrachtet, mag dies einfacher sein. Zumindest wird der Betreffende nie das Gefühl haben, ein anderer Mensch zu sein.»

«Liegt das nicht in der Natur der Sache?»

«Kann schon sein.» Sie nahm sich ein Stück türkisches Brot. «Hätten Mediziner nie Experimente durchgeführt, würden Menschen immer noch an Blinddarmentzündung und Wundbrand sterben. Von Herz-, Lungen- und Leberleiden ganz zu schweigen. Ich glaube an das, was ich tue, Trevor. Als ich zum ersten Mal gesehen habe, wie ein Leprakranker seine neuen Lippen, die wir verpflanzt hatten, zu einem Lächeln verzog, kam mir das wie ein Wunder vor.»

«Für ihn war es bestimmt auch eins.»

«Können Sie mir nicht verraten, worum es hier eigentlich geht?»

Er zog einen Umschlag aus der Innentasche seines Sakkos, öffnete ihn und nahm die Fotos von Tony heraus. «Dieser Mann wurde vor einem Monat auf der Jubilee Street fotografiert, obwohl er vor zwei Jahren siebzig Meilen von hier entfernt in einem Krankenhaus gestorben ist. Das steht zweifelsfrei fest. Zwei Ärzte haben seinen Tod bestätigt, und er wurde von nahestehenden Personen identifiziert.»

«Und nun denken Sie nicht an einen Doppelgänger, sondern an eine Gesichtstransplantation?»

«Genau. Zumal dem Toten noch in der Leichenhalle das Gesicht entfernt wurde. Keine Stunde, nachdem er verstorben war. Wurden vor zwei Jahren in Großbritannien solche Transplantationen durchgeführt?»

«Offiziell nicht, wie ich schon sagte.» Daisy nahm die Bilder, um sie genauer zu betrachten.

«Hat es zu jener Zeit jemanden gegeben, der hier lebte und in der Lage war, so etwas zu machen?»

«Das müsste ich überprüfen. Diese Fotos sind aus einer recht großen Entfernung aufgenommen worden und qualitativ schlecht. Daher kann ich nicht eindeutig sagen, ob diese Person eine Gesichtstransplantation erhalten hat oder nicht.» Sie gab ihm die Fotos zurück.

«Sie haben vorhin gesagt, dass englische Mediziner an den Projekten mitarbeiten.»

«Mindestens vier. Zwei davon sind Spezialisten.»

«Ich wäre Ihnen sehr verbunden, wenn Sie mir die Namen beschaffen könnten.»

«Kein Problem.»

Als der Kellner merkte, dass sie nicht mehr aßen, eilte er sofort herbei und räumte die Teller ab. Obwohl Trevor überhaupt keinen Hunger hatte, wünschte er, das Mahl würde niemals enden. Es drängte ihn nicht, nach Hause zu gehen und Lyn zu sehen. Dabei vergaß er nicht, wie sehr er in ihrer Schuld stand, wie viele glückliche Stunden sie miteinander verlebt hatten. Nur fiel es ihm schwer, sich jetzt und hier daran zu erinnern.

«Wie spät ist es?»

Obgleich Anna leise sprach, hallte ihre Stimme durch die Dunkelheit und schreckte Peter auf, als hätte ihm jemand einen elektrischen Schlag verpasst.

Er streckte die verkrampften Beine aus und lehnte sich gegen die Bank. Alles tat ihm weh, vor allem die Schulter, an der seit einer Stunde Annas Kopf ruhte. Er schob den Anorakärmel hoch und drückte den Knopf, mit dem sich das Licht seiner Armbanduhr einschalten ließ.

«Zehn vor zehn.»

«Kommt mir vor, als wären wir schon ewig hier.»

Aus der unteren Etage schallte irres Gelächter hoch.

«Willkommen auf dem Jahrmarkt. Du musst nur einmal Crack rauchen, und schon kannst du in das fröhliche Treiben mit einstimmen.»

«Da passe ich lieber. Gott, hier ist es wirklich arschkalt.»

«Ich dachte immer, Frauen wären unempfindlich gegen Kälte.»

«Ich nicht.»

«Pst!»

Im selben Moment wie Peter hörte auch sie ein Rascheln, als schlurfe jemand in Filzpantoffeln über einen Hartholzboden. Das Geräusch kam näher, die Treppe hoch. Beide wagten nicht mehr zu atmen und spannten die Muskeln an. Unter der Tür leuchtete gelbes Licht – eine helle Linie in der Dunkelheit. Langsame, schwere Atemgeräusche waren zu hören. Die Tür ging einen Spalt breit auf, flog nach hinten und knallte nur ein paar Zentimeter neben Annas Kopf gegen die Bank. Sie zuckte zurück und stieß sich das Rückgrat. Eine Hand legte sich über ihre geballten Fäuste. Peter mochte sich gelegentlich wie ein Mistkerl aufführen, aber er wusste auch, wann er Trost spenden musste.

Die Zeit schien stillzustehen. Anna kam es vor, als hielte

jemand einem Film an, in dem sie mitspielte. Licht fiel durch die offene Tür auf den Koffer, den Schlafsack und die Bohnendose neben ihnen. Sie hörten immer noch die kurzen, schnellen Atemgeräusche. Ein schwarzer Schuh rückte ins Blickfeld.

Anna nahm einen Mann von beträchtlicher Größe wahr, der lange, verfilzte Haarlocken hatte. Mit ihrem geschulten Blick schätzte sie ihn auf einen Meter achtundachtzig. Er trug einen schwarzen Mantel, schwarze Hosen und hatte einen hellen Rucksack über die Schulter geworfen. Die Gestalt beugte sich über den Koffer, öffnete die Schnallen und nahm eine mottenzerfressene Decke heraus. Dann richtete er sich auf, schüttelte das Plaid aus, legte es auf den Boden und drehte sich um.

Peter war schneller auf den Beinen als Anna. Nachdem sie vier Stunden lang in beißender Kälte im Dunkeln auf dem Boden gekauert hatte, waren ihre Glieder ganz steif.

Der Mann starrte sie an. Selbst im flackernden Kerzenlicht erkannte Anna, dass dieser Mann ihr Tony aus dem Videofilm war.

«Anthony George?», sagte Peter.

Der Mann machte einen Satz nach vorn. Etwas blitzte auf und blendete sie. Ein Schrei ertönte. Plötzlich schwappte eine rote Welle durch ihren Kopf, gefolgt von unerträglichen Schmerzen. Sie hörte noch, wie die Tür zugeschlagen wurde – dann fiel sie in die Dunkelheit.

«Könnten Sie sagen, ob unser Mann eine Gesichtstransplantation erhalten hat, wenn Sie ihn im Film sehen würden?», fragte Trevor seine Begleiterin nach dem Hauptgericht.

Sie verzichteten auf den Nachtisch. Dafür bestellte er eine weitere Flasche Wein und türkischen Kaffee. Beide nippten nur an ihren Gläsern. War Daisy auch darauf aus, diesen Abend so lange wie möglich auszukosten? Oder war da jemand, der in ihrer Wohnung auf sie wartete – oder auf einen Anruf von ihr hoffte? Gab es jemanden in ihrem Leben, der ihr so viel bedeutete wie früher Tim Sherringham?

«Narben bleiben immer zurück, daran lässt sich nichts ändern. Sie verheilen zwar nach und nach, verschwinden aber nie ganz. Wir versuchen, sie zu kaschieren und am Haaransatz sowie unter der Kinnlinie zu verstecken. Haben Sie Bilder, auf denen der Mann besser zu sehen ist?»

«Nicht viele», räumte er ein. «Es gibt ein oder zwei Nahaufnahmen.»

«Ich werde sie mir anschauen.»

«Danke. Ich kümmere mich darum und rufe Sie morgen an.»

Das Restaurant hatte sich merklich gefüllt, was kaum überraschte, denn die Speisen und der Service waren ausgezeichnet, auch wenn der Ober für Trevors Geschmack zu aufmerksam war. Eine große, lärmende Truppe saß an dem Tisch in der Mitte, den man zuvor ihnen angeboten hatte. Die Frauen lachten gellend, und ihre männlichen Begleiter bestellten bei den Kellnern lautstark Bier und Wein nach.

Trevor war hin und her gerissen. Sollte er Daisy einen Pubbesuch vorschlagen oder von dieser Idee lieber Abstand nehmen? Vielleicht würde ihm Daisy die Anregung, den Ort zu wechseln, falsch auslegen und denken, er wollte den Abend beenden. Was, wenn sie ihn bat, sie ins Krankenhaus zu fahren? Von der knapp bemessenen Zeit, die sie miteinander verlebten, war ihm jede einzelne Minute überaus kostbar. Auf der anderen Seite mochte er auch nicht länger in diesem lauten Restaurant verweilen. Die Ausrede, sie hätten sich nur aus beruflichen Gründen getroffen, war längst hinfällig. Das Thema Gesichtstransplantationen hatten sie schon vor einiger Zeit abgehakt, und außerdem enthielten die Notizen, die sie ihm gegeben hatte, mehr Informationen, als er brauchte.

Sein Blick fiel auf ihre Hand, die neben seiner auf der Tischdecke lag. Am liebsten hätte er sie in seine genommen, ihr tief in die Augen geschaut und gern mehr über sie erfahren, doch irgendetwas hielt ihn davon ab. Fürchtete er sich davor, etwas anzufangen, das er später nicht beenden konnte? Oder regten sich bei ihm Schuldgefühle wegen Lyn? Er nahm die Flasche und verteilte den Rest Wein auf ihre Gläser.

«Möchten Sie noch etwas?»

«Nein, danke. Das war ein schöner Abend, aber ich muss jetzt nach Hause. Morgen früh muss ich als Erstes operieren, und um Ihrer Frage zuvorzukommen – nein, es handelt sich nicht um eine Transplantation.»

«Dann lasse ich jetzt die Rechnung kommen.» Er winkte den Kellner heran – und erstarrte. Unter der lärmenden Truppe am Tisch in der Mitte waren Menschen, die er kannte: ein paar Angestellte aus dem Compton Castle und Lyn.

«Ist das jemand, den Sie kennen?», fragte Daisy intuitiv.

«Das da ist die junge Frau, mit der ich zusammenlebe», erwiderte er. Sein Instinkt riet ihm, in dieser Situation ehrlich zu sein. «Soll ich sie Ihnen vorstellen?»

«Ja, bitte.»

Er gab dem Ober seine Kreditkarte und ging mit Daisy an den Tisch.

«Hallo, Lyn», sagte er trotz des Lärms betont leise.

«Hallo.» Ihr Blick verriet ihm, dass sie ihn gesehen hatte, ehe er auf sie aufmerksam geworden war.

«Lyn, ich möchte dir Dr. Randall vorstellen.» Er wies auf

Daisy. «Sie unterstützt uns bei dem Fall, den ich gerade bearbeite.»

«Freut mich, Sie kennenzulernen.» Daisy reichte Lyn die Hand. «Trevor hat mir erzählt, dass Sie ein Paar sind. Sie können sich glücklich schätzen.»

«Ja, kann schon sein.» Lyns grimmige Miene hellte sich etwas auf.

Ein Handy klingelte.

«Ist das Ihres, Trevor, oder meins?», fragte Daisy.

Lyns Augen wurden wieder etwas schmaler. *Trevor.* Da war doch irgendetwas mit dieser Ärztin. Nur was? Auf einmal fielen ihr die vielen Skizzen ein, die Trevor im Rahmen der Kunsttherapie angefertigt hatte. Zu jener Zeit war er Patient auf ihrer Station gewesen. Immer wieder hatte Trevor eine Frau mit langen dunklen Haaren und verschwommenem Gesicht gemalt. Irgendwann hatte er ihr gestanden, er hätte diese Frau lieben können, wäre damals die Zeit für eine Beziehung reif gewesen.

«Meins. Entschuldigung. Ich nehme den Anruf draußen entgegen. Sagen Sie dem Ober, dass ich gleich wieder da bin.» Trevor war heilfroh, das Restaurant verlassen zu können.

«Möchten Sie sich nicht auf einen Drink zu uns setzen, Dr. Randall?», brüllte Richard. Er saß neben Lyn und war viel zu betrunken, um mehr zu sehen als ein neues, hübsches Gesicht.

«Danke für Ihre Einladung, aber sobald Trevor zurückkommt, muss ich gehen.»

«Kennen Sie Trevor schon lange?», wollte Lyn wissen.

«Wir haben uns vor anderthalb Jahren kennengelernt. Seinerzeit ermittelte er in einem anderen Fall.»

«War das vor seinem Unfall?»

«Ja», antwortete Daisy. Dass es Lyn nicht gelang, ihre Eifersucht im Zaum zu halten, irritierte sie leicht.

«Und Sie haben ihn während seines Krankenhausaufenthaltes nie besucht?» Das war keine Frage, sondern eine Feststellung. Lyn hätte sich unter aller Garantie an Daisy erinnert, wäre sie irgendwann einmal im Krankenhaus aufgetaucht.

«Ich war außer Landes.»

Lyn erinnerte sich an ein Gespräch, das sie mit Trevor über die geheimnisvolle Frau in den Skizzen geführt hatte.

Sie ist nicht mehr hier. Selbst wenn ich wollte, könnte ich sie nicht sehen.

Ihr habt keinen Kontakt mehr?

Es bestand kein Grund, Kontakt zu halten.

Trevor kehrte zurück. Nachdem er seine PIN in das Kreditkartenlesegerät eingegeben hatte, wandte er sich an Daisy. «Ein Stück weiter die Straße hinunter ist in einer leer stehenden Fabrik ein Feuer ausgebrochen. Die Krankenwagen sind schon unterwegs.»

«Ich begleite Sie.»

«Wirklich?»

«Ja, schließlich ist das ein Notfall.»

«Tut mir leid, Lyn. Wahrscheinlich wird es heute Abend wieder spät.»

Ehe Lyn darauf etwas erwidern konnte, waren Trevor und Daisy schon verschwunden und überließen sie ihrer blühenden Phantasie. Vor ihrem geistigen Auge sah sie die schöne, elegante Dr. Randall mit Trevor im Bett liegen.

«Peter!»

Zermürbt von der Stille im Raum schrie Anna, so laut sie nur konnte. Von unten drangen panische Stimmen und beißende Rauchschwaden herauf.

Sie verfluchte die Finsternis und die wabernden roten Schlieren, die sie sah und die wahrscheinlich von den unerträglichen Kopfschmerzen herrührten. Sie musste ihren ganzen Mut zusammennehmen, um trotz der Ratten auf allen vieren durch den Raum zu kriechen und nach einer Kerze zu suchen. «Peter!»

Auf gar keinen Fall durfte sie jetzt die Nerven verlieren. Plötzlich kam ihr ein Geistesblitz. Sie tastete ihren Anorak nach der Tasche ab, die sie erst vor Kurzem ins Futter genäht hatte. Da war er. Sie konnte den harten Gegenstand ganz deutlich spüren. «Peter! Verdammt nochmal!», rief sie wütend. «Herrgott, warum antwortest du denn nicht?»

Bei dem Versuch, die Stableuchte aus der eingenähten Tasche zu ziehen, brachen zwei ihrer Fingernägel ab. Ihr kam es wie eine kleine Ewigkeit vor, bis sie endlich das Ding eingeschaltet hatte und etwas erkennen konnte. Der Kleiderhaufen, der Koffer und die Decke, die der Mann ausgeschüttelt und auf dem Boden ausgebreitet hatte, lagen vor der gegenüberliegenden Wand.

Anna hielt sich an der Bank fest, stützte sich ab und kam schwankend auf die Beine. Das Geschrei wurde lauter, der Rauch dicker. Sie machte einen Schritt nach vorn und stolperte über ein großes, weiches Etwas auf dem Boden.

«Peter!» Anna kniete sich hin, umfasste seine Schulter und schüttelte ihn. Als sie die Hand wegnahm, war sie feucht. Sie blickte auf ihre Finger und sah zu ihrem Entsetzen, dass sie rot und klebrig waren. Blut! Sie drehte Peter auf den Rücken. Die Kugel hatte sich durch den Anorak in die linke Schulter gebohrt. Verflucht! Offenbar war der Mann bewaffnet gewesen. Aber Peter doch auch. Wieso hatte er seine Waffe nicht zuerst gezogen?

Vor den mit Brettern verkleideten Fenstern ertönte eine Sirene. War da ein Kranken- oder ein Streifenwagen vorgefahren? Der beißende Rauch, der inzwischen durch den Spalt unter der Tür quoll, brannte ihr in den Augen, vernebelte ihren Blick und erschwerte ihr das Atmen.

«Peter!» Sie setzte sich, schloss die Augen und bettete seinen Kopf auf ihren Schoß. Dann hielt sie die Hand über seinen Mund und spürte, wie sein warmer Atem über ihre Finger strich. Er lebte. Sie ging zur Tür hinüber, missachtete alle Regeln, die man bei einem Brand beachten musste, und riss sie wider besseres Wissen auf.

Unten ertönte Tom Morris' ruhige, gebieterische Stimme. Ihr blieb keine Zeit, sich darüber den Kopf zu zerbrechen, was er in dem Gebäude zu suchen hatte. Ein Schwall heißer Luft zwang sie zum Rückzug. Das Geländer und die Treppenstufen standen schon in Flammen. Das Feuer kam bedrohlich näher. Sie stieß die Tür wieder zu. Hustend und keuchend rannte sie durch den Raum, schnappte sich den Schlafsack, rollte ihn zusammen und stopfte ihn in den Spalt unter der Tür. Sie musste sich zusammenreißen und durfte nicht zulassen, dass dieser Fehler sie und Peter das Leben kostete.

Es gab einen lauten Knall, und kurz darauf war ein Schrei zu hören, der die knisternden Flammen übertönte. Durch den Türrahmen drang Rauch. Mit klopfendem Herzen und dröhnendem Kopf stellte sie sich in die Raummitte und ließ den Lichtkegel über die Wände wandern. Als Peter aufstöhnte, musste sie sich schwer beherrschen, um nicht zu ihm zu eilen. In dieser Situation brauchte er keine Frau, die ihn bemutterte, sondern einen Fluchtweg.

Das Licht spiegelte sich in einer Glasscheibe, vor die von außen ein Brett genagelt war. Das Fenster war ziemlich weit oben und schmal, gerade mal sechzig Zentimeter breit. Sie lief hinüber, sprang auf die Bank, damit sie näher herankam, zog einen Schuh aus und schlug mit ihm auf die Scheibe ein.

Es dauerte eine ganze Weile, bis die Scheibe zersprang und es Glassplitter regnete. *Zum Glück gibt es in diesen alten Gebäuden kein Sicherheitsglas,* schoss es ihr durch den Kopf, während sie die größeren Scherben von ihren Schultern und Armen abschüttelte. Anschließend hob sie die Decke auf, wickelte sie um den Arm und drosch auf das Holz ein. Weitere Glasscherben lösten sich aus dem Rahmen und prasselten auf sie herab, wovon sie sich jedoch nicht beirren ließ. Zwei Minuten lang hämmerte sie atemlos und keuchend auf das Holz ein, bis sie endlich begriff, wie sinnlos ihr Tun war. Das von außen befestigte Holzbrett gab keinen Millimeter nach. Wie zum Teufel waren die Jugendlichen, mit denen Trevor gesprochen hatte, in das Gebäude gelangt?

Anna beugte sich nach unten, wo die Luft noch vergleichsweise raucharm war, und atmete tief ein. Anschließend nahm sie das Fenster erneut in Augenschein und ließ den Lichtkegel über den Rahmen gleiten. Es war ihr gelungen, den unteren Teil des Schiebefensters einzuschlagen. Der obere Teil aber war noch unversehrt. Sie stieg aufs Fensterbrett, legte die Hände um die Mittelleiste und versuchte, den Glassplittern, die sich in ihre Finger bohrten, keine Beachtung zu schenken. Sie hoffte und betete, dass die Leiste ihr Gewicht trug. Dann zog sich Anna an ihr hoch, holte mit dem Fuß weit aus und trat mit voller Wucht zu.

Kapitel neun

Der Himmel über den matt schimmernden Giebeldächern der Pubs, Restaurants und Apartments im Jachthafen leuchtete beinahe wie eine Theaterkulisse. Ohne den ätzenden Rauch, der in der Luft hing, hätte Trevor sich gut und gern einbilden können, die Morgendämmerung setze acht Stunden früher als gewöhnlich ein. Schon vom oberen Teil der Straße aus sahen er und Daisy die züngelnden Flammen, die aus dem Dach der alten Fabrik loderten. Die gleißend hellen Farben am Nachthimmel hatten etwas von einem Feuerwerk.

«In der Fabrik wird nicht mehr gearbeitet. Wenn wir Glück haben, gibt es nur wenige oder gar keine Opfer», meinte Daisy.

Trevor schimpfte über den Verkehr, der vollkommen zum Erliegen gekommen war. Horden von Schaulustigen verstopften die Straßen, die zum Hafenviertel führten.

«In dem Gebäude übernachten Obdachlose. Und zu dem Zeitpunkt, als ich vom Revier angerufen wurde, waren noch zwei von meinen Kollegen da drinnen.»

«Wollten sie das Haus räumen?»

«Nein, ein Undercover-Einsatz. Wir müssen hier aussteigen.» Er parkte den Wagen hinter einer Reihe von Lösch-, Streifen- und Krankenwagen.

Ein Polizist ging auf Trevor zu. «Sie dürfen hier nicht parken, Sir.»

«Ist schon gut. Er ist einer von uns, Kumpel!», rief eine vertraute Stimme.

Trevor erkannte Andrew und rannte zu ihm, ohne sein Fahrzeug abzuschließen. Daisy ging auf eine Stelle zu, wo sich Sanitäter um die Verletzten kümmerten. Als Chris Brooke versuchte, ihr den Weg zu versperren, rief Trevor: «Sie gehört zu mir, und sie ist Ärztin! Wo steckt eigentlich Evans?»

«Beim Superintendent», antwortete Andrew und zeigte auf eine Gruppe Feuerwehrmänner und Polizisten. Sie standen hinter dem Gebäude innerhalb einer «Sicherheitszone» und sahen zu, wie im Erdgeschoss die heißen Luftmassen die verbarrikadierten Fenster herausdrückten. Mit einer Kamera auf der Schulter schlich Nigel Valance sich an sie heran und richtete das Objektiv auf das brennende Haus.

«Elende Aasgeier», beschimpfte Andrew die Reporter, die überall herumschwirrten. «Valance war vor uns hier. Filmte die Verletzten und hat ihnen das Mikro unter die Nase gehalten, bevor die Sanitäter …»

Der Rest von Andrews Satz ging in einem tosenden Feuerschwall unter, der durchs Dach schlug. Wie von der Tarantel gestochen stürmte Trevor nach vorn.

«Peter?», fragte er atemlos, als er in Evans' Hörweite war.

«Keine Spur von ihm oder Anna.» Gedankenverloren steckte der Inspector sich einen Pfefferminzbonbon nach dem anderen in den Mund und fixierte das Gebäude.

«Die Südseite wird jeden Moment vollständig in Flammen aufgehen!», brüllte ein Feuerwehrmann. Eine Sekunde später barsten aus drei Fenstern im Erdgeschoss Feuerzungen.

«Was für eine Aufnahme!», rief Valance freudig erregt, als er die dramatischen Bilder mit seiner Kamera einfing.

«Das hier ist doch kein Freizeitspaß», stauchte ein Feuerwehrmann Valance zusammen.

«Ich mache nur meinen Job», protestierte er.

«Kennen wir die Brandursache?», krächzte Trevor, der schwarzen Rauch einatmete, als Andrew den Filmemacher zurückdrängte.

«Andrew hat uns über Funk informiert, dass ein Mann, auf den unsere Beschreibung passt, in das Haus ging. Keine zehn Minuten später haben wir den Rauch bemerkt, und dann waren Schreie zu hören, und Leute sind aus den Fenstern gesprungen …» Evans kam nicht mehr gegen den Krach an. Ein Feuerwehrmann versuchte mit einer Axt, ein verbarrikadiertes Fenster im Erdgeschoss aufzukriegen. Durch das zersplitterte Holz schoss eine Feuersäule. Aus dem Inferno kamen zwei Feuerwehrmänner in unförmigen Schutzanzügen und mit Sauerstoffmasken. Von Weitem sahen sie wie Astronauten aus. Jeder der Männer trug eine reglose Gestalt auf den Schultern.

Tom Morris, der helfen wollte, lief ihnen entgegen.

«Jetzt reicht es, Mr. Morris. Sie haben schon mehr getan, als ein Zivilist leisten kann», rief ihm der leitende Feuerwehrmann zu. «Wenn Sie nicht sofort nach hinten zu den Sanitätern gehen, können wir nicht mehr für Ihre Sicherheit garantieren.»

«Wir müssen ihnen sagen, dass Peter und Anna noch da drinnen sind», drängte Trevor.

«Sie wissen schon Bescheid, Junge.» Unter Stress verfiel Mulcahy gern in den nordenglischen Dialekt seiner Heimat. «Einige der Männer im Gebäude suchen bereits nach ihnen.»

Trevor zog sein Sakko aus. «Ich gehe jetzt da rein. Ich weiß, wo ich suchen muss …»

«Der erste Stock existiert nicht mehr, Inspector.» Ein älterer Feuerwehrmann in schwerer Montur nahm die Sauerstoffmaske ab und kam auf sie zu. «Falls Ihre Leute noch im Gebäude sind, kommt jede Hilfe zu spät.»

«Ich muss da rein.» Trevor stürmte nach vorn. Er konnte nur noch daran denken, dass Peter und Anna in dieser Feuersbrunst festsaßen. Hätte er sich nicht mit den Jugendlichen unterhalten, säßen seine Kollegen jetzt wohlbehalten auf dem Revier. Eigentlich wäre es nicht ihre, sondern seine Aufgabe gewesen, in der leerstehenden Fabrik verdeckt zu ermitteln. Er hätte den Jugendlichen aus dem Weg gehen und oben im Umkleideraum warten können …

«Andere Gebäudeseite, Sir.» Chris Brooke kam auf sie zugerannt. Seine Augen, in denen sich das Feuer spiegelte, funkelten vor Aufregung. Evans und Mulcahy führten die kleine

Polizistengruppe, die von einem Feuerwehrmann begleitet wurde, zur anderen Seite des Gebäudes, wo es etwas windgeschützter und das Feuer nicht ganz so heftig war. Aber auch hier schlugen aus jedem zweiten oder dritten Fenster Flammen. Neben der Hausfassade stand ein Löschzug. Langsam, unerträglich langsam, fuhr die Leiter mit dem Drahtkorb, in den sich ein Feuerwehrmann gezwängt hatte, nach oben. Trevors Blick folgte der Leiter, und dann sah er sie plötzlich. Eingerahmt von Rauchschwaden, die aus dem dahinterliegenden Zimmer quollen, kauerte in der zweiten Etage eine zierliche Gestalt auf dem Sims des Eckfensters.

«Anna», keuchte Evans.

«Aber keine Spur von Peter», konstatierte Trevor besorgt.

«Können Ihre Männer nicht schneller machen?», herrschte der Superintendent den Feuerwehrmann an, der sie begleitet hatte.

«Wir tun, was in unserer Macht steht.» Seine Miene verdüsterte sich, als er zu dem Kollegen im Korb hochschaute.

Die Leiter, die sich sukzessive den aus dem Haus quellenden Hitzeschwaden näherte, schwankte erheblich. Der Feuerwehrmann passte den richtigen Augenblick ab und streckte Anna die Hände entgegen, doch sie schüttelte nur den Kopf und klammerte sich an den beschädigten Fensterrahmen.

«Himmelherrgott nochmal, was ist denn jetzt?», fluchte Mulcahy.

«Sie kann sich vor Angst nicht rühren», murmelte der Feuerwehrmann.

Sein Kollege auf der Leiter beugte sich zu Anna hinüber. Er schob sich eine Sauerstoffmaske über Mund und Nase, öffnete die Korbtür und trat auf den Sims. Anna drehte sich um.

«Sie wird doch da nicht wieder reingehen!», rief Trevor fassungslos. «Sie hat keinen Schutzanzug, keine Sauerstoffmaske …»

«Wahrscheinlich will sie Peter holen», knurrte Mulcahy. Ihm war es schier unerträglich, einfach nur dazustehen und hilflos zuzusehen, wie zuerst Anna und dann der Feuerwehrmann in dem Haus verschwanden.

«Wenn Peter da drinnen wäre, würde er, so wie ich ihn kenne, doch spätestens jetzt springen», meinte Evans.

«Will sich wohl schon mal an die Temperatur gewöhnen, damit es ihm in der Hölle nicht ganz so heiß wird», bemerkte Mulcahy.

«Er ist verletzt!», rief Trevor, als der Feuerwehrmann mit Peter auf der Schulter herauskam. Der Mann blickte zur Leiter hinüber, schätzte die Entfernung zwischen Korb und Sims ab und sprang.

Kaum hatte der Feuerwehrmann Peters reglose Gestalt im Korb abgelegt, hob er den Blick. Anna stand jetzt am Fenster. Selbst von fern konnten ihre Kollegen sehen, dass sie heftig hustete und versuchte, den giftigen Rauch aus den Lungen zu pressen. Mit einer Handbewegung forderte der Feuerwehrmann sie auf, zu springen, aber sie verschwand wieder in dem brennenden Haus.

«Verfluchter Mist, was treibt diese Frau denn?», rief Trevor, der wie gebannt nach oben blickte. Ob Peter noch lebte oder bereits tot war, konnte er nicht erkennen.

Gleich darauf trat Anna mit einem Koffer unter dem Arm auf den Sims.

«Gepäck?», staunte Evans.

Der Feuerwehrmann ergriff ihre Hände und zog sie zu sich. Er verschwendete keine Zeit darauf, den Korb zu sichern, sondern gab sofort das Zeichen, die Leiter einzuziehen.

Bill Mulcahy machte einen Schritt nach hinten und stolperte über Valance, der sich abermals mit laufender Kamera an sie herangeschlichen hatte. «Sorgen Sie dafür, dass mir dieser Mistkerl nicht mehr unter die Augen kommt!», bellte er Chris Brooke an. «Schaffen Sie einen Krankenwagen herbei und auch alle Sanitäter, die Sie auftreiben können. Ich will, dass die beiden auf der Stelle ins Krankenhaus geschafft werden. Und Sie», er funkelte Evans und Trevor an, «begleiten die zwei. Finden Sie heraus, was passiert ist, bevor der da …» – er riss den Kopf herum und deutete mit dem Kinn auf Valance – «… seine Reportage über den Äther jagt. Das Letzte, was wir gebrauchen können, ist, dass die da oben von dem hier aus den Nachrichten erfahren.»

«In ein paar Wochen ist er wieder ganz der alte Charmeur.» Daisy, die vor der Notaufnahme stand, nahm den Mundschutz ab.

Da sie Ärztin war, hatte die Ambulanz ihr Angebot, zu helfen, bereitwillig angenommen. Aus der alten Fabrik waren so viele Brandopfer und Verwundete eingeliefert worden, dass die Abteilung mit ihren Kapazitäten fast an ihre Grenzen stieß. Nicht alle Patienten waren Hausbesetzer. Ein Feuerwehrmann war gestorben, und der Zustand von zwei seiner Kollegen war kritisch. Bislang hatte der Brand vier Opfer gefordert. Trevor und Evans rechneten damit, dass die Zahl noch beträchtlich steigen würde. Das Feuer hatte sich blitzschnell ausgebreitet und viele Fluchtwege versperrt. Nun galt es abzuwarten, bis das Gebäude sich abgekühlt hatte, ehe man es durchsuchen und Genaueres sagen konnte. Die Zahl der Patienten führte allen vor Augen, wie viele Jugendliche in dieser Stadt auf der Straße lebten. Ein Großteil der verletzten Zivilpersonen in der Notaufnahme war unter fünfundzwanzig.

«Wie schlimm ist es um ihn bestellt?», fragte Trevor und lehnte sich an die Wand. Seine Beine schmerzten immer noch von den Klimmzügen.

«Er hat eine Kugel abgekriegt, die glücklicherweise nur seine Schulter streifte. Er leidet unter Rauchvergiftung, hat viel Blut verloren, eine Gehirnerschütterung und eine dicke Beule am Kopf. Kann sein, dass er geschlagen wurde oder nur hingefallen ist. Man sollte davon ausgehen, dass die Kopfschmerzen, die noch ein paar Tage anhalten werden, seine ständige Gereiztheit noch verstärken, aber das ist Ihr Problem. Wahrscheinlich wird er morgen entlassen, aber das hängt davon ab, wie es ihm heute Nacht ergeht.»

Dan Evans hätte nur allzu gern erfahren, woher eine solch attraktive Ärztin so viel über Peter wusste und warum sie und Trevor so freundschaftlich miteinander umgingen. Doch er unterdrückte seine Neugier. Im Moment hatten andere Fragen Vorrang.

«Und Anna?»

«Ihre Hände werden nebenan genäht. Die Operation dauert nicht mehr lange.»

«Werden Sie sie dabehalten?», erkundigte sich Trevor.

«Nein. Auf den Stationen ist kein Bett mehr frei. Die weniger schlimmen Fälle mussten wir nach Hause schicken. Der Krankenhausdirektor hat alle Routineoperationen um ein paar Tage verschoben. In der letzten halben Stunde haben wir fünfundsechzig Patienten aufgenommen. Das ist eine Menge, selbst für ein Krankenhaus dieser Größe.»

«Können wir Peter sehen?», wollte Trevor wissen.

«Aber nur ein paar Minuten. Wegen der Narkose und der Gehirnerschütterung ist er noch nicht ganz bei sich. Setzen Sie ihm nicht allzu hart zu. Gleich kommt ein Pfleger und bringt ihn auf seine Station. Ich muss jetzt los und mich um die Patienten kümmern.»

«Danke, Daisy.»

«Gern geschehen. Das Abendessen habe ich genossen, den Nachtisch allerdings nicht. Weniger Aufregung bekommt mir besser.»

Trevors Blick folgte ihr, als sie wegging.

«Nette Dame», meinte Evans vielsagend.

«Ja, sehr nett.» Trevor trat hinter den Raumteiler. Peter lag auf einer Bahre. Jemand hatte ihm eine Decke über die Beine gelegt. Sein Gesicht war so weiß wie die Verbände um den Arm und die Schulter.

«Wie es aussieht, musste ich erst mal hier landen, damit man mich ins Dezernat für Schwerverbrechen versetzt, Inspector.» Seine Stimme war vom Rauch heiser und rau, doch er gab sich so nassforsch wie eh und je.

«Na, Peter, vielleicht sind Schwerverbrechen für Sie ja eine Nummer zu groß?», zog Evans ihn auf und grinste breit.

«Was ist passiert?», fragte Trevor, der am Fußende der Rollbahre stand.

«Ich hatte nicht damit gerechnet, dass er bewaffnet ist.»

«Ziemlich gedankenlos von Ihnen», rügte Evans ihn. «Wenn Sie schon eine Waffe kriegen, dürfen Sie das Ding auch benutzen.»

«Ich dachte, wir sind hinter einem Penner und nicht hinter Al Capone her. Habt ihr ihn erwischt?»

«Nein», räumte Evans ein.

«Und mir werfen Sie vor, schlampig zu arbeiten. Verdammt, jetzt müssen wir weiter nach ihm suchen.»

«Hast du ihn gesehen?», fragte Trevor.

«Ja. Der Bursche ist zweifelsfrei unser Tony. Unter aller Garantie.»

«Dann ist unser Toter also gar nicht tot.» Evans setzte sich auf den nächstbesten Stuhl.

«Tja, und wer ist dann der ermordete Penner?», überlegte Trevor laut.

«Die Ärztin», Peter warf ihm einen vielsagenden Blick zu, «hat mir verraten, dass ich morgen entlassen werde. Also kann ich übermorgen wieder arbeiten.»

«Sollte das Personal knapp werden, dürfen Sie bequem vom Schreibtisch aus arbeiten und Telefondienst schieben», versprach Evans.

«Sehr freundlich von Ihnen», entgegnete Peter bissig.

«Ich hole dich morgen ab und bringe dich nach Hause», versicherte Trevor.

Er blieb im Türrahmen stehen, nachdem Evans sich verabschiedet hatte.

«Daisy hat mir erzählt, dass der Anruf kurz nach eurem gemeinsamen Abendessen kam. Wie lange ist sie schon wieder in der Stadt?»

«Ach, noch nicht lange. Gestern haben wir uns zum ersten Mal wiedergesehen. Sie gehört einem Team an, das Gesichtstransplantationen macht.»

«Hätte nie gedacht, dass ich nochmal den Tag erleben würde, wo du mit zwei Frauen gleichzeitig was am Laufen hast, Casanova.»

«Wir haben uns rein dienstlich getroffen.»

«Wenn Frauen ins Spiel kommen, geht es immer um mehr. Diese Ausrede kaufen dir vielleicht die Jungs von der Buchhaltung ab, die deine Spesenabrechnung prüfen, und Lyn ...» Peter begann zu husten.

«Hör mal ...»

Peter hob abwehrend die Hand. «Ich will nichts hören. Das geht mich nun wirklich nichts an. Ich wünschte nur, ich hätte deine Probleme. Die Wahl muss dir schwerfallen. Jugend und Naivität gegen Reife und Eleganz. Da wüsste ich auch nicht, wofür ich mich entscheiden sollte.»

«Wenn du noch alle beisammenhast, dann für die Blondine, die dir das Leben gerettet hat.»

«Daisy hat gesagt, bis auf die Hände ginge es ihr gut. Hast du sie schon gesehen?»

«Nein, noch nicht.»

«Hat sie mich rausgeschafft?»

«Aus dem Fenster im zweiten Stock?»

«Ich kann mich an gar nichts mehr erinnern.»

«Ein Feuerwehrmann hat dich herausgeholt, aber wenn sie nicht die Bretter von einem der Fenster gelöst hätte, wärt ihr beide tot.»

«Sag ihr, ich möchte sie sehen.»

«Aber klar doch.» Auf dem Weg nach draußen verkniff Trevor sich ein Lächeln. Er kam aus dem Staunen gar nicht mehr heraus. Dass der abgebrühte Peter sich in eine Frau verliebte, schien eigentlich ein Ding der Unmöglichkeit.

«Deshalb sind Sie also nochmal zurückgegangen. Sie sind ein wahrer Schatz.»

Als Trevor den Vorhang zurückzog, hob Evans gerade höchstpersönlich Anna aus dem Rollstuhl und drückte ihr einen Kuss auf die Stirn.

«In der Notaufnahme liegt ein kranker Mann, der nach dir fragt», sagte Trevor. Er war bestürzt über die dicken Verbände um Annas Hände und Unterarme.

«Wie ich gehört habe, ist er nicht schwer verletzt.»

«Mal abgesehen von dem Schlag auf den Kopf und der Schulterwunde geht es ihm gut. Dank dir.»

«Sehen Sie mal, was Anna uns mitgebracht hat.» Evans hob den Koffer hoch.

«Gehört der unserem Mann?»

Anna nickte. «Peter und ich haben beobachtet, wie er eine Decke aus dem Ding geholt hat.»

«Schaffen Sie ihn bitte ins Labor, Trevor.»

«Wollen Sie ihn nicht aufmachen?»

«Das können die Jungs dort machen, nachdem sie ihn auf Fingerabdrücke untersucht haben. Unser Bursche agiert wie ein Profi. Mit ein bisschen Glück sind seine Fingerabdrücke in unserem System.»

«Die Hälfte aller Feuerwehrleute und mehrere Krankenhausmitarbeiter haben den Koffer angefasst. Daher macht es keinen Sinn, ihn auf Fingerabdrücke zu untersuchen», meinte Anna.

Evans ignorierte ihren Einwand und gab Trevor mit einer Handbewegung zu verstehen, dass er sich auf den Weg machen sollte. «Ich rufe im Labor an und informiere unsere Leute, dass Sie unterwegs sind.»

«Ich verabschiede mich noch schnell von Dr. Randall, bevor ich verschwinde.» Trevor schnappte sich den Koffer.

«Aber machen Sie schnell», rief Evans ihm hinterher und nahm sich vor, seinen Sergeant morgen früh zu fragen, was es mit ihm und dieser Ärztin auf sich hatte.

«Schade, dass unser Abend so enden musste.»

«Mit einem Arzt verheiratet zu sein war schon schlimm genug. Nach dem heutigen Abend bin ich der festen Überzeugung, dass die Ehe mit einem Polizisten einem noch größere Opfer abverlangt.» Daisy hob den Blick von den Notizen, die sie sich gerade machte.

«Was halten Sie davon, wenn wir nächste Woche nochmal essen gehen?»

«Aber Sie haben doch eine Lebenspartnerin.»

«Daisy …»

«Man muss kein Genie sein, um zu begreifen, dass da etwas im Argen liegt, Trevor. Ich bin nicht erpicht darauf, die Sache noch schlimmer zu machen, als sie eh schon ist.»

«Und wenn ich mein Privatleben geregelt habe?»

«Trevor, lassen Sie sich einen Rat von mir geben: Lösen Sie Ihre Probleme. Sobald ich weitere Informationen erhalte, leite ich sie an Sie weiter.»

Er schaute sich um. Polizisten, Sanitäter, Feuerwehrmänner und Patienten mit unterschiedlich schweren Verbrennungen, Rauchvergiftungen, Schnittwunden und verstauchten Knöcheln bevölkerten den Korridor. «Irgendwann, Dr. Randall, kommt unsere Zeit noch.»

«Kann sein.» Sie legte ein Formular weg, das sie ausgefüllt hatte, und schnappte sich das nächste. «Aber vielleicht nicht in diesem Leben.»

Die Entfernung zwischen Krankenhaus und Polizeilabor betrug dreißig Meilen. Da Evans sein Kommen dort angekündigt hatte, wurde Trevor von zwei Männern in Empfang genommen, die ihm sofort den Koffer abnahmen.

«Oberste Priorität?»

«Oberste Priorität», wiederholte Trevor, dessen eigene Prioritäten ganz anderer Natur waren. Er sehnte sich nach einem Bett und ein paar Stunden Schlaf.

Um drei Uhr früh erreichte er endlich sein Haus. Er stieg aus dem Wagen und musterte seinen Aufzug. Das helle Seidenhemd und die Hose waren verrußt, seine Socken und Schuhe vom Löschwasser völlig durchnässt, und er stank nach Rauch. Nicht gerade das richtige Outfit für ein romantisches Stelldichein.

Sein Blick wanderte zum Haus hinüber. Auf dem Balkon vor dem Schlafzimmer bewegte sich etwas Weißes. Ausgerechnet heute Nacht war Lyn wach geblieben und hatte auf ihn gewartet. Er war todmüde; alle Knochen taten ihm weh. Und er litt unter grässlichen Kopfschmerzen. Er wollte sich nur noch hinlegen und ein paar Stunden schlafen, bevor er sich wieder in die Arbeit stürzte. Was sagte es über seine und Lyns Beziehung aus, dass es ihm nun widerstrebte, in sein Haus zu gehen und ihr zu begegnen?

Urplötzlich sehnte er sich nach dem Frieden und der Stille seiner ehemaligen Junggesellenbude. Dort hatte er sich zwar gelegentlich einsam gefühlt, aber vielleicht war Einsamkeit immer noch besser als schlechte Laune und Streit. Seine Muskeln ächzten, und er fröstelte. Er streckte sich, schloss den Wagen ab und marschierte die kurze Einfahrt hoch. Im Flur zog er die Jacke aus, warf sie übers Geländer, kickte die nassen Schuhe in eine Ecke und ging nach oben. Das Licht brannte. Lyn stand immer noch auf dem Balkon.

«Morgen früh wirst du total kaputt sein», warnte er sie.

«Ich habe keinen Dienst und kann ausschlafen.» Sie drehte sich zu ihm um und sah ihn an. Es hatte aufgehört zu regnen. Die Luft, die der Wind vom Meer herantrieb, war kühl. Lyn war vor Kälte ganz weiß, doch davon schien sie keine Notiz zu nehmen.

«Ich wünschte, ich hätte auch frei. Dann könnten wir den Tag gemeinsam verbringen.» Er befreite sich von seiner Krawatte.

«Ist das dein Ernst?»

«Aber sicher. Es kommt mir vor, als hätten wir uns seit Wochen nur zwischen Tür und Angel gesehen.»

«Und warum machst du dann morgen nicht einfach frei?»

«Weil wir mitten in einem Fall stecken und zu wenig Personal haben …»

«Die Polizei ist doch immer unterbesetzt», herrschte sie ihn an. «Peter und Anna könnten dir doch zur Abwechslung mal unter die Arme greifen.»

«Das können sie derzeit eben nicht. Sie liegen im Krankenhaus.»

«Geht es ihnen nicht gut?» Sie kam herein und schloss die Balkontür.

«In ein paar Tagen müssten sie wieder auf dem Damm sein.» Er ließ sich aufs Bett fallen und knöpfte das Hemd auf. «Sie waren in der alten Fabrik unten bei den Docks, als das Feuer ausbrach. Ich vermute mal, du hast davon gehört.»

«Wir haben zwar die Sirenen gehört, aber im Restaurant war es so laut, dass alles andere im Lärm unterging.» Erst jetzt fiel ihr der Zustand seiner Kleidung auf. «Mein Gott …»

«Untendrunter sieht es ganz gut aus.»

«Sind Peter und Anna schwer verletzt?»

«Peter hat eine Gehirnerschütterung, eine Rauchvergiftung und eine Kugel abgekriegt, die glücklicherweise kein lebenswichtiges Organ beschädigt hat.»

«Auf ihn wurde geschossen?»

Trevor nickte. Ihm fiel auf, dass er ihr nur das erzählte, was am nächsten Tag ohnehin in der Zeitung stehen würde. Konnte er nicht mal im Schlafzimmer vergessen, dass er Polizist war? «Bei dem Versuch, aus dem Gebäude zu gelangen, musste Anna eine Fensterscheibe einschlagen und hat sich dabei die Hände verletzt.» Fast hätte er noch eine spöttische Bemerkung darüber gemacht, dass ein männlicher Chauvinist von einer Vertreterin des schwachen Geschlechts gerettet worden war. Früher hätten sie beide in so einer Nacht über seine Bemerkung gelacht, sich aufs Bett fallen lassen und miteinander geschlafen. Heute konnte er sich nicht mal daran erinnern, wann er sie das letzte Mal berührt hatte.

«Wer war die Frau, mit der du im Restaurant gegessen hast?»

«Dr. Daisy Randall.»

«Ist das die Frau, von der du mir in Compton Castle erzählt hast? Die, in die du verliebt warst?»

«Da ist nie etwas gelaufen.»

«Es ist aber offensichtlich, dass du dir das gewünscht hast, und in gewisser Hinsicht ist das sogar noch schlimmer. Hättest du damals den Mumm gehabt, mit ihr ins Bett zu steigen, hättest du sie inzwischen wahrscheinlich schon längst vergessen.»

«Da habe ich so meine Zweifel.» Dass seine Entgegnung so grausam ausfiel, hatte nicht in seiner Absicht gelegen.

«Ich ziehe morgen aus.»

«Lyn», flehte er. «Es ist spät, und ich bin müde. Das ist weder die richtige Zeit noch der richtige Ort dafür.»

«Wenn du sie liebst, kriegst du jetzt die Chance, sie zurückzugewinnen.»

«Das ist doch Unsinn. Ich bin doch nie mit ihr zusammen gewesen», entgegnete er vehement. «Sie war die Frau eines Opfers. Der Fall hat sie und mich schwer traumatisiert. Du erinnerst dich bestimmt noch daran, in welchem Zustand ich damals war.» Er schnitt eine Grimasse. Seine Beine taten höllisch weh, als er sich aufrappelte, ein paar Schritte machte und sich neben sie stellte.

«Lyn», sagte er, streckte die Hand aus und strich ihr eine Haarsträhne aus dem Gesicht. «Es tut mir leid, aber es ist immer schwierig, wenn wir mitten in einem Fall sind. Ich habe dich davor gewarnt.»

Nach einer kleinen Weile hob sie den Blick und sah ihn an. Da bemerkte er, dass sie weinte. Zuerst küsste er die Tränen weg, und anschließend hauchte er einen Kuss auf ihren Mund. Sie schmeckte nach Salz, Cognac und Zahnpasta. Nachdem er ihr fünf Minuten lang Zärtlichkeiten ins Ohr geflüstert und sie gestreichelt hatte, reagierte sie endlich auf seinen Annäherungsversuch.

Er zog sie aufs Bett und begann sie auszuziehen. Wäre das Leben nicht wesentlich unkomplizierter, wenn Männer und Frauen nicht miteinander redeten?, überlegte er. Mit Lyn zu schlafen war bedeutend einfacher, als ein Gespräch mit ihr zu führen. Nachdem ihre Leidenschaft verraucht war und sie nackt unter die Laken krochen, musste er an Daisy denken. Wie unproblematisch es doch war, sich mit ihr zu unterhalten.

Noch ganz gefangen in einem wirren Traum von lodernden Flammen und verletzten Kollegen, griff Trevor nach dem Telefon auf seinem Nachttisch.

«Sagen Sie ja nicht, Sie liegen noch im Bett!», rief Dan Evans empört durch die Leitung.

Trevor öffnete ein Auge und fixierte die Uhr neben dem Telefon. Zehn Uhr. «Das war eine harte Nacht.»

«Ich habe das Krankenhaus erst um zwei Uhr früh verlassen und bin um sieben schon wieder auf der Matte gestanden.»

«Leider habe ich nicht Ihre unverwüstliche Natur, Inspector.»

«Die Laborergebnisse sind da.»

«Und?» Trevor setzte sich im Bett auf und erschauerte. Ein kühles Lüftchen aus der offenstehenden Badezimmertür strich über seine Schultern. Er hatte vergessen, sie letzte Nacht zu schließen.

«Ein komplettes Set Fingerabdrücke. Alle astrein. Der Datenabgleich läuft schon. Wie schnell können Sie hier sein?»

«In zwanzig Minuten.»

«Ich gebe Ihnen zehn.»

«Ich muss noch duschen.»

«Mich stört es nicht, wenn Sie muffeln», sagte Evans gereizt und legte auf.

«Arbeit?», fragte Lyn und räkelte sich.

«So ist es, Liebling.» Er beugte sich hinüber und küsste sie. «Ich werde mir Mühe geben und, so schnell es geht, zurückkommen.»

«Dann bis nächste Woche.» Selbst im Halbschlaf gelang es Lyn noch, eine sarkastische Bemerkung zu machen.

Da Trevor zwar auf das Frühstück, aber nicht auf die Dusche verzichtet hatte, spazierte er nicht zehn, sondern fünfzehn Minuten nach Dan Evans' Anruf ins Revier.

«Sergeant Collins hat sich gemeldet», informierte Sarah Merchant ihn. «Ich soll Ihnen ausrichten, dass er nach der Arztvisite um vierzehn Uhr wahrscheinlich entlassen wird.»

«Tun Sie mir einen Gefallen?»

«Ihnen jederzeit, Sergeant Joseph», antwortete sie lächelnd.

«Rufen Sie um zwei im General Hospital an und erkundigen Sie sich, ob ich ihn abholen soll.»

Sie nickte und nahm den nächsten Anruf entgegen.

Als Trevor das Büro betrat, saß zu seinem großen Erstaunen Anna wie üblich an ihrem Schreibtisch. «Hältst du es für eine gute Idee, heute zu arbeiten?»

«Nein. Aber was soll ich ohne die hier daheim anfangen?» Sie hielt die verbundenen Hände hoch. «Hilflos, wie ich bin, dachte ich mir, ich könnte genauso gut ins Büro kommen. Ich brauche jemanden, der mich füttert, und kann Telefondienst schieben. Mit dem Apparat komme ich auch so zurecht.»

Als müsste ihre Behauptung untermauert werden, läutete das Telefon. Anna drückte mit dem Ellbogen auf eine Taste und nahm das Gespräch an.

Evans pinnte derweil Fotos an das Brett und deutete auf eins. «Philip Matthews. Das Gesicht passt zu den Fingerabdrücken auf der Whiskyflasche. Laut Beschreibung hat er, was Größe, Haut- und Haarfarbe anbelangt, große Ähnlichkeit mit Tony. Sie müssen im Laufe des Tages das Foto und die Beschreibung zu Patrick in die Leichenhalle bringen und in Erfahrung bringen, ob er unser Opfer sein kann.»

«Laut Peter war der Mann, den er gestern in der Fabrik gesehen hat, eindeutig Tony», sagte Trevor.

«Sieht ganz so aus, als hätte Philip Matthews Tonys Schuhe getragen», erklärte Evans.

«Hat die Untersuchung der Fingerabdrücke des Opfers etwas ergeben?», wollte Trevor wissen.

«Sie haben die Hände des Toten doch gesehen. Haben Sie da allen Ernstes mit einem Ergebnis gerechnet?»

«Ich gebe die Hoffnung nie auf und halte große Stücke auf die Wissenschaft.»

«Sie halten besser große Stücke auf viel Lauferei. Nur so löst man Fälle. Doch wo wir gerade schon von Hoffnung sprechen: Ich habe Philip Matthews zahnärztliche Unterlagen angefordert. Vielleicht kann Patrick sie mit den verbliebenen Zähnen vergleichen.»

«Vom Kiefer war aber nicht viel übrig.»

«Laut Patricks Aussage reichen die vorhandenen Zähne für einen Vergleich. Und dank Jeanne d'Arc hier ...» der Inspector schenkte Anna ein Lächeln – «haben wir das da.» Er reichte Trevor einen gefaxten Bericht aus dem kriminaltechnischen Labor. «Nicht nur, dass sie im Koffer Fingerabdrücke gefunden haben – sie konnten sie auch abgleichen und haben schon das Ergebnis. Chris Brooke ist gerade unterwegs und holt den Bericht. Er müsste gegen elf zurück sein.»

Trevor überflog den Bericht. «Adam Weaver ...» Er runzelte die Stirn. «Müsste ich den Namen kennen?»

«Das war der Schauspieler, der seine Frau ermordet hat.»

«Ja, jetzt erinnere ich mich. Er spielte einen Detektiv in einer Serie, die ewig lief …»

«Und im wahren Leben hat er, quasi als Krönung, seine Frau ermordet, was ein Fressen für die Boulevardzeitungen war.»

«Hatte er ein Motiv?» Trevor blätterte weiter.

«Und was für eins! Sie wollte ihn verlassen, weil er eine Affäre hatte.» Das Telefon läutete. «Soll ich rangehen?», fragte Evans, da Anna gedankenverloren ins Leere starrte.

«Nein, ich mach's schon», beeilte sie sich zu sagen.

«Das war ein interessanter Fall», meinte Evans, während Trevor weiter das Fax überflog.

«Er hat die Leiche im Badezimmer zerstückelt.»

«Weaver behauptete, er wäre zum Zeitpunkt ihres Todes in London gewesen, konnte allerdings keinen einzigen Zeugen bringen, der sein Alibi stützte.»

«Ziemlich ungewöhnlich für London», fand Trevor.

«Sein Verteidiger hat Leute losgeschickt, die den Angestellten im Schnapsladen befragten, in dem Weaver nach eigener Aussage in der betreffenden Nacht eingekauft hatte. Sie haben Weavers Portier verhört, der damals Dienst hatte. Und sie haben die Gegend nach Leuten abgekämmt, die dort zu jener Zeit unterwegs waren, haben in der Presse und im Fernsehen potenzielle Zeugen aufgerufen, sich zu melden. Hat alles nichts gebracht.»

«Manche Leute kriegen nie was mit. Und Typen, die in der Großstadt in einem Spirituosenladen arbeiten, schon gar nicht», behauptete Trevor.

«Der Pathologe, der die Tote obduziert hat, konnte die Todesursache zwar nicht eindeutig ermitteln, ließ sich allerdings zu der These bewegen, dass das Opfer stranguliert wurde.»

«Weil ‹das untere Horn des Schildknorpels rechts eine

Fraktur aufwies›», las Trevor laut vor. «Und an der Stelle gab es auch ein Blutgerinnsel, aus dem man schließen konnte, dass die Verletzung aller Wahrscheinlichkeit nach nicht nach dem Tod eingetreten ist.»

«Ist das der kleine Knochen im Hals, der nur bricht, wenn Druck auf den Hals ausgeübt wird?», fragte Evans.

«Ich dachte, Sie hätten das gelesen?» Trevor hielt den Bericht hoch.

«Ich habe ihn erst vor zehn Minuten gekriegt.»

«Die Jury folgte bei ihrer Entscheidungsfindung den Argumenten der Anklagevertretung und hat Adam Weaver vor drei Jahren zu einer lebenslänglichen Freiheitsstrafe verurteilt.» Trevor blätterte zur letzten Seite weiter.

«Und genau ein Jahr später ist er entflohen», murmelte Anna, nachdem sie ihr Telefongespräch beendet hatte.

«Wie kommt es, dass du so viel über diesen Fall weißt, Anna?», wollte Trevor wissen.

«Glaubst du mir, wenn ich dir sage, dass ich für Adam Weaver geschwärmt habe?»

«Eine knallharte Polizistin wie Sie?», wunderte sich Evans.

«Ehe ich eine knallharte Polizistin wurde, war ich – man höre und staune – ein junges Mädchen.» Anna sprach nicht weiter. Ihr entging nicht, wie albern ihre Erklärung klang, wenn auch nicht ganz so lächerlich wie die Wahrheit. Sie hatte Adam Weaver auf der Schauspielschule kennengelernt und sich Hals über Kopf in ihn verliebt. Kaum dass er sie darum gebeten hatte, war sie bei ihm eingezogen. Und an dem Tag, als er sie verließ, hatte sie versucht, sich mit einer Überdosis Schlaftabletten das Leben zu nehmen.

Kapitel zehn

«Der Koffer, Sir», sagte Chris Brooke dienstbeflissen.

Der jungenhaft wirkende Polizist, der manchem Kollegen mit seinem Übereifer auf die Nerven fiel, hatte den Koffer aus dem kriminaltechnischen Labor geholt und brachte ihn nun in Annas und Trevors Büro. Dann zog er einen Umschlag aus der Tasche und reichte ihn Evans. «Eine Liste des Kofferinhaltes.»

«Sie haben sich aber beeilt, Constable», lobte Evans ihn. «Ich möchte, dass Sie diese beiden Akten abholen.» Er gab Chris Papiere, die sich auf Adam Weavers Flucht aus dem Gefängnis bezogen.

«Ich erledige das sofort, Sir.»

«Ich muss ihn mir nur ansehen, und schon werde ich hundemüde», meinte Anna, nachdem er den Raum verlassen hatte.

«Da Sie und Peter nicht einsatzfähig sind, können wir jemanden mit seiner Energie gut gebrauchen», sinnierte Evans nachdenklich. «Ich sollte mal mit dem Superintendent über ihn sprechen.»

«Solange Sie ihn anleinen, sobald er in meine Nähe kommt», stöhnte Anna.

«Möchten Sie nicht vielleicht doch lieber nach Hause gehen, Anna?»

«Ich habe Ihnen doch schon gesagt, dass ich ohne Hilfe nicht essen kann.»

«Wir können ja eine Portion gebackene Bohnen in eine Schale geben. Die kannst du dann aufschlabbern wie eine Katze.» Trevor nahm den Koffer und legte ihn auf seinen Schreibtisch. Er öffnete die Schnallen, hob den Deckel und wich zurück. Der Geruch muffiger, ungewaschener Kleidung stieg ihm in die Nase.

«Sollte unser Mann tatsächlich Adam Weaver sein, handelt er genauso kopflos wie damals, als er seine Frau zerstückelte», befand Evans und öffnete den Briefumschlag, den Chris ihm gegeben hatte. «Es macht doch keinen Sinn, einen Pappkoffer abzuschließen. Mit einem Messer kriegt man das Ding innerhalb von Sekunden auf.»

«Na, die Kronjuwelen hat er darin sicher nicht aufbewahrt.» Trevor holte einen braunen Wollpulli heraus, an dem Reste des Fingerabdruckpulvers hingen, mit dem die Spurensicherung die Innenseite des Koffers bestäubt hatte. Die dicke Wolle fühlte sich speckig an. Mit spitzen Fingern hielt er den Pulli hoch und überlegte, wo er ihn ablegen konnte.

«Nicht auf meinen Schreibtisch», warnte Anna und beugte sich vorsichtshalber darüber. Daraufhin ließ Trevor das Kleidungsstück einfach fallen.

«Ein Pulli aus brauner Wolle.» Evans hakte ihn auf der Liste ab.

«Sieht nicht so aus, als hätte er irgendwann mal seine Klamotten gewaschen.» Trevor entdeckte im Papierkorb neben Annas Schreibtisch eine leere Plastiktüte, zog sie heraus und streifte sie über seine Hand.

«Vier Socken?»

«Vier Socken.» Trevor fischte sie mit der geschützten Hand heraus, hielt sie mit ausgestrecktem Arm hoch und legte sie auf den Pulli.

«Zwei Unterhosen.»

«Das wird langsam makaber», fand Anna und drehte den grauen Lumpen, die Trevor aus dem Koffer nahm, den Rücken zu.

«Was hast du erwartet? Boxershorts aus Seide?» Trevor legte die Unterhosen auf den Kleiderstapel.

«Zeitungen?», fragte Evans.

Trevor nahm einen Stapel brüchiges, vergilbtes Papier heraus, das von einem Gummiband zusammengehalten wurde, und betrachtete das Datum auf der obersten Zeitung. «Die hier ist zwei Jahre alt.» Er nahm sie heraus, schlug sie auf und überflog die Schlagzeilen. Eine davon fiel ihm besonders auf, und er las sie laut vor: «ENTFLOHENER MÖRDER AUF DER FLUCHT.»

«Weaver?», wollte Evans wissen.

«Wer sonst?» Trevor schlug die anderen Druckerzeugnisse auf; in jedem fand er Artikel über die gleiche Geschichte. Schließlich legte er den Stapel Zeitungen auf die Kleidungsstücke. Viel mehr war in dem Koffer nicht mehr zu finden. Zwei Dosen Bohnen, eine Konservenbüchse Würstchen, ein gefährlich aussehender, angerosteter Dosenöffner, eine Plastiktüte mit Brotkrümeln und einem benutzten Stück durchsichtiger Seife sowie ein dreckiges Handtuch, das schon ganz dünn war.

«Ist das alles?», fragte Trevor und sah zu Evans hinüber, der die Gegenstände auf der Liste abhakte.

«Im Futter haben sie Fotos gefunden.»

Trevor durchsuchte den Koffer.

«Sieh hinter dem Futter nach», riet Anna ihm. «Wahrscheinlich haben sie wieder alles so verstaut, wie sie es vorgefunden haben.»

Trevor fand im Kofferrücken zwei Abzüge. Ein Studioporträt zeigte eine schöne Blondine mit betörendem Lächeln und tiefem Dekolleté.

Anna kannte diese Frau. Vor zwei Jahren hatte sie kurz vor Adams Auszug ein ganz ähnliches Foto in seiner Brieftasche gefunden und es zerrissen. Auf der anderen Aufnahme war ein sechs- oder siebenjähriges Kind abgelichtet, das von der Mutter die feinen blonden Haare, die blauen Augen und das bezaubernde Lächeln geerbt hatte – mit dem Unterschied, dass bei dem kleinen, bis über beide Ohren strahlenden Mädchen ein paar Zahnlücken zum Vorschein kamen.

«Weavers Familie?»

«Vermutlich die Ehefrau, die er auf dem Gewissen hat, und seine Tochter.» Evans nahm Trevor die Fotos ab. «Nach dem Aktenstudium sind wir bestimmt schlauer. Mit ein bisschen Dusel finden wir vielleicht etwas, das damals übersehen wurde.»

«Und Adam Weaver?», fragte Anna.

«Ich habe angeordnet, dass alle Streifenpolizisten und verdeckten Ermittler nach ihm beziehungsweise nach jemandem mit Tony Georges Gesicht Ausschau halten», antwortete Evans.

«Wie ist es ihm gelungen, aus dem Gefängnis zu fliehen?»

«Das weiß keiner so genau. Wahrscheinlich hat er den einen oder anderen Wärter geschmiert. Wann er geflohen ist, wissen wir, und das könnte wichtig sein. Einen Tag nach Tony Georges Tod hat er sich in den frühen Morgenstunden vom Acker gemacht.»

«Gutes Timing für eine Transplantation, bei der Tony Georges Gesicht verpflanzt werden sollte», merkte Trevor an.

«Welche Bedingungen braucht es laut Ihrer Freundin, der Ärztin, für eine Transplantation?»

«Die gleichen wie bei einer Organverpflanzung.» Trevor setzte sich hinter seinen Schreibtisch. «Das Gesicht muss vorsichtig entfernt werden, und das Gewebe des Spenders muss zu dem des Empfängers passen.»

«Haben wir medizinische Infos über George und Weaver?», wollte Anna wissen.

«In den Akten sollte etwas darüber zu finden sein.»

«Wenn du mir deine Unterlagen und einen Bleistift mit Radiergummi gibst, knie ich mich da rein.»

«Wozu brauchst du einen Bleistift?», wunderte sich Trevor.

«Zum Umblättern. Falls du es nicht vergessen hast – ich kann meine Hände nicht benutzen. Mit Mund und Bleistift wird es schon gehen.»

«Du hast dir aber Zeit gelassen.» Fertig angekleidet und schon recht ungeduldig erwartete Peter seinen Freund im Aufenthaltsraum der Station. Er trug dieselben Klamotten wie beim Undercover-Einsatz, nur dass sie inzwischen ganz rußig waren und nach Rauch stanken.

«Sarah hat um zwei Uhr angerufen. Jetzt ist es zwanzig nach», verteidigte sich Trevor.

«Du hättest um zehn nach zwei hier sein können.»

«Das war ich auch, aber die Krankenschwester wollte sich noch mit mir über dich unterhalten.»

«Ach ja?» Peter zog eine Augenbraue hoch. «Hatte wohl viel zu jammern, was?»

«Ein bisschen schon.»

Peter hielt die Zeitung hoch, die er am Morgen gekauft hatte. «Wie ich erfahren musste, sind wir mal wieder die Deppen vom Dienst. Wenn ein Obdachloser abgefackelt wird, unternehmen wir nichts. Werden wir endlich handeln, wenn eine besetzte Fabrik in Flammen aufgeht?»

«Ich lese solche Schmierblätter nicht.»

«Ich müsste inzwischen eigentlich auch klüger sein.» Auf dem Weg nach draußen schmiss Peter die Zeitung in den Papierkorb.

Sie fuhren mit dem Fahrstuhl ins Erdgeschoss, verließen das Krankenhausgebäude und machten sich auf den Weg zu Trevors Auto.

«Was hältst du davon, wenn ich dich zu mir nach Hause bringe?», schlug er vor.

«Brauchst du einen Mieter, der dir hilft, deinen Kredit abzuzahlen?»

«Die Schwester meinte, man könne dich wegen deiner Gehirnerschütterung noch nicht allein lassen.»

«Und du kümmerst dich lieber um meine Probleme als um Lyn?», spekulierte Peter.

«Ich wollte nur behilflich sein.»

«Eine ausgeschlafene Type wie ich hat aber keine Lust, zwischen den Fronten zu stehen, wenn du dich mit deiner Liebsten streitest. Bring mich in meine Wohnung. Da kann ich mich schnell umziehen, und hinterher fahren wir gemeinsam ins Büro.»

Trevors Blick schweifte über die Umrisse des dicken Verbandes, der sich unter Peters Hemd und Pulli abzeichnete, über die Schlinge, in der sein rechter Arm steckte, und über das schmerzverzerrte Gesicht. «Du kannst nicht arbeiten.»

«Dann ist es dir also lieber, wenn ich in meiner Wohnung vor lauter Langeweile sterbe?»

«Wir leiten eine Ermittlung und kein Krankenhaus. Es reicht schon, dass wir uns um Anna kümmern müssen.»

«Sie ist heute Morgen zum Dienst erschienen?»

«Mit dem Taxi und unter dem Vorwand, sie sei mit den verbundenen Händen nicht in der Lage, ohne Hilfe zu essen. Als ich weggegangen bin, hat Evans sie gerade gefüttert.»

«Na, diesen Job kann ich euch abnehmen. Immerhin funktioniert meine linke Hand ja noch.»

«Was läuft da zwischen dir und Anna?», wollte Trevor wissen.

«Nichts, worüber du dir Sorgen machen müsstest.»

«Ich dachte, wir wären Kumpel.»

«Das aus dem Munde des Mannes, der kein Sterbenswörtchen über irgendwelche Damen verliert, die bei ihm Schlange stehen, um ihm zu Diensten zu sein.»

«So ist das doch überhaupt nicht», protestierte Trevor.

«Falls ich mich recht entsinne, ist zwischen dir und Daisy nie was gelaufen. Du hast dich damit zufriedengegeben, sie aus der Ferne zu bewundern.»

«Das Treffen gestern Abend war rein dienstlich.»

«Seit wann ist denn ein Essen im Restaurant dienstlich?»

«Es mag dich vielleicht überraschen, Peter, aber manche Männer können eine Dame zum Abendessen ausführen, ohne hinterher mit ihr ins Bett zu hüpfen», antwortete Trevor und schloss den Wagen auf.

«Irgendwann musst du mir mal erklären, wie man das macht.»

«Hast du nicht mit Anna zu Abend gegessen, als ihr übernachten musstet?», fragte Trevor und versuchte auf diese Weise, Peters Interesse vom eigenen Liebesleben abzulenken.

«Da haben wir uns flüssig ernährt.»

«Macht das einen Unterschied?»

«Alles, was ich tue, unterscheidet sich von dem, was du tust. Auch bin ich klüger als du; ich durchschaue das weibliche Geschlecht. Und jetzt bring mich auf den neuesten Stand der Ermittlungen, damit ich weiß, wo wir stehen, wenn wir auf dem Revier sind.»

Kaum wurde Adam Weavers Akte gebracht, schnappte Trevor sich die Unterlagen und verzog sich zum Lesen in Evans' Büro, damit Anna und Peter davon nichts mitbekamen. Die beiden saßen nebeneinander an Annas Schreibtisch und studierten, was die Untersuchung von Adam Weavers Gefängnisausbruch ergeben hatte. Dan Evans nahm derweil an einer außerordentlichen Sitzung teil, die der Superintendent hastig einberufen hatte, nachdem die Zeitungsberichte über den Brand in der alten Fabrik erschienen waren.

Da Trevor hören wollte, wenn das Telefon klingelte, ließ er die Bürotür offen stehen. Er legte die Beine auf einen Stuhl, schlug die Akte auf und begann zu lesen. Da Adam fürs Fernsehen gearbeitet hatte, war in der Presse damals ausführlich über den Weaver-Mordfall berichtet worden. Die an der Ermittlung Beteiligten hatten jeden einzelnen Artikel ausgeschnitten und sorgfältig archiviert. In der Akte lagen ein ganzer Stoß Zeitungsausschnitte und eine Menge Studiofotos. Adam Weaver hatte genau so ausgesehen, wie ein Hauptdarsteller aussehen musste. Er war groß, hatte markante Gesichtszüge sowie dunkle Haare und Augen. Ehe die Tragödie und der Skandal seine Karriere beendeten, war er von Hollywood umworben worden. Das Foto von seiner Gattin war das gleiche wie das aus dem im Fabrikgebäude gefundenen Koffer. Es veranlasste Trevor, über den Geisteszustand eines verurteilten Mörders nachzudenken. Wieso trug er ein Foto von seinem Opfer mit sich herum? Nach den Zeitungsausschnitten zu urteilen, war das Mädchen auf dem anderen Foto Weavers Tochter. Trevor machte sich eine Notiz, dass er ihren Aufenthaltsort in Erfahrung bringen musste. Vielleicht hatte Adam/Tony ja versucht, mit ihr in Kontakt zu treten. Er verglich das Alter in der Akte mit dem, das in den Zeitungsausschnitten erwähnt wurde. Inzwischen musste sie neun Jahre alt sein. Hatte man sie über ihren Vater oder die Art und Weise, wie ihre Mutter gestorben war, aufgeklärt?

«Sollten Weaver und Tony ein und dieselbe Person sein – und aufgrund der Fingerabdrucke habe ich daran überhaupt keinen Zweifel –, dann liegt der Schlüssel zu diesem Fall in der Transplantation», rief Peter durch die offene Tür.

«Daisy hat sich erkundigt. Bis vor achtzehn Monaten wurden in diesem Land offiziell keine Transplantationen durchgeführt.»

«Dann hat da eben jemand inoffiziell ein Gesicht verpflanzt», konstatierte Peter das Offensichtliche. «Weißt du, wie viele Ärzte dazu schon in der Lage waren, als Tonys Gesicht gestohlen wurde?»

«Daisy stellt eine Liste für mich zusammen.»

«Rufen Sie sie auf dem Heimweg an und fragen Sie nach, ob sie schon was erreicht hat», befahl Evans, der gerade in den Raum kam, wo Peter und Anna saßen.

Trevor stand auf und ging zu den drei anderen.

«Wie war die Sitzung?», fragte Peter.

«Wie immer, wenn die da oben und der Super aus den Mittagsnachrichten eines lokalen Fernsehsenders mehr erfahren, als wir ihnen erzählen konnten. Und es wird Sie freuen, zu hören, dass ein paar von Valance' Standfotos am frühen Abend landesweit ausgestrahlt werden. Ich habe die Auswahl gesehen. Sie geben eine attraktive Heldin ab, Anna. Und Sie, Peter, ein ziemlich hilfloses Opfer.»

«Wir hätten Valance' Kamera kaputtmachen sollen, als wir die Gelegenheit hatten», murmelte Trevor.

«Sir, ist bei dem Meeting noch mehr herausgekommen oder wurde die Abteilung nur abgewatscht?», erkundigte sich Anna.

«Nein. Wir haben uns Valance' Filmmaterial angeschaut, und so, wie er es geschnitten hat, bezweifle ich stark, dass er es demnächst Hollywood anbieten wird. Die Feuerwehr hat gemeldet, dass sich der Brandherd im mittleren Treppenaufgang im ersten Stock befunden hat.»

«Kartons und Zeitungen», sagte Anna. Sie erinnerte sich an einen Müllhaufen, an dem sie auf ihrem Weg zum Umkleideraum vorbeigekommen waren.

«Halt. Halt. Halt.» Peter blickte zu Evans hinüber. «Der mittlere Treppenaufgang?»

«Ja, es gab drei Treppenaufgänge. Je einen an den Außenwänden und einen in der Mitte.»

«Wenn man das Gebäude von vorn betrachtet, sind Anna und ich den Treppenaufgang an der rechten Wand hochgegangen.»

«Genau. Und aus dem Gebäudeteil wurden Sie auch rausgeholt», stimmte Evans ihm zu.

«Nachdem Tony uns entwischt ist … wie lange hat es gedauert, bis du den Rauch bemerkt hast?», fragte Peter Anna.

«Schätzungsweise nicht länger als fünf Minuten.»

«Braucht es nicht länger als fünf Minuten, um so ein Feuer zu legen?», fragte Peter.

«Da ich nie pyromanische Neigungen hatte, habe ich nicht die geringste Ahnung», erwiderte Trevor.

Peter wandte sich seinem Vorgesetzten zu. «Was genau wurde in Brand gesteckt?»

«Die Feuerwehr konnte uns nur sagen, das Feuer sei so heiß gewesen, dass das schmiedeeiserne Geländer geschmolzen ist. Wenn also der Müllhaufen angesteckt wurde …»

«Mit Benzin?»

Evans schürzte die Lippen und griff dann Peters Überlegungen auf. «Könnte sein. Sie führen noch Tests durch. Ich werde das mal ansprechen.»

«Falls Tony dafür verantwortlich ist und Benzin verwendet wurde, muss er irgendwo ein paar Kanister versteckt haben.» Trevor trat mit der Akte, die er in Evans' Büro gelesen hatte, an seinen Schreibtisch.

«Warum hat das Opfer in der Jubilee Street – Philip Matthews oder wie immer sein Name war – Kleider getragen, in denen Tony gesehen wurde?», sagte Peter, ohne seine Frage an jemand Bestimmten zu richten.

«Weil Tony einen Satz Lumpen gegen einen anderen getauscht hat», spekulierte Anna.

«Oder weil Tony, wer auch immer er sein mag, wollte, dass die Leute ihn für tot halten», mutmaßte Trevor, der sich auf eine Schreibtischkante gesetzt hatte. «Diese Turnschuhe waren sehr auffällig, und er hat sich Matthews ausgesucht, weil der dieselbe Größe und Statur hatte. Vielleicht hat er ja gehofft, dass wir den Tod eines Obdachlosen nicht so genau untersuchen. Dass wir nur kurz ermitteln und den Fall dann zu den Akten legen.»

«Die Frage ist doch, ob Tony genug Zeit hatte, das Feuer zu legen, nachdem er uns angegriffen hatte und bevor er das Gebäude verließ, denn vorher habe ich bestimmt keinen Rauch gerochen», gab Anna zu bedenken.

Peter massierte seinen schmerzenden Arm. «Ich war ohnmächtig, falls du dich erinnerst.»

«Wir könnten den Mann ja fragen», meinte Evans.

«Zuerst müssen wir ihn mal finden», sagte Trevor.

«Stimmt. Und genau das verlangt der Superintendent auch ... am besten, bevor Valance ihn ausfindig macht und in eine Talkshow setzt.»

«Dann müssen wir also heute Abend wieder auf die Straße?»

«Sie schon, Trevor. Im Gegensatz zu Ihnen.» Dan Evans sah zu Peter und Anna hinüber. «Sie gehen nach Hause, und zwar pronto. Wenn Sie sich heute Nacht mal richtig ausschlafen, sind Sie morgen vielleicht zu etwas zu gebrauchen.»

«Nett von Ihnen, dass Sie sich um uns Sorgen machen.» Anna erhob sich von ihrem Stuhl.

«Wenn Sie sich so fühlen, wie Sie aussehen, Anna, brauchen Sie morgen erst gar nicht zum Dienst zu erscheinen», befand Evans und fragte sich sogleich, ob er sie zu hart behandelt hatte.

«Und was soll ich stattdessen machen?» Anna ging mit ausgestreckten Armen und Händen zur Tür.

«Ich wollte ja nur sagen, dass wir auch ohne Sie zurechtkommen, obwohl ich Ihnen natürlich für Ihre Unterstützung dankbar bin. Es ist mir gelungen, Andrew Murphy und Chris Brooke für unser Team zu gewinnen.»

«Mr. Übereifrig», stöhnte Anna.

«Und Mr. Abgehalftert», schaltete Peter sich in das Gespräch ein.

«An Ihrer Stelle würde ich aufpassen, dass das Andrew nicht zu Ohren kommt. Jetzt, wo wir nicht mehr nur in einem Mordfall ermitteln, sondern es auch um Brandstiftung geht und die Zahl der Opfer steigt …»

«Wie hoch denn?», fragte Trevor.

«Heute Morgen haben sie in den Ruinen noch fünf Leichen gefunden.»

«Mit denen von gestern Abend haben wir also jetzt neun Todesopfer.»

«Zehn», korrigierte ihn der Inspector. «Einer ist heute Morgen im Krankenhaus gestorben.»

«So kriegt man die Leute auch von der Straße», bemerkte Peter sarkastisch.

«Ich will nicht, dass Sie außerhalb dieser vier Wände so reden, Peter», warnte Evans ihn.

«Aber es stimmt doch. Sie wissen genauso gut wie ich, dass sich kein Mensch für obdachlose Jugendliche interessiert. Nicht mal deren Eltern. Denn wenn dem so wäre, würden diese armen Schweine die Nächte daheim im trockenen und warmen Bett verbringen und nicht in einem besetzten Haus.»

«Sie reden von Kindern …»

«Ausgestoßene, die keine Zukunft hatten.»

«Vielleicht nicht alle. Aber ob für den einen oder anderen noch Hoffnung bestand, werden wir jetzt wohl nicht mehr erfahren, oder?»

Schweigen machte sich breit. Evans' Blick wanderte von Peter zu Trevor. «Sprechen Sie mit der Ärztin, Trevor, und fragen Sie, ob sie inzwischen einen Chirurgen gefunden hat, der fähig ist, eine Gesichtstransplantation durchzuführen, dann kommen Sie hierher zur Einsatzbesprechung. Heute Abend kämmen wir die Straßen durch, und zwar jeweils zu zweit. Andrew mit mir, Brooke mit Ihnen. Alle Beamten melden sich alle zehn Minuten bei der Einsatzzentrale. Heute Nacht ist jeder verfügbare Mann auf der Straße.»

«Dann werden wir Tony hier ja morgen früh antreffen», meinte Peter und hielt Anna die Tür auf.

Nachdem er Anna und Peter vor dessen Wohnung abgesetzt hatte, fuhr Trevor ins General Hospital. Er parkte auf dem für Patienten und Angestellte reservierten Platz, betrat das herrschaftliche Foyer der Abteilung für Verbrennungschirurgie und fragte am Empfang nach Dr. Randall.

«Dr. Randall ist nicht im Haus», informierte das Mädchen am Empfang ihn frostig.

«Ist sie daheim?»

«Das kann ich Ihnen wirklich nicht sagen.»

Er überquerte den Parkplatz, betrat das Wohnheim und stieg die Treppe hoch. An Daisys Tür klingelte er und wartete. Minuten verstrichen. Wider besseres Wissen läutete er noch einmal. Als er das letzte Mal Daisy in einem dieser Apartments besucht hatte – es lag schon fast zwei Jahre zurück –, war ihm aufgefallen, wie winzig diese Wohneinheiten hier waren. Man konnte die Tür binnen Sekunden erreichen. Er drehte sich um und ging den Flur hinunter.

«Trevor.» Sie hatte die Tür geöffnet, und um ihren Kopf und Leib waren Handtücher gewickelt.

«Bitte entschuldigen Sie. Ich wollte Sie nicht stören. Wenn Sie möchten, schaue ich später nochmal vorbei.»

«Ich weiß, wie beschäftigt Sie sind. Kommen Sie herein.» Sie verschwand in ihrer Wohnung.

Er nahm ihr Angebot an und folgte ihr.

«Lassen Sie mir ein paar Minuten Zeit», bat sie. «Ich ziehe mir nur schnell etwas an und bin gleich wieder bei Ihnen. Nehmen Sie sich doch etwas zu trinken.» Nach diesen Worten ging sie ins Badezimmer.

Trevor schaute sich um. Eine cremefarbene Spitzendecke lag auf einem Tisch, der – den Beinen nach zu urteilen – auf den Sperrmüll gehörte. Über das Zweiersofa und die Stühle waren indische Baumwolldecken gebreitet. Auf einem Beistelltisch standen Osterglocken in einer Vase aus geschliffenem Glas, daneben befand sich ein silbernes Tablett mit vier Gläsern, einem Siphon sowie einer Cognac- und Whiskyflasche. Trevor entschied sich für den Cognac und goss sich einen kleinen Schluck ein.

«Davon möchte ich bitte auch einen», sagte Daisy, die im Türrahmen stand. Sie trug einen schwarz-silbernen Kaftan und auf dem Kopf immer noch den Handtuchturban.

«Ich bin gerade im Krankenhaus gewesen. Dort hat man mir verraten, dass Sie schon gegangen sind. Ich hätte gern gewusst, ob Sie schon etwas Neues in Erfahrung gebracht haben?»

«Ich habe alle Chirurgen verständigt, die in dem Zeitraum, den Sie mir genannt haben, solchen Teams angehörten. Zwei haben mir schon abschlägig geantwortet. Die Mediziner, die gerade in den Staaten sind, haben sich noch nicht bei mir gemeldet. Hat bestimmt mit der Konferenz zu tun.»

«Die, an der auch Ihr Chef teilnimmt?»

«Ja.» Sie nahm das Glas, das er ihr reichte, und machte es sich auf der Couch bequem. «Mit ihm habe ich gestern

Abend telefoniert. Seinem Wissen nach praktizierte vor zwei Jahren ein Arzt in London, der an dem ersten Forschungsprogramm beteiligt war. Dieser Kollege hätte solch eine Operation höchstwahrscheinlich durchführen können, aber selbst wenn dem so war, existieren darüber keine Unterlagen.»

«Kennen Sie den Namen dieses Arztes?»

«Ja, doch ich überlege noch, ob ich Ihnen den verraten soll. Stichhaltige Beweise, dass er daran beteiligt war, würden mir meine Entscheidung erleichtern. Ich möchte mich erst mal mit ihm in Verbindung setzen und ihn persönlich fragen. Alles andere wäre unethisch.»

«Das war der Brand gestern Abend auch.»

«Sie gehen davon aus, dass der Mann, der die Gesichtstransplantation erhalten hat, für das Feuer verantwortlich ist?»

«Zumindest muss man das in Betracht ziehen. Im Moment kann ich nur sagen, dass er ganz oben steht auf der Liste der Verdächtigen. Um bei der Wahrheit zu bleiben, ist er unser einziger Verdächtiger.»

«Trevor …»

«Behalten Sie das, was ich Ihnen jetzt sage, bitte für sich. Möglicherweise ist der Mann, der mit Anthony Georges Gesicht herumläuft, ein entflohener Sträfling, der des Mordes überführt wurde.»

«Wie kommen Sie zu dieser Vermutung?»

«Anna hat gestern in der besetzten Fabrik einen Koffer gefunden. Er gehörte einem Mann, der große Ähnlichkeit mit Anthony George hat; Peter und Anna haben ihn beide gesehen. Die einzigen Fingerabdrücke, die wir in dem Koffer gefunden haben, konnten mit Hilfe eines Datenabgleichs einem Verbrecher zugeordnet werden, der vor zwei Jahren aus einem Gefängnis ausgebrochen ist.»

«Wer ist Anna?»

«Sie sind ihr gestern Abend begegnet. Ihre Hände mussten genäht werden.»

«Sprechen Sie von dieser tapferen Frau, die Peter das Leben gerettet hat?»

«Ihre Miene legt nahe, dass Sie sich darüber nicht sonderlich freuen.»

Daisy lachte. «Ich wünsche Peter nichts Böses. Als Sie verletzt waren, hat er sich mir gegenüber ganz anständig verhalten. Auf seine Art.»

«So wie ich Peter kenne, macht er immer alles auf seine Art.»

Sie lehnte sich zurück und nahm das Handtuch ab. Die feuchten Haare fielen über ihre Schultern. Der strenge, herbe Duft, an den er sich nur zu gut erinnerte, unterschied sich sehr von dem leichten, blumigen Parfum, das Lyn benutzte. «Die Vorstellung, dass ein Mörder frei herumläuft, behagt mir gar nicht.»

«Der Arzt, der die Gesichtstransplantation ausgeführt und damit sein Aussehen verändert hat, dürfte der Schlüssel zu seiner Ergreifung sein.»

«Mörder hin oder her, es wäre einfach nicht ethisch, wenn ich so ohne Weiteres einen Kollegen ans Messer liefere.»

«Es muss ja niemand erfahren, dass Sie uns informiert haben.»

«Können Sie mir vielleicht noch bis morgen früh Zeit lassen?»

«Jede Minute zählt.»

«Vor anderthalb Jahren habe ich am eigenen Leib erfahren, dass bei der Polizei immer jede Minute zählt. Für Polizisten hat der Zeitfaktor höhere Priorität als Integrität, Menschen oder Gefühle.»

«Ich möchte nur verhindern, dass ein Wahnsinniger noch mehr unschuldige Menschen tötet.» Trevor trank seinen Cognac und stellte das Glas neben dem Tablett auf den Tisch.

«Möchten Sie noch einen Schluck?»

«Eigentlich ja, aber ich muss los.»

«Sie sind im Dienst?»

«Ich arbeite die Nacht durch. So geht das weiter, bis wir unseren Mann finden.»

«Hoffentlich gelingt Ihnen das.» Als sie sich erhob, strauchelte sie.

Er streckte die Hand aus und legte sie auf ihren Arm. «Geht es Ihnen gut?», fragte er besorgt.

«Sehr gut. Ich hätte nur nicht auf leeren Magen trinken dürfen.»

«Sie haben heute noch nichts gegessen?»

«Ich habe seit gestern Abend keinen Bissen mehr zu mir genommen. Das war mal wieder einer von diesen Tagen.»

«Sie sollten besser auf sich achten», riet er.

«Ich werde gleich etwas in die Mikrowelle schieben.»

«Freut mich sehr, das zu hören.» Er zog sie an sich.

«Trevor …»

Er drückte seine Lippen auf ihre und brachte sie zum Schweigen. Zuerst machte sie sich ganz steif und wollte ihn wegschieben, doch dann erwiderte sie überraschenderweise seinen Kuss.

«Ich habe mich schon eine ganze Weile gefragt, wie sich das wohl anfühlen würde», gestand er, als sie sich voneinander lösten.

«Und?», fragte sie mit funkelnden Augen.

«Ich würde gern einen Schritt weitergehen.»

«Dir ist anscheinend entfallen, dass du schon vergeben bist.» Intuitiv hatte Daisy begonnen, ihn zu duzen. Er hatte eine neue Situation geschaffen, in der das distanzierende Sie fehl am Platze war.

Auf einmal erinnerte er sich wieder an Lyn und seine Arbeit. «Ich komme irgendwann anders, und dann setzen wir dieses Gespräch fort.»

«Laurence Marks.»

«Wie bitte?»

«Laurence Marks ist der Name des Chirurgen, der vor zwei Jahren in London praktizierte und damals eine solche Operation durchführen konnte.»

Marks … Marks … Trevor versuchte, sich zu erinnern, wo er diesen Namen schon mal gehört hatte, konnte aber nur noch an Daisy denken.

«Wenn du mir bis morgen Zeit lässt, kümmere ich mich darum und sehe zu, ob ich noch mehr über ihn in Erfahrung bringe.»

«Vor morgen wird eh niemand etwas unternehmen», prophezeite er und ging zur Tür.

«Das ist ja wunderbar. Nicht in meinen kühnsten Träumen hätte ich zu hoffen gewagt, dass du so früh nach Hause kommen würdest. Ich habe etwas zum Abendessen vorbereitet. Gib mir eine halbe Stunde, dann können wir essen.» Lyn stand im Flur und sah zu, wie Trevor seine Jacke auszog.

«Tut mir leid, aber ich muss gleich wieder los. Ich will mich nur kurz umziehen.»

«Triffst du dich mit ihr?»

«Mach dich nicht lächerlich. Mulcahy hat veranlasst, dass heute Abend jeder verfügbare Mann auf Streife geht und nach dem Täter sucht …»

«Lüg nicht, Trevor. Bitte, lüg mich nicht an», flüsterte sie. «Du riechst nach ihrem Parfum. Es ist mir gestern im

Restaurant aufgefallen. Und auf deinem Mund ist ihr Lippenstift …»

Trevor warf einen Blick in den Spiegel. Da war kein Lippenstift zu sehen – was auch gar nicht möglich war, denn Daisy hatte ja erst kurz vor dem Kuss das Badezimmer verlassen. Doch der kurze Blick in den Spiegel hatte ihn dummerweise verraten.

«Dachtest wohl, du hättest ihn nicht abgewischt?», höhnte Lyn.

«Ich muss los», erwiderte er barsch.

«Ich auch. Und zwar sofort.»

«Lyn, bitte.» Sie lief die Treppe hoch, und er folgte ihr. Oben schloss sie sich im Badezimmer ein. Er warf einen Blick auf die Uhr. Für ein Gespräch blieb nicht genug Zeit. Mulcahys Einsatzbesprechung durfte er unter gar keinen Umständen verpassen. Er öffnete die Schranktür und holte seine älteste Jeans heraus. Sich schäbig anzuziehen stellte ihn vor ein Problem. Nach seiner Entlassung aus dem Krankenhaus hatte er seine alten Kleidungsstücke größtenteils entsorgt. Es dauerte eine ganze Weile, bis er ein Hemd mit einem Riss und ein Paar alte Turnschuhe fand. Einen abgelegten Mantel besaß er nicht. Dann würde er eben frieren. Er schaute sich um. Einmal abgesehen von Lyn bestand keine Veranlassung, noch länger zu bleiben.

Mit der geballten Faust hämmerte er auf die Badezimmertür ein.

«Lyn, bitte. Ich muss jetzt los. Mach die Tür auf und sieh dir an, wie ich ausschaue. Ich muss wirklich zur Arbeit, ich schwöre es.»

Kein Laut drang aus dem Bad. Er überlegte, ob er die Tür mit der Schulter aufstoßen sollte, entschied sich jedoch dagegen. Die Lösung dieses Problems musste bis morgen warten. Er stieg die Treppe hinunter und ging nach draußen.

In gewisser Hinsicht kam es ihm fast gelegen, dass Lyn die Tür nicht geöffnet hatte. Was hätte er denn sagen sollen? Ihre Anschuldigungen waren nicht aus der Luft gegriffen. Er war völlig vernarrt in Daisy, und es fiel ihm zunehmend schwerer, an etwas anderes zu denken als an sie – und an die Luftschlösser, die er in seinen Träumen von einer gemeinsamen Zukunft erbaute.

Kapitel elf

Trevor und Chris Brooke parkten am Hafenkontor, wo sie sich mit Evans und Andrew trafen.

«So finden wir ihn nie. Tony hängt doch nicht in einem der Obdachlosenheime herum», meinte Trevor.

«Wir reden mit den anderen Stadtstreichern und fragen sie, ob sie ihn seit gestern nochmal gesehen haben», erklärte Evans. «Immerhin ist eine der größten illegalen Unterkünfte in der Stadt abgebrannt. Da müssen sich die Jungs gezwungenermaßen nach einem anderen Schlafplatz umschauen. Wenn es uns gelingt, diesen Ort vor unserem Mann zu finden, können wir ihn schnappen, sobald er auftaucht.»

«Wenn Sie mich fragen, ist dieser Tony kein Herdentier.» Andrew trat von einem Fuß auf den anderen, um die Kälte zu vertreiben. Die knospenden Bäume und die Blumenzwiebeln, die in den Beeten innerhalb des Kreisverkehrs vor dem Hafeneingang austrieben, kündeten zwar vom nahenden Frühling. Aber die kalte, klamme Abendluft erinnerte noch an den Winter.

«Andrew und ich knöpfen uns die Obdachlosenheime vor.» Evans warf einen Blick auf seine Armbanduhr. «Die schließen jetzt jeden Moment ihre Türen. Der Superintendent hat einen Streifenwagen losgeschickt. Der Fahrer soll die Unterführungen und Parkhäuser kontrollieren. Fällt Ihnen sonst noch ein Ort ein, wo wir suchen könnten, junger Mann?»

«Meinen Sie mich, Sir?», fragte Chris. Dass ein Vorgesetzter ihn nach seiner Meinung fragte, überraschte ihn sichtlich.

«Ist gerade eine Woche her, dass Sie auf Streife waren. Das machen Sergeant Joseph und ich schon seit Jahren nicht mehr.»

«Wie Sie schon sagten, Sir, sollten wir uns in den Parkhäusern und Unterführungen umsehen. Und den einen oder anderen Stadtstreicher konnte man früher gelegentlich in dem alten Pub am unteren Ende der High Street antreffen.»

«Im Drunken Sailor?», fragte Trevor.

«Genau.»

«Der Besitzer hat den Laden vorübergehend dichtgemacht und verbarrikadiert, bis das Bauamt ihm die Sanierung genehmigt», sagte Andrew, der immer hektischer mit den Füßen stampfte.

«Die alte Fabrik war auch mit Brettern verrammelt», bemerkte Evans und suchte in der Jackentasche nach seinen Pfefferminzbonbons. «So betrachtet müssten wir eigentlich alle verlassenen und verbarrikadierten Gebäude in der Stadt unter die Lupe nehmen. Trevor, Sie und Chris übernehmen die Gebäude westlich der High Street. Wir kümmern uns um die Ostseite, wenn wir mit den Obdachlosenheimen fertig sind. Sie melden sich alle zehn Minuten im Hauptquartier und berichten, was Sie in Erfahrung gebracht haben. Standort und Namen der Beamten, die Sie getroffen und mit denen Sie Ihre Erkenntnisse abgeglichen haben.»

Trevor kehrte zum Wagen zurück und holte seinen Anorak. Frieren wollte er heute Nacht nicht. Er zog den Reißverschluss hoch, um sich vor dem beißenden Wind zu schützen, und musterte kurz seinen Begleiter. Mit den Jeans und der Lederjacke sah Chris nicht wie ein Polizist aus, sondern eher wie ein verängstigter Teenager. Als sie den ausgestorbenen Kai am Jachthafen hinunterschlenderten, nickte er ihm aufmunternd zu. Chris betrachtete die vor Anker liegenden Jachten. Sie bewegten sich im Wind; und ihre Takelagen schaukelten so heftig hin und her, dass eine beachtliche Geräuschkulisse entstand.

«Hier gibt es Dutzende von Möglichkeiten, wo man sich verstecken kann, Sir», brüllte er gegen die klirrenden Masten an.

«Die Besitzer lassen es sich etwas kosten, dass der Sicherheitsdienst die Boote im Hafen täglich kontrolliert. Außerdem bietet ein Jachthafen unserem Mann viel zu wenig Schutz. Wenn er sich herauswagt, um etwas zu essen oder zu trinken zu organisieren, fällt er sofort auf. Er mag vieles sein, aber dumm ist er nicht. Er weiß, dass wir ihn suchen.»

Die Pubs und Weinlokale im Jachthafen waren gut besucht. Ein paar Frauen stießen die Tür einer Szenekneipe auf und stolperten aufs Trottoir. Trevor erhaschte einen Blick auf die Männer an der Bar, die Bier tranken und sich im Fernsehen die Nachrichten anschauten. Für die Nachtschwärmer war es noch zu früh. Bei den Gästen handelte es sich vermutlich um Büroangestellte, die auf dem Heimweg einen kleinen Zwischenstopp einlegten und sich ein Bierchen genehmigten. Zum Schutz gegen die kalte, feuchte Meeresbrise stellte Trevor den Kragen auf und versuchte, nicht an Lyn oder ihre letzte Begegnung zu denken. Morgen musste er sich unbedingt mit ihr zusammensetzen und die bestehenden Differenzen ein für alle Mal ausräumen.

«Sir, hier werden wir ihn wohl kaum finden, oder?», fragte Chris zögernd.

Trevor schaute sich um. Der Streit mit Lyn hatte ihn gedanklich so sehr beschäftigt, dass er ohne Sinn und Verstand zur Hafenpromenade gewandert war. Nirgendwo lagen die Immobilienpreise so hoch wie in dieser Gegend, in der sich die teuersten und exklusivsten Nachtclubs, Pubs und Restaurants der Stadt niedergelassen hatten. Zwar gab es den einen oder anderen mildtätigen Restaurantbetreiber, der seine Mülltonnen hinten rausstellte – eine für Restmüll und eine mit genießbaren Speiseabfällen für die Obdachlosen. Die Stadtstreicher jedoch waren hier im Allgemeinen nicht gern gesehen.

«Wir sollten die Rückseiten dieser Gebäude kontrollieren», schlug Trevor vor, um zu versuchen, seine Zerstreutheit zu kaschieren. «Wenn wir hinten gehen, kommen wir irgendwann zum Stadtrand. Danach kämmen wir systematisch alle Seitenstraßen durch, die in die High Street münden.»

Sie bogen um eine Ecke und gelangten in eine kleine, parallel zum Wasser verlaufende Gasse. Da die Pubs und Restaurants an ihren Rückseiten bewegungsgesteuerte Lampen installiert hatten, die sofort angingen, sobald sie auch nur in die Nähe der Hinterhöfe kamen, konnte Trevor auf seine Taschenlampe verzichten.

«So fühlt es sich also an, im Scheinwerferlicht zu stehen», scherzte er, als sie an einer Restaurantküche vorbeiliefen. Der Koch warf einen Blick aus dem Küchenfenster und musterte sie kurz, ehe er fortfuhr, das Gemüse zu zerkleinern, das auf einem Holzbrett auf der Spüle lag. In dem Moment ging ein gutes Stück weiter vorn ein Licht an. Auf sie konnte der Bewegungsmelder nicht reagiert haben. Vor Schreck versteckten Trevor und Chris sich in einer dunklen Nische, bis sie sahen, wie eine Katze an ihnen vorbeihuschte.

«Jeder Penner, der noch einigermaßen bei Verstand ist, taucht hier erst morgen früh auf», meinte Trevor und ging weiter. «Und bleibt nur so lange, bis er etwas zu essen gefunden hat.»

«Ich habe sie beobachtet, Sir. Normalerweise kommen sie gegen sechs oder sieben, schnappen sich ein oder zwei von den Päckchen, die die Köche für sie rausstellen, und ziehen dann wieder ab.»

«Sie sind hier Streife gegangen?»

«Mehr oder minder überall in der Stadt, Sir.»

«Haben Sie den Mann, den wir suchen, schon mal gesehen?»

«Nicht, dass ich wüsste, Sir.»

«Das ist das Problem bei unserem Job. Wir können uns nur auf die aktuellen Fälle konzentrieren.»

Am Ende der Gasse blieben sie stehen und richteten den Blick auf ein Labyrinth aus kleinen Reihenhäusern, die sich am Rand des ältesten Stadtviertels befanden.

«Chris, wenn Sie obdachlos und wegen einem Feuer Ihren Schlafplatz verloren hätten, wohin würden Sie da gehen?»

«Wahrscheinlich zu einem der Bauernhöfe außerhalb der Stadt, Sir.»

«Da fallen Sie doch auf wie ein bunter Hund und werden sofort weggescheucht.»

«Es gibt da ein paar verlassene Bauernhöfe, Sir. Die habe ich mir angesehen. Ich spiele mit dem Gedanken, einen zu kaufen und auf Vordermann zu bringen.»

«Sie träumen von einem Leben als Bauer?»

«Erst wenn ich in Rente gehe.»

«Du liebe Zeit, wie alt sind Sie? Neunzehn? Zwanzig? Und schmieden schon Pläne fürs Rentenalter?»

Über das Ausscheiden aus dem Arbeitsleben machte Trevor sich nur selten Gedanken – und wenn, dann vertiefte er dieses Thema nie. Das lag wahrscheinlich daran, dass er nicht die geringste Vorstellung davon hatte, was er mit seiner Zeit anfangen sollte, wenn er aus dem Polizeidienst ausscheiden würde.

«Da draußen kann man kilometerweit mit dem Rad fahren, ohne einer Menschenseele zu begegnen.»

«Dann besorgen Sie gleich morgen bei den Maklern eine Liste mit allen verlassenen Bauernhöfen, damit wir sie durchsuchen können.»

«Ja, Sir.» Chris klang plötzlich überhaupt nicht mehr so enthusiastisch.

«Hat man Ihnen nicht gesagt, dass ein Kriminalbeamter neunzig Prozent seiner Arbeitszeit mit langweiligen und ermüdenden Nachforschungen verschwendet? Es gibt Zeiten, wo ich mich nach meiner Zeit als Streifenpolizist zurücksehne. Damals war wenigstens kein Tag wie der andere.»

Sie kontrollierten die Straßen, Gassen und Gärten. Sie spähten in kleine, eingezäunte Hinterhöfe. Sie trafen sich mit Streifenpolizisten und durchsuchten Parkhäuser. Und sie bekamen mehr Obdachlose zu Gesicht als erwartet. Die am Stadtrand gelegenen, weniger stark frequentierten Parkgaragen erinnerten an afrikanische Slums. Sie teilten die einzelnen Ebenen auf, und jeder von ihnen knöpfte sich eine Seite vor. Sie spähten in Kartons, schnürten Lumpenbündel auf, weckten Schlafende und richteten ihre Stableuchten auf entrückte Mienen. Keiner der Anwesenden hatte die geringste Ähnlichkeit mit der Person, die sie suchten. Den weniger verwirrten Stadtstreichern hielten sie Fotos von Tony vor die Nase. Keiner der Befragten schien ihn zu kennen oder in letzter Zeit gesehen zu haben.

Gegen drei Uhr früh erreichten Trevor und Chris endlich

die High Street. Die Füße taten ihnen weh, und sie waren müde und froren.

«Wohin jetzt, Sir?» Chris fürchtete schon, sie würden die ganze Nacht ohne Pause durcharbeiten.

«Wir kontrollieren die Unterführung und treffen dann hoffentlich den Inspector.»

«Und wo gehen wir rein?»

Die High-Street-Unterführung, ein Irrgarten aus Fußgängerwegen unter einem von hohen Mauern eingefassten Kreisverkehr, hatte so viele Eingänge wie eine Spinne Beine. Die Stadtplaner hatten eine unterirdische Grünanlage in drei Metern Tiefe entworfen, und die Stadt hatte diesen Plan auch detailgetreu realisiert, bis hin zu der Steinnymphe inmitten eines Blumenbeetes. Ungeachtet aller Bemühungen hatte sich das Gelände schon bald in eine von Dosen, Abfall und Hundekot übersäte Müllhalde verwandelt. Die Eingänge, die das nach oben offene Zentrum der Unterführung mit den Zubringerstraßen verbanden, waren pastellfarben gefliest, doch die Kacheln verschwanden unter mehreren Schichten Graffiti, und die Tunnel stanken nach Urin und Schlimmerem. Jede dieser Straßen verfügte über zwei Zugänge zum unterirdischen System – einen mit Stufen und einen mit Rampe. Ein rundumlaufender Fußgängerweg verband sie miteinander.

Die Obdachlosen bevorzugten die Plätze unter den Rampen, den Treppen und bei gutem Wetter die offene Mitte. Wie im Heim musste man auch hier früh erscheinen, um sich einen Schlafplatz zu sichern; aber zu früh war auch nicht gut. Die Polizei achtete darauf, dass hier niemand seine Zelte aufschlug, bevor die Kinos und Pubs schlossen. Als Trevor und Chris die Rampe unweit der High Street hinunterliefen, hörten sie leise Stimmen.

«Meine Herren, allem Anschein nach ist Ihnen kalt. Hätten Sie vielleicht gern eine Tasse Suppe?» Tom Morris und Captain Arkwright standen hinter einem Karren, einer Suppenküche auf Rädern, um die sich eine Handvoll Teenager scharte.

«Was für Suppe?», fragte Chris den weiblichen Offizier der Heilsarmee. Dass Arkwright jung und attraktiv war, konnte ihre Uniform nicht verbergen.

«Gemüse. Aus der Dose. Einer der Hersteller unterstützt freundlicherweise unser Projekt.»

Während Trevor ein junges Mädchen dabei beobachtete, wie es einem alten, vor Kälte zitternden Mann half, aus einer dampfenden Plastiktasse zu trinken, griff er in seine Tasche und holte ein paar Pfundmünzen heraus.

«Wir nehmen zwei.»

«Die Suppe ist umsonst», protestierte Captain Arkwright.

«Dann betrachten Sie das als Spende.»

Die junge Frau steckte die Münzen in eine Büchse. Tom gab Suppe in zwei Tassen und reichte sie den Polizisten.

«Wir versuchen zu helfen.» Tom deutete auf ein Foto von Tony, das er seitlich am Karren befestigt hatte.

«War das Ihre Idee oder die des Inspectors?», fragte Trevor.

«Wir hielten es beide für eine gute Idee. Vielleicht kommen wir so schneller zum Ziel. Wir haben auch in allen Heimen Fotos aufgehängt. Nach dem schrecklichen Brand von gestern Abend ist es das Mindeste, was wir tun können.» Er gab die Schöpfkelle einem der Teenager und ging mit Trevor und Chris in einen der Tunnel. Trevor und Chris wärmten ihre Hände an den heißen Bechern.

«Ich habe Sie gestern draußen bei der Fabrik gesehen», sagte Trevor.

«Captain Arkwright und ich waren in dem Gebäude, als das Feuer ausbrach.»

«Sind Sie an dem Seil hochgeklettert?»

«Nein, aber ich weiß, dass viele so einsteigen. Irgendwer hat gestern am späten Nachmittag eins von den Vorhängeschlössern im Erdgeschoss geknackt. Captain Arkwright hat davon erfahren, und da beschlossen wir, mal dort reinzugehen und nachzusehen, ob wir den Jugendlichen irgendwie helfen können. Dann ist plötzlich alles außer Kontrolle geraten.»

«Haben Sie gemeldet, was Sie beobachtet haben?»

«Gestern Abend habe ich im Krankenhaus Constable Murphy davon erzählt. Leider habe ich nichts gesehen, was Ihnen weiterhelfen könnte. Eben unterhalte ich mich noch mit ein paar jungen Burschen aus Schottland, die hergekommen sind in der Hoffnung, Arbeit zu finden. Und eine Minute später ist überall Rauch, und alle schreien.»

«Ich habe mitgekriegt, wie Sie den Leuten geholfen haben.»

«Ich habe sie nicht aus dem Gebäude geholt, sondern nur weggelotst. Die Feuerwehrmänner haben die Obdachlosen gerettet, und ich habe sie zu den Sanitätern gebracht. Captain Arkwright ist eine Heldin, nicht ich. Sie ist in den ersten Stock hoch, um den Leuten zu helfen, die dort festsaßen. Wäre sie nicht gewesen, hätten wir jetzt noch mehr Tote zu beklagen.»

«Das wusste ich nicht.» Trevor beschloss, mit Dan Evans zu sprechen und ihn zu fragen, ob er es für sinnvoll hielt, alle nach dem Brand aufgenommenen Aussagen in einer Computerdatei zu sammeln. So bekamen sie vielleicht einen Überblick über die Personen, die sich im Gebäude aufhielten, als das Feuer ausbrach.

«Wie ich gehört habe, wurden zwei von Ihren Kollegen verletzt. Das ist sehr bedauerlich», sagte Tom.

«Es wird noch eine Weile dauern, bis sie wieder auf dem

Damm sind. Trotzdem sind die beiden noch mit einem blauen Auge davongekommen. Machen Sie so etwas öfter?» Trevor deutete mit dem Kinn auf die Suppenküche.

«Captain Arkwright und ich versuchen, es so zu organisieren, dass im Winter jede Nacht und im Sommer ein paar Mal pro Woche jemand mit dem Karren loszieht.»

«Wer unterstützt Sie dabei?»

«Die meisten unserer Helfer sind junge Heilssoldaten oder Mitglieder der evangelischen Kirchengemeinde. Diese Leute hängen sich richtig rein. Sie sammeln Spenden für die Suppenküche, bitten bei Nahrungsmittelherstellern und der Handelskammer um Unterstützung. Am Anfang war das echt mühselig. Ein Großteil der Einzelhändler in dieser Stadt befürchtete, es würde noch mehr Vandalismus geben, wenn wir nachts die Obdachlosen in die Stadt locken. Ich glaube nicht, dass sie eine Ahnung davon haben, wie viele es hier schon gibt. Und als wir die Einzelhändler endlich für unsere Sache gewonnen hatten, begegneten uns die Empfänger der Spenden mit Argwohn. Sie dachten wohl, wir würden nicht nur kostenlose Mahlzeiten verteilen, sondern ihnen gleich noch Bibeltraktate in die Hand drücken.»

«Wie stand die Polizei zu Ihrem Projekt?»

«Die Streifenpolizisten haben uns nie das Leben schwergemacht, sondern uns immer unterstützt. Ich glaube, ich liege mit meiner Einschätzung nicht ganz daneben, oder was meinen Sie, Constable Brooke?»

Trevor blickte zu Chris hinüber. «Sie sind hier auch Streife gegangen?»

«Ein-, zweimal.»

«Inspector Evans war vor einer halben Stunde hier. Er hat schon mit allen gesprochen.»

«Na, in dem Fall macht es ja keinen Sinn, sich die Leute

nochmal vorzuknöpfen. Sie haben unseren Mann vermutlich nicht gesehen, oder?»

«Sollte er mir über den Weg laufen, erfahren Sie das als Erster.»

«Dann ziehen wir jetzt weiter. Wir müssen vor dem Morgengrauen noch ein paar Plätze abklappern.» Sie drehten um. Auf dem Weg zur Suppenküche fiel Trevor noch etwas ein. «Haben Sie vielleicht ein Mädchen gesehen, das mit ein paar Jungs rumhängt? Einer hat rote Haare und der andere eine Glatze mit einem Hakenkreuztattoo.»

«Haben Sie was angestellt?»

«Nicht, dass ich wüsste. Könnte sein, dass sie gestern in der Fabrik waren, als das Feuer ausbrach. Hinterher habe ich sie jedenfalls nicht mehr gesehen. Vor lauter Sorge um meine Kollegen habe ich mich gestern Abend im Krankenhaus nicht nach ihnen erkundigt.»

«Sie waren in dem Gebäude, sind aber noch rechtzeitig rausgekommen», sagte Tom. «Falls Sie mit ihnen sprechen wollen … sie stecken hier irgendwo.»

«Ich rede kurz mit ihnen.»

«Sergeant», warnte Tom ihn. «Packen Sie diese Teenager nicht allzu hart an. Es hat eine ganze Weile gedauert, bis sie Zutrauen zu uns gefasst haben.»

«Keine Sorge, ich tue ihnen nichts.» Hinter der nächsten Ecke kauerten auf dem Boden ein paar Jugendliche in dicken grauen Armeedecken, die freiwillige Helfer verteilt hatten. Es waren die Teenager, denen er tags zuvor in der Jubilee Street begegnet war. Trevor ging zu ihnen hinüber und hockte sich neben das Mädchen.

«Sie haben ja vielleicht Nerven, hier aufzutauchen, nachdem Sie unseren Unterschlupf ausgeräuchert haben.»

«Geht es dir gut?», fragte Trevor besorgt.

«Uns geht es hervorragend in diesem arschkalten Rattenloch», erwiderte der glatzköpfige Junge wütend. «Und ehe Sie fragen – nein, wir haben den Scheißtypen, hinter dem Sie her sind, nicht gesehen. Aber eins ist mal sicher: Sie können uns nicht nochmal überreden, der verdammten Polizei zu helfen.»

«Wir gehen davon aus, dass der Mann, den wir suchen, die Fabrik abgefackelt hat. Und wenn wir das Gebäude nicht beobachtet hätten, wären wahrscheinlich noch viel mehr Leute gestorben.»

«Zehn sind tot.» Das Mädchen warf ihm einen vorwurfsvollen Blick zu.

«Ich weiß, und das tut mir auch unendlich leid. Doch wenn sich so viele Leute an so einem Ort aufhalten und dort auch noch Kerzen anzünden, muss so etwas ja früher oder später passieren.»

«Drinnen verbrennen, draußen erfrieren …», sagte der rothaarige Junge. «Was für einen Unterschied macht das schon, verflucht nochmal? Jetzt werden wir alle draufgehen, denn dank Ihnen können wir nirgendwo mehr hin.»

«Darüber wollte ich gerade mit euch reden.»

«Sie möchten uns anbieten, bei Ihnen zu pennen?», fragte der Bursche streitlustig.

«Nein, aber ich weiß von einer Agentur, die möblierte Zimmer ohne Kaution vermietet.»

«Ach ja? Und wo denn? In einer Phantasiewelt?»

Trevor gab dem Mädchen ein Stück Papier mit einer Adresse. «Geht morgen früh dahin und sprecht mit der Dame. Beruft euch auf mich. Sie erwartet euch und wird euch helfen. Euch allen. Ich habe mir die möblierten Wohnungen angeschaut. Toll sind sie nicht, aber immerhin ein Anfang. Wenn ihr wollt, könnt ihr dort unterkommen.»

«Warum tun Sie das?», fragte das Mädchen mit unverhohlener Skepsis.

«Wie dein Freund schon sagte, vielleicht geht es ja auf meine Kappe, dass euer Unterschlupf abgebrannt ist.»

«Sie haben eben gesagt, das wäre früher oder später sowieso passiert. Und das ist nicht die erste Bude, die wir aufgeben müssen.»

«Ich hatte auch mal richtig Pech.»

«Sie sind Bulle.»

«Selbst Bullen können Pech haben. Falls ihr Geld braucht, könnt ihr mich anrufen. Habt ihr meine Nummer noch?»

«Ja.» Das Mädchen warf den Jungs einen herausfordernden Blick zu.

«Meldet euch bei mir, wenn ihr eingezogen seid. Und falls ihr etwas braucht, wendet ihr euch an Pater Sam im Obdachlosenheim oder an mich.» Trevor verabschiedete sich.

«Bulle?», rief Jason ihm hinterher.

Trevor drehte sich um. «Was ist?»

«Sie sind nicht so mies wie andere Bullen. Sollten wir den Typen sehen, geben wir Ihnen Bescheid.»

«Danke.» Mit einem Lächeln trat Trevor zu Chris.

«Nettes Haus», meinte Trevor, als er Chris vor dem Tor einer teuren Vorstadtvilla absetzte.

«Gehört meinen Eltern», erläuterte Chris. «Ich spare für ein eigenes Heim.»

«Wenn ich Sie wäre, hätte ich es nicht eilig, hier auszuziehen.»

«Es gehört ihnen, nicht mir.»

Trevor gab Gas. Die Entfernung zu seinem Haus betrug nur eine halbe Meile. In keinem der Fenster brannte Licht, die Vorhänge waren nicht zugezogen. Ihm wurde ganz bang ums Herz. Er sperrte die Tür auf, trat ein und bemühte sich, seine Befürchtungen in Schach zu halten. Die Stille im

Haus war niederschmetternd. Er schloss die Tür, ging ins Wohnzimmer und schaltete das Licht ein. Alles war an Ort und Stelle, auch in der Küche und im Esszimmer. Mantel und Schuhe legte er unten vor die Treppe und ging ins obere Stockwerk. Das Bett war frisch bezogen. Er öffnete die Verbindungstür zwischen dem Schlafzimmer und dem begehbaren Kleiderschrank. Seine Kleider hingen da, wo sie immer hingen. Die linke Stange, die Lyn benutzte, war leer.

Das Regal im Badezimmer, wo ihre Kosmetika und ihr Parfum standen, war frei geräumt und abgewischt worden. Nichts erinnerte daran, dass Lyn hier gewohnt hatte. Möglicherweise war das ja das Problem. Bis auf ein paar persönliche Dinge hatte nichts in diesem Haus Lyn gehört.

Tony musste daran denken, wie jemand vor Jahren mal behauptet hatte, der Mensch könne sich im Lauf der Zeit an alles gewöhnen. Seine Erfahrung lehrte ihn, dass diese These der Realität nicht standhielt. Er konnte sich einfach nicht daran gewöhnen, auf der Straße zu leben. Ständig hoffte er, dass endlich bessere Zeiten anbrachen, dass er seine Zelte bald an einem schöneren Ort aufschlug. Manchmal kam es ihm vor, als spiele er eine Rolle in einer Fernsehserie, die schon ewig lief. Er schlüpfte in die Rolle eines Stadtstreichers und gab sein Bestes, die Figur zum Leben zu erwecken. Im Winter hatte er gefroren, während einer Hitzewelle geschwitzt und nur geduscht, wenn er im Obdachlosenheim übernachtete, was eher selten vorkam. Er hatte Läuse, seine Haare waren so verfilzt, dass er mit dem Kamm nicht mehr durchkam, und er stank. Dass er unangenehm roch, war ihm nicht entgangen. Die Menschen, denen er auf der Straße begegnete, gingen auf Abstand. Er selbst war schon lange immun gegen den Mief. Er lebte von einer Minute zur nächsten, von einer Stunde zur nächsten, von einem

Tag auf den nächsten und wartete, dass der Regisseur endlich «Schnitt!» rief und er wieder seinen alten, gepflegten Lebensstil aufnehmen konnte.

Und in der Zwischenzeit überlebte er mehr schlecht als recht. Er hatte sich inzwischen damit arrangiert, dass er unsichtbar war. Hielte er ein Schild hoch mit dem Aufdruck OBDACHLOSER BITTET UM HILFE, würden die Passanten so tun, als existierte er nicht. Übernachtete er in einem Hauseingang oder unter der Unterführung, nahmen nur die Polizisten, die ihn vertrieben, Notiz von ihm.

Doch plötzlich war alles anders geworden – allerdings hatte sich die Welt entgegen seiner Hoffnung nicht in einen freundlichen und behaglichen Ort verwandelt. Nun stand zu befürchten, dass er nie wieder übersehen wurde.

Er ging in eine kleine, schmale Sackgasse. Sie befand sich in einem Wohnviertel fernab der Plätze, an denen sich die Stadtstreicher normalerweise versammelten. An einem vertrauten Ort aufzukreuzen wagte er nicht. Wenn die Polizei ihn jetzt aufgriff, war er erledigt. Und obwohl es kalt war und er Hunger hatte, konnte er nicht aufs Amt gehen und um Geld bitten. Schließlich prangte an jedem Zeitungskiosk ein Poster mit seinem Foto und der Warnung: BEWAFFNET UND GEFÄHRLICH. HALTEN SIE SICH VON DIESEM MANN FERN.

Er versteckte sich in einer dunklen Ecke und verschaffte sich einen Überblick. In fast allen Häusern brannte Licht. Wie schwierig war es, ein Schloss zu knacken? Würde er in einem der dunklen Häuser genug Nahrung und Kleidung finden, um die nächsten Tage zu überstehen? Er duckte sich, lief los und achtete darauf, dass sein Kopf nicht über die Gartenmauern ragte. Ein-, zweimal blieb er stehen und spähte vorsichtig über den Backsteinwall. Wenn irgendwo kein Licht brannte, hieß das noch lange nicht, dass niemand zu Hause war. Vielleicht saßen die Bewohner ja in einem Zimmer, das nach vorn auf die Straße hinausging, oder schauten im Dunkeln fern.

In einem Fenster stand eine Frau an einer Spüle und wusch das Geschirr ab. Das Haus nebenan war dunkel. War es tatsächlich leer? Er zitterte. Wann hatte er zum letzten Mal gegessen? Gestern nicht und vorgestern nur eine Dose kalte Bohnen. Komisch. Hunger hatte er nicht, aber Durst. Schrecklichen Durst. Vielleicht gab es im Garten ja einen Hahn. Viele Häuser hatten draußen einen Wasseranschluss für die Gartenschläuche.

In der Mauer war eine Tür. Als er die Klinke hinunterdrückte, knarzte es laut. Er erstarrte und überlegte, ob er weglaufen sollte. Ein Stück weiter die Straße hinunter bellte ein Hund. Kurz darauf war es wieder mucksmäuschenstill. Zögernd ging er in den Garten, schloss die Tür und schlich sich mit eingezogenem Kopf an das Haus heran. Es war stockfinster. Nur der Vollmond spiegelte sich in den Fenstern. Verstohlen setzte er einen Fuß vor den anderen und achtete darauf, kein Geräusch zu machen.

Eine Wolke schob sich vor den Mond. Als sie vorbeigezogen war, sah er, dass das Küchenfenster geschlossen, aber nicht verriegelt war. Er holte sein Taschenmesser heraus und schob die Klinge in den Plastikrahmen. Das Fenster zu öffnen war ein Kinderspiel. Der Sims war leer. Wieder wartete er und lauschte, bis seine Ohren klingelten: In der Küche tickte eine Uhr; nebenan lief ein Fernseher; und am Ende der Straße ertönte eine Stimme.

Er legte die Hände auf den Fenstersims und versuchte immer wieder, sich hochzuziehen. Seine Bemühungen dauerten eine Ewigkeit und blieben dennoch erfolglos, weil er total entkräftet war. Seine Arme konnten sein Körpergewicht nicht mehr tragen. Schließlich presste er ein Knie an die Wand, stellte den Fuß auf einen Vorsprung und schaffte es so, sich hochzustemmen. Doch oben auf dem Fensterbrett verlor er das Gleichgewicht und fiel ins Spülbecken. Es krachte laut, etwas brach entzwei, und eine Sekunde später gab die Arbeitsplatte unter ihm nach. Er sprang hinunter und verstauchte sich dabei den Knöchel. Mit schmerzverzerrter Miene schaute er sich um. Im fahlen Mondschein konnte er erkennen, dass die Küche alt war. Die Geschirrablage der Edelstahlspüle, die er fast aus der Wand gerissen hatte, wies eine tiefe Delle auf. Der Schaden ging höchstwahrscheinlich auf seine Kappe. Er humpelte zum Kühlschrank hinüber, öffnete die Tür und entdeckte ein kleines Stück Käse, das sorgfältig in ein Pergamentpapier gewickelt war, ein Glas Marmelade, einen Milchkarton und eine Schachtel halbfette Margarine. Von Schuldgefühlen geplagt, schloss er die Tür. Allem Anschein nach musste die Person, die hier lebte, mit wenig Geld auskommen. Vielleicht ein Rentner?

Er öffnete den Küchenschrank, in dem Gläser, Teller und ein halber Brotlaib auf einem Holzbrett aufbewahrt wurden. Er nahm ein Glas, füllte es mit Wasser aus dem Hahn und trank gierig. Nachdem er drei weitere Gläser Wasser hinuntergestürzt hatte, gab er sich einen Ruck und verließ die Küche. Ein Flur führte zu einem Wohnzimmer, in dem schwere, altmodische Möbel standen. Auf dem Sofa, über das eine Wolldecke geworfen war, lag eine Katze. Er hob sie hoch und wollte sie auf einen Sessel verfrachten. Sie fauchte, kratzte ihn und rannte weg. Er schlang die Decke um die Schultern und ging nach draußen.

Ein Stück weiter die Gasse hinunter fand er eine Garage, deren Tür nicht richtig schloss. Er ging hinein. Sein Versteck war kalt und zugig, außerdem stank es nach Öl. Und dennoch: Nachdem er die Decke fest um seinen Körper gewickelt und sich in eine Ecke gekauert hatte, schlief er wärmer als in der Nacht zuvor.

«Könnte ich bitte mit Sergeant Joseph sprechen?»

«Am Apparat.»

Evans und Peter tauschten Blicke aus. Trevor, der die ganze Nacht Dienst geschoben hatte, war völlig übernächtigt um neun Uhr zum Dienst erschienen.

«Trevor, ich bin's, Daisy.»

«Hallo.»

Trevors veränderter Tonfall veranlasste Peter, zu Anna hinüberzusehen und eine Augenbraue hochzuziehen.

«Hast du die Infos, die ich dir gestern gegeben habe, schon weitergeleitet?»

«Nein.»

«Ich habe ein paar alte Berichte gefunden, die für dich von Interesse sein könnten.»

«Wo denn?»

«In unseren Akten. Alle laufenden Projekte haben Informationen über die ersten Transplantationen gesammelt. Erinnerst du dich noch, was ich dir über den Austausch von Informationen gesagt habe? Die erste Transplantation wurde an einem männlichen Patienten ausgeführt, der Ende zwanzig war. Der Spender war achtundzwanzig. Passt das zu deinem Fall?»

«Schon möglich. Kannst du mir die genauen Daten nennen?»

«Die sind da nicht aufgeführt, und es gibt auch keine Fotos, was noch ungewöhnlicher ist. Normalerweise enthalten alle Akten Fotos vom Patienten, die vor und nach der Verpflanzung gemacht wurden. Das ist Usus.»

«War Marks der Chirurg?»

«Ja.»

«Diese Akten, sind die bei dir im Büro?»

«Ja.»

«Ich bin in zehn Minuten bei dir.»

«Du hast Marks erwähnt?», hakte Peter bei Trevor nach.

«Daisy hat mir gestern Abend erzählt, dass die einzige Person, die vor zwei Jahren in Großbritannien solch eine Transplantation durchführen konnte, ein Chirurg namens Laurence Marks war.»

«Und warum hast du uns das nicht erzählt?»

«Weil ich das erst spätabends erfahren habe und hinterher wieder mit Chris nach Tony suchen musste.»

«Du dämlicher Hund», echauffierte Peter sich. «Er könnte ein Verwandter von Brian Marks sein.»

«Der Anwalt. Klar doch. Ich wusste, dass ich den Namen schon mal gehört habe.»

«Je älter du wirst, desto schlampiger arbeitest du», warf Peter seinem Freund vor.

«Wir haben nur zwölf Stunden verloren.»

«Ich hätte den Mann noch gestern Abend verhören können.»

«Er ist in Amerika.»

«Noch ein weiterer Grund, sich diesen Burschen so schnell wie möglich vorzuknöpfen.»

«Gehen Sie jetzt zu Dr. Randall, um noch mehr von ihr zu erfahren?», fragte Evans.

«Ja.»

«Peter, Sie begleiten ihn», befahl der Inspector kurzerhand. «Und sobald Sie alle Infos haben, die Dr. Randall Ihnen über diesen Laurence Marks geben kann, leiten Sie sie telefonisch weiter.»

Kapitel zwölf

«Das hier sind die Akten von achtundzwanzig Transplantationen, die im Ausland durchgeführt wurden.» Daisy legte die Schnellhefter auf ihren Schreibtisch und tippte mit dem Finger auf die oberste Mappe, die deutlich dünner als die anderen war. «Hier drin ist alles über Laurence Marks' derzeitiges Projekt in den Staaten. Und die Telefonnummer und Adresse, unter der man ihn erreichen kann.»

Trevor schnappte sich den Hefter und schlug ihn auf.

«Möchte jemand einen Kaffee?»

«Gern», murmelte Trevor, schon ganz in den Bericht vertieft.

Peter lächelte sie an. «Kaffee wäre toll.»

«Ich werde meine Sekretärin bitten, sich darum zu kümmern. Sie können mein Büro nutzen. Ich muss jetzt meine Visite machen.»

«Tut mir leid, dass wir dich von deiner Arbeit abhalten», entschuldigte Trevor sich.

«Falls es noch weitere Fragen gibt, in anderthalb Stunden müsste ich durch sein.»

Nachdem Daisy sich verabschiedet hatte, nahm Peter einen Schnellhefter vom Stapel und klappte ihn auf. Beim Anblick des Fotos auf dem ersten Blatt verzog er das Gesicht. Die Aufnahme dokumentierte, wie das Gesicht eines Toten entfernt wurde. Das nächste Foto von einem stark verbrannten Gesicht, das gerade für die Operation vorbereitet wurde, war auch nicht appetitlicher.

«Nicht gerade das, was ich als Bettlektüre empfehlen würde. Für Bilderbücher bin ich schon zu groß.»

Trevor warf ihm einen fragenden Blick zu.

«Nur Text ist mir lieber», erläuterte Peter.

«Ich wünschte, hier gäbe es ein paar Abbildungen», klagte Trevor. «Ich habe nur eine Liste mit Maßen. Abstand von Augenbraue zum Auge, von der Nasenspitze bis zum Kinn …»

«Das fällt eher in Patricks Metier.»

«Einen Abgleich können wir erst machen, wenn wir Tony gefunden haben.»

«Von Weaver gibt es so viele Fotos, dass wir das ganze Revier damit zukleistern können.»

«Hautfarbe … dunkel», las Trevor vor. «Weaver hatte einen hellen Teint.»

«Wahrscheinlich kann man ein Gesicht mit dunklerer Haut auch dann implantieren, wenn der Empfänger ursprünglich ein helleres hatte. Allerdings müsste das an den Übergängen auffallen. Ob die Patienten wohl wie Boris Karloff in *Frankenstein* am Hals überall sichtbare Nähte haben?»

«Könntest du mal für fünf Minuten ernst bleiben?», blaffte Trevor.

«Wenn Tony irgendwo auftaucht, wird es ein Kinderspiel sein, ihn zu überführen. Ich weiß schon, wie das dann läuft. ‹Entschuldigung, Sir, würde es Ihnen etwas ausmachen, die Krawatte abzunehmen und den Hemdkragen zu öffnen. Wir möchten überprüfen, ob Sie da eine alte Wundnaht haben.›»

«Hast du dir mal Gedanken darüber gemacht, welche Konsequenzen dieser Fall haben könnte?» Trevor setzte sich auf Daisys Stuhl, als die Sekretärin ein Tablett mit Kaffee und Keksen brachte.

«Danke, meine Liebe.» Peter zwinkerte der jungen Frau zu und schielte auf ihre Beine, als sie das Zimmer verließ. «Was meinst du mit Konsequenzen?», fragte er, nachdem das Mädchen die Tür hinter sich geschlossen hatte. «Willst du damit andeuten, dass du, wenn dir das Gesicht eines anderen gefällt …»

«Ich rede von Terroristen und Schwerkriminellen.»

«Also Typen wie Adam Weaver?»

«Genau.»

«Weaver sind wir wegen der Fingerabdrücke auf die Schliche gekommen.»

«Und wenn man die bald auch transplantieren kann?»

«Du bist echt ein richtiger Pessimist, was?» Peter holte Stift und Notizblock heraus. «Der Arzt heißt Laurence Marks, richtig?»

«Ja.»

Trevor schob Peter ein Blatt Papier mit Marks' Adresse und Telefonnummer in den Staaten zu.

«Was gibt es sonst noch?»

Trevor überflog die Akte. «Die Verpflanzung fand zwei Tage nach der Entfernung des Spendergesichtes statt.»

«Wie bewahrt man eigentlich ein Gesicht auf, das man nicht sofort braucht? Legt man es in die Kühltruhe zu den Hamburgern?»

«Das können wir nachher Daisy fragen.»

«Gibt es irgendetwas über den Empfänger?»

«Nur dass sein Gesicht nach der Narkose entfernt wurde.»

«Nichts über seinen Zustand?»

«Nein.»

«Mir ist echt schleierhaft, wieso ein Mann wie Adam Weaver sein Äußeres verändern will. So, wie der Bursche ausgesehen hat, konnte er jede Frau abschleppen, auf die er Bock hatte.»

«Im Knast? Du hast wohl vergessen, dass er ein verurteilter Mörder war, der eine lebenslange Strafe verbüßen und laut richterlicher Empfehlung mindestens dreißig Jahre absitzen musste. So eine Zeitspanne muss einem Mann, der noch nicht mal dreißig ist, wie eine kleine Ewigkeit vorkommen.»

«Ein neues Gesicht im Austausch für ein neues Leben.» Peter gab drei Zuckerwürfel in seinen Kaffee. «Falls er darauf aus war, ist er aber nicht weit gekommen. Niemand, der noch halbwegs bei Verstand ist, träumt von einem Leben auf der Jubilee Street.»

«Dann ist da eben etwas schiefgelaufen.»

«Und wie schief», meinte Peter. «Den Grund dafür wüsste ich nur zu gern.» Er griff nach dem Telefonhörer. «Ich werde unserem Inspector Marks' Telefonnummer durchgeben.»

«Haben Sie jemanden in Amerika erreicht?», fragte Peter, als er und Trevor in die Soko-Zentrale spazierten.

«Ja, aber leider nicht Laurence Marks», antwortete Evans.

«Wen wundert's? Wenn ich Marks wäre, würde ich auch erst mal auf Tauchstation gehen.»

«Warum?», wollte Evans von Peter wissen. «Wir können ihm nicht nachweisen, dass er mit Anthony George irgendetwas zu schaffen hatte.»

«Und was ist mit dem Transplantationsbericht?»

«Da steht nichts darüber, dass er wusste, woher das Gesicht stammte, das er verpflanzt hat.» Evans legte den Hörer auf. «Alles, was ich zu hören kriege, ist: ‹Mr. Marks nimmt an der Konferenz teil und ist bis auf Weiteres nicht zu sprechen.› Was mit ‹bis auf Weiteres› gemeint ist, weiß nur der Herrgott.»

«Sie gehen tatsächlich davon aus, dass er mit Ihnen sprechen wird, oder?», fragte Peter.

«Ja, von einem intelligenten Mann erwarte ich ein gewisses Maß an Kooperation.»

«Jemand muss da rüberfliegen», erklärte Mulcahy.

«Bitte, schicken Sie mich», sagte Peter und fragte dann Anna: «Willst du mitkommen?»

«Diesmal nicht, Peter.» Der Superintendent wandte sich an Evans. «Haben Sie einen gültigen Pass?»

«Ja, Sir.»

«Sorgen Sie dafür, dass Sarah Merchant ein Flugticket für Sie bucht. Und wenn Sie Marks treffen, bieten Sie ihm Immunität an oder was es sonst braucht, um die Wahrheit aus ihm rauszuholen. Am liebsten wäre mir eine Aussage, die vor Gericht standhält. Wenn wir erst mal genau wissen, nach wem wir suchen, können wir diese ganze Schweinerei vielleicht endlich aufklären.»

«Das wäre ein Schritt in die richtige Richtung», stimmte Peter mit gespielter Naivität zu.

«Was für Anhaltspunkte haben wir noch?», blaffte Mulcahy.

«Adam Weaver hat eine Tochter namens Hannah. Sie wohnt hier.» Anna deutete auf Weavers Akte. Trevor hatte sie ihr gegeben, bevor er ins Krankenhaus gefahren war.

«In dieser Stadt?»

«Ja, Sir. In der Cowslip Road. Sie lebt bei der Schwester ihrer Mutter, einer gewissen Blanche Davies. Die Tante ist siebenundzwanzig Jahre alt, ledig und Sozialarbeiterin.»

«Falls Sie meinen, dass Sie das schaffen, könnten Sie und Trevor ihr heute Abend einen Besuch abstatten. Finden Sie heraus, ob der Vater versucht hat, mit seiner Tochter in Kontakt zu treten.»

«Warum kann ich das nicht machen?», fragte Peter.

«Weil ich für Sie etwas anderes im Sinn habe.» Mulcahy lächelte kühl. «So lange der Inspector weg ist, koordinieren Sie die Suche nach Tony. Wir fahnden von jetzt an rund um die Uhr nach ihm. Ich stelle Ihnen alle Männer zur Verfügung, die ich entbehren kann.»

«In einer Stadt dieser Größe können wir nicht alle Viertel auf einen Schlag abgrasen.»

«Nein, aber wir können uns eine Gegend nach der anderen vornehmen.»

«Und was, wenn er erst auftaucht, wenn wir schon wieder weg sind?»

«Jetzt seien Sie doch mal nicht so verdammt negativ, Peter. Mit entsprechendem Personal können Sie die Obdachlosen in die Unterführung im Stadtzentrum scheuchen und sie verhören. Dumm ist nur, dass wir nicht jeden Ort kennen, wo sie ihre Zelte aufschlagen. Sollte unser Mann noch in der Gegend sein, könnte einer der Stadtstreicher ihn gesehen haben.»

«Aber selbst wenn dem so ist – glauben Sie tatsächlich, dass die Jungs Bock haben, uns etwas zu erzählen?»

«Bei Ihrer Überredungskunst müsste das doch ein Kinderspiel sein.»

«Ich habe mit Blanche Davies telefoniert», berichtete Anna kurze Zeit später, nachdem auch Trevor wieder in ihr gemeinsames Büro zurückgekehrt war. «Vor sechs Uhr ist sie nicht daheim. Das Mädchen wird von einer Nachbarin von der Schule abgeholt, die auf die Kleine aufpasst, bis die Tante nach Hause kommt. Ich habe ihr gesagt, wir schauen gegen acht vorbei. Ist wohl besser, wenn die beiden noch etwas essen und sich ausruhen können, ehe wir dort auftauchen.»

«Gute Idee», erwiderte Trevor abwesend. Er war nur halb bei der Sache, weil er immer wieder an Lyn denken musste. Zum ersten Mal seit sechs Monaten kümmerte es niemanden, wann er nach Hause kam. Und er hatte sich gewaltig getäuscht. Auf einmal fand er es gar nicht mehr so toll, in ein leeres Haus zurückzukehren. Eine wütende Lyn war immer noch besser als gar keine Lyn.

Trevor und Anna fuhren die Cowslip Road hoch. Vor Blanche Davies' Haus parkte ein auf Hochglanz gewienerter grauer Mercedes samt livriertem Chauffeur. Wagen und Fahrer wirkten vor der selbst für diese Gegend eher bescheidenen Doppelhaushälfte ziemlich deplatziert. Der winzige Vorgarten war kaum mehr als ein kleines, von Blumen eingefasstes Stück Rasen.

«Sozialarbeiter verdienen anscheinend mehr als wir», meinte Anna mit Blick auf das Fahrzeug.

«Der Mercedes gehört bestimmt nicht ihr.» Trevor musterte den Chauffeur und versuchte, sich sein Aussehen einzuprägen.

Noch bevor Trevor den Motor ausgeschaltet hatte, ging die Eingangstür auf, und ein Mann kam aus dem Haus.

«Das ist Marks!», rief Anna.

«Der Anwalt?»

«Von dem Chirurgen habe ich noch kein Foto gesehen.»

«Ich möchte zu gern wissen, was er hier zu suchen hat», meinte Trevor.

«Soll ich ihn fragen?»

«Wir sind nicht hierhergekommen, um ihn auszuquetschen. Was auch immer ihn hergeführt hat, zu gegebener Zeit werden wir das schon noch erfahren. Hübscher Kaschmirmantel übrigens ...» Vor ein paar Monaten hätte Trevor Kaschmir nicht von Kammgarn unterscheiden können. Auch das ging auf Lyns Konto.

Eine attraktive Blondine tauchte im Türrahmen auf.

Anna stockte der Atem. «Sie ist ihrer Schwester wie aus dem Gesicht geschnitten.»

Brian Marks und die Frau reichten einander die Hand. Der Anwalt beugte sich vor und küsste sie auf die Wange.

«Ziemlich vertrauter Umgang.»

«Komm schon, Trevor, bei dem Altersunterschied kann

ich mir nicht vorstellen, dass sie mehr als Freunde sind», wies Anna ihn zurecht.

«Manchen Männern ist der Altersunterschied vollkommen schnuppe.»

«Du hast wohl vergessen, dass ich mit Marks gesprochen habe. Ein Unterschied von vierzig Jahren würde einen Herrn alter Schule wie ihn schon stören.»

Als der Anwalt zu seinem Wagen ging, rutschte Anna auf ihrem Sitz nach unten. Das jedoch erwies sich als vollkommen überflüssig. Brian Marks blickte stur geradeaus und stieg in seinen Wagen. Kurz darauf rollte der Mercedes vom Bordstein weg.

Trevor schaute zu Anna hinüber. «Sollen wir jetzt loslegen?»

«Miss Blanche Davies?», fragte Anna, als die Blondine ihnen die Tür öffnete.

Trevor stand etwas abseits. Aus der Ferne hatte er Blanche Davies als hübsch empfunden, doch jetzt, wo er sie von nahem betrachtete, musste er zugeben, dass sie bildschön war. So schön, dass man sich nach ihr umdrehte. Dieses Aussehen hatte es ihrer Schwester ermöglicht, beim Theater Karriere zu machen.

«Sie müssen Sergeant Bradley sein.» Ihr Blick wanderte von Anna zu Trevor.

«So ist es, und das hier ist Sergeant Trevor Joseph.»

«Kommen Sie bitte herein.» Sie stieß die Tür auf. Ein Mädchen, genau so hübsch wie die Tante, saß im Wohnzimmer am Tisch. Anna und Trevor erkannten Adam Weavers Tochter von den Fotos im Koffer. Ohne die Aufnahmen hätten sie das Mädchen für Blanche Davies' Tochter gehalten. Die Ähnlichkeit war einfach verblüffend.

«Das ist meine Nichte Hannah.» Blanche wies auf ein

Sofa und zwei Sessel und bedeutete ihnen so, Platz zu nehmen. Anna und Trevor setzten sich auf die Couch.

«Bist du mit deinen Hausaufgaben fertig, Hannah?», erkundigte sich Blanche.

«Ja, Tante.»

«Diese Polizisten hier müssen sich mit mir über einen Fall unterhalten.»

«Kann ich nach oben gehen und fernsehen?»

«Ja. Nachher spielen wir wie versprochen Schach.»

Als das Mädchen seine Schulbücher in einen kleinen Rucksack packte, wurde Trevor ganz schwer ums Herz. Einen Moment lang sehnte er sich nach einem Familienleben, wie er es aus seinem Elternhaus kannte. Wie würde seine und Lyns Tochter wohl aussehen, falls sie jemals Nachwuchs kriegten? Sicherlich würde sie wie er selbst und auch Lyn dunkle Haare und braune Augen haben. Plötzlich entdeckte er etwas sehr Seltsames an sich: Als er mit Lyn zusammen war, musste er unablässig an Daisy denken, und nun, wo Lyn ihn verlassen hatte, konnte er nur noch an sie denken.

«Hübsches Mädchen», sagte Anna, nachdem Hannah das Zimmer verlassen hatte.

«Ich vergesse immer wieder, dass sie nicht meine Tochter ist.»

«Wie lange lebt sie schon bei Ihnen?»

«Seit dreieinhalb Jahren.»

Aus den Akten wusste Trevor, dass Laura Weavers zerstückelter Leichnam vor dreieinhalb Jahren von einem Postboten entdeckt worden war. Der Briefträger hatte vor der Haustür von Weavers Cottage eine Blutspur entdeckt, die ihn zum Opfer führte.

«Möchten Sie einen Kaffee?»

«Nein, danke, wir kommen gerade vom Essen», lehnte Anna das Angebot für sie beide ab, ohne Trevor zu fragen.

Blanche nahm ein Tablett mit Kaffeetassen und Keksen vom Tisch, brachte es in die Küche, kam zurück und nahm ihnen gegenüber auf einem Sessel Platz. «Am Telefon haben Sie erwähnt, Ihr Fall hätte etwas mit meinem Schwager zu tun.»

«Haben Sie seit seiner Flucht aus dem Gefängnis von ihm gehört?», fragte Trevor.

«Nein, Sergeant.» Sie schlug ein Bein über das andere. «Was mich überrascht hat.»

«Wieso?»

«Was für Fehler er auch gehabt haben mag – und da gab es einige –, so war Adam doch ein hingebungsvoller Vater. Und ein treusorgender Ehemann, soweit ich das beurteilen kann.»

«Trotzdem hat er Ihre Schwester getötet.»

Blanche blickte Trevor unverwandt an. «So hat es die Jury gesehen. Wäre ich vor dieser Tragödie gefragt worden, hätte ich geantwortet, dass Adam nicht fähig sei, eine Maus zu töten, geschweige denn ein menschliches Wesen.»

«Wollen Sie damit etwa andeuten, Sie sind nicht davon überzeugt, dass er der Mörder Ihrer Schwester ist?»

Sie überlegte lange, ehe sie antwortete. «Ich will damit sagen, dass – nach allem, was ich mitgekriegt habe – Adams und Lauras Beziehung nicht besser oder schlechter war als die anderer verheirateter Paare. Und der Beruf, den sie ausübten, machte die Sache auch nicht einfacher. Laura war die Lebhaftere und Impulsivere von beiden. Als die Polizei bei mir auftauchte und mich informierte, Adam würde des Mordes an ihr verdächtigt, fiel es mir schwer, das zu glauben. Und später, als ich erfuhr, wie Laura gestorben ist, hielt ich es ganz und gar für unmöglich. Für mein Dafürhalten war Adam ein ausgesprochen sanftmütiger Mensch. Wie die meisten Schauspieler konnte er charmant sein, wenn er es darauf anlegte. Sehr charmant.» Die beiden letzten Wörter sprach sie sehr leise. «Manchmal ist es ja bei Schauspielern gar nicht so leicht, Mensch und Rolle auseinanderzuhalten. Meine Schwester bildete da keine Ausnahme. Trotzdem ... Der Adam, den ich kannte, hätte kein Lebewesen töten können», betonte sie, «und schon gar nicht so, wie es vor Gericht geschildert wurde.»

«Das muss für Sie und Hannah ein schwerer Schlag gewesen sein», meinte Anna voller Mitgefühl.

«Nicht nur Lauras Ermordung und die Verhandlung haben uns zugesetzt. Vier Wochen bevor Laura getötet wurde, starb mein Vater an einem Herzinfarkt. Zu der Zeit war meine Mutter schon unheilbar an Krebs erkrankt. Sie ist kurz nach der Verhandlung von uns gegangen. Und mein Bruder, der Laura identifiziert hat, kriegte einen Nervenzusammenbruch.»

«Dann mussten Sie also mit allem allein fertig werden?»

«Mir blieb keine andere Wahl. Da war ja noch Hannah», antwortete Blanche.

«Wo war Hannah, als das passierte?»

«Sie übernachtete bei einer Freundin, die Geburtstag hatte. Deren Eltern hatten Hannah eingeladen.»

Trevor versuchte sich zu erinnern, wo Laura und Adam Weaver sich in der Mordnacht aufgehalten hatten. Laura Weaver war in ihrem Landhaus getötet worden. Adam hatte behauptet, er hätte zur Tatzeit ein Spirituosengeschäft aufgesucht und in der Londoner Wohnung übernachtet. Er war jedoch nicht in der Lage gewesen, auch nur einen Zeugen zu finden, der das bestätigte. Obendrein hatte er zugegeben, dass er und seine Frau Probleme gehabt und an jenem Tag gestritten hatten.

«Hat Ihre Schwester Ihnen erzählt, dass es nicht gut um ihre Ehe stand?», fragte Anna.

«Wie ich der Polizei schon damals sagte, hat Laura sich mir nicht anvertraut. Ich wusste kaum mehr als das, was in den Klatschspalten stand. Meine Schwester war äußerst erfolgreich. Und da Kontaktpflege in der Theaterwelt das A und O ist, sind sie und Adam häufig auf Partys gewesen. Hätte Hannah an diesem Abend nicht bei einer Freundin geschlafen, wären sie und ihre Kinderfrau in der Londoner Wohnung gewesen. Hannah sah ihre Eltern meistens nur am Wochenende.»

«Wenn ich mich recht entsinne, war Laura Komoderatorin einer Quizsendung.»

«Wenn Sie das noch wissen, Sergeant Bradley, erinnern Sie sich bestimmt auch noch daran, dass man ihr ein Verhältnis mit dem Moderator der Show nachsagte.»

«Und Adam Weavers Name fiel immer in einem Atemzug mit einer der Schauspielerinnen in seiner Serie.»

«Dieses Gerücht geht auf einen Journalisten zurück, der dringend eine Geschichte brauchte», wehrte Blanche ab.

«Haben Sie Ihre Nichte gleich nach dem Mord zu sich geholt?»

«Am Tag danach. Da die Polizei Adam verhaftete und gegen ihn ermittelte, bin ich nach London gefahren und habe sie abgeholt.» Blanche öffnete eine Zigarettenschachtel, die neben ihr auf dem Beistelltisch lag, nahm eine Zigarette heraus und bot den anderen an, sich zu bedienen. Als die beiden Polizisten dankend ablehnten, entschuldigte sie sich. «Ich weiß, ich sollte nicht rauchen, doch seit dem Mord werde ich hin und wieder schwach. Auch wenn Laura und ich uns nicht sonderlich nahegestanden haben, hat uns doch mehr verbunden als die gemeinsame Kindheit.»

«Falls wir mit unseren Fragen diese schmerzhaften Erinnerungen wieder auffrischen, tut uns das leid», entschuldigte sich Anna.

«Ja, das tun Sie», erwiderte Blanche ehrlich. «Worauf wollen Sie eigentlich mit Ihren Fragen hinaus?»

«Wir haben Grund zu der Annahme, dass Ihr Schwager sich hier in der Gegend aufhalten könnte», erwiderte Trevor.

Blanche starrte ihn erneut an. «Darum also Ihre Frage, ob er mit uns in Kontakt getreten ist?»

«Wir haben seine Fingerabdrücke in einem Koffer entdeckt, der gestern in der Stadt gefunden wurde. Sind Sie sich absolut sicher, dass er sich weder bei Ihnen noch bei Ihrer Nichte gemeldet hat?»

«Ich würde es schon mitkriegen, wenn Adam in unsere Nähe käme, Sergeant.»

Anna warf Trevor einen Blick zu, der ihm verriet, was sie dachte. Inwieweit sollten sie Blanche Davies über Adam Weavers verändertes Aussehen einweihen?

«Wir glauben nicht, dass Adam Weaver noch so aussieht wie vor zwei Jahren», begann er zögernd.

«Adam war Schauspieler.» Blanche schnippte ihre Asche über dem Aschenbecher ab. «Vor vier Jahren habe ich ihn in *Der Kaufmann von Venedig* im Theatre Royal in Bristol gesehen. Den ganzen ersten Akt über habe ich nicht geschnallt, dass er den Shylock spielt.»

«Ich habe nicht von einer Verkleidung gesprochen, wie sie im Theater üblich ist.» Trevor zog die Fotos von Tony aus der Tasche und reichte sie Blanche. «Wir nehmen an, dass er inzwischen so aussieht.»

«Das ist doch vollkommen ausgeschlossen. Der Mund ist ganz anders und die Nase …» Sie hob den Blick. «Sie glauben, er hat sich einer plastischen Operation unterzogen?»

«So könnte man es sagen», antwortete Trevor ausweichend.

«Dieser Mann hat keine Ähnlichkeit mit ihm. Nicht die

geringste Ähnlichkeit.» Sie blätterte die Abzüge durch und studierte eines der Standbilder längere Zeit. «Denken Sie allen Ernstes, dieser Mann könnte Adam sein?»

«Ich kann mir vorstellen, wie schwer es Ihnen fällt, das zu glauben, aber wir sind davon überzeugt.»

«Es ist nicht nur das Gesicht, sondern in erster Linie der Körper. Dieser Mann ist so dünn.»

«Hätten Sie etwas dagegen, wenn wir Hannah die Fotos zeigen?», fragte Anna.

Blanche zog an ihrer Zigarette und überlegte kurz, ehe sie antwortete. «Muss sie erfahren, was es mit diesen Aufnahmen auf sich hat?»

«Nein, wenn Sie es nicht möchten, sprechen wir das nicht an.»

«Und wie wollen Sie es dann begründen, dass sie sich die Fotos ansehen soll?»

«Damit, dass wir diesen Mann suchen. Und wir hoffen, dass sie ihn vielleicht gesehen hat.»

«Sie ist ein kluges Mädchen.»

«Sie haben doch selbst behauptet, dieser Mann hier hätte überhaupt keine Ähnlichkeit mit Adam Weaver.»

Blanche drückte ihren Zigarettenstummel im Aschenbecher aus, ging zum Treppenabsatz im Flur und rief nach ihrer Nichte.

«Haben Sie nicht schon genug Schaden angerichtet?», fauchte Peter, als er mit Valance in der Tür von Tom Morris' Heim zusammenstieß.

«Die Öffentlichkeit hat ein Recht auf Information.»

«Die Öffentlichkeit interessiert sich einen Scheiß dafür. Sie sind ein Leichenfledderer, Valance, der die niederen Instinkte von Leuten wie Ihnen befriedigt. Die primitivste Lebensform –»

«Kommen Sie herein, meine Herren.» Tom Morris stand auf dem oberen Treppenabsatz und wich einen Schritt zurück, um Peter und Andrew Platz zu machen.

Valance stürmte aus dem Gebäude.

«Nervt er Sie?», wollte Peter wissen.

«Nigel? Nein, wenn ich ihn loswerden will, brauche ich ihn nur zu einem von unseren lauteren und aggressiveren Gästen zu schicken.»

«Vielleicht sollte ich auch aggressiv werden, wenn ich ihm das nächste Mal über den Weg laufe.»

«Den werden wir hier nicht mehr so oft sehen.» Tom bat sie in sein Büro. «Die Toten sind tot, und an die Verletzten im Krankenhaus kommt er nicht ran. Daher gibt es nichts, was das Interesse der Medien weiter schüren könnte. Für eine Sache müssen wir der Presse jedoch dankbar sein. Seit im ganzen Land über den Brand berichtet wurde, haben wir Unmengen von Sach- und Geldspenden erhalten.»

«Sie nutzen die Situation hoffentlich zu Ihrem Vorteil.»

«Ja, das tut wir», bestätigte Tom. «Meine Mitarbeiter und ich wissen nur zu gut, wie schnell diejenigen, die wirklich Unterstützung verdienen, wieder in Vergessenheit geraten.»

«Wir sind vorbeigekommen, weil wir Sie fragen wollten, ob Sie vielleicht noch etwas über unseren Mann erfahren haben.»

«In dem Fall hätten wir uns schon längst bei Ihnen gemeldet. Haben Sie es mal drüben bei Sam Mayberry versucht?»

«Wir haben mit allen gesprochen, auch mit Captain Arkwright.»

«Na, dort werden Sie Ihren Mann eher nicht finden.»

«Es sei denn, er läuft jetzt in Frauenklamotten herum», witzelte Peter.

«Wie ich hörte, haben ein paar von den Leuten, die in

der Fabrik geschlafen haben, ihre Zelte unten in der High Street in einem Pub aufgeschlagen, der vorübergehend leer steht», wusste Tom zu berichten und zog die Jalousie herunter.

«Gestern Nacht mussten wir die ganze verdammte Stadt abklappern. In dem Pub waren wir auch», murrte Andrew.

«Und heute Nacht geht es wieder von vorn los», prophezeite Peter. «Haben Sie etwas dagegen, wenn wir nochmal bei Ihrer Suppenküche vorbeischauen, Tom? Wir möchten bei Ihren Leuten ein Funkgerät deponieren. Das würde uns eine Menge Lauferei ersparen.»

«Wie Constable Murphy heute Nacht ja mitgekriegt hat, sind wir zuerst in der Unterführung, dann in den Parkhäusern und unten am Hafen. In besetzte Häuser gehen wir nicht. Wir wollen ja keine Gesetze übertreten. Unsere Freiwilligen kennen die Fotos. Eins haben wir sogar an unseren Wagen gepinnt. Sagen Sie, was wir noch tun können, dann machen wir das.»

Mit hinter dem Rücken verschränkten Armen betrachtete Hannah die Fotos, biss auf ihre zitternde Unterlippe und nickte.

«Bist du dir ganz sicher, Hannah?», fragte Blanche.

«Das ist der Mann», flüsterte Hannah. «Der Mann, der vor meiner Schule war. Miss Phillips hat dich wegen ihm angerufen. Wer ist das?»

«Ein Obdachloser», erwiderte Anna.

«Hat er etwas angestellt?»

«Das wissen wir noch nicht so genau», antwortete Anna. «Wir möchten mit ihm über einen Brand in einem Gebäude sprechen.»

«Hat er es angezündet?»

«Das muss nicht sein, aber wir wissen, dass er in dem

Gebäude war, und vielleicht hat er ja die Person gesehen, die das Feuer gelegt hat.»

Hannah legte das Foto auf den Tisch. «Dann ist er also nur ein schmutziger alter Mann?»

Ihnen entging nicht, wie enttäuscht sie klang.

«Das stimmt vermutlich, Hannah», sagte Blanche mit zitternder Stimme und griff nach einer Zigarette. «Du kannst jetzt wieder nach oben gehen. Wir brauchen hier nicht mehr lange.»

«Kann ich ein Glas Milch trinken?»

«Aber sicher, Schatz.»

Sie trottete in die Küche. Die drei Erwachsenen blieben im Wohnzimmer zurück und schwiegen, bis die Kleine außer Hörweite war.

Trevor griff nach dem Feuerzeug neben der Zigarettenkiste und gab Blanche Feuer.

«Ich hätte mich daran erinnern müssen. Tut mir leid. Ich habe den Vorfall nicht mit Adam in Zusammenhang gebracht», erklärte sie, als sie hörten, wie die Küchentür zufiel. «Letzte Woche hat mich Hannahs Schulleiterin während der Arbeit angerufen und berichtet, dass ein Obdachloser draußen vor dem Schulhof gesehen wurde, der die Kinder beobachtete. Als jemand auf ihn aufmerksam wurde, ist Hannah auf die Straße hinausgerannt, weil sie ihn für ihren Vater gehalten hat …» Sie verstummte.

«Warum sollte Hannah so etwas tun?», fragte Anna. «Sie haben eben selbst gesagt, der Mann hätte keinerlei Ähnlichkeit mit Adam Weaver.»

«Sie ist ihm hinterhergelaufen, und als er sich umdrehte und Hannah sein Gesicht sah, hat sie gemerkt, dass sie sich getäuscht hat.»

«Hat jemand der Polizei seine Beschreibung gegeben?» Trevor legte das Feuerzeug auf den Tisch.

«Ja, ein Beamter hat Hannah und die Lehrer verhört. Er aber meinte, er könnte nicht viel mehr tun, als nach dem Obdachlosen Ausschau zu halten und ihn zu fragen, wieso er sich dort herumtreibt.»

«Wie hieß der Polizist?»

«Er hat sich mir vorgestellt, aber sein Name ist mir entfallen. Die Schulleiterin von der Cowslip-Grundschule hat ihn sich bestimmt notiert.»

«Sie sagten, Hannah hätte diesen Mann für ihren Vater gehalten, bis er sich umdrehte?», hakte Anna nach.

«Das war wohl Wunschdenken. Ich habe Ihnen ja erzählt, dass Adam ein guter Vater war. Hannah vermisst ihn sehr. Die Phantasie kann einem ganz schöne Streiche spielen.» Sie blickte Trevor unverwandt in die Augen. «Sind Sie sich hundertprozentig sicher, dass das da Adam ist?»

«Der Mann hat seine Fingerabdrücke.»

«Und was passiert jetzt?», fragte Blanche.

«Wir haben seine Beschreibung und suchen so lange nach ihm, bis wir ihn finden.»

«War das eigentlich Brian Marks, der gerade ging, als wir kamen?», fragte Trevor.

«Ja», entgegnete Blanche, die verwundert war, dass der Polizist so abrupt das Thema wechselte.

«Darf ich fragen, aus welchem Grund er hier war?»

«Er ist der Anwalt unserer Familie. Er hat nach Lauras … Unfall ihren Nachlass verwaltet.» Sie deutete mit dem Kinn Richtung Küche, um Trevor daran zu erinnern, dass Hannah immer noch in der Nähe war. «Laura hatte sich für ihn entschieden, weil seine Kanzlei in der Nähe von ihrem Cottage war.»

«Sie meinen das Cottage, in dem der –»

«Unfall passiert ist», fiel Blanche ihm ins Wort, als Hannah mit einem Glas Milch und einem Teller mit Toast ins

Wohnzimmer zurückkehrte. Die kleine Zwischenmahlzeit erklärte, wieso sie so lange gebraucht hatte. «Ich bin gleich bei dir, Schatz.»

Blanche wartete, bis die Tür von Hannahs Kinderzimmer ins Schloss fiel. «Seine Kanzlei hat meinen Schwager vor Gericht vertreten. Ich halte Mr. Marks für sehr integer.»

«Ich stelle seine Integrität nicht in Frage, Miss Davies», sagte Trevor.

«Dann kennen Sie ihn also?»

«Ja, von einem anderen Fall», warf Anna ein.

«Ich weiß nicht, wie ich nach Lauras Tod ohne ihn zurechtgekommen wäre. Er hat sich um alles gekümmert, alle Rechnungen bezahlt, die Beerdigung organisiert und sich um den Verkauf des Cottage und der Londoner Wohnung gekümmert. Später hat er auch noch Adams Verteidigung übernommen. Ich habe ihn als meinen Vermögensverwalter eingesetzt, und er kümmert sich um Hannahs Belange. Meine Schwester hat für Hannah weitaus besser vorgesorgt, als ich es ihr zugetraut hätte. Sobald Hannah erwachsen ist, fällt ihr ein stattliches Vermögen zu.»

«Hatte Ihre Schwester eine Lebensversicherung?», erkundigte sich Trevor.

«Ja. Als Mr. Marks mich darüber in Kenntnis gesetzt hat, war ich ganz schön baff. So ein Verhalten passte eigentlich nicht zu Laura. Sie hat eine vergleichsweise hohe Lebensversicherung abgeschlossen, die bei ihrem Tod fällig wurde, und ihrer Tochter eine monatliche Rente ausgesetzt. Diese Beträge sind höher als Hannahs Lebenshaltungskosten und werden so lange ausgezahlt, bis Hannah ihre Ausbildung abgeschlossen hat. Mr. Marks ist Hannah beinahe väterlich zugetan. Er kommt uns ziemlich regelmäßig besuchen. Trotzdem ist etwas eigenartig …»

«Was denn?»

«Er ist Laura nie persönlich begegnet. Einer seiner Partner hat ihr Testament aufgesetzt, was seine Kanzlei nicht daran hinderte, Adams Verteidigung zu übernehmen. Wie ich schon sagte, mein Schwager ist ein intelligenter Mann und kann ganz reizend sein, wenn er will. Vielleicht hat er Brian Marks ja überredet, sich um Hannah zu kümmern.»

«Gut möglich.» Trevor stand auf. «Vielen Dank, dass Sie sich Zeit für uns genommen haben, Miss Davies.»

«Danke für Ihren Besuch. Auf einmal bin ich viel gelassener, auch wenn das komisch klingt. Als ich erfuhr, dass ein Stadtstreicher den Schulhof beobachtet, habe ich mir große Sorgen gemacht. Es mag Sie vielleicht wundern, wo Adam ja für den Mord an meiner Schwester verurteilt wurde, aber der Gedanke, dass er es vielleicht war, der Hannah beobachtet hat, und nicht irgend so ein alter Lustgreis, tröstet mich.»

«Kommt dir irgendetwas seltsam vor, Trevor?», fragte Anna. Sie saßen im Wagen und warteten, dass die Ampel von Rot auf Grün schaltete.

«Nein, nicht direkt.» Er überlegte, ob ihre Hände schmerzten. Seit dem Brand kam sie ihm ziemlich abwesend vor.

«Früher hatte Brian Marks ein väterliches Interesse an Anthony George und stattete Mrs. George regelmäßig Besuche ab. Nun hat er Blanche Davies und Hannah unter seine Fittiche genommen.»

«Er ist eben ein altmodischer Familienanwalt.»

«Kann sein», räumte Anna ein. «Adam Weaver ist ein verurteilter Mörder. Er hat Laura umgebracht. Heute kümmert sich ihre Schwester Blanche um seine Tochter. Da würde man doch vermuten, dass Blanche Schiss kriegt, wenn sie erfährt, dass er die Nähe der Kleinen sucht. Stattdessen scheint ihr die Vorstellung, dass er versucht, mit ihnen in Kontakt zu treten, nicht unangenehm zu sein.»

«Ihr zufolge kann er sehr charmant sein. Vielleicht hat er sie auch um den kleinen Finger gewickelt. Es heißt doch, die meisten Psychopathen wären intelligent und hätten ein recht einnehmendes Wesen.»

Am liebsten hätte sie laut herausgeschrien, dass Adam Weaver alles andere als ein Psychopath war, aber es gelang ihr gerade noch, sich zusammenzureißen. Wenn sie ausplauderte, dass sie und der Schauspieler früher einmal ein Paar gewesen waren, zog man sie aller Wahrscheinlichkeit nach von dem Fall ab. Und sie wollte unbedingt beweisen, dass sie als Polizistin ebenso kompetent war wie ihre männlichen Kollegen.

«Offenbar hat Blanche Davies einen Narren an Adam Weaver gefressen.» Trevor fuhr weiter, als die Ampel umschaltete. «Wollen wir mal hoffen, dass sie dafür nicht irgendwann bezahlen muss.»

«Du hast doch gehört, was sie sagte. Sie ist nicht davon überzeugt, dass Adam Weaver der Mörder ihrer Schwester ist», erinnerte Anna ihn.

«Er wurde vor Gericht gestellt, verurteilt und bestraft. Was will man da noch mehr? Ich werde den Superintendent bitten, sie und die Kleine rund um die Uhr bewachen zu lassen. Nur für den Fall.»

Kapitel dreizehn

Trevor fuhr von Blanche Davies' Haus ins Stadtzentrum. Den Wagen stellte er im Parkverbot ab und ging anschließend mit Anna eine der Rampen hinunter, über die man in die Unterführung gelangte. Tom

Morris' Helfer hatten ihre Suppenküche schon aufgebaut, doch er selbst war nicht da.

«Sie wechseln sich ab», erklärte Peter, als sie ihn und den bibbernden, blau angelaufenen Andrew endlich gefunden hatten.

«Keine Spur von Tony?» Trevor wusste nicht, wieso er überhaupt fragte.

«An seiner Stelle wäre ich schon auf einem Bananenfrachter Richtung Karibik. Dort ist es wenigstens wärmer als hier», erwiderte Peter.

Einer der Jugendlichen bot Anna eine Suppe an. Sie hob die bandagierten Hände und schüttelte den Kopf.

«Wie geht es Ihren Händen, Sergeant?», erkundigte sich Andrew.

«Man hat mir versprochen, dass ich nur noch einmal zum Verbandswechsel in die Ambulanz kommen muss und sie dann wieder voll einsatzfähig sind.»

«Meiner Meinung nach sollten alle Kranken jetzt ins Bett gehen, damit sie morgen wieder voll auf dem Dampfer sind. Komm, Sergeant.» Trevor legte Anna die Hand auf die Schulter. «Und du auch, Peter. Was haltet ihr von acht Uhr früh?»

«Na prima. Endlich kann ich mal ganz lange ausschlafen», entgegnete Peter sarkastisch.

«Soll ich dich mitnehmen?»

Peter nickte und flüsterte dann Anna ins Ohr: «Wir können bei mir zu Abend essen.»

«Ich bin müde. Vielleicht morgen.» Nach der Unterhaltung mit Blanche Davies hatte Anna das starke Bedürfnis, sich in ihr Bett zu legen und in aller Seelenruhe über ihre Gegenwart und ihre Vergangenheit nachzudenken.

Trevor führte sie zu seinem Wagen. Auf dem Weg dorthin kamen sie an einer kleinen Gasse zwischen einem Möbelgeschäft und einem Burger-Imbiss vorbei. Am anderen Ende zeichnete sich vor dem Nachthimmel der Umriss eines Abfallcontainers ab. Die schwarz glänzenden Mülltüten bewegten sich leicht, während Trevor die Tür aufschloss, und ein dunkles Haupt spähte vorsichtig über den Rand. Funkelnde braune Augen musterten Anna und beobachteten, wie sie und Peter in Trevors Fahrzeug stiegen. Dann wurde der Motor eingeschaltet, schwarzer Rauch quoll aus dem Auspuff, und das Auto fuhr davon.

Als Andrew und Chris zehn Minuten später aus der Unterführung kamen, verschwand der Kopf wieder zwischen den Tüten mit den vergammelten Lebensmitteln. Der Gestank war unerträglich, doch es gab keine Alternative. Wer wollte in so einer kalten Nacht schon ungeschützt im Freien übernachten und frieren?

Bei Morgengrauen war das Stadtzentrum menschenleer. Die Leute, die Suppe verteilten, waren längst nach Hause gegangen. Die freiwilligen Helfer lagen in bequemen, weichen Betten und schliefen. Die Obdachlosen hatten die Nacht zwischen Lumpen, Zeitungen und Kartons verbracht und kamen nun aus ihren Löchern gekrochen. Ein Milchwagen fuhr um den Kreisel. Je weiter sich das Fahrzeug entfernte, desto weniger hörte man das Klappern der Milchflaschen. Kurz darauf herrschte wieder vollkommene Stille.

Ehe die ersten fahlen Sonnenstrahlen in die Gasse fielen, bewegten sich die Tüten in dem Müllcontainer. Ein Mann kletterte über den Rand, sprang und landete leichtfüßig auf der Straße. Im Schutz der Schatten lief er am Möbelgeschäft vorbei und näherte sich vorsichtig der Hauptstraße. Dort stellte er den Kragen seines Hemdes hoch, das aus der Altkleidersammlung stammte, zog den Kopf ein und machte sich auf den Weg zum CVJM.

Die Zimmer in den oberen Etagen waren an Studenten vermietet, die auch die Duschen und Bäder im jeweiligen Stockwerk benutzten. Da konnte er sich doch sicher unbemerkt in eines der Badezimmer im Erdgeschoss schleichen und die Tür zusperren. Als er am Kirchturm vorbeikam, schaute er auf die Uhr. Noch dreieinhalb Stunden. So lange musste er noch warten.

Um halb neun schloss der Hausmeister die Tür des trostlosen Saales auf, in dem der Jobclub seine Dienste anbot. Normalerweise tauchten die ersten Arbeitssuchenden nicht vor neun Uhr auf, aber die Übereifrigen fanden sich hier schon früher ein. Innerhalb der letzten vierzehn Tage hatte Hugh Thomas seinen Lebenslauf an dreißig verschiedene Firmen verschickt. Irgendetwas würde passieren – das spürte er –, und zwar bald. Er öffnete die Tür, blieb wie angewurzelt stehen und machte große Augen.

«He, was haben Sie hier zu suchen?», rief er der abgerissenen Gestalt zu, die an einem Tisch stand und im Telefonbuch blätterte. Der Mann hob den Blick. Hugh nahm eingefallene, unrasierte Wangen, dunkle Augen, zitternde Hände und den Gestank von Schweiß und ungewaschenen Kleidern wahr.

«Entschuldigung, Kumpel, ich suche nur eine Nummer heraus. Ich führe nichts Böses im Schilde.» Der Mann kam auf ihn zu. Angewidert wich Hugh zurück. Der Mann stürmte durch die Tür in den Korridor und rannte beinahe den nächsten Jobsuchenden um.

«He, ist das nicht …»

Der Eindringling blieb nicht stehen. Er musste unbedingt ein Versteck finden und dort warten. Dank des Telefonbuchs wusste er endlich, wo er nach Einbruch der Dunkelheit hingehen würde. Bis dahin musste er sich unsichtbar machen. Nur wo? Seit dem Brand tauchte die Polizei überall auf und kontrollierte jedes leerstehende Gebäude. Wie Laub im Herbstwind wirbelten die Gedanken durch seinen Kopf. Er konnte nicht mehr klar denken. Seine Gefühle waren stärker als sein Kopf. Kälte, Hunger und Erschöpfung lähmten seinen Verstand. Nicht mal in der ersten Nacht nach der Flucht hatte er auf der Straße übernachten müssen.

Ein Streifenwagen kam mit eingeschalteter Sirene um die Ecke gerauscht. Hinter dem CVJM gab es zahlreiche Reihenhäuser, darunter auch das Gebäude, in das er gestern eingebrochen war. Wenn er zweimal den gleichen Ort aufsuchte, ging er ein großes Risiko ein. Er musste dringend von der Straße, sonst war es nur eine Frage der Zeit, bis er aufgegriffen wurde. Eins von den Häusern musste tagsüber doch leer sein. Immerhin gab es ja noch Menschen, die zur Arbeit gingen.

Er bog in das Gässchen hinter der ersten Häuserzeile. Eine Frau in einem klassischen Kostüm hängte Wäsche auf. Männerhosen, Hemden, Handtücher, einen Pullover. Nach getaner Arbeit ging sie ins Haus und rief den Hund. Er hörte, wie sie die Hintertür absperrte, und wartete fünf Minuten, bis er sich einen Überblick verschaffte. Weit und breit war keine Menschenseele zu sehen. Er sprang über die Mauer. Der Hund begann zu bellen und warf sich gegen die Verandatür. Wie angewurzelt blieb er stehen und wartete, ob jemand auftauchte. Das Glück war ihm hold. Im Garten standen ein Schuppen und ein Gewächshaus. Im Gegensatz zum Schuppen war das Gewächshaus nicht abgeschlossen. Um die Pflanzen vor der Sonne zu schützen, waren an den Glasscheiben von innen Schilfrohrjalousien angebracht. Er ging hinein, schloss die Tür und ließ die Jalousien herunter.

Zwischen den Hochbeeten war der Boden mit Kies ausgelegt. Er legte sich zwischen die Pflanzenbeete. Die kleinen Steinchen bohrten sich in seinen Körper, doch so müde, wie er war, scherte ihn das nicht.

Sein Lager war alles andere als bequem. Bestimmt wachte er in ein paar Stunden wieder auf. Die Frau war offenbar zur Arbeit gegangen. Er hoffte, dass sie eine Vollzeit- und keine Teilzeitstelle hatte. Zwei, drei Stunden Ruhe, mehr verlangte er ja gar nicht. Bei dem guten Wetter trocknete die aufgehängte Wäsche sicher schnell; und außerdem hatte er im Gewächshaus einen Wasserhahn entdeckt. Er konnte sich also nach der Ruhepause waschen, umziehen und aus der Stadt verschwinden. Aber das hatte noch Zeit. Jetzt musste er erst mal ein paar Stunden ruhen.

«Hat Evans sich schon gemeldet?», fragte Anna, als sie das Büro betrat.

Trevor saß an seinem Schreibtisch, und Peter hatte ihm gegenüber Platz genommen. Beide lasen die Berichte der Nachtschicht.

«Wahrscheinlich ist er vor Kurzem erst gelandet. Und wegen der Zeitverschiebung sind wir New York vier Stunden voraus», antwortete Trevor.

«Einem verdammten Junkie kann man doch nicht glauben», verkündete Peter kategorisch. Mit seinem Kommentar heizte er die Meinungsverschiedenheit weiter an, die er und Trevor gerade hatten.

«Worum geht es denn?» Anna setzte sich an ihren Schreibtisch und versuchte, die bandagierten Finger zu bewegen.

«Es gibt da einen zugedröhnten Junkie, der steif und fest behauptet, Tony hätte gestern Nacht in einem Müllcontainer hinter dem Burger-Imbiss gepennt.»

«Wurde die Gegend abgesucht?»

«Ja, jeder Quadratzentimeter. Und zwar gleich zweimal», hob Peter hervor.

«Und der Müllcontainer?»

«Keine Ahnung», räumte er ein.

«Wenn du Streifenpolizist wärst, hättest du dann Bock, in einen Müllcontainer mit Pommes und gammeligen Burgern zu steigen?», wandte Trevor ein.

«Wenn es sich nicht vermeiden ließe, schon.»

«Ist echt eine Schande, dass nicht alle Streifenpolizisten so pflichtbewusst sind wie du, Peter.»

«Und ich sage dir, dieser Bursche ist nicht ganz auf der Höhe.»

«Ich bin hier der älteste Sergeant und zudem fester Mitarbeiter dieses Dezernates. Solange Dan Evans weg ist, leite ich diese Ermittlung. Und ich bestehe darauf, dass der Container ausgeleert und durchsucht wird.»

«Wahrscheinlich hat sich unser Mann da gar nicht versteckt», entgegnete Peter halsstarrig.

«Es ist ja nicht gerade so, als gäbe es massenhaft Anhaltspunkte, denen wir nachgehen können.»

«Und jetzt, wo du dich eigenhändig zum Chef ernannt hast, Bwana, musst du dir nicht die Hände schmutzig machen und die Drecksarbeit übernehmen.»

«Jemand muss hier auf den Anruf des Inspector warten.»

«In dem Fall muss ich mich wohl um diese Sache kümmern, was?»

«Du bist doch eh ganz scharf darauf», zog Trevor ihn auf und grinste breit.

«Ist doch völlig wurst, was ich will. Machen muss ich es trotzdem. Gib mir zwei Polizisten», sagte Peter und hielt seinen bandagierten Arm hoch. «Ich werde schon dafür sorgen, dass sie ordentlich arbeiten.»

«Sadist.»

Andrew klopfte an die Tür und kam mit Chris herein. «Unser Mann wurde heute Morgen kurz vor neun im Jobclub vom CVJM gesehen.»

Trevor warf einen Blick auf die Wanduhr. Halb zehn.

«Sind Sie sich da ganz sicher?», wollte Peter wissen.

«Ja. Ein Mitarbeiter ...» – Andrew warf einen Blick in sein Notizbuch – «... namens Hugh Thomas war zu früh da und hat gesehen, wie er in einem Telefonbuch blätterte.»

«Aber Sie haben ihn nicht erwischt, oder?», stöhnte Trevor.

«Man hat uns erst verständigt, nachdem er schon über alle Berge war.»

«Ich werde den Superintendent bitten, mehr Männer in dieser Gegend zu postieren.»

«In der Stadt wimmelt es doch schon von Polizisten.»

«Je mehr Leute, desto besser.»

«Hat dieser Hugh Thomas mitbekommen, welchen Namen Tony nachgeschlagen hat?», fragte Anna.

«Leider nicht. Unser Mann hat das Buch zugeklappt, bevor er sich aus dem Staub machte.» Chris hatte sich hingesetzt und lehnte sich zurück. «Aber Mr. Thomas glaubt, dass er im vorderen Teil herumgeblättert hat.»

«Im vorderen Teil ...?» Trevor sah zu Anna hinüber. «Davies?», riet er.

«Hast du veranlasst, dass Blanche und Hannah rund um die Uhr bewacht werden?», wollte sie wissen.

«Ja.» Er griff nach dem Telefon auf seinem Schreibtisch. «Aber zu ihrer Sicherheit stelle ich lieber noch zwei Männer ab. Man kann ja nie wissen.»

«Ich kenne meine Rechte, Inspector Evans. Ich bin nicht verpflichtet, mit Ihnen zu sprechen.»

«Nein, das sind Sie nicht, Dr. Marks, aber –»

«Mr. Marks. Darf ich Sie darauf hinweisen, dass Sie britischer Polizist sind und die Vereinigten Staaten von Amerika mir die Erlaubnis erteilt haben, mich hier niederzulassen. Was in Großbritannien passiert, geht mich also nichts an.»

Dan Evans rutschte so lange auf dem Ledersessel in der Lobby herum, bis er einigermaßen bequem saß. Marks hatte sich von Anfang an unkooperativ gezeigt. Erst als Evans ihm mit schlechter Publicity gedroht hatte, war er einverstanden gewesen, sich mit dem Polizisten im Foyer des Hotels zu treffen, wo die Konferenz stattfand. Die vierzehnstündige Flugreise mit einem Zwischenstopp und einem Höflichkeitsbesuch bei der New Yorker Polizei war schon eine rechte Strapaze gewesen, und nun musste er sich auch noch mit diesem Chirurgen mit den manikürten Nägeln, dem penibel gestutzten Bart und dem hervorragend sitzenden Anzug aus der Saville Road herumschlagen.

«Mr. Marks ...» Evans bemühte sich, nicht die Geduld zu verlieren und ruhig zu bleiben. «Seit vergangener Woche ermittle ich in einem Mordfall, bei dem ein Mann mit Benzin übergossen und in Brand gesteckt wurde. Er schrie wie am Spieß, bis er Minuten später in den Flammen starb. Können Sie sich vorstellen, wie es sich anfühlt, bei lebendigem Leib zu verbrennen, Mr. Marks?»

«Nein, Inspector. Und bedauerlicherweise leuchtet mir nicht ein, was dieses brutale Verbrechen mit mir zu tun hat.»

«Das war die erste Straftat, Mr. Marks. Zuerst musste ich nur einen Mordfall aufklären, jetzt sind es schon elf. Zehn weitere Menschen sind in einem Feuer umgekommen, das ein Obdachloser in einem Gebäude gelegt hat. Eines der Opfer war ein Feuerwehrmann.»

«Sie suchen also einen Brandstifter, der in den letzten

Wochen in Großbritannien sein Unwesen getrieben hat, während ich hier war?»

«Das hier ist der Mann, den wir suchen, Mr. Marks.» Evans zog ein Foto von Tony heraus. «Ihre Miene verrät mir, dass Sie wissen, um wen es sich dabei handelt.»

«Sie erfreuen sich einer blühenden Phantasie, Inspector.»

«Haben Sie gewusst, dass der Mann ein verurteilter Mörder war, als Sie ihn operierten? Hat er eingewilligt, für Sie das Versuchskaninchen zu spielen? Haben Sie ihm ein neues Gesicht versprochen und damit die Chance auf ein neues Leben? Und haben Sie ihm sonst noch etwas angeboten, Mr. Marks? Geld? Einen Job? Ehe Sie ihn in ein Leben als Penner entließen?»

«Gibt es irgendwelche Beweise, die Ihre These untermauern, Inspector? Denn falls nicht, hören Sie von meinem Anwalt.»

Evans öffnete seinen Aktenkoffer und holte eine Mappe mit Fotokopien von den Unterlagen heraus, die Daisy im Krankenhaus gefunden hatte. Das Material umfasste detaillierte Berichte über eine Transplantation, die ein achtundzwanzigjähriger Mann erhalten hatte. Evans reichte dem Chirurgen die Mappe.

«Da steht kein Datum. Des Weiteren gibt es auch keinen Vermerk über den ausführenden Chirurgen.» Marks hatte nur einen flüchtigen Blick auf die Papiere geworfen, ehe er sie zurückgab.

«Von Interesse ist nicht, was am Anfang, sondern am Ende steht.»

Marks blätterte vor. Unten auf der letzten Seite waren ein Name und ein Datum hingekritzelt. «Das ist nicht meine Handschrift. Und außerdem: Wer sagt mir, dass das nicht nachträglich hinzugefügt wurde?»

«Sie geben also zu, dass das Ihre Unterlagen sind?»

«Ich muss mir das nicht anhören.» Laurence Marks erhob sich von seinem Platz.

«Nein, das müssen Sie nicht, Mr. Marks. Andererseits reichen die hier aufgeführten Beweise der britischen Polizei, um Ihre Ausweisung zu beantragen.»

«Was wirft man mir vor?»

«Behinderung der Rechtsfindung, was ein schweres Vergehen ist in Anbetracht der Tatsache, dass elf Menschen gestorben und dreißig verletzt wurden. Ich möchte Sie nur bitten, sich ein, zwei Stunden mit mir zu unterhalten. Soweit ich weiß, stehen heute keine Tagungspunkte mehr auf Ihrem Programm. Und ich gebe Ihnen mein Wort, dass alle Informationen, die Sie mir über die Transplantation geben, bei der Sie diesem Mann zu einem neuen Gesicht verholfen haben …» – er tippte auf das Foto von Tony –, «… vertraulich behandelt werden.»

Laurence Marks zögerte. «Bieten Sie mir Schutz vor Strafverfolgung an?»

«Ich kann Ihnen nur versprechen, dass Sie für die Transplantation nicht juristisch belangt werden. Für vorangegangene oder nachfolgende Ereignisse gilt das nicht.»

«Und was ist mit der Entfernung des Gesichtes?»

«Dafür werden Sie ebenfalls nicht belangt», versprach Evans, obwohl er seine Befugnisse längst überschritten hatte.

Laurence Marks lud Evans in seine Suite ein. Die Klimaanlage sorgte für eine erträgliche Raumtemperatur, die Doppelverglasung reduzierte den Straßenlärm deutlich, und die beige-blaue Ausstattung war so dezent, dass man sich daran nicht stören konnte. Sie hätten in jedem x-beliebigen Fünfsternehotel auf der Welt sein können.

«Möchten Sie einen Drink?», fragte Marks und ging zur Minibar.

«Nein, danke.»

«Nehmen Sie Platz.» Marks schenkte sich einen großen Bourbon ein. «Jetzt erzählen Sie mir mal ganz genau, wie ich Ihnen Ihrer Meinung nach helfen kann.»

«Vielleicht wäre es besser, Mr. Marks, wenn ich Ihnen zuerst erzähle, was wir wissen. Wir wissen, dass Sie das Gesicht eines gesunden jungen Mannes entfernt und ihm anschließend Anthony Georges Gesicht verpflanzt haben, der kurz vorher eines natürlichen Todes gestorben war. Wir wissen auch, dass dieser chirurgische Eingriff vom medizinischen Standpunkt aus betrachtet unnötig war und Ihr Versuchskaninchen kurze Zeit später auf der Straße landete.»

«Sie behaupten, die Transplantation wäre aus medizinischer Sicht unnötig gewesen, Inspector. Was, wenn ich Ihnen sage, dass diese spezielle Operation eine Pionierleistung war, die erfolgreich verlief und dem Gesichtstransplantationsprogramm und dem Wohlergehen anderer Patienten einen nicht unerheblichen Dienst erwiesen hat?»

«Was ich davon halte, ist doch völlig unerheblich, Mr. Marks. Mich interessiert, wer mit diesem Vorschlag an Sie herangetreten ist … und warum.»

«Wenn ich Ihnen das verriete, würde ich meine Schweigepflicht brechen.»

«Wir haben uns ja schon darauf geeinigt, dass Sie in dem Krankenhaus gearbeitet haben, wo Anthony George starb. Und Sie hatten Dienst in der Nacht, als sein Gesicht entfernt wurde.»

«Ich mag in dieser Nacht Dienst gehabt haben. Das heißt noch lange nicht, dass ich der einzige Chirurg in diesem Krankenhaus war, der so eine Operation durchführen konnte, oder?»

«In jener Nacht war kein anderer Facharzt für plastische Chirurgie anwesend. Wir haben eidesstattliche Erklärungen vom Personal des Krankenhauses. Jeder Mitarbeiter konnte ganz genau nachweisen, wo er sich aufhielt, als Anthony Georges Gesicht entfernt wurde. Somit dürften wir selbst zwei Jahre später noch in der Lage sein, Ihnen nachzuweisen, dass Sie die Gelegenheit dazu hatten.»

Marks ging mit dem Glas in der Hand zum Sessel und setzte sich. «Andere auch.»

«Ein Skandal könnte sich negativ auf Ihre Karriere und das Transplantationsprogramm auswirken», warnte Evans ihn.

«Sie würden das Risiko eingehen, ein Programm zu sabotieren oder ihm gar einen Riegel vorzuschieben, das für die Rehabilitation schwerverletzter Menschen lebenswichtig ist, nur um eine Hexenjagd gegen mich anzuzetteln?»

«Ich werde alles in meiner Macht Stehende tun, um einen frei herumlaufenden Mörder hinter Schloss und Riegel zu bringen», antwortete Evans.

«Falls ich Ihnen verrate, was ich weiß, geben Sie mir dann Ihr Wort, dass Sie die Presse nicht über unser Programm in Kenntnis setzen?»

«Darauf gebe ich Ihnen mein Wort.»

«Die Operation wurde in einer Privatklinik durchgeführt. Ich habe ein Ruhezimmer und einen Operationsraum gemietet, einen Anästhesisten engagiert und eine Krankenschwester, die sich um die Versuchsperson kümmerte.»

Beim Wort «Versuchsperson» zuckte Evans zusammen. «Und der Empfänger?»

«Falls ich seinen Namen gekannt habe, ist er mir inzwischen entfallen.»

Evans griff nach der Akte mit den Fotos und fischte eine Studioaufnahme von Adam Weaver heraus. Sie stammte aus der Zeit, wo er in der Detektivserie mitspielte. «War das der Mann?»

«Ja.»

«Sind Sie sich sicher?»

«Hundertprozentig. Ich habe dieses Gesicht vor der Verpflanzung gründlich studiert.»

«War es irgendwie verunstaltet?»

«Nein.»

«Haben Sie sich nicht gewundert, warum ein Mann mit einem ganz normalen Gesicht eine Transplantation wünscht?»

«Ich wusste, dass er ein verurteilter Mörder war und eine lebenslange Haftstrafe absaß. Er hat sich freiwillig gemeldet, weil er an einem medizinischen Forschungsprogramm teilnehmen wollte.»

Evans hatte schon davon gehört, dass in Gefängnissen medizinische Forschungsprogramme durchgeführt wurden. Da wurden zum Beispiel neue Antibiotika und Medikamente gegen Erkältung getestet, doch zwischen diesen Programmen und dem, was Marks mit Weaver gemacht hatte, lagen Welten. «Haben Sie vor der Operation mit Ihrer Versuchsperson über die Operation gesprochen?»

«Das war nicht nötig. Ich brauchte einen Probanden, und der Mann hat sich gemeldet.»

«Sie sagten, sein Name wäre nicht von Bedeutung gewesen. Woher wussten Sie, dass er eine lebenslange Strafe verbüßte?»

«Sein Gesicht war auf den Titelseiten aller Tageszeitungen, und er ist in Revision gegangen.»

«Haben Sie mit Adam Weavers Anwalt gesprochen?»

«Adam Weaver?»

«Ihre Versuchsperson.» Langsam riss Evans der Geduldsfaden.

«Nein.» Marks Antwort kam zu schnell und klang unumstößlich.

«In der Presse stand nichts davon, dass er Berufung einlegte, aber falls er in Revision gegangen ist, hätte sein Anwalt das wissen müssen.» Evans blickte Marks fest in die Augen. «Weavers Anwalt hat übrigens den gleichen Nachnamen wie Sie.»

Laurence Marks trank den letzten Schluck Bourbon und ging wieder zur Bar hinüber. «Brian Marks ist mein Onkel. Zu der Zeit, als ich die Transplantation durchführte, wohnte ich bei ihm.»

«Und Brian Marks war sowohl Anthony Georges als auch Adam Weavers Anwalt.»

«Über das Transplantationsprogramm habe ich mit meinem Onkel nie gesprochen.»

Nach dieser Äußerung schwieg Evans beharrlich und gab so zu verstehen, dass er Marks' letzte Behauptung für völlig unglaubwürdig hielt.

«Ich brauchte einen Spender und eine Versuchsperson und stand in Kontakt mit mehreren Gefängnisdirektoren», fuhr der Chirurg schließlich fort. «Mein Proband hatte sich schriftlich einverstanden erklärt, an medizinischen Forschungsprogrammen teilzunehmen. Ein Spendergesicht stand zur Verfügung. Hätte ich es in dieser Nacht nicht entfernt, wäre es ein paar Tage später mitsamt der Leiche eingeäschert worden. George hatte einen Spenderausweis. Das habe ich in der Notaufnahme abgeklärt.»

«So ein Ausweis ist erst gültig, wenn er von einem der nächsten Angehörigen gegengezeichnet wird», hob Evans hervor.

«Die Forschung war an einem kritischen Punkt, weil es an Versuchspersonen mangelte. Ein wichtiges Projekt lief Gefahr, nicht weiter finanziert zu werden, und es ist ja nicht so, als wäre jemand zu Schaden gekommen.»

«Ihre Versuchsperson vielleicht schon, Mr. Marks.»

«Ja, ein verurteilter Mörder, Inspector Evans.»

«Willst du einen Kaffee? Ich kann dir beim Trinken helfen», bot Trevor seiner Kollegin an.

«Höchste Zeit, mir ein Taxi zu rufen», erwiderte Anna und hielt ihre Hände hoch. «Ich muss jetzt ins Krankenhaus. Zum Verbandswechsel.»

«Nimm dir den Nachmittag doch frei.»

«Das habe ich auch vor. Beim letzten Mal hat das höllisch wehgetan. Um ehrlich zu sein, eigentlich habe ich andauernd Schmerzen. Seit das passiert ist, kann ich überhaupt nicht mehr durchpennen.»

«Könnte auch daran liegen, dass du mit Peter schläfst.»

Dass Trevor auf Tratsch aus war, ließ Anna schmunzeln. «Da täuschst du dich. Und für den Fall, dass es dir noch nicht aufgefallen sein sollte – in meiner Gegenwart schnurrt der Mann wie ein Kätzchen.»

«Weil du ihm die Krallen gezogen hast?»

«Und er hat es nicht mal gemerkt. Weißt du, was absolut unwiderstehlich klingt? Eine Handvoll Beruhigungstabletten, ein gutes Video, eine Flasche Wein und *Fish and Chips.*» Sie musste wieder schmunzeln. «Man hat mir versprochen, dass meine Daumen heute nicht mehr verbunden werden. Da müsste ich doch zupacken können, ohne die Mullbinden einzusauen.»

«Was hast du denn vor? Willst du Peter erdrosseln?»

«Nein, ich will endlich in die Wanne, aber dazu muss ich wohl Plastiktüten über die Hände streifen.»

«Ich fahre dich ins Krankenhaus», bot Trevor an.

«Ist nicht nötig. Ich kann ein Taxi nehmen.»

«Nachdem ich den ganzen Morgen hier verbracht habe, kann ich etwas Abwechslung vertragen.»

«Haben Sie mit irgendjemandem über die erste Transplantation gesprochen, Mr. Marks?»

«Mit wem denn?»

«Mit Ihren Kollegen? Ihrem Onkel?»

«Es gibt Leute, die nicht unter Gedächtnisschwund leiden, Inspector. Ich habe Ihnen gerade erzählt, dass mein Onkel nicht eingeweiht war. Meine Kollegen haben natürlich von meinem Durchbruch erfahren. Der Firma, die das Programm gesponsert hat, und unseren Konkurrenten habe ich einen Bericht zukommen lassen. Und ich habe selbstverständlich dafür gesorgt, dass meine Arbeit sorgfältig dokumentiert und fotografiert wurde.»

«In der Akte, die uns von der Abteilung für Verbrennungschirurgie in England zur Verfügung gestellt wurde, sind keine Fotos.»

«Das ist auch gut so. Aufgrund der Art und Weise, wie über die Versuchsperson in der Presse berichtet wurde, habe ich sowohl die Identität des Spenders als auch die des Empfängers geheim gehalten. Nur die Sponsoren haben Fotos erhalten.»

«Damit haben sich Ihre Sponsoren zufriedengegeben?»

«Mir ist gelungen, was zuvor kein anderer Chirurg meiner Fachrichtung erreicht hat. Ich habe den Nachweis erbracht, dass eine Gesichtstransplantation durchgeführt werden kann, bei der hinterher kaum Narben zu sehen sind. Und dafür, dass ich damals so viel Mut bewiesen habe, waren mir eine Menge Leute dankbar», meinte er selbstgefällig.

«Sie sagen, die Operation wäre vollständig dokumentiert worden. Gehörten dazu auch die schriftlichen Einverständniserklärungen des Empfängers und des Spenders?»

«Ja. Anthony Georges Spenderausweis und das schriftliche Einverständnis der Versuchsperson.»

«Für diese spezielle Operation?»

«Nein, sie war allgemeiner gehalten.»

«Haben Sie das Gesicht des Spenders entfernt?»

Marks schwieg.

Evans versuchte eine andere Strategie. «Wo wurde es bis zur Verpflanzung aufbewahrt?»

«Bis ich es brauchte, in der Klinik, und zwar unter idealen Bedingungen. Ich gebe allerdings zu, dass ich es transportiert habe.»

«Dann haben Sie die Transplantation durchgeführt. Und danach?»

«Was meinen Sie mit ‹danach›?»

«Gab es zum Beispiel eine posttraumatische Betreuung?», fragte Evans streng.

«Die Versuchsperson wurde ruhiggestellt. Zur Vermeidung etwaiger Traumata, falls der Patient sich während des Heilungsprozesses zu viel bewegen würde. Nach der Operation habe ich ihn eine Woche lang täglich besucht und anschließend drei Wochen lang jeweils zweimal. Danach war der Mann vollkommen gesund, und ich habe das Land verlassen.»

«Und der Mann?»

«Den habe ich nie mehr gesehen.»

«Haben Sie nicht dafür gesorgt, dass er wieder ins Gefängnis gebracht wurde?»

«Niemand erwartet von einem Mediziner, dass er ehemalige Patienten ewig im Auge behält.»

«Nicht mal ein so wichtiges Versuchskaninchen?»

«Einen Monat nach der Transplantation habe ich meinen Patienten das letzte Mal gesehen. Anschließend habe ich England verlassen und hier in den Staaten eine Stelle als Leiter eines Transplantationsprogramms angetreten, die mir von seinen Sponsoren angeboten wurde.»

«Hat es Sie denn gar nicht interessiert, wie Ihre Versuchsperson mittel- oder langfristig mit Ihrer Pionierleistung lebt?»

«Auch auf die Gefahr hin, mich zu wiederholen: Ich habe mich mit diesem Fall nur einen Monat und keinen Tag länger befasst.»

«Laut Dr. Randall, die ebenfalls bei einem Gesichtstransplantationsprogramm mitwirkt, haben Patienten nach dem Eingriff häufig Schwierigkeiten, sich an die Veränderung zu gewöhnen.»

«Häufig? ‹Zwangsläufig› trifft es eher.»

«Und warum haben Sie dann nicht dafür gesorgt, dass Ihr Versuchskaninchen nach der Operation psychologisch betreut wurde, wenn Sie solche Schwierigkeiten für unvermeidlich hielten?»

«Bei diesem Eingriff handelte es sich um ein Experiment, das ich an einem Freiwilligen vorgenommen habe.»

«Der Ihrer Ansicht nach keine Rechte hatte?»

«Vom juristischen Standpunkt aus betrachtet, genießen verurteilte Straftäter nicht sonderlich viele Rechte.»

«Haben Sie ihm irgendwelche Medikamente verschrieben?»

«Nur gängige Schmerz- und Beruhigungsmittel.»

«Genug, dass er davon abhängig werden konnte?»

«Die Art Ihrer Fragen missfällt mir, Inspector.»

Evans hielt noch einmal das Foto von Tony hoch. «Dieser Mann wurde vor knapp einem Monat von einem Fernsehteam gefilmt und verhielt sich wie ein Süchtiger.»

«Sie können mich wohl kaum für den Zustand eines Patienten verantwortlich machen, den ich zum letzten Mal vor zwei Jahren gesehen habe.»

«Haben Sie sich in irgendeiner Form darum gekümmert, dass Ihr Patient weiter betreut wird, bevor Sie das Land verlassen haben?»

«Der Eingriff war erfolgreich, und die Versuchsperson war, physisch gesehen, hundertprozentig genesen.»

«Und damit war die Sache für Sie erledigt, und Sie mussten sich nicht mehr um den Mann kümmern?»

«Ich habe Ihnen alles erzählt, was ich weiß, Inspector. Dieses Gespräch ist jetzt beendet. Ich habe den Spenderausweis und die schriftlichen Einverständniserklärungen aufbewahrt. Sollten Sie mit dem Gedanken spielen, gerichtlich gegen mich vorzugehen, werde ich Gegenklage einreichen.»

«Lassen Sie uns mal sehen, ob ich das, was Sie gerade gesagt haben, richtig verstanden habe», begann Evans. «Sie haben dafür gesorgt, dass ein vollkommen gesunder Mann aus dem Gefängnis verschwunden ist. Dann haben Sie sein Gesicht entfernt und ihm das eines Toten implantiert – und all das nur, weil Sie herausfinden wollten, ob so ein Eingriff überhaupt gelingt?»

«Davon war ich von Anfang an überzeugt, und der Erfolg der Operation hat mir recht gegeben.»

«Und dabei haben Sie wie Dr. Frankenstein ein Monster geschaffen. Ein Ungeheuer, das nun frei rumläuft und Menschen umbringt.»

«Sie haben mir Ihr Wort gegeben. Immunität gegen Information.»

«Das stimmt, Mr. Marks. Allerdings habe ich Ihnen nicht versprochen, dass ich Ihnen Anstiftung und Beihilfe zur Flucht eines Gefangenen durchgehen lasse.»

«Dan Evans hier. Adam Weaver hat Anthony Georges Gesicht gekriegt. Das wurde mir von dem Chirurgen bestätigt, der die Operation durchgeführt hat.»

«Er hat Ihnen gegenüber ausgepackt?», wunderte Peter sich.

«Ja, aber dazu brauchte es ein gehöriges Maß an Überzeugungskunst. Setzen Sie jetzt alle Hebel in Bewegung. Wir müssen Weaver unbedingt kriegen.»

«Das versuchen wir ja schon», erwiderte Peter gereizt.

«Ich bin morgen wieder im Büro.» Evans legte auf.

Peter blickte zu Bill Mulcahy hinüber. «Das war der Inspector. Unser Mann ist zweifelsfrei Weaver.»

«Und ich dachte, das hätten wir schon gewusst, bevor Dan in die Staaten geflogen ist.»

«Jetzt haben wir die Bestätigung durch den Chirurgen, der die Transplantation durchgeführt hat.»

«Und was hat er über Brian Marks und dessen Rolle gesagt?», wollte Mulcahy wissen.

«Nichts. Morgen erfahren wir mehr.»

«In dem Fall wäre es besser, wenn Sie Adam Weaver bis dahin gefunden und hinter Schloss und Riegel gebracht haben, oder?», murmelte der Superintendent unwirsch.

Nachdem er Anna abgesetzt hatte, überlegte Trevor, was er als Nächstes tun sollte. Sein Gewissen riet ihm, zur Dienststelle zurückzukehren und nachzufragen, ob Evans sich aus den Staaten gemeldet oder einer von Peters Leuten etwas in dem Müllcontainer entdeckt hatte; doch für Schreibtischarbeit war er momentan zu rastlos. Er konnte in die Jubilee Street gehen und mit Tom Morris, Sam Mayberry oder Captain Arkwright reden, auch wenn es mehr als unwahrscheinlich war, dass sie etwas Neues zu berichten hatten. Oder sollte er einfach eine Stunde blaumachen? Schließlich war Evans außer Landes und konnte ihn deshalb nicht zur Minna machen.

Er warf einen Blick auf seine Armbanduhr. Viertel vor zwölf. Es gab nur zwei Orte, wo Lyn sich um diese Uhrzeit für gewöhnlich aufhielt: im Hospital oder im Haus ihrer Eltern. Sollte er sie zu einem frühen Mittagessen einladen, mit ihr in ein gemütliches Restaurant gehen und versuchen, sich mit ihr auszusöhnen? Eigentlich gar keine schlechte

Idee. Aber selbst wenn es ihm gelänge, sie zu überreden, wieder bei ihm einzuziehen, bliebe alles beim Alten. Entweder wartete er heute Abend im Revier auf Evans' Rückkehr, oder er graste erneut die Straßen nach Tony ab in der Hoffnung, den Wahnsinnigen vom nächsten Mord abzuhalten. Ein Mittagessen mit Lyn löste das Problem nicht. Ganz im Gegenteil, am Ende taten sich vielleicht noch weitere Klippen auf, die umschifft werden mussten.

Sein Blick wanderte zu den hohen Säulen der neuen Abteilung für Verbrennungschirurgie; der Gebäudetrakt befand sich direkt hinter der Notaufnahme. Vielleicht sollte er Daisy zum Essen einladen …

Daisy war für ihn mittlerweile so etwas wie eine Droge, die ihn fest im Griff hatte. Da sie die Dinge nicht verkomplizieren wollte, würde sie ihn nur wieder nach Lyn fragen. Nichts, rein gar nichts in meinem Leben läuft so, wie ich es möchte, stellte Trevor fest und steckte den Schlüssel in die Zündung.

Kapitel vierzehn

Trevor kam mit einer braunen Papiertüte ins Büro.

«Evans hat angerufen», rief Peter. «Und bestätigt, dass Adam Weaver jetzt mit Anthony Georges Gesicht herumläuft.»

«Gut.» Trevor deponierte sein Essen auf Annas Schreibtisch, setzte sich und öffnete die Tüte.

«Dem Frauchen wird es gar nicht recht sein, dass du Junkfood isst», zog Peter ihn auf.

«Da das Frauchen nicht mehr da ist, kann sie ja nicht meckern», erwiderte Trevor, ohne nachzudenken.

«Du hast sie gehen lassen?» Auch Peter, der *Fish and Chips* für sich bestellt hatte, öffnete nun sein Essenspaket.

«Von ‹gehen lassen› kann keine Rede sein. Sie ist einfach auf und davon.»

«Wie konntest du es nur so weit kommen lassen?»

«Keine Ahnung.»

«Und allem Anschein nach hast du auch nichts unternommen, um sie zu halten. Du bist echt ein Trottel, Trevor. Dieses Mädchen war das Beste, was dir je passieren konnte. Hast du das denn nicht kapiert?»

«Das Beste? Abend für Abend bin ich nach Hause gekommen, und sie hat nur an mir herumgenörgelt. Zum ersten Mal seit sechs Monaten habe ich meine Ruhe. Ich komme heim, und keiner fragt mich, wo ich gewesen bin, was ich getan habe und wie lange ich am nächsten Tag arbeiten muss.»

«Sie macht sich deinetwegen Sorgen.»

«Und das aus dem Munde des Mannes, der mir noch vor einem halben Jahr verklickert hat, Polizisten sollten lieber allein leben?»

«Da habe ich von mir gesprochen.»

«Echt klasse Ratschläge, Peter, vor allem wenn man bedenkt, dass du praktisch mit Anna zusammenlebst.»

«Das stimmt nicht, und außerdem geht dich das auch gar nichts an.»

«Und Lyn geht dich nichts an.» Trevor holte einen Karton Orangensaft heraus und drehte den Plastikverschluss auf.

«Es hat mit Daisy zu tun, nicht wahr?»

«Lyn war eifersüchtig auf Daisy», gab Trevor zu.

«Wann zieht die Frau Doktor bei dir ein?»

«Das wird sie nicht tun. Mit unserer Trennung will sie nichts zu tun haben.»

«Hast du sie gefragt, ob sie mit dir zusammenleben möchte?»

«Lyn ist erst gestern ausgezogen.»

«Und du glaubst, dass du in Daisy und nicht in Lyn verliebt bist?»

Trevor riss die Papiertüte auf und breitete sie auf dem Tisch aus. Dann öffnete er eine Pappschachtel, nahm den Chicken-Burger heraus und biss hinein.

«Was denn nun?», hakte Peter nach.

«Keine Ahnung», antwortete Trevor verärgert.

«Was ist mit Lyn? Darf sie nicht ein bisschen mehr von dir erwarten nach all den Monaten, die ihr zusammen seid?»

«Ich habe dir vorhin schon gesagt, dass mein Privatleben dich nichts angeht.»

Peter schüttelte den Kopf. «Trevor, dein Problem ist, dass du es einfach nicht schnallst, wenn du's gut angetroffen hast.»

Als Tony aufwachte, dämmerte der Abend. Irgendetwas hatte ihn im Schlaf gestört – nur was? Mit klopfendem Herzen lag er ganz ruhig da, spannte alle Muskeln an und stellte sich innerlich auf Flucht oder Kampf ein. Durch den Jeans- und Hemdstoff bohrte der Kies sich in seine Schultern und die Unterseite seiner Schenkel. In der Nähe spielten Kinder. Wie nah waren sie? Mit den Fingern spreizte er die Schilfrohre, aus denen die Jalousie gefertigt war, und spähte durch den Spalt. Wo auch immer die Kinder spielen mochten, in diesem Garten tollten sie nicht herum.

Auf Knien krabbelte er nach hinten zur Tür des Treibhauses. Beim Öffnen knarzte sie so laut, dass man das Geräusch gewiss noch am anderen Ende der Straße hörte. Kalte Luft strömte herein und mischte sich unter den schweren, feuchten Geruch von nasser Erde und Blumenkompost. Die Wand zwischen dem Garten, in dem er sich befand, und dem Grundstück nebenan war kaum mehr als einen Meter hoch. Wie ein erprobter Kämpfer kroch er über den Betonpfad, bis etwas Schweres und Scharfes auf seinem Rücken landete. Er stieß unwillkürlich einen Schrei aus. Eine Katze rannte über seinen Kopf und kletterte einen Zaunpfosten hoch.

Er schloss die Augen, legte sich flach auf den Boden und hoffte, dass niemand seinen Schrei gehört hatte. Minuten verstrichen. Er öffnete die Augen und drehte sich um. Über ihm flatterte immer noch die Wäsche an der Leine. Er beäugte die Männerjeans, das karierte Hemd und einen Pullover. Die Sachen waren ihm zu groß, aber in der Not fraß der Teufel Fliegen. Er kniete sich hin, streckte die Hand aus und zog an der Hose. Die Klammern, mit denen die Jeans befestigt waren, gaben erst beim dritten Versuch nach. Das Hemd und der Pulli machten weniger Umstände.

Wieder im Treibhaus, zog er sich geschwind um und klemmte die getragenen Klamotten unter den Arm. Zurücklassen konnte er sie nicht. Falls der Diebstahl gemeldet wurde, zählte die Polizei vielleicht eins und eins zusammen und kam auf ihn. Und dann würden sie gewiss Spürhunde einsetzen – wie der Held in seiner Serie, als er in einem Diebstahl ermittelte. Er schaute sich um und kontrollierte, ob er nichts vergessen hatte. Sein Blick fiel auf eine Gartenschere. Er hob sie auf, öffnete sie und prüfte mit den Fingern, ob sie scharf war. Anschließend strich er alle Haare auf eine Seite und schnitt einfach drauflos. Die abgeschnittenen Haarsträhnen stopfte er in das Kleiderbündel und steckte die nun schulterlangen Haare in den Kragen. Die Schere versteckte er zwischen den alten Kleidungsstücken und verließ das Treibhaus.

Draußen fiel sein Blick auf den Wasserhahn. Kinderstimmen schallten über die Mauer. Er verzichtete darauf, sich hier zu waschen. Je schneller er sich aus dem Staub machte, desto besser.

Trevor reichte Peter einen mehrseitigen Bericht, den Dan Evans gefaxt hatte.

Peter überflog die Seiten. «Der Inspector war aber gründlich.»

«Hast du etwas anderes von ihm erwartet?»

«Nein.» Die letzte Seite schob Peter zu Trevor hinüber. «Als Nächstes müssen wir Brian Marks einen Besuch abstatten.»

Während Trevor die Nummer des Anwalts wählte, aß Peter seine *Fish and Chips* und dachte an Anna. Heute Abend ging die Fahndung nach Tony weiter. Zur Suche waren alle verfügbaren Mitarbeiter eingeteilt. Die Vorstellung, wieder eine Nacht auf den Straßen zu vergeuden, brachte ihn auf die Palme. Manchmal kam es ihm vor, als hätte er sein Leben verschwendet, da er sich immer nur mit den Schattenseiten menschlichen Daseins beschäftigte. In Gedanken spielte er damit, Anna abzuholen, sie in ein nettes Restaurant auszuführen und bei der Gelegenheit zu fragen, ob sie bei ihm einziehen wollte. Es war schon Ewigkeiten her, dass eine Frau ihm so sehr unter die Haut ging wie Anna. Der Sex mit ihr war grandios, jedoch nicht der ausschlaggebende Faktor. Mit Anna konnte man sich tatsächlich unterhalten. Dass sie nicht nur ein Liebespaar, sondern auch miteinander befreundet waren, stellte für ihn eine ganz neue Erfahrung dar.

Oder machte er sich etwas vor? Für einen Menschen mit seinen Gewohnheiten war es schwierig, mit jemanden wie ihr zusammenzuwohnen. Auf der anderen Seite war er noch nicht zu alt, um sich zu ändern. Eine Frau wie sie ist das wert, sinnierte er und musste an das gemeinsame Schäferstündchen während der Mittagspause denken.

«Peter?» Trevor legte den Hörer auf. «Er ist verreist und kommt erst nächste Woche wieder.»

«Wer denn?», fragte Peter.

«Brian Marks. Seine Sekretärin hat uns angeboten, dass wir nächsten Donnerstag vorbeischauen. Da erwartet sie ihn zurück, und das ist der einzige freie Termin in seinem Kalender.»

«Brauchen wir einen Durchsuchungsbefehl?»

«Das werde ich mit Evans besprechen, wenn er morgen zurückkommt. Mal sehen, wie er sich das vorstellt.»

«Hat die Sekretärin erwähnt, wo Marks sich rumtreibt?»

«Das weiß sie nicht. Er hat ihr nur gesagt, er müsse aus privaten Gründen dringend weg und sei nicht zu erreichen.»

«Wie schön für ihn.»

«Aber nicht für uns», murmelte Trevor nachdenklich.

Gegen drei Uhr fuhr Anna mit dem Taxi von der Ambulanz nach Hause. Trotz der Verbände gelang es ihr, den Schlüssel ins Schloss zu stecken, ihn herumzudrehen und die Tür zu öffnen. Drinnen ließ sie Mantel, Tasche und Schlüssel einfach fallen und warf die Tür zu.

Als ihr Blick auf das Chaos im Wohnzimmer fiel, musste sie zugeben, dass Peter recht hatte. Auf einmal nervte die Unordnung sie. Die Idee, hier aufzuräumen, schlug sie sich jedoch aus dem Kopf. Erschöpft ging sie nach oben ins Badezimmer, drehte mit einer verbundenen Hand den Wasserhahn auf und zuckte vor Schmerz zusammen. Mit ein bisschen Improvisationstalent – sie hielt die Bürste nur mit dem Daumen und Zeigefinger – gelang es ihr, sich die Zähne zu putzen. Hinterher ging sie in ihr Schlafzimmer. Dies war eigentlich der einzige Raum im Haus, den sie komplett eingerichtet hatte. Das Kopfteil des Messingbettes glänzte. Auf das Metall hatte sie einen Klarlack aufgetragen, damit sie das Gestell nicht polieren musste. Auf dem Nachttisch stand eine Tiffanylampe mit Bronzefuß. Der Bettüberwurf und die Vorhänge waren aus alter goldfarbener Spitze. Sie nahm sich fest vor, Peter diesen Raum zu zeigen. Er sollte nur nicht glauben, dass sie durch und durch schlampig war. Sie nahm einen Stapel Kleider vom Bett, legte ihn auf einen Stuhl und schaltete den Fernseher auf der Wandkonsole in der Ecke ein.

Mit der Fernbedienung warf sie sich aufs Bett und zappte durch die Kanäle. Zwei Sender übertrugen Pferderennen, und auf einem anderen lief eine richtig miese amerikanische Seifenoper. Sie stellte den Ton leiser und kuschelte sich in die Kissen. Auf dem Bildschirm klopfte ein junger Mann mit unmöglichem Haarschnitt so fest an eine Sperrholztür, dass die ganze Kulisse wackelte. Und dann war es um sie geschehen. Das Schmerzmittel, das man ihr im Krankenhaus verabreicht hatte, und grenzenlose Müdigkeit rafften sie dahin. Das Ende der Seifenopernfolge, die nachfolgenden Nachrichten und den Zeichentrickfilm verpennte sie einfach.

«Sie wollten ein Verzeichnis aller Einbrüche, Sir», sagte Chris und legte eine Liste auf Trevors Schreibtisch.

Trevor schob die restlichen Pommes beiseite und starrte auf das Blatt. «Zweiundsiebzig?»

«Für einen Freitagabend in dieser Stadt leicht über dem Durchschnitt, Sir.»

Trevor sah zu Peter hinüber, der – mit einem Stück Fisch in der Hand – seine eigene Kopie überflog.

«Wurden überall Fingerabdrücke genommen?», fragte Peter mit vollem Mund.

«Noch nicht. Die Spurensicherung ist noch vor Ort, Sir.»

«Ein paar können wir abhaken.» Peter nahm einen Bleistift und strich die ersten sechs Adressen durch. «Unser Mann interessiert sich sicherlich nicht für Antiquitäten, Möbel, Gemälde oder Silber.»

«Wie steht es mit Videos und Fernsehern?», wollte Chris wissen. «Er lebt seit ein paar Jahren auf der Straße. Könnte doch sein, dass er inzwischen ein paar Hehler kennt.»

«Kein Hehler, den ich kenne, ist so dumm, einem Mordverdächtigen mit so einer Publicity die Sore abzunehmen. Und ich bezweifle stark, dass es in dieser Stadt jemanden gibt, der noch nichts von unserem Mann gehört hat. Interessant sind Einbrüche, bei denen Lebensmittel, Geld oder Kleidung gestohlen wurden», meinte Peter.

«Dann bleiben nur –»

«Noch fünf übrig», fiel Peter dem Constable ins Wort.

«Sechs», korrigierte Trevor ihn. «Nasturtium Drive.»

«Da würde er doch auffallen wie ein bunter Hund.»

«Wenn du mich fragst, fällt der Bursche überall auf. Trotzdem schafft er es immer wieder, uns aus dem Weg zu gehen.» Trevor wickelte die Reste seines Mahls in das braune Papier und warf alles in den Abfalleimer.

«Nasturtium Drive …, Kühltruhe ausgeräumt. Da wurden, grob geschätzt, Lebensmittel im Wert von zweihundert Pfund gestohlen», las Peter vor. «Kann mir nicht vorstellen, wie unser Mann mit einem Sack tiefgefrorener Lebensmittel durch die Gegend läuft.»

«Vielleicht hat er das Essen ja in seinen neuen Unterschlupf geschafft. Da wurden auch drei Flaschen Whisky entwendet …»

«Aber weder Klamotten noch Decken. Und wir wissen, dass er alles in der Fabrik zurücklassen musste.»

«Okay, du hast recht. Den Einbruch hat er nicht begangen. Nächste Adresse.»

Chris Brooke, der nicht so genau wusste, ob er bleiben oder gehen sollte, wartete, bis die Sergeants die Liste durchgegangen waren.

«Das hier passt schon eher. Schweinefleischpasteten und Bierdosen», fand Peter.

«Aus einem Studentenwohnheim?»

«Da passt er doch hin.»

«Keiner der Studenten, die ich kenne, ist so ungepflegt wie Tony.» Trevor tippte mit dem Bleistift auf das Papier. «Balaclava Street.»

«Spüle kaputt, Decke weg, ein benutztes Glas neben der Spüle.» Peter blickte zu Chris und fragte: «Haben Sie veranlasst, dass das Glas auf Fingerabdrücke untersucht wird?»

«Noch nicht, Sir.»

«Dann sorgen Sie mal dafür, dass die Jungs sich sofort darum kümmern.»

«Ja, Sir.»

«Selbst wenn er gestern Abend in der Balaclava Street war, könnte er inzwischen sonst wo sein», klagte Trevor, nachdem Chris gegangen war. «Und wir haben immer noch keinen Schimmer, wo wir nach ihm suchen sollen.»

Peter erhob sich und nahm seinen Anorak vom Türhaken. «Lass uns mal in die Jubilee Street fahren und mit Sam und Tom Morris reden.»

«Wieso denn? Die wissen heute auch nicht mehr als gestern und haben es wahrscheinlich satt, dass wir andauernd bei ihnen auf der Matte stehen.»

«Taktik, Trevor. Jetzt plaudern wir ein paar Stunden mit ihnen und gehen hinterher in aller Ruhe einen Happen essen, bevor wir erneut die Straßen abgrasen.» Peter war immer noch wild entschlossen, irgendwo mit Anna romantisch zu Abend zu essen. «Und heute Nacht nehmen wir ein Fahrzeug. Gestern bin ich fast erfroren.»

«Können wir machen.» Trevor erhob sich.

«Morgen, wenn Evans wieder da ist, müssen wir frisch und munter sein. Deswegen plädiere ich dafür, um Mitternacht Schluss zu machen. Allerdings nur die Sergeants.»

«Was, wenn Mulcahy davon Wind kriegt?»

«Soll er sich doch aufregen, wenn's ihm Spaß macht. Ich brauche jedenfalls meinen Schönheitsschlaf.»

«Ich muss nochmal kurz telefonieren, bevor wir losziehen. Ich werde das in Evans' Büro erledigen.»

Trevor ging in das Arbeitszimmer des Inspectors, schloss die Tür und setzte sich auf Evans' Stuhl. Dann zog er sein Notizbuch aus der Tasche, suchte eine Nummer heraus und wählte. Es läutete sechsmal, und bei jedem Klingelton überlegte er, ob er wieder auflegen sollte. Das wäre einfacher, als seine widerstreitenden Gefühle in Worte zu fassen.

«Hallo.»

Trevor kannte die Stimme. Sie gehörte Lyns Bruder. Er fragte sich, warum Simon nicht arbeitete, bis ihm wieder einfiel, dass Samstag war. Wenn er bis über beide Ohren in einen Fall steckte, vergaß er derlei Dinge gern.

«Simon, hier ist Trevor Joseph.»

«Ich hatte mich schon gefragt, wann du dich meldest.»

Klang er so schroff, weil er sauer war oder weil er es eilig hatte?

«Kann ich bitte mit Lyn sprechen?»

«Ich hole sie.»

Trevor vernahm ein knallendes Geräusch; Simon war offenbar so erregt, dass er den Hörer mit einer recht ungestümen Armbewegung auf eine harte Oberfläche gelegt hatte. Im Hintergrund hörte Trevor leise Stimmen. Dennoch bekam er mit, dass heftig diskutiert wurde.

«Er ist dein Freund», rief Simon schließlich. «Das kannst du ihm, verdammt nochmal, selber sagen.»

«Lyn am Apparat.» Ihr Tonfall klang alles andere als versöhnlich.

«Geht es dir gut?»

«Sehr gut. Danke. Hast du etwas anderes erwartet?»

«Können wir uns irgendwo treffen? Vielleicht später irgendwo etwas essen?»

«Hast du heute Abend keinen Dienst?»

«Doch, aber ich könnte mir ein paar Stunden freinehmen.»

«Ruf mich wieder an, wenn du einen ganzen Abend erübrigen kannst.» Sie knallte den Hörer auf die Gabel. Er legte erst auf, als das Besetztzeichen ertönte. Daraufhin schlug er abermals sein Notizbuch auf und wählte die Nummer des General Hospital. Nachdem man ihn zweimal weiterverbunden und er mit drei Sekretärinnen gesprochen hatte, bekam er endlich Daisy an den Apparat.

«Hier ist Trevor. Hättest du Lust, mit mir später irgendwo essen zu gehen? Bloß essen. Ich muss heute Abend noch arbeiten.»

«Du hast eine Beziehung …»

«Lyn hat mich gestern verlassen.»

«Und am Tag danach meldest du dich bei mir?»

«Ich möchte nur mit dir essen gehen. Und reden. Mehr nicht.»

Er spürte ihr Zögern und flehte stumm, dass sie seinen Vorschlag annahm.

«Ich komme hier nicht vor halb acht raus.»

«Ich warte unten im Foyer auf dich.»

«Ich würde mich vorher gern noch umziehen», meinte sie.

«Wir brauchen nicht in einen schicken Laden zu gehen. Was hältst du von dem Pub um die Ecke?»

«Gar nichts», antwortete sie schnell.

Trevor zermarterte sich den Kopf und überlegte krampfhaft, wo sie hingehen könnten, ohne einem Bekannten über den Weg zu laufen.

«Wie wäre es mit dem türkischen Restaurant?»

«Nein, wir gehen zum Chinesen.»

Obwohl viele von seinen Kollegen in dem Restaurant speisten, war er bereit, ihre Kommentare über sich ergehen zu lassen, wenn er dafür Daisy sehen durfte und nicht allein speisen musste. «Wir sehen uns um halb acht.» Er legte auf, ehe sie ihre Entscheidung revidieren konnte.

Das Läuten des Telefons weckte Anna. Sie öffnete die Augen, streckte die Hand aus und verzog vor Schmerzen das Gesicht, als sie die Finger um den Hörer legte. Im Fernseher lief eine Ratesendung. Eine Reihe verbissen dreinblickender junger Männer saß einer Reihe verbissen dreinblickender junger Frauen gegenüber und verfolgte, wie der Moderator Fragen aus einer Drehtrommel zog.

«Hallo.» Ihre Stimme klang noch ganz verschlafen. Am anderen Ende wurde langsam und schwer geatmet. Im Hintergrund rauschte leise der Verkehr. «Hallo?», wiederholte sie und überlegte schon, ob der Anrufer ein Perverser war.

«Anna …»

Obgleich die Stimme nicht gut zu verstehen war, erkannte sie den Sprecher. «Adam?»

«Ich brauche Hilfe.»

«Die Hälfte aller Polizisten in dieser Stadt sucht dich. Du musst dich stellen.»

«Noch nicht, Anna. Ich bin unschuldig. Ich schwöre es. Ich kann es beweisen. Du musst mir glauben.»

«Ich glaube dir.» Sie meinte, was sie sagte.

«Ich weiß nicht, wo ich hingehen soll.»

«Komm zu mir.»

«Du wirst mich doch nicht verpfeifen, oder?»

«Nein. Versprochen. Wir reden und entscheiden dann, was zu tun ist.»

«Ich habe dich gestern Abend gesehen. Dich und ein paar Polizisten.» Seine Stimme wurde immer undeutlicher.

Fast hätte sie ihm gestanden, dass sie auch Polizistin war. Dann aber erinnerte sie sich an die gemeinsame Zeit und daran, wie sie sich in seiner Gegenwart gefühlt hatte. Wie sie sich in einsamen Nächten danach gesehnt hatte, dass genau das hier passierte. Dass er sie brauchte und zu ihr kam. «Wo steckst du?»

«Du wohnst in Mitre Gardens.»

«Woher weißt du das?»

«Lebst du allein?»

«Ja.» Beinahe hätte sie ihm gebeichtet, dass es nach ihm keinen Mann in ihrem Leben gegeben hatte.

«Ich komme zu dir. Bekommst du inzwischen Besuch, kriege ich das schon mit und klingele nicht.»

Und dann war die Leitung tot. Anna starrte den Hörer in ihrer Hand an. Sie machte sich nichts vor. Sie wusste ganz genau, was in dieser Situation das Richtige war. Da Evans nicht im Lande war, musste sie Trevor informieren, und zwar sofort. Doch die vertraute Stimme übte immer noch einen großen Zauber auf sie aus. Hatte sich an ihren Gefühlen für ihn nichts geändert? Er hatte behauptet, er hätte nichts angestellt. Und sie glaubte ihm. Gab es denn Beweise, stichhaltige Beweise, die seine Schuld untermauerten? Ihm zuzuhören war doch das Mindeste, was sie tun konnte, zumal sie einst einander viel bedeutet hatten.

«Wann musst du wieder zur Arbeit?», fragte Daisy, nachdem der Kellner ihre Bestellung aufgenommen hatte.

«Wann es mir passt», antwortete Trevor. «Bei dem Dusel, den wir bislang hatten, kann ich wahrscheinlich wieder die ganze Nacht durcharbeiten.»

«Sucht ihr immer noch diesen Brandstifter?»

«Selbst wenn er nicht schuld ist am Tod des Mannes, der in der Jubilee Street verbrannte – jetzt ist er ein Mörder. Immerhin hat er elf Tote auf dem Gewissen …»

«Zwölf», korrigierte Daisy ihn mit grimmiger Miene. «Heute ist wieder ein Patient in unserer Abteilung gestorben. Tut mir leid. Ich dachte, du wüsstest Bescheid.»

«Nach der ersten Aufregung hat keiner mehr Lust, die ermittelnden Beamten auf dem Laufenden zu halten. Und wir sind vollauf damit beschäftigt, die Zeitungen und kopierten Artikel zu lesen, die uns die da oben ins Fach legen, wenn irgendein Reporter wieder mal der Meinung ist, man müsste die Hetzjagd auf Polizisten eröffnen. Wie alt war das Opfer?»

«Fünfzehn. Ein Junge, der von daheim weggelaufen ist. Einer seiner Freunde hat uns seinen Namen verraten. So waren wenigstens seine Eltern da, als er starb.»

«Na, das ist ja tröstlich.»

«Trevor, du trägst keine Schuld an dem, was passiert ist.»

«Wäre ich an dem Morgen nicht dort gewesen, wäre das alles nicht geschehen.»

«Vielleicht nicht in dieser Nacht, aber dann in einer anderen. Laut Einschätzung der Feuerwehr war so eine Katastrophe nur eine Frage der Zeit.»

«Verlassene Gebäude gibt es in dieser Stadt wie Sand am Meer. Nicht alle gehen in Flammen auf.»

«Diese Leute hatten keine Alternativen, irgendwo anders hinzugehen. Und du warst auf der Suche nach einem Mörder …»

«Und habe dafür gesorgt, dass er zum Massenmörder wurde.»

«Schon vor zwei Jahren fand ich, dass du für diesen Job viel zu sensibel bist. Nun bin ich mir ganz sicher.»

Er schaute ihr tief in die grauen Augen. Im Schein der Lampe, die auf dem Tisch stand, funkelten sie wie Kristalle. «Das hast du mir nie gesagt.»

«Damals habe ich dir nur die kalte Schulter gezeigt. Wahrscheinlich erinnerst du dich daran nicht.»

«Ein Dealer hatte mich umgefahren, und ich landete schwer verletzt in der Notaufnahme. Du warst damals Assistenzärztin und hattest gerade Dienst. Und als ich dich fragte, ob du mit mir ausgehst, hast du gesagt: ‹Sergeant Joseph, mir mag es an vielem fehlen, aber nicht an Männern.›»

«Du weißt es also doch noch.»

Der Kellner brachte das Essen: Schweinefleisch süßsauer für ihn und gebratenen Reis mit Shrimps für sie.

«Ich erinnere mich an alles, was mit dir zu tun hat», murmelte er heiser.

Sie blickte zu ihm hinüber. «Iss jetzt.»

«Warum soll ich mich beeilen? Damit ich schneller wieder bei der Arbeit bin?»

«Nein, damit wir in meiner Wohnung noch einen Kaffee trinken können. Trevor, jeder, der so lange wie du nach jemandem schmachtet, sollte irgendwann belohnt werden.»

«Einen Knochen für das Hündchen?»

«Du hast schon immer zu viel geredet.»

Nachdem Anna im Schlaf- und Badezimmer für Ordnung gesorgt hatte, ging sie nach unten und zog die Sofa- und Sesselüberwürfe glatt. Sie streifte Plastiktüten über ihre bandagierten Hände und versuchte zu spülen. Nach drei zerschlagenen Tellern nahm sie von diesem Vorhaben Abstand. Normalerweise zog sie gleich bei Einbruch der Dämmerung die Vorhänge im Erdgeschoss zu, damit die Nachbarn nicht sahen, wie unordentlich sie war. Heute Abend kümmerten die neugierigen Blicke sie nicht. Von der Straße aus konnte man durch das Wohnzimmer bis nach hinten in den Garten schauen. Der Grundriss erlaubte Adam, sich zu vergewissern, dass sie allein war.

Sie schaltete die Deckenlampe aus und zündete eine kleine indische Öllampe in der Ecke an. An den wenigen freien Abenden machte sie es sich gern in ihrem Schlafzimmer bequem und hatte deshalb auch den Fernseher und den DVD-Spieler nach oben geschafft. Meistens nahm sie ihre Mahlzeiten im Bett ein, ohne hinterher das dreckige Geschirr nach unten zu bringen. Das Erdgeschoss war eigentlich nur eine Art Durchgangsstation zur Küche. Daher störte sie die Unordnung nicht. Das Klingeln des Telefons ließ Anna zusammenzucken.

«Hallo, meine Schöne. Haben sie dich im Krankenhaus schlecht behandelt?»

«Peter.»

«Hast du den Butzenmann erwartet? Sollen wir irgendwo was zu Abend essen? Ich würde dich auch eigenhändig füttern.»

«Nein, danke. Sie haben mir heute Nachmittag ganz schön zugesetzt. Meine Hände tun verdammt weh.»

«Dann hole ich irgendwo etwas und besorge eine Flasche Wein. Worauf hast du mehr Lust, auf Indisch oder Chinesisch? Weiß oder rot?»

«Können wir das auf einen anderen Abend verschieben?», schlug sie vor, damit ihre Ablehnung nicht ganz so hart wirkte. «Ich habe ein Schmerzmittel und eine Schlaftablette genommen und liege schon im Bett.»

«Bis zur Nachtschicht habe ich frei. Ich könnte kurz vorbeikommen, eine heiße Milch für dich machen und dein Wohnzimmer aufräumen.»

«Ich glaube, ich muss mich gleich übergeben, und das würde ich lieber ohne Zuschauer hinter mich bringen.»

«Okay», erwiderte er mit schneidendem Unterton.

«Vielleicht morgen, Peter. Heute Abend geht es mir wirklich beschissen.»

«Schon gut.»

«Peter?»

Er hatte bereits aufgelegt.

Sich in der Stadt zu bewegen, ohne entdeckt zu werden, war kein leichtes Unterfangen. Vor allem nicht für jemanden, der so ungepflegt aussah wie er. Die kürzeren Haare und die neuen Kleider hatten sein Selbstbewusstsein jedoch etwas aufgepäppelt. Erhobenen Hauptes folgte er einer Gruppe Studenten durch eine Seitenstraße. Trotz der schlecht sitzenden Garderobe und des Bartes würdigte ihn niemand eines zweiten Blickes. Die Polizei suchte einen schwarz gekleideten Mann mit langen, verfilzten Haaren, der auf der Hut war und nicht auffallen wollte, und keinen selbstbewussten Studenten in schlampigem Outfit.

Zum ersten Mal war er dankbar für die Zeit, die er auf der Straße verbracht hatte. Inzwischen kannte er die Stadt wie seine Westentasche. Die Entfernung zu Annas Haus betrug vier Meilen. Zu trampen wagte er nicht, und da er völlig abgebrannt war, blieb ihm nichts anderes übrig, als zu Fuß zu gehen. Es war schon seltsam. Nach nur einer Woche in der Fabrik und ein paar Tagen auf der Flucht war sein Verlangen nach Alkohol und Pillen, für die er zuvor die staatliche Beihilfe immer gleich nach der Auszahlung ausgegeben hatte, wie weggeblasen.

Die Studenten gingen in einen Pub. Er folgte ihnen, suchte die Herrentoilette auf und schaute in den Spiegel. Unter der dicken Dreckschicht war sein Gesicht kaum zu erkennen. Er hielt eine schmutzige Hand unter den Seifenspender, bediente sich sechsmal und verbrauchte die Hälfte der Papierhandtücher in dem Halter, bis er mit dem Ergebnis zufrieden war. Die Tür ging auf. Ein Mann kam herein, starrte ihn an und verschwand in einer der Toiletten.

Er verließ den Pub und kehrte auf die Straße zurück. Eine Frau mit einem angeleinten Dobermann kam aus einem Haus. Der Hund knurrte. Sie entschuldigte sich. Er lächelte und lief weiter. Das Lächeln, das von Herzen kam, fühlte sich fremd an. Er überlegte, wann er zum letzten Mal gelächelt hatte; dann ging er langsamer und warf einen Blick über die Schulter. Die Frau schlenderte in die entgegengesetzte Richtung. Falls Anna Wort hielt, würde er bald in Sicherheit sein. Zumindest fürs Erste.

«Da sind wir.» Daisy öffnete die Wohnungstür und warf Schlüssel und Handtasche auf einen Stuhl. «Möchtest du wirklich Kaffee oder Tee?», fragte sie Trevor und drehte sich zu ihm um.

Er schüttelte den Kopf. Er fühlte sich so befangen, linkisch und verlegen wie damals als Teenager beim ersten Rendezvous. Bereits seit langem begehrte er Daisy und hatte sich in seiner Phantasie schon des Öfteren ausgemalt, wie eine perfekte Verabredung mit ihr ablaufen würde. Aber er hatte sich dabei nie so eine geschäftsmäßige, klinische Atmosphäre vorgestellt, sondern von einem romantischen Stelldichein bei Sonnenuntergang geträumt. «Wir müssen das nicht tun.»

Sie streifte den Mantel ab und legte ihn auf die Schlüssel. Dann machte sie zwei Schritte auf ihn zu und schlang die Arme um seinen Hals.

Einen Moment später hob sie die Hand, berührte sein Gesicht und fuhr mit den Fingern von der Schläfe bis zum

Kinn. Er legte die Arme um ihre Taille, zog sie an sich, neigte den Kopf und hauchte ihr einen Kuss auf den Mund. Die Berührung war so kurz und zart, dass sie sich hinterher nicht mehr ganz sicher war, ob sich ihre Lippen tatsächlich getroffen hatten.

«Ich bin hier, ich bin echt und kein Porzellanpüppchen», flüsterte sie.

«Nach all der Zeit fällt es mir schwer, das zu glauben.»

Sie hob das Gesicht und küsste ihn so leidenschaftlich, dass seine Lippen sich taub anfühlten und ihm der Atem stockte. Sie nahm ihn an die Hand und führte ihn durch die Tür ins Schlafzimmer.

«Daisy …»

«Sag bitte kein Wort, Trevor. Wenn wir jetzt anfangen zu reden, werden wir kein Ende finden. Und du musst bald los.»

«Heute Abend schon, aber keiner von uns beiden spielt mit dem Gedanken, die Stadt zu verlassen. Wir haben also alle Zeit der Welt.»

Sie ging voran, streifte die Schuhe ab und öffnete den Reißverschluss ihres Rockes. «Hoffentlich kann ich nach der langen Zeit des Wartens deine Erwartungen erfüllen.»

Sein Mund wurde ganz trocken, als sie ihre Bluse aufknöpfte. Er wollte ihr gestehen, dass er sie liebte, dass es gleich bei ihrer ersten Begegnung um ihn geschehen war. Doch als er endlich den Mund öffnete, um zu reden, stand sie nackt vor ihm und legte ihm den Finger auf die Lippen.

In manchen Häusern brannte Licht. Vergeblich hielt Tony nach den Hausnummern Ausschau. Viele der eher bescheidenen Domizile hatten einen Namen. Schließlich entdeckte er doch noch ein paar Hausnummern. Auf der einen Straßenseite waren die ungeraden Zahlen, gegenüber die geraden. Er überquerte die Straße und trat in eine Pfütze, die sich in einem Schlagloch gebildet hatte. Wasser drang durch seine zerschlissenen, löchrigen Schuhe. Er versteckte sich in den Schatten vor einer Garage und schaute zuerst in die eine, dann in die entgegengesetzte Richtung.

Die Tür ging auf, bevor er anklopfen konnte. Sie musste nach ihm Ausschau gehalten haben. Er trat schnell ein und versteckte sich hinter der Tür, bis sie hinten und vorn die Vorhänge zugezogen hatte.

«Anna, bitte verzeih mir. Ich wusste einfach nicht mehr, wohin ich noch gehen sollte.»

Sie hatte versucht, sich innerlich auf die Begegnung einzustellen. Aber nichts von dem, was sie sich ausgemalt hatte, war eine wirkliche Vorbereitung auf das, was ihr nun als Realität begegnete. Die Stimme gehörte eindeutig Adam. Seine Haltung und sein Gang auch. Er war dünner als in ihrer Erinnerung, aber damit hatte sie keinerlei Probleme. Was sie jedoch wirklich vor den Kopf stieß, war sein Gesicht. Selbst im fahlen Lichtschein der Öllampe war beim besten Willen nicht zu übersehen, wie sehr sich sein neues Gesicht vom alten unterschied. Um zu vermeiden, dass er mitbekam, wie sehr sein neues Aussehen sie bestürzte, wandte sie sich brüsk ab.

«Ich habe die Vorhänge nicht zugezogen, damit du sehen kannst, dass außer mir niemand hier ist. Dir ist sicherlich kalt. Willst du nach oben gehen und ein Bad nehmen?»

«Du hast dich kein bisschen verändert, Anna.» Er schaute sich in dem Zimmer um. «Ich sehe, dass du immer noch so ‹stubenrein› wie früher bist.»

«Ja», gab sie zu und erinnerte sich an mehr, als ihr lieb war. «Muss die Hölle gewesen sein, mit mir zusammenzuleben.»

«Nicht schlimmer als mit mir.»

Diese Augen – diese unglaublich dunklen Augen – würde sie immer und überall wiedererkennen. «Hast du Hunger?»

«Keine Ahnung. Ist Ewigkeiten her, dass ich etwas gegessen habe.»

«Ich kann bei einem Lieferservice bestellen, worauf du Appetit hast. Chinesisch, eine Pizza …»

«Immer noch die gute alte Anna, die zwar nicht kochen kann, aber wenigstens weiß, wer was liefert.»

«Das Badezimmer ist oben. Die Treppe hoch, gleich links. Ich habe dir einen Bademantel und Handtücher hingelegt.»

«Und ich habe mir eingebildet, ich würde ganz präsentabel aussehen.»

«Du riechst nicht so gut», antwortete sie ehrlich. «Nun? Was möchtest du?»

Er blickte sie verständnislos an.

«Essen, meine ich.»

«Was du gerade im Haus hast.»

«Ich habe nichts da.»

«Dann eben das, worauf du Lust hast. Du verrätst doch niemandem, dass ich hier bin, oder?»

«Nicht, bevor wir uns unterhalten haben. Los, jetzt geh schon nach oben.»

Er drehte sich um und stieg die Treppe hoch. Derweil lehnte sie sich an die Wand und holte erst mal tief Luft. Gegenüber hing das Telefon. Nimm ab, ruf das Revier an und lass dich zu Mulcahy durchstellen.

Sie schritt auf den Apparat zu. Als sie den Hörer aufnahm, überflog sie die Telefonnummern auf ihrem Pinnbrett, prägte sich die vom nächstgelegenen Pizza-Lieferservice ein und wählte.

Kapitel fünfzehn Trevor lag mit Daisy in einem schmalen Bett und lauschte den Sirenen der Krankenwagen, die zur Notaufnahme rasten. Draußen im Flur fiel eine Tür ins Schloss. Schritte hallten durch den Korridor. Er hob den Kopf und warf einen Blick auf seine Uhr.

«Musst du los?»

Er drehte seinen Kopf und sah Daisy an. «Es tut mir leid.»

«Mir auch.»

«Ich wollte, dass das hier ganz wunderbar wird. Etwas Besonderes.»

«Deine Erwartungen waren zu hoch, Trevor. Ich bin eine ganz normale Frau und momentan ziemlich überarbeitet. Also alles andere als die Traumfrau, die du dir immer vorgestellt hast.»

«Ich liebe dich, Daisy. Gleich bei unserer ersten Begegnung hat es Klick gemacht. Ich –»

«Nein, Trevor.» Sie legte den Finger auf seine Lippen, damit er schwieg. «Du hast dich in eine Vorstellung von mir verliebt. Du kennst mich nicht. Im Gegensatz zu Lyn … Nein, lass mich ausreden», sagte sie, als er Anstalten machte, sie zu unterbrechen. «Du bist ein ehrlicher und anständiger Kerl. Und du hättest sie niemals gebeten, bei dir einzuziehen, wenn du nicht in sie verliebt gewesen wärst.»

«Sie hat mir geholfen, sie war meine Krankenschwester. Ich war ihr dankbar.»

«Du hast sie nicht geliebt?», fragte Daisy überrascht.

«Damals dachte ich das», gab er zu.

«Und jetzt siehst du das nicht mehr so?»

«Ich weiß nicht mehr, was ich denken soll.»

«Hast du angefangen, zu zweifeln, als sich die erste Verliebtheit legte und euch der langweilige, öde Alltag einholte?»

«Woher weißt du das?»

«Weil ich früher jedes Mal mit Tim gestritten habe, wenn er es nicht schaffte, seine Dienste mit meinen abzustimmen, damit wir an den gleichen Tagen frei hatten. Und weil ich weiß, wie grässlich es ist, jemanden zu lieben – jemanden wirklich zu lieben, so wie dieses Mädchen dich liebt – und ihn kaum zu sehen. Du fühlst dich ihr gegenüber schuldig und konntest deshalb nicht mit mir schlafen. Und das heißt doch, dass du noch etwas für sie empfindest. Es war dumm von mir, dich hierherzubringen, und noch dümmer, mit dir ins Bett zu steigen. Ich hätte es bei dem Restaurantbesuch belassen und allein nach Hause gehen sollen.»

Er setzte sich auf und versuchte, die Laken zu entwirren. Nachdenklich fuhr er mit der Hand durch seine Haare, drehte sich um und blickte sie an. «Das war nicht deine Schuld, sondern meine. Ich habe Mist gebaut.»

«Vielleicht können wir versuchen, über die ganze Sache zu lachen und wenigstens Freunde zu bleiben.»

Er lächelte. «Ich hatte doch recht. Du bist eine ganz außergewöhnliche Frau. Der Mann, der dich mal kriegt, kann sich glücklich schätzen.»

«Nein, da täuschst du dich», entgegnete sie nüchtern. «Alles, was ich habe, alles, was ich bin, habe ich in meine Karriere gesteckt. Für so etwas wie ein Privatleben fehlt mir die Energie.»

«Wenn ich etwas auf die harte Tour gelernt habe, dann das: Eine Karriere ist kein Grund, nicht zu leben.» Er langte nach seiner Hose.

«Aber so läuft es für mich seit Tims Tod. Ich kann nicht trauern und mich auch nicht freuen, nicht mal für meine Patienten. Das Einzige, was mich glücklich macht, ist eine gelungene Operation. Jedes Mal wenn ich einen Mann kennenlerne oder mit einem ausgehe, muss ich an Tim denken.

Selbst heute Abend, als wir im Restaurant waren, habe ich jede deiner Gesten registriert. Ich habe beobachtet, wie du isst, darauf geachtet, was du sagst, wie du deine Haare kämmst, und dich andauernd mit Tim verglichen.»

«Seit wir uns begegnet sind, habe ich das auch mit jeder Frau gemacht, mit der ich ausgegangen bin.»

«Und jetzt?»

«Jetzt?», fragte er leicht perplex.

«Ist es uns endlich gelungen, diesen Geist aus deiner Vergangenheit zu vertreiben?»

Er stieg aus dem Bett und zog sein Hemd an. «Dieser Geist hatte etwas Beruhigendes. Ich konnte mich an ihm festhalten. Er hat mir Hoffnung geschenkt. Er war ein Grund, um auch dann noch weiterzumachen, wenn ich mich mies fühlte.»

«Geh zu deiner Lyn, Trevor. Sie ist ein besserer Grund. Immerhin ist sie aus Fleisch und Blut und nicht nur ein Phantasiegebilde.»

«Wo hast du gesteckt, verflucht nochmal?», wollte Peter wissen, als Trevor seinen Wagen vor dem katholischen Obdachlosenheim in der Jubilee Street parkte.

«Bin Hinweisen nachgegangen.»

«Du hast Lippenstift im Gesicht.»

Trevor sah in den Rückspiegel und fuhr mit der Hand über seine Wange. «Gibt es eine Spur von unserem Mann?», fragte er in der Hoffnung, Peters Neugier zu zerstreuen.

«Nein. Andrew und Chris haben die Nase langsam gestrichen voll …»

«Nicht nur sie.»

«Du offenbar nicht. Mit wem hast du es getrieben? Mit der Ärztin oder der Krankenschwester?»

Trevor ignorierte Peters Frage und stieg aus dem Fahrzeug. «Es muss doch noch einen Ort geben, wo wir nach ihm suchen können.»

«Am besten da, wo sich dieser Mistkerl verkriecht, aber dazu müsstest du mir sein Versteck verraten. Der Bursche kann überall sein. Er braucht nur mitzukriegen, wie jemand sein Heim verlässt und in den Flughafenbus steigt, und schon hat er einen Unterschlupf mit allen Annehmlichkeiten. Essen, Kühlschrank, Tiefkühltruhe, Heizung, Fernseher …»

«Früher oder später muss er ja mal rauskommen.»

«Und wieso?», fragte Peter.

«Weil die Leute irgendwann zurückkehren und er dann verschwinden muss.» Trevor schloss die Wagentür ab.

«Was hältst du davon, wenn wir uns Sams Gäste vorknöpfen?»

Trevor verzog die Miene. «Schon wieder?»

«Dann reden wir halt zur Abwechslung mal mit Tom Morris' Gästen.» Sie überquerten die Straße. Peter passte sich Trevors Tempo an. «Jetzt weih den guten Onkel Peter doch mal ein. Hast du nun mit Florence Nightingale geschlafen oder nicht?»

Trevor zog eine Zigarre aus Peters Brusttasche. «Hab sie nicht gesehen.»

«Dann ist es dir also endlich gelungen, mit der reizenden Daisy ins Bett zu steigen?»

«Kümmer dich um deinen eigenen Kram.» Trevor hielt auf das städtische Obdachlosenheim zu.

«Sie gehört einer ganz anderen Gesellschaftsschicht an als du», piesackte Peter ihn. «Frauen wie Daisy heiraten Geld oder ihresgleichen. Tim Sherringham hatte gleich beide Anforderungen erfüllt. Du hast weder Kohle, noch bist du Mitglied ihrer Kaste.» Er fischte ein Feuerzeug aus der Tasche und zündete die Zigarre an, die zwischen Trevors Lippen hing. «Du bist noch naiver, als ich dachte. Musstest du das häusliche Glück, von dem jeder Mann träumt, unbedingt für eine schnelle Nummer aufgeben?»

«Was ich tue, geht nur mich etwas an.»

«Nein, nicht wenn es deine Laune beeinflusst und ich mit dir arbeiten muss. Dich sollte man ohne Aufpasser gar nicht mehr rauslassen. Diese Sache mit Daisy hat keine Zukunft. Für dich ist sie eine Göttin und keine Frau aus Fleisch und Blut. Wenn der Sex erst mal seinen Reiz verloren hat – immer unter der Voraussetzung, dass du dich ihr körperlich überhaupt nähern kannst –, ist da nichts mehr, was euch verbindet. Lyn Sullivan hat dich aufgelesen, als du fix und fertig warst, dich zusammengeflickt und sich nun aus verständlichen Gründen aus dem Staub gemacht, denn du hattest ja nie Zeit für sie. Und dann bist du ihr nicht mal hinterhergelaufen, um sie zurückzugewinnen.»

«Jetzt halt aber mal den Rand. Wir sind mitten in einem Fall!», schrie Trevor. Peter hatte den Finger auf den wunden Punkt gelegt.

«Das ist ja unser Problem, Trevor. Wir stecken immer mitten in einem gottverdammten Fall.»

«Noch ein Stück Pizza?» Anna saß neben Adam auf dem Bett und hatte den Blick auf den stumm geschalteten Fernseher in der Ecke gerichtet. Sie warteten auf die Spätnachrichten.

«Nein, danke.» Adam wischte die Hände an einer Serviette ab, lehnte sich ans Kopfteil und legte die Füße aufs Bett. Trotz eines Wannenbades und einer ausgiebigen Dusche war er alles andere als sauber. Anna hatte seine gestohlenen Kleidungsstücke samt der doppelten Menge Waschpulver und einem Desinfektionsmittel in die Maschine getan. Adam hatte den Eindruck, dass Anna ihn am liebsten auch in die Maschine gesteckt hätte, wenn sie groß genug gewesen wäre.

«Ich kriege keinen Bissen mehr runter.» Er legte ein Stück Kruste auf seinen Teller und schaute sich in dem Schlafzimmer um. «Ich nehme zurück, was ich vorhin über dein Haus gesagt habe. Hier ist es ziemlich aufgeräumt.»

«Das gilt nur fürs Bade- und Schlafzimmer.» Anna klappte die Pizzaschachtel zu, brachte sie und die dreckigen Teller nach unten und kam mit zwei Dosen Bier und zwei Gläsern zurück.

Er hob eine Augenbraue. «Früher haben wir es immer gleich aus der Dose getrunken.»

«Inzwischen bin ich erwachsen geworden.» Sie setzte sich auf den Fußteil des Bettes und sah ihn an. «Wir müssen reden. Weißt du, womit ich meinen Lebensunterhalt verdiene?»

«Lass mich raten. Du bist Journalistin?»

«Du hast noch einen Versuch.»

«Gestern Abend hast du mit Polizisten zusammengestanden.»

«Wenn du uns gesehen hast, musst du ja ganz in der Nähe gewesen sein.»

«Uns! Du bist bei der Polizei? Verdammt!»

«Ich hatte es satt, immer pleite zu sein. Nicht alle Schauspieler haben so viel Glück wie du.»

«Glück?»

«Du hattest eine eigene Serie.»

«Ja, die hatte ich, nicht wahr?», entgegnete er verbittert. «Und Ruhm, Geld, ein wunderbares Kind, eine sexy Frau …»

«Hast du sie getötet?», unterbrach Anna ihn. Seine braunen, goldgesprenkelten Augen fixierten sie. Dieser Blick ging ihr immer noch unter die Haut.

«Nein, Anna», sagte er entschieden und lieferte damit die ersehnte Antwort. «Ich habe Laura nicht auf dem Gewissen.»

«Die Jury war da anderer Meinung.»

«Weil jemand alle Beweise so fingiert hatte, dass sie auf mich hinwiesen. Ich war nur der Sündenbock.»

«Du hattest kein Alibi.»

«Als der Mord geschah, war ich nicht mal in der Nähe vom Cottage, sondern in London. Ich war betrunken und bin fast den ganzen Abend allein in der Wohnung gewesen. Hätte ich gewusst, dass ich ein Alibi brauche, hätte ich mir eins beschafft. Ich wäre gewiss nicht in ein Spirituosengeschäft gegangen, wo der Verkäufer sich mehr für das Buch interessierte, das er las, als für die Kunden in seinem Laden. Da hätte ich mir unter aller Garantie etwas Besseres einfallen lassen.» Er lächelte grimmig. «Komm schon, Anna, du weißt, ganz blöd bin ich nicht. Wäre ich darauf aus gewesen, Laura zu töten, hätte ich das besser geplant.»

Seine Worte stimmten sie nachdenklich. Seine Erklärung klang plausibel, doch die Anklage hatte genau diese These vertreten und vor Gericht damit Erfolg gehabt. Ein vorsätzliches Verbrechen, bei dessen Ausführung peinlich darauf geachtet worden war, dass es wie eine spontane Tat eines Wahnsinnigen aussah. Der nagende Zweifel blieb und nistete sich in ihrem Hinterkopf ein.

«Laura hatte eine Affäre», merkte er an.

«Ich kenne die Abschrift der Verhandlung. Wer war ihr Liebhaber?»

«Wenn ich das nur wüsste. Sie hat mir jedes frivole Detail verraten, nur seinen Namen nicht.»

«Du musst doch einen Verdacht gehabt haben. Damals wurde viel getratscht über den Moderator von dieser Quizshow …»

Er lachte freudlos. «Seb? Ich habe ihn seinem späteren Lebensgefährten vorgestellt.»

Anna zwang sich, ihm in die Augen zu schauen. Vielleicht kannte sie ihn immer noch gut genug und merkte, wann er log. «Hat sie eine Affäre begonnen, um dir deine Abenteuer heimzuzahlen?»

«Wie gut du mich doch kennst», meinte er sarkastisch. «Daran hat sich auch nach all den Jahren nichts geändert.»

«Ich kann mich jedenfalls noch entsinnen, dass nur einer von uns treu war, während wir ein Paar waren.»

«Ich habe nie ein Geheimnis aus der Tatsache gemacht, dass das Gebot der Monogamie, das gesunden jungen Männern aufgebürdet wird, meiner Meinung nach ziemlich daneben ist.»

«Aus dieser Situation wird dir dein naiver, jungenhafter Charme mal nicht heraushelfen, Adam. Auf der anderen Seite hast du immer besser ausgesehen, als dir gut tat.»

«Das ist vorbei», erwiderte er aufgebracht.

«Dann hattet ihr beide also Affären», stellte sie fest und versuchte so, die ganze Geschichte aus ihm herauszuholen.

«Ja. Du kannst dir nicht vorstellen, wie es war, als ich mit dieser Serie anfing. Alles passierte so schnell – so kinderleicht. In der einen Minute war ich noch pleite und wohnte mit Laura und dem Baby in einer schäbigen Mietwohnung, und am nächsten Tag besaß ich alles, wovon ich je geträumt hatte. Champagner, Kaviar, alten Cognac und Frauen, die sich mir an den Hals warfen. Ich will nicht so tun, als hätte ich nicht jede einzelne Minute genossen, aber da war noch Laura.» Er schaute ihr in die Augen. «Ich hätte dich niemals verlassen dürfen, Anna.»

Sein Bekenntnis, das sich wie ein Zitat aus einer Seifenoper anhörte, brachte sie auf die Palme. «Adam, vergiss nicht, ich war auch mal Schauspielerin und kann immer noch unterscheiden, was echt und was gespielt ist.»

«Im Endeffekt ging die Beziehung mit Laura den Bach runter, als meine Karriere in Fahrt kam. Ziemlich bergab.

Das Einzige, was wir teilten, war der Drang, dem anderen wehzutun. Und natürlich Hannah.»

«Deine Tochter.»

«Hast du sie kennengelernt?»

«Ja.»

«Wie ist sie?»

Zum ersten Mal spürte Anna echten Schmerz bei ihm. «Bemerkenswert normal und ausgeglichen angesichts dessen, was sie durchgemacht hat. Blanche zufolge spricht sie immer noch von dir. Und sie hat mitgekriegt, wie du sie auf dem Schulhof beobachtet hast.»

«Ich habe mir Mühe gegeben, nicht aufzufallen. Aber einer von den Jungs hat mich gesehen.»

«Sie hielten dich für einen alten Lustgreis, der auf kleine Kinder steht.»

«Kein Wunder, so wie ich ausgesehen habe.»

«Wie bist du aus dem Gefängnis geflohen?»

«Du kannst dir nicht vorstellen, wie es da drinnen ist ...»

«Doch, das kann ich sehr wohl.» Sein Selbstmitleid erboste sie. «Ich war schon in mehr Strafanstalten, als mir lieb ist.»

«Du warst im Flur. Oder hast durch Gucklöcher gespäht wie die Wärter, die ihre Gefangenen auf Schritt und Tritt beobachten. Die Würde wird einem genommen – und die Privatsphäre. Ich konnte nicht mal pissen, ohne dass mir jemand dabei zusieht, Anna. Kannst du dir vorstellen, wie das ist? Oder wie die Zellen riechen, wenn man dort Hunderte von Männern stundenlang wie Tiere einsperrt?»

«Ich habe dir gerade gesagt, dass ich all das zur Genüge kenne.»

«Du bist da immer nur ein paar Stunden gewesen», höhnte er. «Während dir der Gestank von Schweiß und Urin in die Nase gestiegen ist, wusstest du ganz genau, dass du gehen kannst, wann immer du willst, dass du nachher rauskannst an die frische Luft. Das ist nicht dasselbe, Anna. Ein Besucher kann sich nicht vorstellen, wie es ist, dort Stunden, Tage, Wochen verbringen zu müssen. Es gibt nur eine Person, mit der du reden kannst … deinen Zellengenossen. Und das ist jemand, den du dir nicht selbst aussuchen darfst. Als wäre das alles noch nicht schlimm genug, muss man sich auch noch mit einer Horde von Psychiatern herumschlagen, die einen durchleuchten wollen.»

«Wer hat dir bei der Flucht geholfen?»

«Keine Ahnung.» Er stand vom Bett auf und trat vor die zugezogenen Gardinen. «Hast du eine Zigarette?»

«Ich rauche nicht. Du musst doch gesehen haben, wer deine Zellentür aufgeschlossen hat.»

Er öffnete seine Bierdose. «Knapp ein Jahr nach meiner Verurteilung tauchte eines Nachts, nachdem unsere Zellentüren verriegelt worden waren, ein Wärter auf und führte mich aus der Zelle. Als ich ihn fragte, wohin wir gehen, sagte er, ich käme in Einzelhaft. Selbstverständlich wollte ich den Grund dafür erfahren, woraufhin er sagte, das würde mir der Direktor am nächsten Morgen erklären. Nur dass der nächste Morgen nie kam. Jedenfalls kann ich mich nicht an ihn erinnern. Auch wenn das ziemlich verrückt klingen mag, ist es doch die Wahrheit. Das schwöre ich.»

«Dann hat dich also einer von den Wärtern rausgelassen? Wer war er?»

«An seinen Namen erinnere ich mich nicht. Er war einer von den Schließern. Ich habe auf die Uhr gesehen. Er kam mitten in der Nacht. Ein, zwei Uhr früh, so um den Dreh.»

«Wie lange warst du in Einzelhaft?»

«Das weiß ich nicht so genau. Nachdem der Schließer verschwunden war, tauchte ein Arzt auf. Wenigstens glaube ich, dass er Arzt war. Immerhin trug er einen weißen Kittel.»

«Der Gefängnisarzt?»

«Kann sein. Ich bin ihm jedenfalls nie zuvor begegnet. Er hat mich daran erinnert, dass ich mich freiwillig zur Teilnahme an einem Forschungsprogramm bereit erklärt hatte, und fragte mich, ob ich es mir inzwischen anders überlegt hätte. Ich sagte ihm, dass ich zu meinem Wort stehe.»

«Was für ein Forschungsprogramm?»

«Ein medizinisches. Es ging um Erkältungskrankheiten und Arzneimitteltests, so etwas in der Art. Einer von den alten Knackis hat mir geraten, mich freiwillig zu melden. Er sagte, ich hätte dann bei den Schließern einen Stein im Brett und würde besseres und mehr Essen kriegen. ‹Warum nicht?›, dachte ich. Ich wusste ja eh nichts Besseres mit meiner Zeit anzufangen.»

«Der Arzt?», hakte sie nach.

«Gab mir eine Injektion. Sagte, das wäre ein Mittel gegen Grippe. Was immer das auch gewesen sein mag, es hat mich echt umgehauen. Ich weiß noch, meine Lider waren so schwer, dass ich sie nicht bewegen konnte. Ich fühlte mich richtig mies und konnte mich nicht mehr rühren. Meine Arme und Beine kamen mir zentnerschwer vor.»

«Wurdest du aus der Zelle geschafft?»

«Die Zeit zwischen der Spritze und dem Moment, wo ich auf der Straße wieder zu mir kam, ist ziemlich verschwommen. Da war ein Zimmer, ein weißer Raum mit gefliesten Wänden und viel funkelndem Chrom. Ich weiß nicht, ob er in einem Gefängnis war, er könnte auch sonst wo gewesen sein. Auch habe ich keine Ahnung, wie ich dorthin gekommen bin. Ich lag im Bett und kriegte noch mehr Spritzen verabreicht. Einmal kam es mir vor, als wäre ich gefesselt. Ob das real oder ein Traum war, kann ich nicht sagen.»

«Du musst dich doch an mehr erinnern.»

«Meinst du, ich hätte mich nicht bemüht?», rief er und drehte sich zur Wand um. Dennoch konnte sie sehen, wie ihm Tränen über die Wangen liefen.

«O Gott, Anna, verzeih mir. Ich weiß, du versuchst nur, mir zu helfen. Es ist bloß so, dass ich zwei Jahre lang Zeit hatte, darüber nachzudenken, und ich weiß nicht mehr als das, was ich dir gerade erzählt habe.»

Sie wartete, dass er fortfuhr.

«Es gibt ein paar Bilder, die mir im Kopf herumgeistern, und das eine oder andere davon muss echt sein», sagte er, als er sich wieder gefangen hatte. «Mein Gesicht war verbunden, meine Augen auch. Leute sind gekommen, haben die Verbände gewechselt und meine Haut abgetupft. Heute» – er berührte sein Gesicht mit den Fingerspitzen – «weiß ich, dass diese Eindrücke der Wirklichkeit entsprachen. Bei anderen bin ich mir nicht so sicher. Wie bei den Gurten. Ich weiß nicht, ob man mich festgeschnallt hat oder nicht. Da war eine Frau mittleren Alters mit dunklen Haaren und einem weißen Overall. Sie hat mich gewaschen und die Laken gewechselt, aber kein einziges Wort mit mir geredet, obwohl ich das Gespräch gesucht hatte. Jedes Mal wenn ich den Mund aufmachte, hat sie mir eine Spritze verpasst. Da waren noch mehr Menschen, die Operationsmasken trugen, und noch mehr Injektionen. Die habe ich mir auf keinen Fall eingebildet, denn die Einstiche waren noch Monate später zu sehen.»

«Was meinst du mit ‹später›?»

«Als ich schon auf der Straße lebte.»

«Wann bist du da gelandet?»

«Eines Morgens bin ich auf einem Parkplatz aufgewacht. Ich hatte nur die Kleider, die ich am Leibe trug, und eine Decke. Mehr nicht.»

«Kein Geld?»

«Einhundert Pfund in einem Umschlag, auf dem *Tony* stand. Die waren schnell weg.»

«Und das war alles?»

«Ja, nur dass ich ein neues Gesicht hatte. Als ich zum ersten Mal in einen Spiegel schaute, bin ich total ausgeflippt. Ich hatte Schiss, den Verstand zu verlieren. Es kam mir vor, als hätte ich mein vorheriges Leben nur geträumt.»

«Wo war der Parkplatz, auf dem man dich ausgesetzt hat?»

«Am Stadtrand von London. Als ich mich wieder eingekriegt hatte, bin ich in eine Bibliothek gegangen, habe die Zeitungen gelesen und von meiner angeblichen Flucht aus dem Gefängnis erfahren. Da habe ich beschlossen, in diese Stadt zu kommen, weil Blanche und Hannah hier leben. Ich musste herausfinden, ob ich Adam Weaver war. Ob mich meine Erinnerung zum Narren hielt. In meiner Verfassung hätte ich alles geglaubt. Ich war mir ja nicht einmal sicher, ob ich noch alle Tassen im Schrank hatte.»

«Ist ein weiter Weg von London bis hierher.»

«Ich bin getrampt. Ein Lastwagenfahrer, der auch schon mal eine Pechsträhne hatte, hat mich aufgelesen und unten bei den Docks abgesetzt. Und als ich abgebrannt war, blieb mir nur noch die Jubilee Street. Den Rest kennst du.»

«Wenn du dich da mal nicht täuschst.»

«Das Leben auf der Straße ist ziemlich öde.»

«Betrachte es mal aus meinem Blickwinkel. Das Team, dem ich angehöre, bearbeitet einen Mordfall, den die Zeitungen bald vergessen hätten, wäre das Opfer nicht auf bestialische Weise getötet worden. Die Fotos vom Opfer legen nahe, dass der Mann zwei Jahre vor dem Mord auf natürliche Weise gestorben ist. Kurze Zeit später finden wir heraus, dass der Mann, den wir ursprünglich für das Opfer hielten, noch lebt, und nun haben wir es –»

«Wie habt ihr rausgekriegt, dass ich nicht der Tote bin?»

«Jemand hat dich nach dem Mord gesehen. Wie hast du es angestellt, dass das Opfer mit dir die Klamotten tauscht?»

«In der Jubilee Street kostet eine Gefälligkeit nicht viel. Zur richtigen Tageszeit verkaufen die Leute ihre Seele für eine Flasche Cidre.»

«Und wieso hast du das gemacht?»

«Weil die Lehrer und Schüler in Hannahs Schule mich gesehen haben. Mir war klar, dass sie sich an die roten Baseballschuhe erinnern würden. Ich wollte auf keinen Fall, dass man mich für einen Pädophilen hält, meine Fingerabdrücke nimmt und mir auf die Schliche kommt.»

«Wäre das so schlimm gewesen?»

«Lieber sterbe ich, als dass ich nochmal in den Knast gehe.»

«Hast du deshalb auf einen Polizisten geschossen?» Sie schaute ihm in die Augen. «Ich war dabei, als du versucht hast, ihn umzubringen, Adam.»

«Da täuschst du dich, Anna. Dein Kollege hat auf mich geschossen.»

«Er hat doch gar nicht abgedrückt, Adam. Ich habe gesehen, wie du –»

«Ich habe noch nie eine Waffe gehabt, Anna. Verdammt, wo soll denn ein Penner wie ich eine Pistole herkriegen? Schau mal!» Er schob den Bademantelärmel hoch, damit sie die eiternde Wunde am Arm in Augenschein nehmen konnte. «Er hat mich angeschossen.»

Anna kannte sich mit Schussverletzungen aus und sah sofort, dass Adams Verletzung von einen Streifschuss herrührte. Peter war zwar bewaffnet gewesen, doch er hatte nicht abgedrückt. Ihm war gar keine Zeit geblieben, die Waffe zu ziehen.

«Lass uns die Schüsse, die gefallen sind, mal kurz vergessen», schlug sie vor. Das, was Adam gerade gesagt hatte, ergab für sie keinen Sinn. «Das Feuer in der Fabrik wurde absichtlich gelegt.»

«Ich war das nicht. Es brannte doch schon, als ich die Treppe runtergerannt bin.»

«Elf Menschen sind infolge des Brandes gestorben, und im Krankenhaus liegen noch viele Verletzte.»

«Ich habe es nicht gelegt, Anna.» Er musterte sie mit ernster Miene. «Du glaubst mir nicht, oder?»

«Wenn du tatsächlich unschuldig bist, warum bist du dann abgehauen?»

«Weil jemand auf mich geschossen hat.» Er ging zum Bett zurück und setzte sich darauf. «Weil selbst ein beschissenes Leben auf der Straße besser ist als gar keins. Weil ich Schiss habe, wieder hinter Gitter zu wandern, und Lauras Mörder finden muss.»

«Weißt du denn, wer sie umgebracht hat?»

«Ich weiß nur, dass er in der Nähe gewohnt hat. Laura ist häufig hierhergefahren und hat Hannah zu ihrer Schwester gebracht. Einmal, als Hannah krank wurde, war sie innerhalb von dreißig Minuten bei Blanche. So hat Hannah es mir zumindest erzählt.»

«Ist das alles, was du hast, um ihn zu finden?»

«Jemand muss sie zusammen gesehen haben. Als ich damals hierherkam, bin ich so lange durch die Nachtclubs gezogen und habe Fragen gestellt, bis keiner mehr mit mir geredet hat.»

«Falls du dich da so aufgeführt hast wie in dem Film, überrascht mich das nicht.»

«In welchem Film?»

«Erinnerst du dich nicht mehr daran, wie dich ein Fernsehteam in der Jubilee Street vor laufender Kamera interviewt hat?»

«Ach, du liebe Zeit!»

«Du warst ziemlich neben der Kappe.»

«Rotwein und Amphetamine.»

«Na, dann ist es wohl besser, wenn ich die Hände von diesem Zeug lasse.»

«Anna, ich bin davon weg. Ich bin kein Junkie. Ich gebe zu, dass ich hin und wieder eine Pille eingeworfen habe, wenn ich mir das leisten konnte, aber gedrückt habe ich nie. Wenn man ganz unten ist, braucht man manchmal einen Stimmungsaufheller, aber so dämlich bin ich nun auch wieder nicht. Anna, du bist alles, was ich habe. Du kennst mich. Wir sind mal ein Paar gewesen –»

«Daran brauchst du mich nicht zu erinnern», unterbrach sie ihn.

«Zugegeben, ich bin ein Frauenheld und ein Säufer. Und ich habe mich dir und allen anderen Frauen gegenüber, die einfältig genug waren, sich in mich zu verlieben, wie ein Arschloch benommen. Aber ich könnte niemanden ermorden. Sieh mich an», flehte er. «Schau mir in die Augen und sag mir, ob du es wirklich für möglich hältst, dass der Mann, den du gerade ansiehst, die Mutter seines Kindes oder einen anderen Menschen töten könnte.»

Sie wandte den Blick ab; ihre Gefühle waren in Aufruhr. Früher – es schien beinahe ewig her zu sein – hatte sie Adam Weaver geliebt. Gut möglich, dass ein Teil von ihr ihn immer noch liebte. Schließlich war er immer noch der Alte, auch wenn er mit dem Gesicht eines anderen herumlief. Seine volle, wohlklingende Stimme, seine Handbewegungen und seine vielsagenden Blicke ließen daran keinen Zweifel.

«Anna.» Er nahm ihre Hände in seine. «Ich weiß, es ist viel verlangt, aber würdest du mir erlauben, ein, zwei Tage bei dir zu bleiben? Dann hätte ich genug Zeit, um Lauras Mörder zu finden.»

«Wie stellst du dir das vor, wo dein Gesicht auf jeder Titelseite prangt?»

«Das geht doch schon eine ganze Weile so, und bislang hat mich keiner erwischt.»

«Stell dich. Ich setze mich dafür ein, dass Lauras Fall neu aufgerollt wird. Ich kriege das hin. Immerhin arbeite ich bei der Kriminalpolizei.»

«Nein, Anna.» Er schüttelte den Kopf. «Begreifst du denn nicht, dass das meine letzte Chance ist? Ich kann nicht mehr, ich will nicht mehr in den Knast. Lieber bringe ich mich um.»

Einen Moment lang wollte sie seine Drohung als theatralisch abtun, doch sein Blick veranlasste sie, ihre Einschätzung zu revidieren. Hätte er sich an sie herangemacht und versucht, sie zu verführen – so wie früher, wenn er sie zum Schweigen bringen wollte, weil sie sich über seine Untreue beklagte –, hätte sie sich das Telefon geschnappt und das Revier angerufen. Doch wie er da auf der Bettkante saß und wie ein verlassenes und trauriges Kind ihre Hand hielt, brachte sie es einfach nicht übers Herz, ihn zu verraten.

«Im Haus gibt es nur dieses Schlafzimmer und dieses eine Bett, auf dem du gerade sitzt. Wenn wir die Gästedecke zusammenrollen und zwischen uns legen, können wir beide hier schlafen. Morgen muss ich früh zur Arbeit fahren. Ich sehe mal, was ich rausfinden kann. Dieses Gespräch setzen wir morgen Abend fort.»

«Anna …»

«Bedank dich nicht bei mir, Adam. Dazu ist es noch zu früh. Vielleicht muss ich dich ja doch noch verhaften.»

Kapitel sechzehn

«Jetlag?», fragte Peter, als Evans versuchte, ein Gähnen zu unterdrücken.

«Ich bin total fertig.»

«Na, das kommt mir bekannt vor.»

«Und Besserung ist nicht in Sicht, das kann ich Ihnen versprechen. Haben Sie meine E-Mail bekommen?»

«Ja», antwortete Trevor.

«Mit Brian Marks gesprochen?»

«Ging nicht», erwiderte Peter. «Er ist bis Anfang kommender Woche weg.»

«Wo steckt er?»

«Das wusste seine Sekretärin nicht.»

«Und Sie wollen Kriminalbeamter sein? Er muss doch für den Notfall eine Telefonnummer hinterlassen haben.»

«Nein, eben nicht. Alleinstehend ist er auch. Seine Sekretärin hat seine Haushälterin angerufen. Er hat ihr zwei Wochen bezahlten Urlaub gegeben und gesagt, sie bräuchte nicht zu kommen.»

«Rufen Sie die Polizei dort an und beschaffen Sie sich einen Durchsuchungsbefehl. In seinem Haus finden wir bestimmt eine Adresse.»

«Erwarten Sie allen Ernstes, dass ein Mann wie Marks etwas herumliegen lässt?», wollte Trevor wissen.

«Wir müssen wenigstens den Anschein erwecken, mehr zu tun, als nur dumm herumzusitzen.» Evans sah zu Anna hinüber, die ihre verbundenen Hände betrachtete. «Ich habe einen Auftrag für Sie. Der Superintendent hat meinen Vorschlag abgesegnet. Sarah Merchant wird Sie unterstützen.»

«Die junge Frau aus der Zentrale?»

«Ja, unser Computergenie. Je eher wir anfangen, alle relevanten Infos in einer einzigen Datei zu bündeln, desto besser. Konzentrieren Sie sich auf Adam Weaver. Ich will, dass Namen und Adressen von allen Freunden, Verwandten und Bekannten abgespeichert werden, damit alles auf Knopfdruck verfügbar ist. Und auch jeder potenzielle Unterschlupf. Der Typ muss doch irgendwo sein. Den hat garantiert jemand versteckt, sonst hätten wir ihn schon längst geschnappt.»

«Vielleicht haben ihn die kleinen grünen Männer in ihrem Raumschiff?», witzelte Peter.

«Sollte das etwa ein ernst gemeinter Beitrag sein, Peter?», entgegnete Evans scharf.

«Sie klingen mehr und mehr wie der Superintendent», grummelte der Gescholtene. «Wir haben jeden Quadratzentimeter der Stadt abgegrast.»

«Dann kämmen Sie eben alles nochmal ab», sagte Evans.

«So seien Sie doch barmherzig. In dieser Woche habe ich mehr Stunden in der Jubilee Street verbracht als in meinem Bett. Wir haben jeden Stadtstreicher überprüft, alle Einbrüche gecheckt ...»

«Und?»

«Vorgestern Abend ist er in ein Reihenhaus in der Balaclava Street eingestiegen, hat eine Decke mitgehen lassen und ein Glas Wasser getrunken.»

«Dann treibt er sich also immer noch da draußen herum. Trevor, spüren Sie Brian Marks auf. Peter, Sie knöpfen sich die Dealer vor. Nach dem Video zu urteilen, ist Adam Weaver süchtig und braucht Nachschub. Heute Abend sind alle wieder auf der Straße. Bis auf Sie, Anna.»

«Danke, Sir.»

Trevor fragte sich, ob es um Annas Gesundheit schlechter bestellt war, als sie zugeben mochte. Unter normalen Umständen hätte sie es nicht geduldet, dass man sie aufs Abstellgleis schob.

«Sir», sagte Anna. «Sollten wir uns nicht nochmal Laura Weavers Akte vornehmen?»

Peter stöhnte. «Wir jagen einen verurteilten, entflohenen Mörder und untersuchen den Mord an Philip Matthews sowie einen Brand, bei dem elf Menschen umgekommen sind. Außerdem interessieren wir uns für einen zwielichtigen Arzt und möchten den Aufenthaltsort eines Anwaltes erfahren, der womöglich Dreck am Stecken hat. Wieso, um alles in der Welt, willst du einen uralten Fall aufwärmen, der längst geklärt und zu den Akten gelegt wurde.»

«Was hat Sie bewogen, uns diesen Vorschlag zu unterbreiten?», fragte Evans Anna.

«Weaver hat stets seine Unschuld beteuert. Was, wenn er tatsächlich unschuldig ist?»

«Jetzt mach aber mal halblang», meckerte Peter. «Er wurde vor Gericht gestellt und verurteilt.»

«Aufgrund von Indizienbeweisen.»

«Im Badezimmer war sein Blut», gab Peter zu bedenken.

«Immerhin war es ja sein Bad. Das Blut könnte von der Schnittwunde an seiner Hand stammen.»

«Und woher hatte er die? Von der Zerstückelung seiner Frau.»

«Nein, die war schon fast verheilt, als Laura Weaver ermordet wurde», entgegnete Anna.

Evans musterte sie nachdenklich. «Wie kommt es, dass Sie über den Fall so gut Bescheid wissen, Anna?»

«Ich habe mir Zeitungsartikel angesehen, um Hintergrundinformationen über Weaver zu bekommen», log sie. «Und Blanche Davies hat etwas erwähnt, das mich ins Grübeln gebracht hat.» Anna legte eine Pause ein. Sie musste die Informationen, die Blanche ihnen gegeben hatte, von Adams Version trennen. «Uns hat sie erzählt, ihre Schwester hätte sich ihr nicht anvertraut. Und Adam Weaver behauptete vor Gericht steif und fest, dass seine Frau eine Affäre hatte.»

«Sie halten es also für möglich, dass der Liebhaber sie getötet hat?», wollte Evans wissen.

«Möglich wäre es.»

«Und aus welchem Grund sollte ein Mann seine Geliebte töten?», fragte Peter.

«Aus Eifersucht. Oder Wut. Vielleicht hat sie die Beziehung ja beendet. Wir sollten dem auf alle Fälle nachgehen.»

«Welcher Unschuldige flieht aus dem Knast und unterzieht sich einer Gesichtstransplantation? Ist für meinen Geschmack ein bisschen zu drastisch», führte Peter aus. «Weavers Leben war futsch. In seinen besten Zeiten war er ein wohlhabender und erfolgreicher Schauspieler und hatte Familie. Heute ist er ein mittelloser Penner, der sich in der Jubilee Street rumtreibt. Ein unschuldiger Mann wäre im Gefängnis geblieben und hätte die Zeitungen und seinen Abgeordneten mit Briefen bombardiert. Oder er wäre in einen Hungerstreik getreten und hätte seinen Anwalt gedrängt, Berufung einzulegen.»

«Bis auf den Hungerstreik hat er alles getan, was du vorgeschlagen hast. Gebracht hat es nichts. Vielleicht ist er abgehauen, um den wahren Mörder zu suchen.»

«Klingt ziemlich weit hergeholt», meinte Peter. «Zuerst ist er unschuldig, und jetzt spielt er Sherlock Holmes.»

«Was wäre, wenn jemand anders Laura Weaver ermordet hat und zudem weiß, dass Tony in Wirklichkeit Adam Weaver ist?», gab Anna etwas verunsichert zu bedenken.

«Woher denn?», erwiderte Trevor und legte die Stirn in Falten. «Selbst wir haben ziemlich lange gebraucht, um das herauszufinden.»

«Und was, wenn er etwas mit Adam Weavers Gesichtstransplantation zu tun hatte?»

«Aber nicht Adam Weaver ist tot, sondern Philip Matthews», stellte Trevor klar.

«Als Matthews starb, trug er Tonys Klamotten», wandte Anna ein.

«Also nehmen wir mal an, Weavers Frau wurde von einem Nebenbuhler getötet, der jetzt Jagd auf Weaver macht, was ich nicht glaube», fasste Peter nüchtern zusammen. «Dann ist mir immer noch schleierhaft, woher der Mörder wusste, dass Weaver Tony war. Und selbst wenn, warum hat er dann in der Jubilee Street den Falschen abgefackelt?»

«Vielleicht hat er sich von den Kleidungsstücken in die Irre führen lassen. Es war dunkel …»

«Aus der Nähe betrachtet, hat Matthews überhaupt keine Ähnlichkeit mit Tony. Und er muss ihn gesehen haben. Vergesst nicht, die Straßenlaternen in der Jubilee Street brannten schon», erinnerte Trevor sie.

«Adam Weaver hat auf mich geschossen und die Fabrik in Brand gesteckt», erklärte Peter und nahm die Füße vom Schreibtisch. «Das reicht, um ihn hinter Schloss und Riegel zu bringen, selbst wenn er seine Frau nicht getötet haben sollte. Der Mann ist ein Psychopath.»

«Wahrscheinlich hast du recht.» Anna ging zur Tür hinüber. Peter war zwar dickköpfig, ruppig und chauvinistisch, doch das, was er sagte, machte Sinn. Genau wie die Geschichte, die Adam ihr vergangenen Abend erzählt hatte.

Peter nahm seine hellgraue Lederjacke aus dem Schrank, zog sie über das schwarze Seidenhemd und ging ins Wohnzimmer.

«Was hältst du davon?», fragte er Trevor. «Sehe ich wie ein Dealer aus, dessen Geschäfte florieren?»

«Eher wie ein Mafioso», fand Trevor. «Hemd, Hose und

Krawatte, alles in Schwarz. Wer läuft denn heute noch so herum?»

«Anscheinend studierst du nicht die Farbvorschläge in der Sonntagsbeilage.»

«Jedenfalls nicht die Stylingvorschläge.»

«Freust du dich denn nicht darauf, heute Abend um die Häuser zu ziehen?» Peter schaltete das Licht aus und ging mit Trevor in den Flur. «Zuerst müssen wir noch zur Einsatzbesprechung im Revier, und dann legen wir los. Clubs oder Pubs?»

«Clubs.» Trevor knöpfte sein Jackett zu.

«Klasse hatte dieser Anzug ja noch nie. Warum hast du ihn denn nicht gebügelt? Dann würde er jetzt nicht so abgetragen aussehen.»

«Das ist der neue Knitterlook.»

«Dann lass mich mal den Boss spielen, und du hältst dich besser zurück. Wer traut schon einem Dealer in so einem geschmacklosen Anzug?» Peter konnte nicht widerstehen und warf einen letzten Blick in den Spiegel, bevor er zur Tür hinausging. «Weißt du, was, Trevor? Als Penner bist du viel überzeugender. Den erfolgreichen Gauner kauft dir keiner ab. Lumpen stehen dir einfach besser.»

«Geht es Ihnen gut?», erkundigte sich Sarah bei Anna. Die beiden Frauen saßen zusammen vor dem Computer, der wie eine Insel aus einem Meer aus bunten Aktenheftern ragte.

«So lala.» Anna versuchte, mit den Handgelenken einen Schnellhefter hochzuheben.

«Wir haben jetzt alle Infos zusammengetragen. Sie brauchen mir nicht mehr zu helfen», sagte Sarah. «Die Dateneingabe kriege ich auch allein hin.»

«Sind Sie sicher?»

«Aber ja doch. Soll ich nachfragen, ob ein Wagen frei ist, der Sie nach Hause bringen kann?»

«Bitte.» Anna lehnte sich zurück, während Sarah eine interne Nummer wählte. «Im Moment sehne ich mich danach, die hier in Plastiktüten zu stecken» – bei diesen Worten hielt sie die Hände hoch –, «heiß zu duschen und mich aufs Ohr zu legen, bevor ich mich morgen wieder mit dem hier beschäftige.» Sie deutete auf den Stapel Akten neben ihren Füßen.

«Klingt gut.»

Peter steckte den Kopf zur Tür hinein. Anna musterte seine gestriegelten Haare und das wilde Outfit. Sarah stieß einen Pfiff aus.

«Das ist doch noch gar nichts.» Er zwinkerte. «Wartet nur, bis ihr Trevor seht. Er hat sich in Schale geworfen. Anzug und Krawatte.»

«Kein Hemd?»

«Natürlich auch ein Hemd. Hat jemand einen Wagen für die Invalidin bestellt?»

«Ich kann ein Taxi nehmen», protestierte Anna.

Peter fragte sich, ob er es sich nur einbildete oder ob Anna tatsächlich versuchte, ihm aus dem Weg zu gehen. Hatte er sie mit irgendetwas auf die Palme gebracht? «Wir fahren eh in deine Richtung.»

«Ist schon gut ...»

«Tu doch mal, was man dir sagt.» Peter hob die Akten auf, die neben ihren Füßen lagen, und klemmte sie unter seinen Arm. «Brauchst du die hier?»

«Ja, aber ...»

«Ich dulde keinen Widerspruch. Wir nehmen meinen Wagen.»

«Ich habe deinen Mantel geholt.» Trevor stand in der Tür.

Merchant rümpfte die Nase. «Ihr zwei seid wirklich das perfekte Paar. Eure Rasierwasser riechen grauenvoll.»

«Nur das von Trevor», befand Peter. «Der Mann hat einfach keinen Geschmack. Anna, soll ich dich tragen?»

Anna erlaubte Trevor, ihr den Mantel um die Schultern zu legen. Sie hatte Adam gewarnt, sich von den Fenstern fernzuhalten. Hoffentlich beherzigte er ihren Rat, bis sie wusste, was sie von ihm und dem Fall zu halten hatte.

«Willst du uns nicht auf eine Tasse Kaffee einladen?»

«Bei mir daheim hast du doch immer Schiss, dir was einzufangen.» Anna drückte die Türklinke mit dem Ellbogen hinunter.

«Das Risiko würden wir schon eingehen, nicht wahr, Trevor?»

«Ich bin wirklich hundemüde ...»

«Wieso willst du nicht, dass ich deine Akten bis zur Tür trage?»

«Ich schaffe das auch ohne deine Hilfe.»

«Um Himmels willen, ich will dich doch nur bis zur Haustür begleiten.»

Trevor blieb im Wagen sitzen. Peter kam nicht mal bis zur Türschwelle. Anna schloss die Tür auf und versperrte Peter den Weg. Ungehalten legte er ihr die Akten auf die Unterarme und machte auf dem Absatz kehrt.

«Was hast du der Lady getan?», wollte Trevor wissen, als sein Kollege auf den Beifahrersitz rutschte.

«Bislang noch nichts.»

«Könnte ja sein, dass sie Schiss hat vor dem, was noch kommt.»

«Wenn dieser Fall abgeschlossen ist, muss sie sich tatsächlich vor mir in Acht nehmen», murmelte Peter.

«Vielleicht hat sie da drinnen ja einen Liebhaber versteckt», zog Trevor ihn auf. «Manche Polizisten sollen ja so etwas wie ein Privatleben haben.»

«Und manche bauen richtig Mist, obwohl sie einen Treffer gelandet und eine perfekte Partnerin gefunden haben», zahlte Peter es ihm heim.

Trevor hatte schon fast vergessen, was einen richtigen Club ausmachte: abgestandene Luft, der Gestank von süßem, billigem Parfum und schalem Bier, ohrenbetäubend laute Musik, Horden lärmender Frauen, die gekünstelt lächelten, und angetrunkene Männer, die wie Raubtiere um sie herumschlichen in der Hoffnung, in dieser Nacht noch zum Zuge zu kommen.

«Siehst du jemanden, den du kennst?», brüllte Peter seinem Freund ins Ohr.

«Du bist beim Drogendezernat, nicht ich. Ist mindestens ein Jahr her, seit ich in einem Club war.»

Peter kämpfte sich an die Bar vor, bestellte zwei Bier, reichte Trevor ein Glas und schaute sich um.

«Da drüben», sagte Trevor und nickte in eine bestimmte Richtung.

Peter sah, was sein Kollege meinte. Hände berührten sich diskret, ohne dass die Daumen zu sehen waren. Wechselten da Päckchen den Besitzer? Oder Geldscheine? Mit erhobenem Bierglas arbeitete Peter sich zu dem kleinen, dünnen Mann mit dem Rattengesicht vor, den Trevor beobachtet hatte. «Bentley?»

Der Mann wich zurück. «Ich bin sauber. Ich bin –»

«Und was ist das da?» Trevors Hand schloss sich um Bentleys Faust.

«Keine Ahnung, ich schwöre es. Hat mir so ein Typ gegeben –»

«Nicht so laut, Bentley», warnte Peter ihn. «Du störst

diese netten Menschen. Lass uns mal rausgehen und eine Runde drehen.»

«Ich bin sauber, Sergeant –»

«Entweder du hältst jetzt die Klappe und kommst mit, oder wir buchten dich wegen Verkaufs illegaler Substanzen ein», drohte Peter.

Trevor, der immer noch Bentleys Hand umklammerte, drückte fester zu.

«Ich komme ja», jammerte Bentley.

Peter legte ihm die Hand auf die Schulter. «Da rüber zur Tür. Wir sind nur drei Kumpel, die ein Schwätzchen halten. Völlig unproblematisch. Kapiert?»

Draußen auf der Straße schloss Peter das Fahrzeug auf. Trevor drängte Bentley, auf der Rückbank Platz zu nehmen, und setzte sich neben ihn. Peter rutschte auf den Fahrersitz.

Dann beugte er sich über die Rückenlehne, griff in Bentleys Jackentasche und fischte ein halbes Dutzend Plastiktütchen heraus. Er schaltete die Innenbeleuchtung ein und fragte Bentley: «Ist das Zeug hier das, wofür ich es halte?»

«Was soll die Frage? Das Labor kann das für uns klären», sagte Trevor. Dann drückte er Bentleys Hand so fest, dass der Dealer aufschrie und eine Rolle Geldscheine fallen ließ.

«Das hier sind doch mindestens fünfhundert Mäuse», schätzte Trevor.

«Ich will mit meinem Anwalt sprechen», jammerte Bentley.

«Was soll er denn deiner Meinung nach für dich tun? Hier ist deine Ware.» Peter steckte die Tütchen wieder in Bentleys Tasche. «Und deine Kohle.» Er öffnete Bentleys Hand und legte die Rolle Geldscheine darauf. «Du fährst jetzt ein, Kumpel.»

«Ich sage gar nichts, egal was Sie mit mir anstellen. Kein Sterbenswörtchen werde ich sagen.»

«Will denn jemand was von dir wissen?» Peter drehte den Kopf nach vorn Richtung Straße.

«Sie buchten mich ein?»

«Bevor du gegen Kaution freigelassen wirst, könnten wir ein paar Geschichten über dich in Umlauf bringen.»

«Was denn?» Trotz der Kälte begann Bentley zu schwitzen.

«Wir plaudern die Namen derjenigen aus, die du verpfiffen hast. Und wir sorgen dafür, dass Razzien durchgeführt werden. Wir haben dich beobachtet, Söhnchen», log Peter. «Wir kennen deine Lieferanten, deine Kunden …»

«Die bringen mich um.» Bentley zitterte so heftig, dass der Wagen vibrierte.

«Schon möglich», räumte Peter ein.

«Wenn Sie meinen Lieferanten kennen, wissen Sie mehr als ich», plapperte Bentley drauflos. «Ich schwöre beim Leben meiner Mutter, dass ich nie jemanden zu Gesicht kriege. Ich habe den Stoff da abgeholt, wo ich mich immer eindecke.»

«Also aus der Mülltonne hinter dem Club.»

«Wenn Sie eh schon Bescheid wissen, wissen Sie doch auch, dass ich dort am frühen Morgen die Kohle hinterlege. Ich habe niemanden gesehen. Ich bitte Sie …»

Peter hielt Bentley ein Foto von Tony unter die Nase. «Woher kriegt dieser Mann seinen Stoff?»

«Nicht von mir. Ich schwöre es … Den habe ich noch nie gesehen …»

«Du willst mir wohl einen Bären aufbinden? Sein Foto ist in allen Zeitungen. Und im Fernsehen …»

«Ich habe nicht gesagt, ich hätte dieses Foto noch nie gesehen; aber ich kenne ihn echt nicht.»

«Der Typ ist ein Mörder», versuchte Trevor, das Verhör etwas zu beschleunigen. «Und der Bursche, der ihm den nächsten Schuss verkauft, könnte so enden wie diese armen Hunde in der stillgelegten Fabrik.»

«Das hat der da getan?»

«Bentley, du schnallst wohl gar nichts, oder?», sagte Trevor müde.

Peter drehte den Zündschlüssel.

«Ich habe ihn nicht gesehen. Aber ich kann mich umhören ...» Bentley bekam es mit der Angst zu tun, als Peter vom Bordstein wegfuhr. «Wohin bringen Sie mich?»

«Du hast nicht geliefert.» Peter schaltete in den nächsten Gang. «Jetzt müssen wir dir auf dem Revier deine Rechte vorlesen und dich auffordern, deine Taschen auszuleeren.»

«Bitte ...», flehte Bentley.

Peter trat auf die Bremse. «Du kennst alle Straßenverkäufer. Also, hör dich für uns um, und wenn du etwas über unseren Mann rausfindest, vergessen wir diese Sache hier.»

Bentley stieß die Tür auf und machte sich aus dem Staub.

Die Gardinen im Haus waren immer noch zugezogen, und es roch leicht nach Reinigungs- und Desinfektionsmitteln. Allem Anschein nach hatte Adam aufgeräumt und den Boden gewischt. Ein köstlicher Geruch lockte Anna in die Küche. Im Backofen garte ein Schmorbraten. Sie warf ihre Schultertasche auf den Tisch und ging nach oben. Das Bett war gemacht, die Möbel abgestaubt. Wo steckte Adam nur? Vielleicht war er im Badezimmer. Die Tür ließ sich nicht öffnen. Nach kurzem Zögern klopfte sie leise an.

«Adam?» Keine Antwort. «Ich bin allein.»

«Ich habe Stimmen gehört.»

«Ein Kollege hat mich heimgebracht. Mit den Händen kann ich nicht fahren.»

«Er wollte wohl gern mit reinkommen.»

«Wir sind Kollegen. Er macht sich meinetwegen Sorgen.»

Endlich öffnete er die Tür.

«Ich war mir nicht sicher, ob du noch hier bist, wenn ich nach Hause komme.»

«Ich wäre auch fast getürmt», gab er zu. «Gestern Abend hatte ich den Eindruck, dir vertrauen zu können, doch als du heute Morgen zur Arbeit gegangen bist, war ich mir da auf einmal gar nicht mehr so sicher. Ich hatte Schiss, dass du nicht allein kommst, dass du …»

«Dass ich mit einem Polizeitrupp auftauche und dich verhafte?»

«Ja.»

«Dazu rät mir mein Verstand.»

«Du hast doch niemandem erzählt, dass ich hier bin, oder?»

«Nein, aber wenn jemand davon Wind kriegt, bin ich meinen Job los. Weißt du überhaupt, was die Fahndung nach dir kostet? Wie viel Geld und Arbeitsstunden da reinfließen? Heute habe ich im Revier gehört, was die Leute so über dich reden … wie sie sich den Kopf darüber zerbrechen, wo du wohl stecken könntest …»

«Anna, ich bin dir wirklich sehr dankbar.» Er legte die Hand auf ihre Schulter. Sie stand ganz dicht neben ihm auf dem Treppenabsatz. Seine wohltönende Stimme verfehlte ihre Wirkung nicht. Plötzlich kam es ihr vor, als trete sie eine Zeitreise in die Vergangenheit an – als hätte er sie nie verlassen.

«Adam, wir müssen uns unterhalten», flehte sie.

«Im Gefrierfach war ein Rinderbraten. Er schmort jetzt im Ofen.»

«Ich weiß.»

«Und als ich unter der Treppe sauber gemacht habe, bin ich auf ein paar Flaschen Wein gestoßen. Da war auch ein

Rioja. Den mochte ich früher ganz gern, weißt du noch?» Er streichelte ihre Wange und ging ins Schlafzimmer.

«Ich erinnere mich an mehr, als mir lieb ist», gestand sie, ehe sie ihm folgte.

Trevor und Peter klapperten die Dealer in den Seitenstraßen, die Clubs, die Pubs ab und schauten in den Eckläden vorbei, die rund um die Uhr geöffnet hatten und nicht nur Süßigkeiten und Tabak verkauften.

«Bekämen wir Bonuspunkte für jeden Dealer, den wir hochnehmen, wären wir morgen Helden», meinte Peter, als sie aus einem verbarrikadierten Laden am Rand einer Sozialbausiedlung kamen.

Als sie sich in den Wagen setzten, hörten sie einen vertrauten Funkspruch: «An alle Einheiten ... an alle Einheiten ...»

Trevor nahm das Funkgerät vom Armaturenbrett, um der Einsatzzentrale antworten zu können.

«Wir haben gerade einen Sondereinsatz», beschwerte Peter sich.

«Der Funkspruch geht an alle Einheiten», erklärte Trevor.

«Auf der Unfallstation des General Hospital hat es eine Messerstecherei gegeben.»

«Wir kommen», antwortete Trevor.

«Ich hatte ganz vergessen, dass heute Freitagnacht ist.»

«Samstagmorgen», korrigierte Trevor ihn, als Peter Gas gab.

Anna überprüfte, ob die Vorhänge richtig geschlossen waren, ehe sie am Tisch Platz nahm. Adam, der ihr gegenübersaß, verteilte die Bratenscheiben auf den Tellern.

«Können wir nochmal über Lauras Ermordung reden?», fragte sie.

«Ich habe mit ihr geschlafen, als wir beide noch zusammen waren. Hast du das gewusst?»

«Ja.» Sie beäugte den Teller, den er vor sie stellte. «Kein Schwelgen in der Vergangenheit, Adam. Im Moment interessieren mich nur die Fakten.» Sie war wütend auf ihn, denn er hatte versucht, sie zu verführen. Dass sie beinahe auf sein Angebot eingegangen wäre, verbesserte ihre Laune auch nicht.

«Ich habe Laura geheiratet, weil sie schwanger war.»

«Die Zeiten, wo man Männer zur Ehe zwingen konnte, sind längst vorbei.»

«Ich war total angetan. Nicht von Laura, sondern von der Vorstellung, Vater zu werden. Der Gedanke, dass Laura einen Sohn auf die Welt bringt, der mir wie aus dem Gesicht geschnitten ist, hat mir geschmeichelt.»

«Und dann habt ihr eine Tochter gekriegt.»

«Ich war nicht enttäuscht. Kaum hatte ich Hannah gesehen, war ich ganz vernarrt in sie. Und Laura hat bekommen, was sie wollte.» Er nahm seine Gabel und steckte sie in die Bratenscheibe auf seinem Teller. «Sie wollte mich um jeden Preis und hat den ältesten Trick der Welt angewandt. In Wahrheit ging es ihr um meinen Erfolg und nicht um mich. Vielleicht dachte sie, er würde auf sie abfärben. Glücklich bin ich mit ihr nie gewesen. Jedenfalls nicht so wie mit dir.» Die letzten Worte hatte er nur noch leise gesprochen.

«Und einem halben Dutzend anderer Frauen.»

«Erfolg wirkt wie ein Magnet. Auf einmal war ich als Mann begehrenswert. Die Frauen haben sich von mir gesellschaftliche oder finanzielle Vorteile versprochen. Und mit mir sind die Pferde durchgegangen. Als Laura mir eröffnete, dass sie schwanger ist, war ich zuerst wie vor den Kopf gestoßen. Doch angesichts der Dauerparty, die mein

Leben damals war, gefiel mir nach einer Weile die Vorstellung, Familie und Kinder zu haben. Kurz darauf haben wir geheiratet. Ich habe das Cottage gekauft, die Wohnung in London gemietet und viel gearbeitet, was auch Vorteile hatte. Laura ist nie dahintergekommen, dass ich manchmal gar nicht beim Dreh war, sondern mich stattdessen mit einer willigen Schauspielerin oder einem weiblichen Fan traf.»

«Ihr bist du also auch nicht treu gewesen?»

«Ich kann mich nicht erinnern, jemals jemandem treu gewesen zu sein … außer vielleicht dir.»

«Rede keinen Unsinn», herrschte Anna ihn an.

«Ich meine damals, als wir beide noch andauernd pleite waren. Seitensprünge sind kostspielig. Selbst das Busticket zur Geliebten kostet Geld.»

Sie lachte, obwohl seine Worte wehtaten.

«Mir war schon klar, wie sehr ich Laura und Hannah vernachlässigte. Ich hatte die letzten Folgen der Serie fast abgedreht und Laura verklickert, ich wollte den Sommer im Cottage verbringen. Vielleicht hoffte ich unterschwellig ja, auf diese Weise unsere Ehe retten zu können. Ich vermutete, dass sie eine Affäre hatte. Anhaltspunkte gab es viele. Es kam öfter vor, dass jemand anrief und dann meinte, er habe sich verwählt. Oder es wurde sofort aufgelegt, wenn ich meinen Namen nannte. Irgendwann trug Laura Goldschmuck, den ich nicht kannte, und sie war nicht der Typ, der sich so etwas selbst kauft. Modeschmuck schon, aber keine echten Stücke. Außerdem hatte sie es sich angewöhnt, die Wochenenden bei ihrer Schwester zu verbringen, und jedes Mal, wenn ich dort anrief, erwischte ich nur Blanche und Hannah.» Er schob seinen Teller weg.

«Und du hast sie nicht darauf angesprochen, weil du auch untreu warst?»

«Stimmt.» Er lehnte sich nach hinten. «Es war an einem

Mittwoch. Wir sollten am Wochenende ins Cottage fahren. Gegen Mittag war mein Dreh fertig, und die Kostümprobe für die neue Serie war auf den Donnerstag oder Freitag verschoben worden. Als ich in die Wohnung kam, war Laura am Packen und sagte mir, sie fahre ins Cottage. Ich war fuchsteufelswild, denn Hannah hatte erst am Wochenende Ferien. Laura schlug vor, dass wir drei uns am Freitag beim Schulkonzert trafen. Ich ging davon aus, dass Laura früher fuhr, um ihren Liebhaber zu treffen. Wir stritten. Da wir das Ende der Serie gefeiert hatten, hatte ich ein paar Drinks intus … Lange Rede, kurzer Sinn … ich habe sie schließlich geschlagen.»

«Arg?»

«Es hat gereicht. Da hat sie erklärt, sie würde die Scheidung einreichen. Und dass sie um Hannahs Sorgerecht kämpfen und es auch kriegen würde, weil ja jeder wüsste, dass ich trinke und brutal bin. Das war das letzte Mal, dass ich Laura lebend gesehen habe.»

«Du bist ihr nicht nachgelaufen?»

«Wie ich schon sagte, ich war besoffen. Ich hatte jedenfalls zu viel intus, um noch fahren zu können.»

«Laut Polizei war dein Wagen mit Schlammspritzern übersät.»

«Wann habe ich denn schon mal meinen Wagen gewaschen? Du kennst mich doch.»

«Aber Schlamm? In London?»

«Wir haben die ganze Woche über in Wimbledon Common gedreht. Vielleicht stammte er ja von dort.»

«Und du bist nicht in die Nähe des Cottage gekommen?»

«Dazu bestand überhaupt keine Veranlassung. Ich bin nicht davon ausgegangen, dass Laura dort ist. Wenn du die Akten liest, wirst du feststellen, dass die Polizei im Cottage keinen Hinweis darauf gefunden hat, dass ich in dieser

Nacht dort war. Sie konnten nicht mal nachweisen, dass der Schlamm an meinem Wagen und der Matsch rund ums Cottage identisch sind.»

«Du hast fast sechs Jahre lang einen Detektiv gespielt. Da kriegt man einiges mit. Vielleicht warst du ja clever und hast Latexhandschuhe und Überschuhe angezogen.»

«Und wieso hat die Polizei sie dann weder in der Wohnung noch im Auto gefunden?»

«Weil du sie in einen See, Teich oder Bach geworfen hast.»

«Du willst mir einfach nicht glauben.» Mit zitternder Hand goss er Wein in sein Glas.

«Verdammt, Adam, ich möchte dir glauben. Warum sitze ich hier und stelle dir all diese Fragen, anstatt meinen Vorgesetzten anzurufen?» Mit dem Handrücken schob sie ihm ihr Glas hin, damit er ihr auch einschenkte. «Aber du hast in jener Nacht die Wohnung verlassen?»

«Nachdem Laura weg war, habe ich mich hingelegt und bin erst aufgewacht, als es dunkel war. Dann habe ich Hannah angerufen und ihr eine gute Nacht gewünscht.»

«Wo war sie?» Anna kannte die Antwort schon aus den Akten, doch sie wollte es aus seinem Mund hören.

«Bei einer Schulfreundin, die an diesem Tag Geburtstag hatte.»

«Und nach dem Telefonat?»

«Habe ich geduscht und mich umgezogen, aber das weißt du längst. Vor Gericht hat der Staatsanwalt geschlagene zwei Tage darauf verschwendet, dass ich mich umgezogen habe.»

«Du hast dich umgezogen, weil auf deinen Klamotten Schlammspritzer waren?»

«Die vom Dreh in Wimbledon Common stammten», antwortete er. «Von den Drinks am Mittag hatte ich einen Kater. Ich brauchte dringend was zum Trinken, damit der

Pegel nicht so schnell fiel. In der Wohnung war nur eine halbe Flasche Wein, aber ich brauchte etwas Stärkeres. Da musste ich notgedrungen ins Spirituosengeschäft.»

«Hat jemand gesehen, wie du das Haus verlassen hast?»

«Der Portier. Er hat in der Verhandlung ausgesagt.»

«Unglücklicherweise konnte er sich nicht erinnern, um welche Uhrzeit du weggegangen bist. Wann du wieder heimgekommen bist, hat er auch nicht mitgekriegt.»

«Ironie des Schicksals. Ich wurde verurteilt wegen eines vergesslichen Kerls, der ins Altersheim gehört.»

«Man hat dich aufgrund der Beweise verurteilt, die der Staatsanwalt vorgelegt hat.»

«Alles nur Indizien.»

«Wie weit war es bis zu dem Spirituosenladen?», wollte sie wissen.

«Zehn Minuten.»

«Und auf dem Weg dorthin hast du niemanden gesehen?»

«Selbstverständlich. Leute waren genug unterwegs. So spät war es nun auch wieder nicht.»

«Kein Mensch konnte sich daran erinnern, einen Schauspieler gesehen zu haben, den jeder aus dem Fernsehen kennt.»

«Dafür habe ich auch keine Erklärung. Vielleicht lag es an der Dunkelheit. Das Wetter war mies. Ich hatte den Mantelkragen aufgestellt. Und einen Schirm dabei.»

«Schauspieler beklagen sich doch immer darüber, dass sie nicht vor die Tür gehen können, ohne belagert zu werden.»

«Na, das habe ich an dem Tag ausnahmsweise mal nicht erlebt.» Seine Stimme verriet, wie frustriert er war. «Ich habe eine Flasche Whisky gekauft.»

«Welche Marke?»

«Gütiger Gott, das weiß ich doch nicht mehr.»

«Aber das ist wichtig.»

«Damals war es nicht wichtig. Schließlich konnte ich ja nicht ahnen, dass man mich des Mordes an meiner Frau bezichtigen würde.»

«Der Verkäufer erinnerte sich nicht an dich.»

«Nein, im Gegensatz zu mir. Ich wusste noch, dass er gelesen hatte.»

«Aber du konntest nicht sagen, was für ein Buch das war.»

«Es lag aufgeschlagen auf der Theke. Er hat die Scheine genommen, mir den Whisky und das Rückgeld gegeben ...»

«Was war mit der Quittung?» Anna hatte die Akten wirklich sorgfältig studiert. «In dem Laden war es gang und gäbe, den Kunden Quittungen auszuhändigen.»

«Vielleicht habe ich sie weggeworfen.» Er fühlte sich, als säße er wieder auf der Anklagebank.

«In dem Müll, der an jenem Abend auf der Straße eingesammelt wurde, hat man keinen Beleg gefunden. Und auch nicht in deiner Wohnung oder in deinem Wagen ...»

«Auf meinem Wohnzimmertisch war eine halb volle Flasche Whisky mit einem Preisschild, auf dem der Name des Geschäftes stand.»

«Die Flasche hättest du jederzeit kaufen können.» Sie spielte den Advokaten des Teufels. «Man hat gesehen, wie du die Wohnung verlassen hast. Keiner konnte sich daran erinnern, ob dein Auto in der betreffenden Nacht in der Garage war ...»

«Es hat aber auch keiner ausgesagt, dass der Wagen da nicht stand. Die Hälfte der Leute, die damals in dem Haus wohnten, waren geistig umnachtet. Außerdem hätten die alles getan, um nicht in einen Skandal hineingezogen zu werden.»

«Niemand hat beobachtet, wie du von der Wohnung zum Spirituosenladen gegangen bist. Der Verkäufer erinnert sich nicht an dich. Und keiner hat dich auf dem Rückweg gesehen», führte sie gnadenlos aus.

«Ich habe ferngesehen und der Polizei gesagt, welchen Film ich mir angeschaut habe.»

«Der Film war vier Jahre alt. Du hättest ihn im Kino oder auf Video sehen können ...»

«Ich bin das alles schon hundertmal durchgegangen», sagte er und bettete den Kopf auf die Arme.

Eine Weile schwiegen beide.

«Hast du keine Ahnung, mit wem Laura sich an diesem Abend getroffen hat?», fragte sie, als ihr die Stille unerträglich wurde.

«Meinst du, ich wäre in den Knast gewandert, wenn ich das gewusst hätte?», murmelte er unglücklich.

«Du musst doch wissen, mit wem sie damals liiert war.»

«Sie hat behauptet, sie würde mehr Zeit mit Blanche verbringen. Hin und wieder hat sie sich in London mit Freunden zum Mittagessen getroffen. Die Polizei hat jeden überprüft, den ich kannte. Sie standen übrigens alle in ihrem Adressbuch. Nach Hannahs Geburt hat Laura sehr wenig Angebote erhalten. Die Rolle des naiven jungen Mädchens, für die sie berühmt war, kaufte man ihr mit zunehmendem Alter immer weniger ab.»

«Nach allem, was du mir erzählt hast, sind unsere Chance, ihren Mörder zu finden, gleich null.»

«Ich muss es aber versuchen!» Er schlug mit der Faust so fest auf den Tisch, dass das Geschirr vibrierte. «Wenn ich ihn nicht finde, schicken sie mich wieder in den Knast, und dort werde ich den Verstand verlieren. Und dann bringe ich mich um! Dann bringe ich mich um!» Seine Stimme war kaum mehr als ein Flüstern.

Adam ließ sich so sehr von seinen Gefühlen leiten, dass Anna ihm plötzlich alles zutraute – sogar einen Mord. Er hatte zugegeben, Laura geschlagen zu haben. War er vielleicht noch weitergegangen?

Sie musste an ihre Kollegen denken und daran, wie viel die Fahndung nach Adam den Staat kostete. Ihr schlechtes Gewissen regte sich. Sollte irgendwann herauskommen, dass sie ihm Unterschlupf gewährt hatte, verlor sie nicht nur ihren Job, sondern wanderte obendrein ins Gefängnis. Sie schob ihm ihr Glas zu und beschloss, gleich morgen in Erfahrung zu bringen, welche Höchststrafe einem drohte, wenn man einem gesuchten Verbrecher Unterschlupf gewährte.

Kapitel siebzehn

Trevor und Peter waren nicht die ersten Polizisten, die im General Hospital eintrafen. Andrew Murphy und Chris Brooke waren ihnen zuvorgekommen und versuchten, die Streithähne im Empfangsbereich voneinander fernzuhalten.

«Ein Familienstreit, Sir!», rief Chris über ein Meer aus Häuptern Trevor zu und legte einem stämmigen Mann mit hellen Haaren Handschellen an.

Dem Kerl quoll Blut aus einer Platzwunde über dem Auge. «Meine Frau hurt nicht herum!», brüllte er. «Jedenfalls nicht, solange ich noch atme!»

Andrew hielt eine Frau fest. Die untere Partie ihres Gesichtes war blau angelaufen, und sie hatte mehrere Zähne verloren. «Wir sind seit sechs Monaten geschieden, du elender Mistkerl!», schrie sie.

«Es geht doch nichts über eine glückliche Beziehung»,

murmelte Peter. «Wieso können die sich nicht vermöbeln, wenn ich frei habe?»

«Der Freund der Frau wird gerade operiert», unterrichtete sie eine Krankenschwester, die mit einem Tablett vorbeikam, auf dem Pflaster, Fäden und Scheren lagen.

«Sind die drei hierfür verantwortlich?» Trevor musterte die umgeworfenen Stühle und die Blutlachen.

Zwei Sanitäter stürmten mit einer Rollbahre den Korridor hinunter.

«Sie wissen doch, wie es Samstagnacht hier zugeht. Hätten Sie den hier nicht in ein anderes Krankenhaus bringen können?», beschwerte sich die Krankenschwester bei den beiden.

Ein Sanitäter nahm die Schwester beiseite und berichtete im Flüsterton, was er über den Patienten und dessen Zustand wusste. Nachdem sie einen kurzen Blick auf den älteren Herrn geworfen hatte, bat die Schwester eine Kollegin, die Sanitäter und den Patienten in einen Behandlungsraum zu bringen.

«Sollen wir diese Horde aufs Revier schaffen und Anklage erheben, sobald sie verarztet worden sind, Sergeant?», fragte Chris.

«Ja», antwortete Peter und schritt dann mit Trevor auf den Ausgang zu. Sie waren heilfroh, diesem Chaos entfliehen zu können.

Doch auf halbem Wege bemerkte Trevor, dass Peter verschwunden war, und drehte sich um. Sein Partner stand in der Tür des Behandlungsraumes, in den man den älteren Mann gebracht hatte. Er ging ebenfalls dorthin und blickte seinen Freund fragend an.

«Das ist Marks», klärte Peter ihn auf.

«Brian Marks, der Rechtsanwalt?», rief Trevor erstaunt aus.

«Ja.» Peter hob den Blick. «Wo steckt denn die Schwester?»

Anna hatte zu viel getrunken. Aus einer Flasche Wein waren drei geworden, und Adams Braten hatte sie kaum angerührt. Zudem verstärkte der Alkohol die Wirkung ihres Schmerzmittels. Irgendwann war sie schlichtweg nicht mehr in der Lage, Adams Ausführungen zu folgen und die Relevanz seiner Aussagen zu beurteilen.

Der Raum verschwamm vor ihren Augen. Seine wohlklingende Stimme lullte sie ein. Sie hörte die Worte, begriff jedoch nicht, was er sagte. Den ganzen Abend lang hatten sie sich unterhalten, dennoch war sie kein bisschen schlauer als zuvor.

Als erfahrene Polizistin wusste sie, dass Adam nichts erzählt hatte, was seine Unschuld untermauerte. Sein Alibi für die Mordnacht war noch genau so löchrig wie vor zwei Jahren. Die Erklärung für den Kleidertausch mit dem desertierten Soldaten, der hinterher qualvoll in den Flammen gestorben war, klang fadenscheinig. Wenn die roten Schuhe ihn derart beunruhigt hatten, wieso hatte er sie dann nicht einfach weggeworfen und sich bei einer gemeinnützigen Kleiderausgabe Ersatz besorgt? Sie hatte ihn in der Fabrik gesehen, kurz bevor das Feuer ausbrach – und als auf Peter geschossen wurde.

Peter hatte recht. Adam hatte vor Gericht seine Chance bekommen, die Anklage gegen ihn ins Wanken zu bringen, und war verurteilt worden. Seit seiner Flucht aus dem Gefängnis hatte er nur Tod und Zerstörung über jeden und alles gebracht. Warum also saß sie hier und hörte sich seine Geschichten an, anstatt ihren Vorgesetzten zu verständigen?

Ließ sie sich von Gefühlen leiten, die schon vor Jahren

hätten begraben werden müssen? Oder glaubte sie entgegen aller Logik allen Ernstes an Adams Unschuld?

«Weißt du eigentlich, dass ich mich strafbar mache?», unterbrach sie ihn abrupt. «Ich verstecke einen Verbrecher. Ich könnte im Gefängnis landen, meine Arbeit verlieren …»

«Du redest von deinem Job bei der Polizei?»

Sein Spott entging ihr nicht. «Ich bin eine gute Polizistin», nuschelte sie undeutlich. «Undercover-Einsätze und die Schauspielerei haben mehr gemein, als man denken würde. Es hat zwar eine ganze Weile gedauert, bis ich etwas gefunden habe, worin ich gut bin, doch dann … Meine Arbeit ist mein Ein und Alles. Drumherum hab ich mir mein Leben aufgebaut. Sicher kein tolles im Vergleich mit deinem alten Lebensstandard.» Sie schaute sich trotzig in ihrem schäbigen Wohnzimmer um. «Doch es ist alles, was ich hab. Wenn ich eine Möglichkeit sehen würde, wie ich dir helfen kann, deine Unschuld zu beweisen, könntest du hier bleiben, und ich würde dich unterstützen. Aber nichts von dem, was du mir gesagt hast, bringt uns irgendwie weiter.»

«Vielleicht hat Blanche ja eine Idee, wer Lauras Liebhaber war», machte er unerbittlich weiter.

«Sie hat uns schon erzählt, dass sie das nicht weiß. Es ist ja nicht so, dass ich dir nicht glauben möchte, Adam. Ich kann einfach nicht. Ich bin nicht mehr so wie früher. Heute bin ich in erster Linie Polizistin, und dann erst kommt Anna.»

«So sehr verändert hast du dich gar nicht.» Er stand auf, stellte die schmutzigen Teller auf die Ablage und drehte sich zu ihr um. Sie erhob sich und ging zu ihm hinüber.

Er schlang die Arme um ihre Schultern, neigte den Kopf und küsste sie zart. Seine Lippen – Anthony Georges Lippen – berührten die ihren. Sie schloss die Augen, damit sie sein Gesicht nicht sehen musste. Das hier war alles zu vertraut und zu gefährlich. Sie stieß ihn weg.

«Entschuldige, Anna. Ich habe dir schon mal wehgetan und tue es wieder. Ich habe kein Recht, dich um irgendetwas zu bitten. Ich haue jetzt besser ab, aber vorher möchte ich dir noch eines sagen: Egal was passiert, ich werde niemandem erzählen, dass ich hier war oder du mir geholfen hast.»

«Wohin willst du denn? Nein, sag es nicht.»

Diesmal küsste sie ihn. Ein Kuss führte zum nächsten … und zum übernächsten. Langsam stiegen sie die Treppe hoch. Sie war viel zu müde, viel zu betrunken und durcheinander, um klar denken zu können.

Morgen … Ja, morgen früh würde sie über all das nachdenken. Morgens sah man immer gleich viel klarer. Und ob die Polizei noch eine Nacht länger nach ihm suchte, machte keinen Unterschied. Zum ersten Mal in all den Jahren gehörte Adam ihr – und nur ihr. Sie hatte die Nacht, und sie hatte ihn. Und im Moment wollte sie nur daran denken und alles andere vergessen.

«Bist du sicher, dass das Brian Marks war?»

«Ich habe ihn doch verhört.» Peter ging in dem Zimmer auf und ab, in das die Krankenschwester sie geführt hatte. Die Tür flog auf, und herein kam eine junge Frau in einem Arztkittel.

«Sie möchten wissen, wie es Mr. Brian Marks geht?»

«Ja.»

«Sind Sie mit ihm verwandt?»

«Nein, wir sind von der Polizei.» Peter zeigte ihr seinen Ausweis.

«Ich bin die Assistenzärztin. Falls Mr. Marks Angehörige hat, sollten Sie sie verständigen.»

«Er hat keine Verwandten in Großbritannien», erklärte Peter. «Was hat er denn?»

«Er hat eine Überdosis Paracetamol geschluckt.»

«Steht es schlimm um ihn?»

«Er wird sterben. Im Moment jedoch ist Mr. Marks noch bei klarem Verstand. Er hat uns gebeichtet, er hätte vor drei Tagen ein Hotelzimmer gemietet und zwanzig Tabletten geschluckt. Dass er noch lebt, überrascht ihn – und, offen gesagt, uns auch. Das Medikament befindet sich länger als achtundvierzig Stunden in seinem Blutkreislauf, und die Schädigung der Organe ist irreversibel. Wir sorgen dafür, dass es ihm an nichts fehlt, und warten auf das Ende. Mehr können wir nicht tun.»

«Wie viel Zeit bleibt noch?», fragte Peter.

«Es kann jeden Augenblick so weit sein. Der Mann wusste, was er tat. Wirklich entschlossene Selbstmordkandidaten schaffen das, was sie sich vorgenommen haben. Die Erfahrung habe ich jedenfalls gemacht. Mr. Marks wäre übrigens schon längst tot, hätte ein beharrliches Zimmermädchen sich nicht irgendwann mit dem Zentralschlüssel Zugang zu seinem Zimmer verschafft.»

«Ist er in der Verfassung, ein paar Fragen zu beantworten?»

«Im Moment, ja.»

«Können wir mit ihm sprechen?»

«Nur wenn er das möchte. Wir bringen ihn bald auf die Station. Bei derart schweren Schädigungen kann sich sein Zustand von einer Sekunde auf die andere gravierend verschlechtern.»

Die junge Ärztin führte Trevor und Peter in den Behandlungsraum, in dem sich Brian Marks befand. Er lag noch auf der Bahre, auf der man ihn ins Krankenhaus gebracht hatte. Seine Haut war wächsern, und er zitterte. Als er den Kopf in ihre Richtung drehte, sahen sie, dass seine trüben, glasigen Augen nicht mehr in der Lage waren, den Blick auf die Besucher zu heften.

«Gibt es jemanden, den wir verständigen sollen, Mr. Marks?», erkundigte sich Trevor nach der Begrüßung.

«Nein. Ich bin alleinstehend …» Seine Stimme war kaum mehr als ein Flüstern.

«Was ist mit Ihrem Neffen in Amerika?», warf Peter ein.

«Bis er hier ist, bin ich längst tot.»

«Wir könnten ihn anrufen.»

«Nein», antwortete Brian Marks entschieden.

«Wir haben Sie gesucht», erläuterte Peter. «Einer meiner Kollegen ist in die Vereinigten Staaten gereist und hat Ihren Neffen, Laurence Marks, im Zusammenhang mit einem Fall verhört, bei dem es um Mord und Brandstiftung geht. Aufgrund dieses Verhörs besteht Grund zu der Annahme, dass ein gewisser Adam Weaver sowohl für den Mord als auch die Brandstiftung verantwortlich ist. Er wurde bereits wegen Mordes an seiner Frau angeklagt und verurteilt, und Ihre Kanzlei hat ihn damals verteidigt. Inzwischen wissen wir auch, dass Weaver dank der chirurgischen Fähigkeiten Ihres Neffen mit dem Gesicht von Anthony George herumläuft, der ebenfalls verstorben ist und Ihr Mandant war. Würden Sie uns bitte verraten, was Sie über diese Verbrechen und über Adam Weavers derzeitigen Aufenthaltsort wissen? Falls Sie uns Auskunft gegen sollten, muss ich Sie allerdings darüber in Kenntnis setzen, dass alles, was Sie sagen …»

«Für solche Warnungen ist es zu spät.» Brian Marks schloss die Augen. Hätte sich die Decke auf seiner Brust nicht ganz leicht bewegt, hätte Trevor ihn für tot gehalten.

«Sir, würden Sie uns verraten, warum Sie dafür gesorgt

haben, dass Adam Weaver eine Gesichtstransplantation erhält?», drängte Peter ihn.

«Das war nicht ich, sondern Laurence. Er hat mich erst später eingeweiht, aber da war es schon zu spät.»

«Zu spät?» Peter ging näher an die Bahre heran, damit er besser verstand, was der Anwalt sagte.

«Laurence glaubte, ich würde mich darüber freuen. Und dass ich Weaver zu Emma bringen würde –»

«Wer ist Emma?», unterbrach Peter ihn.

«Anthony Georges Mutter. Laurence wusste, wie sehr ich sie liebe. Leider war sie schon …» Seine Stimme wurde immer schwächer, seine Lider begannen zu flattern.

«Tot?», riet Trevor.

Der alte Herr drehte den Kopf ein wenig. «Ich habe Laurence gesagt, dass er wahnsinnig ist. Eine Mutter kennt ihr eigenes Kind doch in- und auswendig.» Marks' Stimme wurde zunehmend schwächer.

«Haben Sie Adam Weaver geholfen, aus dem Gefängnis zu fliehen?»

«Nein, davon habe ich erst hinterher erfahren. Fait accompli. Laurence …» Der nahende Tod trübte seinen Blick ein. «Er fürchtete, dass die Transplantation nicht zufriedenstellend verlaufen war, was er jedoch niemals zugegeben hätte. Ich hingegen bereue es, dass ich nicht zur Polizei gegangen bin, als Laurence mir anbot, einen neuen Anthony George zu erschaffen. Einen Lazarus, der von den Toten zurückkehrt, um seiner sterbenden Mutter Trost zu spenden …» Blutiger Schaum quoll aus dem Mund des alten Mannes. «Grotesk war das …» Brian Marks griff nach Trevors Mantelärmel. «Ich dachte, keiner würde mir glauben. Und Laurence hat mir nicht verraten, was er hinterher mit Adam Weaver angestellt hat.»

«Wussten Sie, dass Adam Weaver mit Anthony Georges

Gesicht herumläuft, als ich Sie in Ihrem Büro aufgesucht und befragt habe?», wollte Peter wissen.

«Ich bin davon ausgegangen, dass Laurence ihn getötet hat. Ich hatte wirklich keine Ahnung, dass er ihn freigelassen hatte …» Marks' Stimme war nun so leise, dass Peter und Trevor die Köpfe nach vorn neigen mussten, um ihn zu verstehen. «Wer hätte gedacht, dass er nochmal tötet? Trotzdem hätte ich es eigentlich besser wissen müssen …»

«Was hätten Sie wissen müssen?», fragte Peter eindringlich.

«Ich habe Fotos gesehen, die zeigen, was er mit seiner Frau gemacht hat. So viele Menschen sind gestorben, und ich bin schuld, weil ich geschwiegen habe.» Die Kraft wich aus der Hand, die Trevors Ärmel festhielt. Plötzlich setzte Marks sich auf, und seine Augen waren nicht mehr trübe, sondern funkelten fiebrig. «Vor Gericht hat er geschworen, er wäre unschuldig, und ich habe ihm geglaubt. In unseren Gefängnissen sitzen viele unschuldige Menschen ein. Das ist doch nichts Neues.»

«Jedenfalls mehr, als man denkt», versuchte Trevor den alten Mann zu beschwichtigen. Behutsam half er dem Rechtsanwalt, sich wieder hinzulegen.

«Adam Weaver sagte, er würde alles tun, um aus dem Gefängnis zu kommen und seine Unschuld zu beweisen. Und das hat er getan, nicht wahr? Er hat sein Gesicht gegen das eines Toten eingetauscht. Er sagte … Er sagte …» Das Sprechen kostete ihn so viel Kraft, dass er auf die Bahre sank und die Hand nach unten fallen ließ. Eine Schwester, die sich etwas abseits hielt, trat an die Bahre, nahm seine Hand und legte sie auf seine Brust.

«Wir bringen ihn jetzt auf die Station.»

«Können wir bei ihm bleiben?», fragte Trevor.

«Ich werde die Ärztin fragen, aber Sie verschwenden

wahrscheinlich Ihre Zeit.» Mit einem Papiertaschentuch tupfte sie den blutigen Schaum von Marks' Lippen. «Das Ende ist nah. Ich glaube nicht, dass er nochmal zu sich kommt.»

Anna schlug die Augen auf und spürte, dass etwas nicht stimmte. Sie streckte die Hand aus. Die andere Seite des Bettes war kalt und leer. War Adam gegangen, ohne sich zu verabschieden? Mit klopfendem Herzen stand sie auf, schaltete das Licht ein und sah auf die Uhr. Halb vier Uhr früh.

Sie zog den Morgenmantel an, hielt ihn mit der bandagierten Hand zu und warf einen Blick ins Badezimmer. Es war leer. Bibbernd ging sie nach unten. Hoffte sie, dass Adam noch da oder schon gegangen war? Die Vorhänge waren zugezogen, das Licht brannte.

Adam saß mit dem Rücken zu ihr am Tisch und hielt einen Stift in der Hand. Vor ihm lag ein Notizblock. Als er sich umdrehte, stockte ihr der Atem. Dem dilettantischen Schnitt nach zu urteilen, hatte er sich seine Haare mit der Nagelschere gekürzt – und zwar auf eine Länge von zwei Zentimetern – und sie anschließend mit ihrem Haarfärbemittel blondiert. Er hatte braunes Make-up aufgetragen, das ihm ein bisschen Farbe verlieh, und mit einer Mischung aus klarem und rotem Nagellack eine ziemlich echt wirkende Narbe auf seine linke Wange gemalt. Diesen Trick hatte man ihnen auf der Schauspielschule beigebracht.

«Ich wollte dich nicht wecken. Ich habe fünf Pfund aus deinem Geldbeutel genommen und dir einen Schuldschein dafür ausgestellt. Wann und wie ich dir das Geld zurückzahlen soll, ist mir allerdings schleierhaft.»

«Zerbrich dir darüber nicht den Kopf.» Auf dem Tisch lag auch ihr schärfstes Küchenmesser, mit dem sie normalerweise tiefgefrorene Lebensmittel zerteilte. Als er die Hand danach ausstreckte, wich sie instinktiv vor ihm zurück.

«Ich habe Toast gemacht. Hast du Hunger?»

Sie schüttelte den Kopf und wich immer weiter zurück, bis sie mit dem Rücken gegen den Geländerpfosten stieß.

Er deutete auf den Notizblock. «Ich schreibe Hannah gerade einen Brief.» Dann wandte er sich um und legte die Hand um den Messergriff. «Wirst du ihn für mich zur Post bringen?»

«Selbstverständlich.» Sie ging rückwärts die Treppe hoch.

«Anna …»

«Ich muss kurz ins Badezimmer.» Sie wirbelte herum, rannte die letzten Stufen hoch, stürmte ins Bad und verriegelte die Tür. Dort setzte sie sich auf den Badewannenrand, fixierte das Schloss und fragte sich, wie lange sie hier sicher war, falls Adam Weaver versuchte, die Tür gewaltsam zu öffnen. Schätzungsweise nicht sonderlich lange.

«So eine Scheiße! Wieso musste Brian Marks den Löffel abgeben, bevor er uns die ganze Geschichte erzählen konnte?», beschwerte sich Peter, als er und Trevor die Unfallstation verließen.

«Wir hätten sowieso nicht viel mehr erfahren. Ist eher unwahrscheinlich, dass er Weaver nach der Flucht aus dem Gefängnis nochmal gesehen hat.»

«Mag sein, dass du recht hast. Sind wir jetzt schlauer als zuvor?»

«Nein, wir sind noch am gleichen Punkt wie heute Morgen. Wir haben zwar ein paar Dinge erfahren, von denen wir noch nichts wussten, aber groß geändert hat sich nichts.»

«Was haben wir denn erfahren?»

«Zum Beispiel, dass den alten Herrn das schlechte Gewissen plagte, weil er den Mund gehalten hat.»

«Ist dir schon mal in den Sinn gekommen, dass Philip Matthews und die in der alten Fabrik verbrannten Jugendlichen vielleicht noch leben würden, wenn Brian Marks zu uns gekommen wäre, nachdem er herausgefunden hatte, was seine Neffe mit Weaver angestellt hat?»

«Ja, doch das hilft uns bei der Suche nach ihm auch nicht weiter.»

«Stimmt. Wenn du mich fragst, sollten wir uns Blanche Davies nochmal vorknöpfen.»

«Glaubst du, sie weiß etwas?»

«Immerhin kannte sie Brian Marks ziemlich gut.»

Trevor warf einen Blick auf seine Uhr. «Es ist jetzt vier Uhr früh. Kaum die richtige Uhrzeit, ihr einen Besuch abzustatten. Ich muss mich wenigstens ein, zwei Stunden aufs Ohr legen. Hast du Lust auf einen Schlummertrunk? Falls du über die Stränge schlägst, kannst du ja bei mir übernachten.»

«Ich wünschte, ich könnte behaupten, ich hätte eine bessere Alternative. Da dem nicht so ist, nehme ich dein Angebot dankend an.»

Um neun Uhr morgens kamen Trevor und Peter vollkommen übernächtigt ins Büro.

«Sie beide sehen aus, als hätten Sie heute Nacht ordentlich einen draufgemacht», meinte Dan Evans.

«Wir haben uns die Nacht im Krankenhaus um die Ohren geschlagen und dort Brian Marks gefunden», erklärte Peter und setzte sich an Trevors Schreibtisch.

«Was hatte der denn dort zu suchen?»

«Er wurde nach einem Selbstmordversuch eingeliefert.»

«Warum haben Sie mich denn nicht informiert?» Evans spazierte zu Sarah hinüber, die an Annas Schreibtisch am Computer saß.

«Dazu blieb uns keine Zeit. Er besaß die Frechheit, zu sterben, kaum dass wir ihn gefunden hatten.»

«Wenn er gestorben ist, war das doch kein Selbstmordversuch», entgegnete Evans.

«Als wir ihn entdeckten, hat er noch gelebt.»

«Er starb an einer Paracetamolvergiftung», warf Trevor ein. Es nervte ihn kolossal, wenn Peter sich ganz besonders spitzfindig gab. «Wir konnten noch mit ihm sprechen. Er hat alles bestätigt, was Laurence Marks Ihnen über die Gesichtstransplantation erzählt hat. Und er machte sich schwere Vorwürfe, dass er nicht zu uns gekommen ist.»

«Was seine Pflicht gewesen wäre», konstatierte Evans.

«Jetzt können wir wieder nicht blaumachen. Das Spiel ‹Die Jagd nach Weaver› geht weiter», beklagte sich Peter.

«Ich habe jeden verfügbaren Mitarbeiter rausgeschickt und sehe überhaupt keinen Grund, warum Sie Ihre Kollegen nicht tatkräftig unterstützen sollten.» Evans bediente sich am Wasserspender. «Hat jemand von Ihnen etwas von Anna gehört?»

«Nein, wieso?» Peter warf ihm einen besorgten Blick zu.

«Sie geht weder ans Telefon noch ans Handy. Könnte es sein, dass sie bei Freunden übernachtet?»

«Nicht, dass ich wüsste», antwortete Peter.

«Dann schicke ich jetzt einen Streifenwagen zu ihrem Haus.» Evans griff nach dem Hörer.

«Das ist nicht nötig. Trevor und ich wollen zu Blanche Davies und können auf dem Weg dorthin bei Anna vorbeischauen.» Peter erhob sich.

«Haben Sie und Anna sie nicht schon verhört?»

«Ja, bevor Brian Marks seinen letzten Atemzug getan hat.»

«Marks war auch ihr Anwalt, oder?»

«In der Tat», bestätigte Peter. «Und ein guter Freund.»

«Konzentrieren Sie sich auf das Wesentliche. Die da oben jammern schon über die Unsummen, die diese Ermittlung verschlingt. Wenn wir Weaver nicht in den nächsten vierundzwanzig Stunden finden, kürzen sie uns das Personal.»

«Vielleicht erinnert Blanche Davies sich an jemanden aus Weavers Vergangenheit, der ihn verstecken könnte», spekulierte Trevor.

«Jetzt habe ich alle Hinweise überprüft», erklärte Sarah und startete den am Computer angeschlossenen Drucker.

Trevor schnappte sich das erste Blatt Papier, das er auswarf. «Falls Weaver einen Kumpel hat, an den er sich im Notfall wenden kann, wäre er doch gleich bei dem aufgekreuzt und hätte nicht auf der Straße gelebt.»

«In gewisser Hinsicht tut mir Weaver leid», meinte Sarah abwesend und loggte sich ins Suchprogramm ein. «Er war ein gutaussehender Kerl. Muss für ihn doch ein Schock gewesen sein, als die Verbände abgenommen wurden und ihm im Spiegel ein ganz gewöhnliches Gesicht entgegenblickte.»

«Trevor, Sie sind immer noch nicht restlos davon überzeugt, dass Weaver unser Mörder ist, oder?» Evans legte die Akte, die er studiert hatte, auf Trevors Schreibtisch.

«Meines Erachtens ergeben die Fakten kein stimmiges Bild.»

«Warum versuchst du, einen abgeschlossenen Fall wieder aufzuwärmen?», ärgerte sich Peter. «Du bist genau so schlimm wie Anna.»

«Ich will ja nur die Wahrheit rausfinden.»

«Lass die Finger davon. So was macht nur Arbeit und behindert die Ermittlung. Wir suchen weiter nach Weaver, und wenn wir ihn haben, wird er angeklagt. Dann kehrt hier endlich wieder Normalität ein.»

«Was verstehen Sie denn unter Normalität, Peter?», fragte Evans grinsend.

«In meinem Fall läuft das bedauerlicherweise auf das zölibatäre Leben eines Mönches hinaus», erwiderte er und zwinkerte Sarah zu.

«Mönche trinken nicht so viel wie Sie.»

«Ich habe nicht gesagt, welcher Religion ich angehöre. Los jetzt, Trevor. Zuerst zu Anna und dann zu Blanche Davies.»

«Die Vorhänge sind zu», bemerkte Trevor, als sie vor Annas Haus vorfuhren.

«Das muss noch nichts heißen. Das macht sie öfter. Die Gute will nicht, dass ihre Nachbarn mitkriegen, wie es in ihrem Wohnzimmer aussieht.»

«Darf ich daraus schließen, dass du schon mal im Heim dieser Dame warst?»

«Einmal.»

Peter warf mit voller Wucht die Wagentür zu, sodass Trevor zusammenzuckte. Sein Kollege ging zur Haustür, läutete sechsmal und wartete vergeblich darauf, dass man ihm öffnete. Schließlich öffnete Trevor eines der Seitenfenster und rief: «Wie der Inspector schon sagte, ist sie wahrscheinlich gar nicht daheim.»

«Ohne im Revier Bescheid zu geben?» Peter ging an der Vorderseite des Hauses entlang und suchte nach einer Lücke zwischen den Gardinen, um hindurchspähen zu können. Aber sie waren sorgfältig zugezogen, sodass er nichts erkennen konnte. Frustriert kehrte er zur Haustür zurück und vergewisserte sich, ob sie abgeschlossen war. «Ich gehe mal nach hinten.»

«Ich komme mit.» Trevor schloss Fenster und Fahrzeug und folgte Peter nach hinten in den Garten. Plötzlich sah er, dass sein Freund wie gebannt auf die Terrassentür starrte – ein blutiger Händeabdruck war dort zu erkennen. Trevor senkte den Blick und entdeckte auf dem Plattenweg eine Zickzacklinie aus roten Schuhabdrücken. Mitten auf dem Rasen lag eine blutbesudelte Gartenschere. Die Abdrücke endeten vor einem etwa einen Meter hohen Zaun, der Annas Gärtchen von dem dahinter liegenden Wald trennte.

Peter zog ein Taschentuch aus der Jackentasche, wickelte es um die Finger und drückte vorsichtig die Türklinke hinunter. Die Terrassentür ging auf und schwenkte nach innen.

«Anna!»

Für Trevor war es das erste Mal, dass er Peter mit ängstlicher Stimme sprechen hörte.

Zwischen dem Küchenbereich und dem Tisch lag Anna mit dem Gesicht nach unten auf dem PVC-Boden. Ihr Kopf ruhte auf einem angewinkelten Arm. Aus ihrer Armbeuge ragte der schwarze Griff eines Tranchiermessers. Das Blut, das auf den braun-weißen Karos Lachen bildete, war in ihr kurzes blondes Haar gesickert und hatte es rot gefärbt.

Peter ging rückwärts aus der Tür.

Während Trevor hören konnte, wie sein Freund sich draußen im Garten übergab, kniete er sich neben Anna hin. Er legte seine Finger auf ihre Halsschlagader – doch er spürte keinen Puls.

Anna war tot.

Kapitel achtzehn

«Im Haus wimmelt es nur so von Fingerabdrücken, Superintendent», begrüßte ein Mitarbeiter der Spurensicherung Bill Mulcahy, der gerade vor Annas Haus parkte. In seiner Arbeitskleidung – Kapuzenoverall, Schutzmaske, Handschuhe und Stiefel – ähnelte der Kriminaltechniker einem Schneemann. «Wir sind überall fündig geworden. Im Wohnzimmer, Bad, Schlafzimmer und selbst unter der Treppe.»

«Sonst noch was?», fragte Mulcahy.

«Samenspuren auf den Bettlaken. Die DNS kriegen Sie später.» Der Mann stellte eine Kiste mit Bettwäsche und anderen eingetüteten Beweisstücken in den Kofferraum seines Kombis.

«Der Mistkerl hat sie vergewaltigt!» Peter, den das Team der Spurensicherung aus dem Haus gescheucht hatte, lehnte an Trevors Wagen. Sein Freund hatte ihm angeboten, ihn ins Büro zu fahren, aber Peter hatte seinen Vorschlag kategorisch abgelehnt.

Die Stimmung war äußerst angespannt. Die Beamten bemühten sich, den Tatort wie jeden anderen zu behandeln, was ihnen allerdings nicht gelang. Selbst den Kriminaltechnikern ging der Fall unter die Haut. Anna war eine Ausnahmeerscheinung gewesen, die sich den Respekt ihrer männlichen und weiblichen Kollegen verdient hatte.

«Wir können hier nichts ausrichten, Peter», meinte Trevor. «Warum lassen wir die Jungs von der Spurensicherung nicht in Ruhe arbeiten? Sobald wir ihren Bericht kriegen, wissen wir mehr.»

Falls Peter zugehört hatte, ließ er sich das nicht anmerken.

Patrick ging durch die Terrassentür nach draußen und kurz darauf auch der Polizeifotograf, der sich im Garten umsah und Aufnahmen machte. Der Blitz seiner Kamera fiel auf den Holzzaun und die Betonpfosten und tauchte den grauen, nebelverhangenen Morgen vorübergehend in ein unwirkliches Licht. Patrick zog seine Handschuhe aus und gab sie seinem Assistenten, der gerade die Wandschirme wegschaffte, die um die Tür errichtet worden waren.

Patrick ging zur Vorderseite des Hauses. «Die Samenspuren sagen nichts darüber aus, ob sie vergewaltigt wurde. Nach der Obduktion kann ich Konkreteres sagen.»

«Sie? Sie hat einen Namen!», brüllte Peter.

«Jeder tut, was er kann», sagte Trevor und legte seinem Freund mitfühlend die Hand auf die Schulter.

Auch Evans verließ den Garten und kam auf die Straße. Seine beeindruckende Gestalt war in einen hauchdünnen, leise raschelnden Papieroverall gehüllt, und er trug Latexhandschuhe und Überschuhe. Auf seinem schütteren Haar thronte eine Kopfbedeckung, die an eine Kochmütze erinnerte. Trotz seines lächerlichen Aufzuges verzog keiner die Miene.

«Von der Hintertür führen blutige Fußabdrücke quer durch den Garten», verkündete Evans und stellte sich zu Mulcahy, Trevor und Peter. «Im Rasen haben wir eine blutverschmierte Schere gefunden, die im Labor untersucht wird. Gut möglich, dass er sie fallen gelassen hat, als er über den Zaun kletterte und im Wald verschwand. Ich habe eine Hundestaffel angefordert.»

«Meinen Sie, er ist noch in der Nähe?», fragte Mulcahy.

«Falls ja, finden ihn die Hunde. Jedenfalls wird er nicht weit kommen, ohne Aufmerksamkeit zu erregen. Nach den Spuren zu urteilen, trieft er vor Blut.» Evans richtete den Blick auf Peter. «Warum fahren Sie nicht zum Revier?», schlug er vor. «Sie könnten die Fahndung nach Weaver koordinieren. Je schneller wir ihn kriegen …»

Mit zitternden Fingern fischte Peter eine Zigarre aus der Brusttasche. «Anna war nicht nur eine Kollegin. Sie hat mir etwas bedeutet. Geht das denn nicht in Ihren Kopf?», fragte er mit zunehmend schriller klingenden Stimme. Er warf die Zigarre weg und zertrat sie mit dem Fuß. «Ich mochte sie. Wenn also jemand das Recht hat, hier zu sein, dann doch wohl ich.»

«Egal wie nahe ihr euch gestanden habt», erklärte Trevor, «wärst du ein ganz normaler Bürger, dürftest du dich nicht mal in der Nähe des Hauses aufhalten. Das weißt du. Der Inspector hat recht. Wir müssen Weaver kriegen. Bevor er noch jemanden umbringt.» Er öffnete die Autotür. «Lass uns fahren und die Fahndung koordinieren.»

Peter drehte sich zu ihm. «Trevor, wenn du Bock hast, kannst du dir in dem Scheiß-Revier den Arsch platt sitzen. Und vergiss nicht, ich bin eben kein Durchschnittsbürger, der sich mit Plattitüden abspeisen lässt und geduldig abwartet. Ich bin Bulle und werde das tun, was Bullen in einem solchen Fall machen. Ich ziehe mit den Hunden los, schnappe mir den Mistkerl und –»

«Peter», schnitt der Superintendent ihm barsch das Wort ab. «Sie sind uns keine Hilfe. Und mit Ihrem Verhalten tun Sie weder Anna noch sich selbst einen Gefallen.»

Daraufhin drehte Peter den anderen den Rücken zu, legte die Hände auf die Motorhaube und starrte sein Spiegelbild im Lack an. «Ich will sie sehen.»

«Das halte ich für keine gute Idee», wandte Evans ein.

«Warten Sie, bis man sie in die Leichenhalle geschafft hat», bat Mulcahy.

«Damit Patrick sie so herrichten kann, dass sie ganz friedlich wirkt und lächelt? Nein! Ich will sie so sehen, wie sie jetzt ist. Ich will sie sehen … und mich an sie erinnern.»

«Solltest du nicht ihre Familie verständigen?», fragte Trevor in der Hoffnung, ihn auf andere Gedanken zu bringen.

«Wen denn? Ihre Schwester in Kanada? Oder ihren Bruder in Südafrika?»

«Wir fahren jetzt zu mir, da kannst du telefonieren», schlug Trevor vor, ohne auf Peters Sarkasmus einzugehen.

«Ich will sie nochmal sehen, und zwar sofort! Genau so, wie sie jetzt ist.»

Evans nickte Patrick zu. Der Pathologe schritt auf das Haus zu, und Peter und Trevor folgten ihm.

In Annas Heim ging es zu wie in einem Bienenstock. Masken tragende Gestalten in Papieroveralls krochen auf dem Wohnzimmerboden herum und machten einen großen Bogen um die Tote, die zwischen Tisch und Tür auf dem Boden lag.

«An Ihrer Stelle würde ich das nicht tun.» Patrick legte Peter die Hand auf den Arm, als wollte er ihn noch im letzten Moment zurückhalten.

«Ich muss sehen, was er ihr angetan hat, damit ich es dem Mistkerl um die Ohren hauen kann, wenn ich ihn erwische.» Peter betrat die Türschwelle.

«Keinen Schritt weiter. Jedenfalls nicht ohne Overall!», mahnte Patrick und stellte sich Peter in den Weg.

Trevor riskierte nur einen Blick und wich sofort zurück. Annas Gesicht war bis zur Unkenntlichkeit entstellt. Obwohl er unverzüglich die Augen schloss, blieb das Bild in seinem Gedächtnis haften. Lose Hautfetzen bedeckten tiefe, blutgetränkte Furchen, die von der Stirn bis zum Kinn reichten. Neben ihrem Kopf lag ein abgetrenntes Ohr in einer Lache aus geronnenem Blut. Aus der Augenhöhle ragte die Klinge eines Tranchiermessers.

Peter taumelte und wäre mit Sicherheit auf Annas Leichnam gefallen, hätte Patrick ihn nicht gestützt. Der Pathologe führte ihn rasch zur Haustür zurück.

«Schaffen Sie ihn weg!», befahl er Trevor.

Alles war rot – die Grashalme neben seinem Kopf, der feuchte Rasen, auf dem er lag, selbst der Nebel auf seinen Lidern und Wimpern. Überall war Blut. Jeder Gegenstand, den er angefasst hatte, war blutbesudelt. Am ganzen Leib zitternd schloss er die Augen: In seiner Erinnerung sah er wieder die großen, klaffenden Wunden, hörte abermals ihre Hilferufe …

Er brauchte Wasser. Fließendes Wasser, mit dem er das Blut abwaschen konnte. Doch er wusste jetzt schon, dass er niemals das Gefühl haben würde, sich vom Blut reingewaschen zu haben. Er war durch das Walddickicht hinter Annas Haus gekrochen, durch die finstere Nacht – immer weiter und weiter, bis am Horizont die ersten fahlen Lichtstrahlen auftauchten und der Morgen dämmerte. Das Zeitgefühl war ihm abhandengekommen. Die Nacht war vorbei. Wegen der Helligkeit bestand daran kein Zweifel. Aber war es früh am Morgen? Oder schon Nachmittag? Das diesige Licht ließ keinen eindeutigen Rückschluss auf die Tageszeit zu.

Jedes Rascheln im Unterholz ließ sein Herz schneller schlagen. Jeder Tierlaut veranlasste ihn, die Hände schützend auf die Ohren zu pressen. Unbekannte Gefahren lauerten im Nebel. Gott allein wusste, welches Ungemach in den fernen Schatten auf ihn lauerte.

Eine Verschnaufpause konnte er sich eigentlich nicht leisten, aber so, wie er aussah, durfte er sich auch nicht in die Stadt wagen. Jeder Knochen im Leib tat ihm weh. Vergeblich versuchte er, den rechten Arm zu heben, der schlaff herunterhing. Von seinem Hemd tropfte Blut – ihres oder seines? Über dem Ellbogen, wo der Knochen gebrochen war, hatte sich eine dicke Beule gebildet. Der Schmerz war unerträglich. Er nahm den zerfledderten Ärmel zwischen die Zähne und riss so lange an dem Stoff, bis sich ein Streifen löste. Damit versuchte er, den schlaffen Arm an die Brust zu binden, doch der Stoff war glitschig, und ihm wurde schwarz vor Augen.

Doch er musste sich jetzt zusammenreißen, musste sich irgendwo waschen und die Kleidung wechseln. Und was dann?

Ihm blieb nur die Straße. Er musste fliehen, ein neues Versteck finden und darauf bauen, dass er der Polizei immer einen Schritt voraus war. Er machte sich nichts vor. Irgendwann erwischte ihn Annas Mörder. Oder die Polizei. Zum ersten Mal hoffte er, dass die Bullen ihn schnappten. Bei denen hatte er zumindest eine Überlebenschance. Aber wie würden sie reagieren, wenn sie ihn in seinem derzeitigen Zustand aufgriffen? Oder wenn sie glaubten, er hätte eine der Ihren getötet?

Trevor fuhr mit Peter zu sich nach Hause. Ein Pub bot nicht genug Privatsphäre, und das Revier kam schon gar nicht infrage. Dort würden sich die Kollegen nur in Beileidsbekundungen ergehen, eine Vorstellung, die Trevor erschreckte. Zudem fürchtete er sich vor dem, was eine solche Anteilnahme bei Peter in seinem labilen Zustand bewirken konnte. Das, was sie beide jetzt brauchten, war ein Drink. Er schenkte zwei große Cognacs ein, ließ Peter im Wohnzimmer zurück und ging in die Küche. Von dort aus rief er im Revier an und gab Sarah Merchant Bescheid, wo sie steckten. Da sie ihn mit Fragen bombardierte, beendete er abrupt das Gespräch und kehrte zu Peter zurück.

Peter trank sein Glas in einem Zug aus. «Wir sollten da draußen sein und bei der Suche helfen.»

«Der Superintendent hat heute Morgen alle verfügbaren Männer rausgeschickt. Ob wir mit von der Partie sind, macht keinen Unterschied.» Trevor war sich bewusst, dass Peter nicht klar denken konnte. Es war auch nur eine Frage der Zeit, bis Mulcahy oder Evans seinen Freund von dem Fall abzogen. So lief das in der Regel, wenn ein ermittelnder Polizist das Opfer näher kannte. Trevor schenkte Peter nach.

«Ich kann hier nicht nur herumsitzen und mich besaufen.» Peter kippte den nächsten Cognac hinunter.

Anstatt darauf etwas zu erwidern, machte Trevor ihre Gläser voll, setzte sich und wartete, dass sein Freund ihm das Herz ausschüttete.

Sarah Merchant war immer noch mit der Dateneingabe beschäftigt, als Dan Evans und Bill Mulcahy ins Revier zurückkehrten. Ihre Mienen sprachen Bände. Pflichteifrig ging sie Kaffee holen.

«Falls ich irgendwie helfen kann, Sir, müssen Sie es nur sagen», meinte sie, als sie mit einem Tablett zurückkam. «Ich bin auch gern bereit, unbezahlte Überstunden zu leisten.»

«Sie könnten heute Abend um acht Uhr an der Einsatzbesprechung teilnehmen», meinte Mulcahy. «Bis dahin müssten wir die Berichte von Patrick und der Spurensicherung haben und können sie vielleicht mit den anderen Ergebnissen abgleichen.»

«Hat die Computerrecherche etwas ergeben?», wollte Evans wissen.

«Ich bin immer noch dabei, die Informationen einzugeben, Sir, aber Sergeant Bradley und ich haben gestern das ganze Material gesichtet. Keiner von uns ist auf einen Bekannten von Weaver gestoßen, der nicht schon überprüft worden wäre.»

«Na, wo er letzte Nacht war, wissen wir ja mittlerweile …»

«Und heute früh», fügt Mulcahy hinzu und ging mit Evans in dessen Büro. «Ist Ihnen Annas Uhr aufgefallen? Das Glas war kaputt. Die Zeiger sind um fünf Uhr stehen geblieben. Er hat das Schloss der Terrassentür geknackt …»

«In dem Punkt war sich die Spurensicherung allerdings nicht so sicher.»

«Aber sie war nicht abgesperrt, oder?», fragte Mulcahy

nach. «Alle anderen Türen und Fenster waren verriegelt. Brauchen wir noch mehr Beweise?»

«Sieht ganz so aus, als wäre er hinten reingegangen.» Evans, der völlig durcheinander war, mochte sich nicht festlegen.

«Weaver ist eingebrochen und hat Krach gemacht. Sie ist nach unten gegangen, hat nachgesehen, was da los ist, und da hat er sie angegriffen.»

«Warten wir lieber ab, bis wir mit Patrick und der Spurensicherung gesprochen haben. Bei dieser Ermittlung wage ich es nicht, irgendwelche Spekulationen anzustellen.»

«Ich hätte nicht gedacht, dass ich mal so einer Obduktion beiwohnen muss.» Mulcahy schlug mit der Faust auf seinen Schreibtisch.

«Soll ich das für Sie übernehmen?», bot Evans an. «Immerhin war sie ja mein Sergeant.»

«Meinen Sie, Sie stehen das durch?»

«Ich rufe Patrick an und frage ihn, wann er loslegt.»

«Dann koordiniere ich die Fahndung nach Weaver. Sollten Sie vor der Obduktion noch Zeit haben, wäre ich Ihnen dankbar, wenn Sie Peter von dem Fall abziehen.»

«Ist das Ihr Ernst?»

«Ich will ihn hier fürs Erste nicht mehr sehen. Das ist ein Befehl.»

Es wehte ein starker Wind. Adam Weaver zog den Kopf ein und joggte eine schmale, von Reihenhäusern gesäumte Straße hinunter. Der schwarze Trainingsanzug, den er von einer Wäscheleine geklaubt hatte, war feucht und klebte an seinem Körper. Seit er in einen brackigen, von Düngemitteln kontaminierten Bach gefallen war, schlotterte er und war ganz blau vor Kälte.

Er lief aus dem Wald und stellte fest, dass das Stadtzentrum entgegen seiner Vermutung nicht mehr weit entfernt war. Diese Gegend kannte er wie seine Westentasche. Er wusste, dass es ganz in der Nähe ein Gässchen gab, das zum unteren Ende der High Street führte, wo viele Gebäude leer standen. Unter ihnen befand sich auch ein altes Kino; und im Erdgeschoss war eine Herrentoilette, deren Fenster zur hinteren Gasse hinausging. Obwohl es mit einer Holzplatte zugenagelt war, konnte man dort problemlos einsteigen, wie er vor Kurzem festgestellt hatte: Vor zwei Tagen hatte er vom Müllcontainer aus beobachtet, wie Polizisten das Kino durchsuchten und Bauarbeiter das Gebäude anschließend wieder verbarrikadierten. Wenig später lösten obdachlose Jugendliche mit einem Zimmermannshammer den Nagel unterhalb des Toilettenfensters, schoben das Brett zur Seite und stiegen ein. Anschließend steckten sie den Nagel wieder ins Loch der Platte und ließen sie langsam wieder in ihre vorherige Position zurückpendeln, damit niemand etwas merkte. Genau so hatten sie es auch in der alten Fabrik gemacht.

Sich in einem besetzten Haus zu verstecken war nicht ungefährlich. Aber da er von der Straße runtermusste, blieb ihm keine andere Wahl.

Ein Streifenwagen fuhr an ihm vorbei. Die Furcht verstärkte sein Zittern. Langsam glitt ein Seitenfenster hinunter, und ein Polizist in Uniform winkte ihn heran.

«Sir, könnten Sie uns helfen?»

Was sollte er jetzt tun? Er blieb stehen, legte die Hände auf die Knie und neigte den Kopf weit nach unten, als wäre er außer Atem.

«Haben Sie diesen Mann gesehen?» Der Polizist zeigte ihm eines der Tony-Fotos.

Er nahm es in die Hand, studierte es ein paar Sekunden lang und schüttelte den Kopf.

«Diesem Mann bin ich nie begegnet», antwortete er in glaubwürdigem irischen Akzent, den er schon immer gut hingekriegt hatte.

«Falls Sie ihm über den Weg laufen sollten …»

«Ich habe die Poster mit der Telefonnummer gesehen. Wenn ich ihn sehe, melde ich mich.»

«Danke, Sir.»

Als der Wagen weiterfuhr, atmete Adam tief ein und aus. Nur noch ein paar Meter. Im hinteren Teil des Kinos gab es eine Kammer, von der nur wenige wussten. Vergangenen Winter hatte er dort ein paar Mal übernachtet, bis die Eigentümer das Gebäude räumen ließen. Früher hatte die Kammer mal als Vorführraum fungiert. Bildete er sich das nur ein, oder war es dort tatsächlich wärmer gewesen als im rattenverseuchten Zuschauersaal? Im Moment sehnte er sich nur nach Wärme. Nach Wärme und ein paar Stunden Schlaf, damit er wenigstens vorübergehend vergessen konnte, was dieser elende Mistkerl Anna angetan hatte.

«Wir gehen jetzt und besuchen Blanche Davies.» Trotz der Cognacs, die Peter getrunken hatte, wirkte er vollkommen nüchtern.

«Wir beide haben ganz ordentlich zugelangt.» Trevor nippte gerade an seinem dritten Glas.

«Ich kann ja fahren, wenn du dafür schon zu betrunken bist.»

«Peter, das kann warten.»

«Nein, da täuschst du dich gewaltig, verdammt nochmal.»

Bevor Trevor sein Glas abgestellt hatte, war Peter schon aufgesprungen und davongeeilt. Fluchend folgte Trevor ihm und blieb im Hauseingang überrascht stehen. Peter hatte sich einfach seinen Autoschlüssel genommen und ließ bereits den Motor an. Trevor schloss rasch die Haustür hinter sich, rannte zu seinem Wagen und setzte sich auf den Beifahrersitz.

Blanche Davies öffnete ihnen die Tür. Aus dem Haus drang angenehm warme Luft, und dem Geruch nach zu urteilen, bereitete Blanche gerade ein klassisches englisches Sonntagsessen zu.

Trevor wurde schwindelig und flau im Magen. Der Bratenduft, die noch frische Erinnerung an Annas verstümmeltem Leichnam und der Alkohol waren einfach zu viel für ihn.

«Sergeant Joseph», grüßte Blanche ihn.

«Und Sergeant Peter Collins», stellte sich Peter vor und zeigte ihr seinen Dienstausweis.

«Ich habe Sie nicht erwartet.»

«Können wir kurz eintreten?», bat Trevor.

Blanche stieß die Tür weiter auf und führte sie in das Wohnzimmer, in dem ein größeres Durcheinander herrschte als bei Trevors letztem Besuch. Auf dem Boden lag die Beilage einer Sonntagszeitung; obenauf war die Comicseite für Kinder.

«Hannah?», unterbrach Blanche ihre Nichte beim Lesen. «Würdest du für mich bitte nach dem Fleisch und den Kartoffeln sehen?»

Das Mädchen schaute zunächst Peter und Trevor an, dann verließ sie ohne ein Wort das Zimmer. Blanche schloss hinter ihr die Tür.

«Wie kann ich Ihnen helfen?», fragte sie Trevor.

«Ich fürchte, wir haben schlechte Nachrichten für Sie, Miss Davies», sagte er rasch, bevor Peter die Gesprächsführung übernehmen konnte.

«Schlechte Nachrichten? Geht es um Adam? Haben Sie ihn gefunden?» Sie ließ sich aufs Sofa fallen.

«Nein, wir sind nicht wegen Adam Weaver hier. Es geht um Ihren Anwalt, Brian Marks. Er ist heute in den frühen Morgenstunden im General Hospital gestorben.»

«Gestorben? Er wirkte ziemlich fit –»

«Es war Selbstmord», schnitt Peter ihr das Wort ab. «Er hat eine Überdosis Paracetamol geschluckt.»

«Mr. Marks hat sich umgebracht?», murmelte sie schockiert.

«Ich fürchte, ja», bestätigte Trevor.

«Aber warum denn? War er krank …?»

«Nein, ihn plagten Schuldgefühle», erwiderte Peter.

Trevor warf ihm einen warnenden Blick zu. «Brian Marks wusste, wer Ihrem Schwager bei seiner Flucht aus dem Gefängnis geholfen hat.»

«In dem Fall hätte er garantiert die Polizei verständigt, oder?»

«Nein, das hat er eben nicht getan», entgegnete Trevor. «Brian Marks wusste auch, dass Adam Weaver sich kurz nach seiner Flucht einer Gesichtstransplantation unterzogen hat.»

«Einer Transplantation? Wollen Sie damit andeuten, dass Adam jetzt das Gesicht eines anderen Mannes hat? Dieses Foto … es hat Adam überhaupt nicht ähnlich gesehen. Sie und Sergeant Bradley haben zwar von plastischer Chirurgie gesprochen, aber …»

«Wir haben uns vielleicht etwas unklar ausgedrückt», erklärte Trevor. Ihm fiel auf, dass sich Peters Hände verkrampften, als Annas Name fiel.

«Der Mann in den Zeitungsberichten, die ich gelesen habe … Hat Adam unten bei den Docks diesen armen Mann getötet?», fragte Blanche.

«Dazu würden wir ihn gern verhören – und auch zu dem Brand in der alten Fabrik», antwortete Trevor.

«Wie Sie wissen, fällt es mir schon schwer zu glauben, dass er Laura auf dem Gewissen haben soll, aber das hier …»

«Haben Sie oder Ihre Nichte den Mann, der vor Hannahs Schule herumlungerte, nochmal gesehen?» Peter zog das leicht verknitterte Foto von Tony aus der Tasche.

Blanche schüttelte den Kopf.

«Hat Brian Marks mit Ihnen jemals über Ihren Schwager gesprochen?», wollte Peter wissen.

«Aber sicher doch. Während der Verhandlung.»

«Und hinterher?», drängte Peter sie. «Nachdem Ihr Schwager getürmt war, hat Marks da nochmal seinen Namen erwähnt?»

«Nicht, dass ich wüsste. Er hat mich allerdings mal gefragt, was ich tun würde, wenn Adam mit Hannah in Kontakt träte.»

«Und was würden Sie tun?»

Sie schaute Peter in die Augen. «Ich würde die Polizei verständigen. Wegen Hannah und auch um seinetwillen.»

«Wie meinen Sie das?», hakte Trevor nach.

«Ob er schuldig oder unschuldig ist, kann ich nicht beurteilen, aber Gewalt verabscheue ich. Die Vorstellung, ich könnte irgendwie zum Tode eines Menschen beigetragen haben, wäre mir unerträglich. Aus diesem Grund würde ich Adam unter gar keinen Umständen schützen.»

«Dann meinen Sie also doch, er wäre zu solchen Verbrechen fähig?», fragte Peter. Inzwischen war er in einer Verfassung, wo er sich an jeden Strohhalm klammerte.

«Keine Ahnung!», rief sie. «Was Adam betrifft, weiß ich überhaupt nicht mehr, was ich denken soll.»

«Mit Ausnahme der Frage, wie Sie reagieren würden, wenn er sich bei Ihnen meldet, hat Brian Marks nach der Verhandlung Ihren Schwager also mit keiner Silbe erwähnt?», bohrte Trevor nach.

«Nein.»

«Und Sie hatten keinen Kontakt mehr zu Ihrem Schwager. Im Gefängnis haben Sie ihn nicht besucht?»

«Nein. Ich habe ihm geschrieben. Nach seiner Verurteilung hat Mr. Marks uns zwei Briefe gebracht. Einen an mich und einen an Hannah.»

«Was stand in diesen Briefen?»

«Persönliche Dinge. Mich hat er schriftlich gebeten, Hannah von ihm und Laura zu erzählen. Und er hat sein Bedauern darüber ausgedrückt, dass ich die Scherben auflesen muss.»

«Hat er behauptet, unschuldig zu sein?», fragte Trevor.

«In dem Brief nicht, aber sonst hat er stets seine Unschuld beteuert.»

«Hat er mal irgendwelche Namen erwähnt? Oder Freunde, an die er sich in einer Notlage wenden würde?»

Blanche schüttelte den Kopf und zog ein Taschentuch heraus.

«Fällt Ihnen jemand ein, der ihm vielleicht Unterschlupf bieten könnte?»

«Glauben Sie etwa, ich hätte Ihnen das nicht schon längst verraten, wenn ich jemanden kennen würde?»

«Und was hat in Hannahs Brief gestanden?», erkundigte sich Peter.

«Der wurde noch nicht geöffnet. Adam wollte, dass sie ihn erst mit achtzehn kriegt. Ich bin mir allerdings sicher, dass darin nichts steht, was Ihnen bei Ihrer Suche helfen könnte … O Gott!» Seit sie von Brian Marks' Tod erfahren hatte, war sie den Tränen nahe gewesen; und nun ließ sie ihnen endlich freien Lauf. «Bitte, entschuldigen Sie. Es ist nur so, dass Mr. Marks mir sehr fehlen wird.»

«Ich bin sicher, in der Kanzlei gibt es jemanden, der seine Mandanten übernimmt.» Blanche Davies' Trauer überforderte Trevor, der seinen eigenen Kummer noch nicht verarbeitet hatte.

«Sie verstehen das nicht. Mir geht es nicht um die Kanzlei. Für uns war er mehr als nur ein Rechtsanwalt.»

«Tante Blanche?»

Hannah war unbemerkt zurückgekommen. Wie sie da so in der Tür stand, wirkte sie ganz verloren und klein.

«Ich habe dich weinen gehört», erklärte sie und starrte Trevor vorwurfsvoll an.

«Hannah, komm her.» Blanche streckte die Arme aus.

«Es geht um Daddy, nicht wahr?» Das Kind wich zurück.

«Nein, Hannah, es geht nicht um Daddy, sondern um Onkel Marks. Er ist heute Nacht gestorben.»

«Er war schon alt, oder?», meinte die Kleine.

«Ja.» Blanche versuchte vergeblich, sich ein Lächeln abzuringen. «Er war alt.»

«Wenn er ein guter Mensch gewesen ist, kommt er jetzt in den Himmel.» Hannah wandte sich zu Trevor um. «Sind Sie gekommen, um mit mir über den Mann vor der Schule zu sprechen?»

«Nein, Hannah. Oder hast du ihn nochmal gesehen?»

«Nein.»

Trevor senkte den Blick. Letztes Mal hatte er zusammen mit Anna Blanche Davies besucht. Peter war nicht der Einzige, der sie vermissen würde. Das Leben ist so fragil, dachte er, und vor allem so verdammt unfair. Gerade ist man noch ein lebendiges, atmendes Wesen, das seinen Aufgaben nachgeht und versucht, das Leben – so gut es eben geht – zu genießen. Und dann … Peng! Aus und vorbei!

Er konnte einfach nicht mehr ruhig hier stehen bleiben. «Tut uns leid, dass wir Ihnen schlechte Nachrichten übermitteln mussten, Miss Davies», sagte er und ging zur Tür hinüber.

Blanche nickte schmallippig.

Die Kleine stellte sich neben Blanche und nahm ihre Hand. «Soll ich Onkel Nigel anrufen?»

«Onkel Nigel?» Peter fixierte Blanche und wartete auf eine Antwort.

«Er ist unser bester Freund», erklärte Hannah.

Peter blickte Blanche weiterhin eindringlich an und fragte erneut: «Wer ist dieser Onkel Nigel?»

«Sie haben Hannah ja gehört», erwiderte Blanche gereizt. «Er ist ein Freund, ein alter Freund.»

«Der Familie?», erkundigte sich Trevor.

«Er ist mit Laura in die Schule und aufs College gegangen.»

Trevor hätte sich am liebsten selbst in den Hintern getreten. Blanche Davies war eine sehr schöne Frau, die ihrer Schwester verblüffend ähnlich sah. Wieso war er eigentlich bislang nicht auf die Idee gekommen, die Männer in ihrem Leben zu überprüfen und zu klären, ob es zwischen ihnen und Lauras geheimnisvollem Freund eine Verbindung gab?

«Was macht er?»

«Er ist freischaffender Regisseur.»

«Heißt er mit Nachnamen etwa Valance?», fragte Peter.

«Sie kennen ihn?», entgegnete Blanche überrascht.

«Wir müssen jetzt los.» Peter eilte zur Haustür und öffnete sie. Er überließ es Trevor, sich für die Störung zu entschuldigen und zu verabschieden.

«Valance hat tagelang unten in der Jubilee Street gefilmt, und zwar bevor der Penner abgefackelt wurde», begann Peter, kaum dass Blanche die Haustür geschlossen hatte. «Beim Dreh hat er bestimmt eine ganze Reihe Obdachloser kennengelernt.»

«Und er war am Tatort und hat den Brand gefilmt, ehe

die Feuerwehr auftauchte. Ich habe ihn dort mit seiner Kamera gesehen.»

«Könnte er damit etwas zu tun haben?»

«Eine Aneinanderreihung von Zufällen?»

«Daran glaube ich schon lange nicht mehr», sagte Peter, als sie den Wagen erreichten. «Weaver flieht aus dem Gefängnis, verschwindet von der Bildfläche und taucht in eine Welt ab, wo keiner eine Erklärung verlangt. Zwei Jahre später taucht er plötzlich hier auf. Er will nun unbedingt sein Kind sehen und geht zur Schule. Die Kleine erzählt … ihrem Onkel Nigel von dem Mann …»

«Aber laut Hannahs Aussage hatte der Mann keine Ähnlichkeit mit ihrem Vater.»

«Valance weiß doch, dass ein Schauspieler wie Weaver in der Lage ist, sein Äußeres grundlegend zu verändern.»

«So stark, dass seine eigene Tochter ihn nicht wiedererkennt?», fragte Trevor skeptisch. «Was willst du jetzt unternehmen?»

«Ruf auf dem Revier an und lass ihn steckbrieflich suchen.»

«Wir haben keinen einzigen Beweis.»

«Und sorg dafür, dass hier eine Streife postiert wird. Mit der Begründung, Weaver könnte jeden Moment hier auf der Matte stehen. Anschließend erzählen wir der Streife von Valance.»

«Ziehst du etwa auf einmal die Möglichkeit in Betracht, dass Weaver unschuldig sein könnte?», wunderte Trevor sich.

«Mag sein, dass er nicht für den Tod seiner Frau verantwortlich ist, aber Anna hat er auf alle Fälle umgebracht.»

«Peter, das haut doch hinten und vorn nicht hin.»

«Wann haut in diesem Fall schon mal etwas hin? Von Anfang an war das nicht so. Auf dem Weg zum Revier fahren wir beim Fernsehsender vorbei und beschaffen uns Valance' Privatadresse. Jetzt braucht es nur noch ein paar Stunden harte Arbeit und etwas Glück, dann können wir Weaver und vielleicht auch noch Valance abschießen. Ich habe schon immer geahnt, dass dieser kleine Scheißer irgendwie pervers ist.»

Trevor zog die Schlüssel aus der Tasche und warf Peter einen argwöhnischen Blick zu. Hatte Peter die Waffe nach dem Einsatz in der Fabrik zurückgegeben oder meinte er das mit dem Abschießen nicht nur in einem übertragenen Sinne?

Tom Morris saß neben einem Jugendlichen, der sich im Heim über eine Schale Cornflakes beugte. «Haben sich die Hausbesetzer aus der alten Fabrik nach dem Brand woanders eingenistet?»

«Mir ist nichts zu Ohren gekommen», antwortete der Junge und kaute weiter.

«Bist du sicher?»

«Ich weiß nichts, klar? Müssten wir für die Übernachtung nicht blechen, würden mehr von uns hier pennen. Wie sollen wir an die Kohle rankommen, die Sie für ein Bett verlangen?»

«Wenn du die Finger von den Drogen und dem Alk lässt, geht das schon.»

«Ich möchte mal sehen, wie Sie das hinkriegen wollen. Möchte mal erleben, wie Sie es da draußen ohne Zaster schaffen.»

«Mr. Morris?» Ein anderer Junge trat an ihren Tisch.

«Ja», erwiderte Tom ungeduldig.

«Können wir uns kurz unter vier Augen unterhalten? Es ist wichtig.»

«Warte vor meinem Büro. Ich komme gleich dorthin.»

Als Tom eine Stunde später die Treppe hochstieg, sah er zu seiner Überraschung, dass der Junge immer noch auf ihn wartete.

«Komm rein.» Er warf einen Blick auf seine Uhr. Normalerweise duschte er und zog sich um, ehe er nach Hause ging. Heute musste er darauf verzichten, sonst kam er zu spät zum Abendessen mit seiner Frau und ihren Eltern.

«Ich habe ihn gesehen, Mr. Morris, und wusste nicht, wem ich Bescheid sagen soll. Zu den Bullen kann ich nicht. Ist verboten, sich dort aufzuhalten. Aber nachts ist es kalt –»

«Wen hast du gesehen?», unterbrach Tom den schwafelnden Jungen.

«Den Mann, hinter dem die Bullen her sind. Der Typ, dessen Foto überall hängt. Sieht jetzt ein bisschen anders aus, aber ich kenne ihn von früher, als er noch hier gepennt hat. Den würde ich überall erkennen. Selbst mit den blonden Haaren. Er ist in das alte Kino eingestiegen. Mit seinem Arm stimmt was nicht. Er ist zweimal gestürzt.»

«Das alte Kino wurde doch dichtgemacht.»

«Jason hat ein Brett gelockert. Wie in der alten Fabrik.»

«Wann hast du ihn da gesehen, Bobby?»

«Gerade eben. Ich wollte meine Kohle sparen und heute Nacht im Kino pennen. Jetzt nicht mehr. Ich war in der Fabrik, als sie in Flammen aufging. Nochmal möchte ich so was nicht erleben. In dem Kino sind noch andere, Mr. Morris. Jemand muss die Leute warnen. Ich wusste nicht, was ich tun soll, Sir, bis Sie mir eingefallen sind. Es heißt, er hätte den Mann und die Fabrik angezündet. Wenn er das Kino auch noch anzündet, sterben alle, die jetzt da drinnen sind. Zur Polizei kann ich nicht. Die stecken mich dann nur wieder ins Heim …»

«Keine Sorge, Bobby. Lass nur gut sein.» Morris griff

nach dem Telefonhörer. «Verschwinde jetzt. Von mir erfährt keiner, dass du mit mir gesprochen hast. Ich lass dich aus dem Spiel.»

«Sagen Sie denen, Sie hätten ihn gesehen, Sir?»

«Ja, Bobby, das mache ich.»

Kapitel neunzehn

«Das passt», behauptete Peter.

«Ihre Theorie steht auf ziemlich wackeligen Beinen», entgegnete Evans.

«Nigel Valance ist ein Freund von Blanche Davies und mit Laura Weaver zur Schule und aufs College gegangen. Na, was sagt uns das? Dass Laura Weaver mit ihm eine Affäre hatte, oder?»

«Auch wenn wir diese Möglichkeit in Betracht ziehen müssen, kann man daraus doch nicht gleich schlussfolgern, dass er Laura getötet hat ...», wandte Trevor ein.

«Du warst doch derjenige, der an Weavers Unschuld glaubte», erinnerte Peter ihn.

«Ich war nur der Meinung, dass die Beweise kein schlüssiges Bild ergeben.»

«Nigel Valance ist ein Freund von Blanche», fuhr Peter fort. «Aus der Art und Weise, wie sie über ihn gesprochen hat, kann man schließen, dass sie einander sehr nahestehen. Er besucht sie und Hannah. Nehmen wir mal an, Hannah hat ihm von dem Mann vor der Schule erzählt und gesagt, dass er wie ihr Vater aussieht ...»

«Von hinten», hob Trevor hervor.

«Kapierst du es denn nicht? Falls Weaver und Matthews die Klamotten getauscht haben, passte die Beschreibung auf beide Männer. Groß, dünn, dunkelhaarig, rote Baseballschuhe. Vielleicht hat Valance Matthews für Weaver gehalten und ihn aus Versehen getötet.»

«Da drängen sich zwei Fragen auf, Peter», sagte Evans, während er die Fotos auf dem schwarzen Brett anstarrte. «Erstens: Woher wusste Valance von Weavers Gesichtstransplantation, wo wir doch erst vor Kurzem dahintergekommen sind?»

«Weaver ist vor zwei Jahren aus dem Knast geflohen und wurde bis heute nicht gefasst, was eine Meisterleistung ist. Valance hat erraten, dass Weaver sein Äußeres verändert hat. Schließlich war Weaver ja früher Schauspieler.»

«Tony hat keinerlei Ähnlichkeit mit Weaver.»

Peter überlegte kurz. «Es wäre möglich, dass Brian Marks ihn eingeweiht hat. Er wusste von der Verpflanzung und kümmerte sich auch um Blanche Davies und die Kleine. Wenn er jemandem sein Geheimnis anvertrauen wollte, wieso dann nicht Blanches Freund, einem Mann, der die beiden beschützen kann?»

«Alles nur Mutmaßungen und Spekulationen», protestierte Trevor.

«Valance und Blanche sind offenbar ein Paar.»

Für einen Mann, der eben erst von der Ermordung seiner Freundin erfahren und ihren entstellten Leichnam gesehen hatte, war Peter nach Evans' Meinung viel zu ruhig und sachlich. Nach Peters Wutanfällen in Annas Haus rechnete er jeden Moment mit einem dramatischen Gefühlsausbruch.

«Braucht man jemanden, der eine Frau und ein Kind beschützt und sich dabei voll reinhängt, wendet man sich am besten an ihren Liebsten, oder?», fuhr Peter fort.

«Nun gut», meinte Trevor, «wir wissen mit Sicherheit, dass Valance sich bei der alten Fabrik herumgetrieben hat, als sie brannte, und dass er praktisch der Erste vor Ort war.»

«Findest du meine Thesen jetzt nicht mehr so abwegig, Trevor?»

«Zweite Frage», begann Evans, der endlich seine Überlegungen zu Ende führen wollte. «Angenommen, Valance ist unser Täter: Wieso sind dann Weavers Fingerabdrücke überall in Annas Haus?»

«Weaver war am Ende. Er ist bei ihr eingebrochen …» Peters Stimme begann zu zittern. «Anna hat ihn erkannt, und bei ihm ist eine Sicherung durchgebrannt.»

«Dann laufen jetzt also zwei Mörder frei herum?», schlussfolgerte Evans.

«Könnte durchaus sein.»

«Ich wünschte, wir hätten Weaver schon», erklärte Evans mit Nachdruck. «Schuldig oder nicht, nur er kann uns helfen, dieses Durcheinander aufzudröseln.»

«Sollte er tatsächlich unschuldig sein, kann der Kerl einem echt leidtun», murmelte Trevor.

«Peter, gehen Sic zu Sarah und fragen Sie sie, ob sie eine Liste aller Personen zusammenstellen kann, die mit Laura und Adam Weaver auf der Schauspielschule waren. Und auch von den Schauspielern, mit denen das Paar später gearbeitet hat.» Mit diesen Anweisungen handelte der Inspector zwar gegen Mulcahys Befehl, Peter vom Fall abzuziehen. Doch Evans hatte den Eindruck gewonnen, dass er Peter weiterhin beschäftigen musste, um Schlimmeres zu verhindern.

«Trevor», fuhr Evans fort, «Sie kümmern sich darum, dass Valance hierhergebracht wird, sobald er irgendwo auftaucht. Bis wir genug Beweise für einen Durchsuchungsbefehl haben, unterstützen Sie Ihre Kollegen bei der laufenden Ermittlung. Haben wir Valance erst einmal hier, knöpfen der Superintendent und ich uns den Burschen vor. Und Sie beide …» – er musterte Peter und Trevor mit strenger Miene – «… werden der Vernehmung nicht beiwohnen, nur damit Sie's wissen.»

«Akten aus Sergeant Bradleys Haus.» Chris Brooke legte den Stapel auf Annas Schreibtisch, an dem jetzt Sarah arbeitete. «Die Spurensicherung hat sie rübergeschickt», fügte er hinzu und schaute anschließend zu Peter, der in gebeugter Haltung auf einem Stuhl saß und die Seiten überflog, die der Drucker auswarf. «Mir … uns … wir alle hier sind bestürzt wegen dem, was Sergeant Bradley zugestoßen ist.»

Peter blätterte die Ausdrucke durch und tat so, als hätte er Brookes Worte nicht gehört. «Irgendwelche Neuigkeiten über Valance?»

«Noch nicht.»

«Dann sagen Sie allen, dass sie sich mal ein bisschen anstrengen sollen.»

«Sir.» Brooke verließ das Büro.

«Hat sich die Schauspielschule schon gemeldet?», erkundigte sich Peter bei Sarah.

«Nein, das wissen Sie doch. Schließlich sitzen Sie ja gleich neben dem Telefon», erwiderte Sarah.

So eine pampige Antwort hätte Anna ihm auch gegeben. Ihr Tod setzte ihm richtig zu. Er nahm den Aktenstapel, den Chris auf den Schreibtisch gelegt hatte. Es war gerade mal vierundzwanzig Stunden her, dass Anna sich mit diesen Unterlagen beschäftigt hatte. Als er den obersten Schnellhefter aufschlug, fielen Zeitungsausschnitte und Listen heraus.

«Anna hat alle Informationen von dem Team gesichtet, das mit der Untersuchung von Weavers Gefängnisausbruch betraut war», berichtete Sarah, als sie sah, dass er sich in die Zeitungsausschnitte vertiefte.

«Genau wie wir haben die sich damals offenbar den Kopf darüber zerbrochen, wie er fliehen konnte.» Peter zog eine vergilbte Seite heraus, die aus einer Theaterzeitschrift stammte.

Die Überschrift weckte seine Neugier: STUDENTENAUFFÜHRUNG ZIEHT DAS INTERESSE EINES FILMEMACHERS AUF SICH. Über der Schlagzeile war ein Foto abgedruckt, das eine Gruppe junger Menschen in Kostümen aus dem siebzehnten Jahrhundert zeigte. Die Mädchen trugen lange Rüschengewänder mit tiefen Dekolletés, die Männer Kniebundhosen, weite Hemden und knielange, bestickte Westen.

Peter begann, das Bild eingehender zu betrachten, und erkannte nach nur wenigen Augenblicken Adam Weaver: Er stand mitten auf der Bühne und hielt die Hand der Hauptdarstellerin, der offenbar das Augenmerk des Filmemachers gegolten hatte. Hinter ihm, in der zweiten Reihe, entdeckte Peter das hübsche Gesicht von Laura Weaver, das von den künstlichen Locken einer opulenten Perücke eingerahmt wurde. Nigel Valance stand in einer derben Hufschmiedschürze ganz außen in der letzten Reihe. Eine ganze Weile lang studierte Peter das Gesicht des Mädchens neben Valance. Es bestand überhaupt kein Zweifel: Die junge Frau mit der weißen Morgenhaube, die ihn vom Foto aus anlächelte, war Anna Bradley.

In dem Moment musste er daran denken, wie sie sich vor ihrem verdeckten Einsatz in der Fabrik herausgeputzt hatten.

Ich war mal auf der Schauspielschule … Drei Jahre lang. Ich habe sogar ein Diplom. Nach dem Abschluss habe ich eine Saison lang in Blackpool als Revuetänzerin in einer Show gearbeitet …

Er schleuderte Trevor das Foto hin. «Außen in der hintersten Reihe. Anna hat die Verbindung, die zwischen ihr und Weaver bestand, aus dem Computer gelöscht.» Mit zitternden Händen griff er nach einer getippten Namenliste aus der Studentenkartei der Schauspielschule.

«Anna kannte Weaver?», rief Trevor erstaunt aus, während er das Foto betrachtete.

«Sieht ganz so aus», echauffierte Peter sich.

«Das wusste ich nicht.»

«Sie hat ja auch alles dafür getan, dass keiner von uns Wind davon kriegt.» Peter überflog die alphabetisch geordnete Namenliste. Es dauerte nicht lange, bis er fand, wonach er suchte. Zuerst tauchte Annas Name auf, dann folgte der von Laura Davies und am Ende der von Nigel Valance sowie von Adam Weaver. Vier Personen, die sich seit zehn Jahren kannten und die ein Mord miteinander verband.

«Kein Wunder, dass sie während der letzten paar Tage keinen von uns in die Nähe ihres Hauses gelassen hat», knurrte Peter.

«Du kannst doch nicht ernsthaft glauben, dass sie Weaver versteckt hat?»

«Was denn sonst? Mich wundert nur, dass wir zu blöd waren, den Zusammenhang zu sehen. Laut Spurensicherung waren seine Fingerabdrücke überall in ihrem Haus. Im Schlafzimmer, im Bad, im Wohnraum, unter der Treppe … und Samenspuren auf dem Laken. Wie plausibel klingt es denn, dass ein mordlüsterner Vergewaltiger im ganzen Haus seine Fingerabdrücke verteilt, oben im Schlafzimmer eine Frau vergewaltigt, sie hinterher runter in die Küche schafft und dort ermordet?»

«Er ist da.» Andrew Murphy steckte den Kopf durch die Tür.

Trevor, der gerade dabei war, die Unterlagen zu sichten, blickte auf. «Valance?»

«In Verhörraum zwei. Der Superintendent und Dan

Evans vernehmen ihn gerade. Seit wir ihm seine Rechte vorgelesen haben, schreit der Kerl in einem fort nach seinem Anwalt.»

Trevor ließ die Akte fallen und trat zu Andrew in den Korridor. «Haben Sie Peter Bescheid gegeben?»

«Noch nicht.»

«Sagen Sie ihm, dass ich ihn im Beobachtungsraum treffe.»

Andrew hatte nicht übertrieben. Valance saß mit hochrotem Kopf am Tisch und machte aus seiner Entrüstung keinen Hehl. Bill Mulcahy, nach außen hin ganz gelassen, hatte ihm gegenüber Platz genommen. Vor der geschlossenen Tür standen zwei Beamte.

«Ist sein Anwalt mittlerweile aufgetaucht?», fragte Andrew und trat in den Beobachtungsraum.

«Nein.» Trevor warf einen Blick über die Schulter, als Peter und Chris hereinkamen und sich zu ihnen gesellten. Jede Minute, die verstrich, fühlte sich wie eine kleine Ewigkeit an.

Als Valance' Zorn verrauchte und er es mit der Angst zu tun bekam, änderte sich seine Gesichtsfarbe, und er wurde aschfahl. Eine ganze Weile lang wurde weder im Verhörzimmer noch im Beobachtungsraum gesprochen.

Schließlich kam ein kleiner, rundlicher Mann in einem verknitterten Anzug in den Verhörraum gerauscht.

«Bitte entschuldigen Sie, dass das so lange gedauert hat», entschuldigte er sich.

«Schalte lauter!», brüllte Peter.

Trevor beugte sich zum Lautstärkeregler vor und tat, worum Peter ihn gebeten hatte.

Der Anwalt setzte sich zwischen den Superintendent und seinen Mandanten und blickte zu Evans hoch. Der Inspector las Valance noch einmal seine Rechte vor und bombardierte ihn dann mit Fragen zum Brand in der alten Fabrik.

Valance beteuerte energisch seine Unschuld, sprang auf und lief zur Tür. Sein Anwalt drängte ihn, wieder Platz zu nehmen. Als Evans begann, seine Fragen zu wiederholen, machte Valance so großen Krawall, dass man den Inspector nicht mehr verstand. Der Filmemacher fuchtelte mit den Armen herum und wollte wissen, warum man ihn zu dem Brand verhörte. Nur mit vereinten Kräften gelang es Evans, den beiden Polizisten und dem Anwalt, dass Valance sich wieder setzte.

Trevor bemerkte, wie Peter den Kugelschreiber nahm, der vor ihm auf dem Tisch lag, und nervös damit spielte. Währenddessen nahm Evans den Filmemacher in die Mangel. Der Inspector befragte ihn zu dem Feuer in der Fabrik, verlangte eine Erklärung dafür, weshalb er so schnell am Tatort gewesen war, und wollte genau wissen, in welcher Beziehung er zu Blanche und deren Nichte stand. Überraschenderweise wirkte Valance nach dem ersten Wutausbruch bemerkenswert gefasst und blockte alle Fragen ab.

«Verdammte Schauspieler», fluchte Trevor. «Wer kann schon beurteilen, wann sie die Wahrheit sagen und wann sie faustdicke Lügen auftischen?»

Bill Mulcahy unterbrach Evans, richtete seinen Blick auf Nigel Valance und deutete an, dass dieser nach Lauras Tod nur aus Hinterlist oder niedrigen Beweggründen die Freundschaft mit Blanche Davies und ihrer Nichte aufrechterhalten hatte.

Falls Mulcahy mit seinen Äußerungen die Absicht verfolgt hatte, Valance' Gefühle in Aufruhr zu versetzen, dann war er mit dieser Strategie ziemlich erfolgreich. Der Filmemacher verlor die Beherrschung und begann erneut, wie ein Irrer zu toben und zu schreien. Es dauerte geschlagene zehn Minuten, ihn zu beruhigen. Schließlich wurde ein Tablett mit Tee und Keksen hereingebracht, und Nigel nahm wieder neben seinem Anwalt Platz, direkt gegenüber von Evans und Mulcahy.

Der Superintendent sortierte seine Unterlagen, zog ein Collegefoto hervor, das Peter in Annas Akten gefunden hatte, und schob es über den Tisch. «Sie waren mit Adam Weaver und Laura Davies auf der Schauspielschule?»

«Das habe ich nie geleugnet.»

«Ein einfaches Ja oder Nein genügt, Mr. Valance.»

«Hatten Sie eine Affäre mit Laura Davies?», wollte Evans wissen.

Nigel blickte seinen Rechtsbeistand fragend an. «Muss ich darauf antworten?»

«Sie müssen auf gar nichts antworten, wenn Sie das nicht möchten, Mr. Valance.»

«Sollten Sie jedoch unsere Fragen nicht beantworten, Mr. Valance, werden wir daraus unsere eigenen Schlüsse ziehen», meinte Evans.

«Dann hatte ich halt eine Affäre mit Laura», meinte er erbost. «Und wenn schon? Ihr Ehemann hat mit der Hälfte aller Frauen in London herumgevögelt, und Laura wollte auch auf ihre Kosten kommen. Ich war nicht der Einzige, mit dem sie was am Laufen hatte.»

«Wollen Sie damit sagen, dass Laura Davies außer Ihnen noch andere Liebhaber hatte?»

Peter rutschte auf seinem Stuhl nach vorn und umklammerte den Stift.

«Es gab Dutzende, die ihr nichts bedeutet haben, und einen, an dem sie sehr hing. Seinetwegen hat sie mich verlassen. Pech für sie. Er wollte sie nicht. Ich habe versucht, ihr das begreiflich zu machen, aber sie wollte nicht hören. Er war glücklich verheiratet, als sie in sein Leben trat. Für ihn war sie nur eine flüchtige Zerstreuung, mehr nicht.»

«Kennen Sie seinen Namen?»

«Ja. Sie hat mir früher alles erzählt. Wenn Adam Weaver in der Woche mit zwölf Frauen schlief, wollte sie dreizehn Männer vernaschen. Bis dieser Typ auftauchte und sie völlig hin und weg war, machte es mir nichts aus, einer von vielen zu sein. Zuerst störte es sie nicht, dass er nur ein kurzes Abenteuer suchte, aber irgendwann war sie geradezu besessen von ihm, vermutlich weil er der einzige Mann war, der sie je verlassen wollte. Nachdem er Schluss gemacht hatte, fing sie an, Tag und Nacht hinter ihm herzutelefonieren. Daheim, auf der Arbeit. Dass seine Frau eifersüchtig wurde, kümmerte sie nicht. Und auch nicht, dass sie seine Karriere zerstörte. Im Gegenteil, das schürte ihre Besessenheit nur noch.» Valance macht eine Pause und steckte sich eine Zigarette in den Mund.

Evans gab ihm Feuer und fragte: «Sein Name?»

«Tom Morris. Sie hat ihn über ihre Schwester Blanche kennengelernt. Er und Blanche waren Sozialarbeiter. Darauf ist Laura abgefahren. Im Gegensatz zu uns hatte er einen seriösen Beruf, der viel, viel sinnvoller war als das, was wir machten – Unterhaltung für die breite Masse. Sie sind sich kurz nach seinen Flitterwochen zum ersten Mal begegnet; und wie ich schon sagte, für Laura waren alle Männer Freiwild. Sie wollte ihn, und sie kriegte ihn … für eine Weile. Doch irgendwann hat sie sich in ihn verliebt. Wenn Sie mich fragen, wurde aus der Geschichte mehr, als den beiden lieb war.»

«Was genau wollen Sie damit sagen, Mr. Valance?», fragte Mulcahy.

«Zwei Wochen vor ihrem Tod hat Laura mit mir Schluss gemacht mit der Begründung, sie könne dieses hohle Leben nicht mehr fortführen. Morris hätte ihr vor Augen geführt, dass es mehr gibt als Trinken, Partys und zwanglosen Sex.

Er war der erste Mann, den sie wirklich liebte. Daher war sie bereit, alles für ihn aufzugeben. Die anderen Männer, ihre Karriere, Adam und, falls nötig, sogar ihre Tochter. Mir hat sie erzählt, es wäre ihr gelungen, Tom zu überreden, dass er seine Frau verlässt und mit ihr weggeht. Und als Nächstes hörte ich dann, dass sie tot war.»

«Bei Adam Weavers Verhandlung wurden Sie nicht als Zeuge geladen.»

«Ich habe keine Ahnung, was in der Nacht geschah, in der sie ermordet wurde. Natürlich habe ich mich gefragt, ob sie Adam von Tom erzählt und er die Beherrschung verloren hat. Ihre Auseinandersetzungen waren legendär, sogar schon auf der Schauspielschule. Manchmal mussten die beiden Sonnenbrillen tragen, damit keiner die Veilchen sah, die sie sich gegenseitig verpasst hatten.»

Im Beobachtungsraum hatten alle den Ausführungen von Valance schweigend zugehört. Plötzlich fragte Andrew: «Wer ist wohl der Mörder dieser netten Dame gewesen? Weaver, Morris oder Valance?»

«Möglicherweise hat Morris beschlossen, doch lieber bei seiner Frau zu bleiben», spekulierte Chris. «Woraufhin seine Geliebte gedroht hat, seiner Angetrauten alles haarklein zu erzählen.»

«In der Nacht, in der Matthews ermordet wurde, war Morris in der Jubilee Street. Und auch am Abend des Brandes in der alten Fabrik», überlegte Trevor laut und dreht sich um, weil er Peters Meinung zu den neuen Informationen hören wollte – doch sein Freund war nicht mehr zu sehen.

Die Tür des Beobachtungsraumes stand offen. Peter hatte sich schon auf den Weg gemacht.

Peter bog doppelt so schnell als erlaubt in die Jubilee Street ein und trat nur Augenblicke später die Bremse durch. Mit quietschenden Reifen und beachtlichem Abstand zum Randstein kam der Wagen zum Stehen. Peter sprang aus dem Fahrzeug, ohne den Schlüssel zu ziehen. Trevor, der ihn auf dem Parkplatz ihrer Dienststelle eingeholt hatte, nahm den Schlüssel an sich. Rasch folgte er seinem Kollegen und schwor sich, ihn heute nicht mehr ans Steuer zu lassen.

Im Obdachlosenheim sah er, wie Peter mit der Faust auf Tom Morris' Bürotür einhämmerte.

«Er ist nicht da!», rief ein freiwilliger Helfer, der auf dem Treppenabsatz über ihnen stand.

«Wissen Sie, wohin er gegangen ist?», fragte Trevor.

«Keine Ahnung. Am Samstagnachmittag hat er immer frei.»

Peter schaute Trevor an, der ihm mitteilte: «Ich wollte seine Beschreibung über Funk rausgeben, doch Sarah hat mir erzählt, dass Evans uns zuvorgekommen ist. Alle Einsatzfahrzeuge und Streifenpolizisten wissen Bescheid.»

Während sie zur Tür zurückgingen, schwor Peter: «Ich werde den Mistkerl umbringen, so wahr mir Gott helfe. Ich werde …»

Auf dem Weg nach draußen verpasste er der Eingangstür einen Fußtritt.

«Es ist doch noch gar nicht sicher, dass er der Mörder ist», gab Trevor zu bedenken. «Wir statten jetzt Sam Mayberry einen Besuch ab. Vielleicht weiß er, wo Tom Morris seine Samstagnachmittage verbringt. Wenn wir Tom gefunden haben, bringen wir ihn aufs Revier, damit Evans ihn vernehmen kann.» Nach Trevors Einschätzung war es für sie beide am besten, wenn er und Peter sich richtig ins Zeug legten, bis Annas Mörder – wer immer das auch sein mochte – verhaftet war. Doch ihm graute vor der Zeit danach, wenn er und Peter nichts mehr zu tun hatten.

«Trevor, Peter, gut, euch zu sehen. Habt ihr euren Täter schon gefunden?», rief Sam Mayberry ihnen auf der Straße entgegen. Er schleppte mehrere Plastiktüten mit Lebensmitteln, die eine der Kirchengemeinden in der Stadt gespendet hatte.

«Nein, aber lange kann es nicht mehr dauern, Sam», entgegnete Trevor.

«Wieso seid ihr eigentlich hier und nicht dort?», fragte ein großer, dürrer Jugendlicher mit gelben Haaren und fehlenden Schneidezähnen, den Sam im Schlepptau hatte. «Ihr seid doch Bullen, oder?»

«Ja», blaffte Peter ihn an.

«Ich dachte, Sie helfen Mr. Morris.»

«Und aus welchem Grund sollten wir das tun?», wollte Peter wissen.

«Weil … das ist ein Geheimnis.» Der Junge wich ein paar Schritte zurück.

«Du kannst uns dein Geheimnis ruhig anvertrauen. Wir verpetzen dich nicht», drängte Peter ihn.

«Sie werden mich verhaften. Und einsperren», plapperte der Junge.

«Das tun wir nicht. Versprochen.»

«Sag den Sergeants, was du weißt, Bobby», ermutigte Sam ihn. «Und dann machen wir uns was zu essen. Ich habe hier alles, was wir brauchen.» Er hielt eine der Tüten hoch.

«Sie versprechen, dass Sie mich nicht in den Knast stecken?»

«Großes Ehrenwort», versicherte Trevor ihm.

«Ich habe ihn gesehen. Den Mann, den alle suchen.»

«Diesen Mann?» Peter zog das Foto von Tony aus der Tasche.

«Ja, das ist er. Nur sieht er nicht mehr so aus. Seine

Haare sind jetzt kurz und blond. Und er hat schwer was abgekriegt. Sein Gesicht war ganz blutig und sein Arm auch.»

«Wo hast du ihn gesehen?», fragte Trevor.

«Weil es nicht erlaubt ist, dort abzuhängen, habe ich Mr. Morris davon erzählt und ihn gefragt, ob er Ihnen Bescheid geben kann. Und er hat versprochen, es Ihnen zu sagen.»

«Wo darf man nicht abhängen?», fragte Peter streng; ihm riss langsam der Geduldsfaden.

Der Junge begann zu weinen.

«Bobby, du musst den Polizisten sagen, was du weißt.» Mayberry stellte eine der Tüten ab und legte dem Jungen den Arm um die Schultern.

«Im alten Kino.»

«Das am unteren Ende der High Street?», rief Trevor, der zum Auto zurückgeeilt war und schon die Tür aufgerissen hatte.

«Wie bist du da reingekommen?», fragte Peter laut und rannte ebenfalls zum Wagen.

«Auf der Rückseite gibt es ein Toilettenfenster mit einem Brett davor, und das kann man zur Seite schieben.»

«Tom Morris hätte bestimmt das Revier angerufen, wenn es wichtig gewesen wäre …», rief Sam dem Wagen hinterher, der die Straße hochraste.

Trevor streckte die Hand nach dem Funkgerät aus.

«Lass das. Wir brauchen keine Verstärkung!»

«Wieso denn nicht? Wenn er dort ist …»

«Kann sein, kann aber auch nicht sein. Wer weiß, ob das Bürschchen die Wahrheit gesagt hat.»

«Herrje, diesmal sollten wir uns auf alle Fälle an die Vorschriften halten. Vergiss nicht, Anna war auch meine

Freundin. Schon ihretwegen müssen wir darauf achten, dass alles ganz ordnungsgemäß abläuft und wir der Verteidigung die Schlupflöcher nicht auf dem Silbertablett servieren.»

«Und der verdammte Mistkerl, der Hackfleisch aus ihr gemacht hat?»

«Ich will doch nur, dass er vor Gericht gestellt wird und verurteilt wird.»

«Vorausgesetzt, dass es überhaupt so weit kommt.»

Die meisten Gebäude in der Park Street stammten aus der Zeit vor dem Ersten Weltkrieg, und gut die Hälfte davon waren mit Brettern verrammelt. Bis auf zwei Pubs, die ihren Gästen erlaubten, mit den Motorrädern ins Lokal zu fahren, hatten alle anderen Kneipen aufgegeben. Neben dem alten Art-déco-Kino mit der verrußten, stuckverzierten Fassade stand ein verbarrikadiertes Lagerhaus, das bis vor zwei Jahren eine Einzelhandelskette gemietet hatte. Zwei uniformierte Polizisten hatten den Funkruf gehört und erwarteten Peter und Trevor in der Gasse.

Trevor stieg aus dem Fahrzeug und musterte die Rückseite des grauen Backsteingebäudes. «Hier muss es irgendwo ein Fenster geben, das aufgebrochen wurde.»

«Sollten wir nicht auf einen Durchsuchungsbefehl warten, Sir?», gab einer der beiden Constables zu bedenken.

Peter warf ihm einen vernichtenden Blick zu. «Wann haben Sie Ihre Ausbildung beendet, mein Junge?»

«Vor sechs Wochen.»

«Noch ein paar Fragen wie eben, und Sie können nochmal die Schulbank drücken.»

Peter ging zu drei kleinen, dicht nebeneinanderliegenden Fenstern, die jeweils mit einer Holzplatte verbarrikadiert waren. Er zog ein Klappmesser aus der Hosentasche, schob beim ersten Fenster die Klinge zwischen Mauer und Brett und versuchte, es zu lösen. Doch das Holz bewegte sich keinen Millimeter. Er probierte es bei der zweiten versperrten Öffnung und hatte mehr Glück. Zwar ließ sich der Nagel oberhalb des Fensters nicht entfernen, dafür aber der unterhalb des Simses, sodass Peter die Platte zur Seite schieben konnte. Sobald er aber die Hand vom Brett nahm, pendelte es in seine alte Position zurück und verdeckte wieder das Fenster.

Trevor warf einen Blick nach hinten und sah, dass Brooke sich zu den Grünschnäbeln gesellt hatte. «Chris, warten Sie hier, bis Sergeant Collins oder ich Sie rufen», befahl er dem jungen Kollegen und wandte sich dann an die zwei anderen Polizisten. «Sie beide bewachen diese Gasse; einer von Ihnen postiert sich am oberen Ende, der andere am unteren. Wenn's Probleme gibt, fordern Sie über Funk Verstärkung an.»

«Ja, Sir», erklärten die beiden und bezogen rasch ihre Stellungen.

Trevor schob nun die Holzplatte hoch und spähte in das Gebäude. «Wir brauchen Taschenlampen.»

«Und ein Schießeisen», fügte Peter hinzu.

Trevor drehte sich zu Brooke um. «Chris, informieren Sie das Revier und fordern Sie Taschenlampen und bewaffnete Einsatzkräfte an.» Als Trevor sich wieder umwandte, sah er, dass Peter das Brett mit einem Arm zur Seite drückte und mit dem anderen sich auf den Sims hievte. «Peter», rief er, «wir gehen da erst rein, wenn wir Waffen haben!»

«Wenn Weaver sich da drinnen aufhält und Morris ihm dorthin nachgegangen ist, dann dürfte Weaver so gut wie tot sein. Und in dem Fall werden wir wahrscheinlich niemals die Wahrheit erfahren.» Nach diesen Worten kletterte Peter durch das kleine Fenster.

Trevor blieb gar keine andere Wahl, als ihm zu folgen.

In dem alten Kino war es genau so finster wie in der stillgelegten Fabrik.

«Mist, das bringt nichts ohne Licht», knurrte Peter. Er hatte sich an einem stinkenden Urinal gestoßen, als das Brett zurückgependelt war, nachdem sich Trevor durch das Toilettenfenster gezwängt hatte.

Plötzlich wurde es hell. Chris hatte das Brett zur Seite geschoben und reichte nun zwei große, schwere Stableuchten durchs Fenster. «Die Taschenlampen, Sir.»

«Wo haben Sie die denn her?», fragte Trevor und schaltete eine an.

«Ich habe rasch einen von den Neulingen in die Garage um die Ecke geschickt und ihm aufgetragen, dort welche zu organisieren.»

Peter nahm die andere Stableuchte, schaltete sie an und stapfte los. Auf dem Boden hatte sich übelriechender Müll angesammelt. «Wieso sind die denn ausgerechnet hier eingestiegen?»

Trevor schwenkte die Lampe so lange hin und her, bis er eine Tür entdeckte. Kaum hatte er sie geöffnet, schlug ihm ein Schwall abgestandener Luft aus dem pechschwarzen Raum ins Gesicht. Das Licht seiner Taschenlampe spiegelte sich im Fensterglas eines kleinen Kiosks. Früher hatten die Besucher hier Eintrittskarten und Süßigkeiten gekauft. Hinter dem Kiosk lag ein Korridor, von dem ein weiterer Gang abzweigte. in dem sich zwei Türen befanden.

Ohne sich abzusprechen, ging Peter durch die rechte Tür und Trevor durch die linke. Sie betraten gleichzeitig den riesigen Kinosaal, in dem es stockdunkel und beinahe mucksmäuschenstill war. Nur das leise Trippeln von Rattenpfötchen war zu hören. Vorsichtig schritt jeder von ihnen seinen Gang hinunter, wobei sie darauf achteten, dass sie beide immer auf gleicher Höhe waren. Dabei ließen sie das Licht ihrer Taschenlampen über jede der Sitzreihen wandern, bis sich die Kegel in der Mitte trafen. Vorn drehten sie um, wanderten die Seitenränge ab und machten vor der Wand wieder kehrt. Es dauerte eine ganze Weile, bis sie jeden der noch vorhandenen Kinosessel kontrolliert hatten. Ihre Lichtkegel huschten über Müllberge, verschimmelte, angenagte Pappkartons und beschädigte Springfedern, die aus verrottenden roten Samtbezügen ragten.

Schließlich gelangten sie zur ersten Sitzreihe. Unter dem zerfledderten goldenen Seidenvorhang vor der Leinwand war ein von leeren Getränkedosen, alten Zeitungen und Kartons übersätes Podest. Sie leuchteten den vorderen Bereich aus, entdeckten neben den Vorhangschals Ausgänge und steuerten gerade auf die rechte Tür zu, als Trevor plötzlich wie angewurzelt stehen blieb.

«Hast du das gesehen?»

Im hinteren Teil des Saals flackerte ein Licht auf.

«Der Vorführraum», flüsterte Peter, und schon rannten sie wieder den Gang hoch.

Noch bevor sie den Vorführraum erreichten, rochen sie das Benzin. Mit der Schulter voran, warf sich Trevor gegen die Tür. Sie war jedoch nicht abgesperrt und sprang sofort auf. Trevor stolperte in den Raum hinein und verlor dabei die Taschenlampe. Während sie über den Boden rollte, fiel ihr Strahl auf Tom Morris, der einen geöffneten Benzinkanister umklammerte. Adam Weaver lag geknebelt und fest verschnürt am Boden. Morris hatte ihm die Arme hinter dem Rücken gefesselt und sie mit den Beinen zusammengebunden. Einen Moment lang schaute Morris ziemlich verdutzt. Das änderte sich jedoch sofort, als er Trevor erkannte. Ohne zu zögern, zog er eine Waffe aus der Innentasche seines Mantels und feuerte.

Trevor stieß einen Schrei aus, stürzte und blieb direkt neben Weaver liegen. Peter schaltete seine Taschenlampe aus, ging hinter der Tür in Deckung und spähte vorsichtig in den Vorführraum hinein. Trevors Stableuchte sowie eine Lampe, die offensichtlich Morris mitgebracht hatte, lagen auf dem Boden. Ihre Strahlen fielen auf Weavers Turnschuhe und Trevors Hinterkopf. Peter war bestürzt, dass sein Freund sich nicht mehr rührte. Aber jetzt war nicht der richtige Moment, sich über Trevor den Kopf zu zerbrechen. Er musste sich um Morris kümmern – und um sich selbst.

Morris robbte auf dem Bauch nach vorn. Zuerst sah Peter nur seine Hände, kurz darauf seine Arme. Der Heimleiter näherte sich der Tür und dem Gang, in dem Peter kauerte. Er bemerkte, dass Morris etwas in der Hand hielt. Als eine kleine Flamme aufleuchtete, erkannte Peter, um was es sich dabei handelte: Es war ein Feuerzeug. Langsam bewegte es sich auf Weavers benzingetränkten Körper zu.

Peter sah, wie sich Weavers Augen voller Angst und Entsetzen weiteten. Da er keine Schusswaffe bei sich trug, benutzte Peter das, was er in der Hand hielt, als Wurfgeschoss. Er zielte sorgfältig – und dann flog seine Taschenlampe gegen Morris' Hand. Das Feuerzeug wurde weggeschleudert und fiel auf einen kleinen Müllhaufen in der Ecke. Das Feuerzeug brannte nur noch den Bruchteil einer Sekunde – doch es war lang genug, um die Zeitungen und Lumpen in Brand zu stecken.

«Tom!», brüllte Peter. «Lassen Sie Ihre Waffe fallen.»

«Sie können mich mal!», rief Morris.

«Es ist vorbei!», schrie Peter und blickte besorgt auf das Feuer, das sich Weaver und Trevor näherte. «Sie haben Laura Weaver getötet. Wir wissen Bescheid.»

«Laura hat es darauf angelegt. Sie wollte es meiner Frau erzählen. Das musste ich verhindern …»

Just in diesem Augenblick verlagerte Adam Weaver unvermittelt sein Körpergewicht, und zwar so, dass er und Trevor in die gegenüberliegende Ecke kullerten und so weit von dem sich ausbreitenden Feuer abrückten, wie es in diesem engen Kabuff überhaupt möglich war.

Morris gab einen zweiten Schuss ab. Blitzschnell warf sich Peter nach hinten – fort von der Tür. Er spürte, wie die Kugel ihn am Ärmel streifte.

«Brooke?», rief Peter in der Hoffnung, dass der Constable ihn hören konnte. «Schicken Sie die Verstärkung rein.»

«Sie verhaften mich nicht. Dieses Kino kenne ich so gut wie meine Westentasche», fauchte Morris. «Ich hatte ein Leben, ein gutes Leben ...»

«Auf Kosten von Laura und diesem armen Kerl, den Sie in der Jubilee Street bei lebendigem Leib verbrannt haben.» Peter versuchte Morris abzulenken und ihn aus dem Vorführraum zu locken. Weaver und Trevor lagen gleich hinter ihm. Immerhin war es Weaver gerade eben gelungen, seine und Trevors Position zu verändern. Falls er genug Kraft hatte und das nochmal schaffte ...

«Von Blanche habe ich erfahren, dass Hannah einen Mann gesehen hat, den sie für ihren Vater hielt. Da wusste ich sofort, dass Adam wieder auf der Bildfläche erschienen war. Ich musste ihn töten. Ich habe eine Arbeit, eine wichtige Arbeit, und eine Frau, die mich liebt. Das konnte ich doch nicht aufgeben für einen Kerl wie Adam oder ein Flittchen wie Laura ...»

«Sie haben sie umgebracht, weil sie ein Flittchen war?» Peter rückte wieder näher. Er musste in Erfahrung bringen, wie lange es noch dauerte, bis die Flammen Weaver und Trevor erreichten.

«Sie wollte es meiner Frau erzählen. Und hinterher, als ich dachte, endlich wäre alles gut, musste Weaver aus dem

Gefängnis fliehen. Brian Marks hat mir gebeichtet, dass Weavers Aussehen verändert worden ist. Er wusste, dass ich Blanches Freund war. Ein vertrauenswürdiger, glücklich verheirateter Freund – und kein Liebhaber wie Nigel, dessen sie irgendwann überdrüssig wurde. Ich habe Brian Marks versprochen, mich um sie und Hannah zu kümmern. Und ich habe versucht, Wort zu halten. Ich dachte, ich hätte Adam unten bei den Docks erwischt, aber wie sich herausstellte, hatte ich einen Fremden getötet. Und mein Plan, ihn in dieser Fabrik zu erledigen, hat auch nicht funktioniert. Stattdessen sind all diese anderen Menschen gestorben.» Morris setzte sich nun zwischen Peter und Trevor. Er lehnte sich mit dem Rücken an die Wand, legte die Waffe auf den Schoß und sah zu, wie die Flammen auf Trevor und Weaver zukrochen. «Sie hatten den Tod nicht verdient, doch das war nicht meine Schuld, sondern seine.» Mit der Waffe deutete er auf Adam. «Ohne ihn wäre Laura nicht so neurotisch gewesen. Wieso musste er sie auch heiraten? Geliebt hat er sie jedenfalls nicht. Und darum hat sie mich nicht in Ruhe gelassen, als ich unsere Beziehung beendete …»

«Und Anna?», wollte Peter wissen.

«Anna?»

«Die Frau, die Weaver Unterschlupf gewährt hat», erklärte Peter.

«Ich verfüge über ein prima Netzwerk. Es ist besser als das der Polizei. Einer von meinen Jungs hat beobachtet, wie Adam in ihr Haus gegangen ist. Die Jungs erzählen mir alles. Ich wollte Adam endlich ausschalten, und die blöde Kuh hat sich mir in den Weg gestellt. Er ist zurückgewichen, und da hat sie das abgekriegt, was eigentlich für ihn gedacht war.»

«Ihr Gesicht war schlimm verunstaltet.»

«Sie hat sich zwischen uns geworfen, ist ins Messer gelaufen …»

Peter glaubte kein Wort von dem, was Morris sagte. Dann bemerkte er, dass die Flammen bereits an Trevors Absätzen züngelten. Vor lauter Verzweiflung stieß er mit dem Fuß die Tür weit auf. Der Luftzug ließ die Flammen noch höher schnellen. Rauch quoll in den Flur. Morris zielte auf Peter und feuerte dreimal ab. Peter warf sich auf den Boden. Ein leises Klicken verriet ihm, dass keine Kugeln mehr im Magazin waren. Blitzschnell kam er wieder auf die Füße. Er sah, dass Adam Weaver und der immer noch reglose Trevor nach wie vor in der Ecke lagen.

Morris schnappte sich einen brennenden Lappen, schleuderte ihn Weaver ins Gesicht und rannte zur Tür hinaus. Peter hörte, wie er seine Waffe neu lud und Weaver zu schreien begann.

Als Morris auf ihn zukam, rollte sich Peter über den Boden, sprang auf und stürmte in das rauchende Inferno des Vorführraumes.

Das brennende Benzin auf Weavers Gesicht loderte blau, seine Haut warf Blasen. Peter zog den Mantel aus, warf ihn auf den Kopf des gefesselten Mannes und erstickte die Flammen. Dann packte er Trevors Beine und zerrte ihn in den Korridor. Hinter seinem Rücken ertönten Schritte.

«Er ist bewaffnet!», rief Peter, als er Evans erblickte. Im Kinosaal leuchtete das Mündungsfeuer von Morris' Waffe auf. Evans wirbelte herum, zielte auf das Licht und feuerte. Ein Schrei ertönte, und danach war nur noch das Knistern der Flammen zu hören.

«Ruft einen Krankenwagen!» Peter zog Adam aus dem Vorführraum und nahm den Mantel von seinem Gesicht. Die Flammen hatten Haut und Haare so stark in Mitleidenschaft gezogen, dass nur noch eine schwarze Masse zu erkennen war. Selbst der Knebel, den Tom ihm in den Mund gesteckt hatte, war verbrannt.

Peter zog das Taschenmesser aus dem Strumpf und schnitt Adams Fesseln durch. «Alles wird gut», murmelte er Trevors regloser Gestalt zu. «Hilfe ist schon unterwegs.»

Epilog

Mit geneigten Häuptern verließen die Trauergäste nach und nach das steingraue Krematorium, das im Regen matt schimmerte. Peter hielt inne und betrachtete die nassen Kränze auf dem Grabstein, auf dem Anna Bradleys Name sowie ihr Geburts- und Todestag standen. Sein Gesteck aus weißen Nelken und roten Rosen wurde schon welk; und die Tinte auf der Karte in der Plastikhülle war so stark verlaufen, dass sich seine Worte nicht mehr entziffern ließen. Doch wen kümmerte das schon? Ihm war es eh lieber, wenn niemand seine an Anna gerichteten Abschiedsworte las.

Lyn Sullivan kam in einem langen, düster wirkenden Cape mit Kapuze auf ihn zu. «Ich möchte dir mein Beileid ausdrücken, Peter.» Sie streckte die Hand aus. «Es tut mir wirklich sehr leid», sagte sie. «Deine Kollegen und ich wissen, wie viel Anna dir bedeutet hat ...»

Als er sich zu ihr umdrehte, spiegelte sich Zorn in seiner Miene. Seine Wangen waren feucht. Ob das Regentropfen oder Tränen waren, wusste Lyn nicht zu sagen. Sie kam ins Stocken und suchte krampfhaft nach tröstenden Worten, die seinen Schmerz ein wenig linderten. Da ihr nichts Passendes einfallen wollte und seine Trauer sie in Verlegenheit brachte, ging sie ein paar Schritte weiter.

Sie sah, dass Trevor dem Pfarrer für den Trauergottesdienst dankte. Geduldig wartete sie, bis er dem Geistlichen die Hand geschüttelt hatte und dann zu ihr kam.

«Gleich als ich hörte, dass ein Sergeant umgekommen ist und ein anderer schwer verletzt wurde, bin ich zum Revier gerannt», berichtete sie ihm.

«Ich weiß. Sarah Merchant hat mir erzählt, dass du da warst.»

«Hat es dich schlimm erwischt?»

«Ist nur halb so wild.»

«Trevor –»

«Es geht nicht um Daisy. Sie war nie das Thema», unterbrach er sie.

«Ich weiß. Sie hat mich besucht und mir eingebläut, wie glücklich ich mich schätzen kann.»

«Einige Leute dürften da ganz anderer Meinung sein.» Er lächelte grimmig.

«Ich nicht», murmelte Lyn.

«Dann macht es dir auch bestimmt nichts aus, dass Daisy hier lebt und arbeitet.» Er musste das Gespräch in eine andere Richtung lenken, mit ihr über unverfängliche Themen plaudern. Da Peter in Hörweite war, brachte er es nicht übers Herz, mit Lyn über seine Gefühle zu sprechen. «Adam Weavers Gesicht muss nochmal neu gemacht werden.»

«Dafür wurde er von jeder Schuld freigesprochen und hat nun seine Tochter wieder.»

«Bei unserem letzten Zusammentreffen schien er darüber sehr glücklich zu sein.»

«Trevor, könnten wir es nicht nochmal miteinander versuchen?», fragte sie und wappnete sich innerlich dagegen, eine abschlägige Antwort zu erhalten.

Er zuckte mit den Achseln. «Das halte ich für keine gute Idee. Es ist ja nicht so, dass ich es nicht wollte.» Trevor trug einen schwarzen Polizeimantel, den er extra für das Begräbnis aus der Mottenkiste geholt hatte. «Aber dann schmieden wir wieder Pläne, und ich verspreche dir alles Mögliche, bis der nächste Fall auf meinem Schreibtisch landet. Du hattest von Anfang an recht, Lyn. Polizisten sollten sich keine Freundinnen oder Ehefrauen zulegen, wenn sie sich schon dem Beruf verschrieben haben. Fürs Privatleben bleibt da einfach keine Zeit.»

«Dieser Fall ist doch gelöst», entgegnete sie halsstarrig. «Ihr habt den Mörder geschnappt. Anna kann in Frieden ruhen. Und wir haben ein bisschen mehr Zeit.»

«Ja, bis der nächste Fall auf meinem Schreibtisch landet.»

«Vielleicht reicht die Zeit ja, dir zu beweisen, wie leid es mir tut.»

Er steckte die Hände in die Taschen. «Lyn, tu dir selbst einen Gefallen. Geh jetzt, sonst finde ich noch Gefallen an deinem Vorschlag und bitte dich, wieder bei mir einzuziehen.»

«Wenn wir noch eine Chance haben, sollten wir sie auch nutzen.»

«Siehst du denn nicht, was das für mich bedeutet?», flehte er. «Ich bin nicht so konsequent, wie ich es mir wünschen würde, und am Ende werde nicht ich darunter leiden, sondern du. Peter wurde ins Dezernat für Schwerverbrechen versetzt. Im Augenblick tut es ihm nicht gut, wenn er allein ist. Ich habe ihm vorgeschlagen, zu mir zu ziehen.»

«Wir könnten ja eine Dreier-WG aufmachen.»

«Nein.»

«Hast du ihm diesen Vorschlag vielleicht unterbreitet, um mich auf Abstand zu halten?»

«Könnte eher sein, dass ich Abstand zu meinen Gefühlen brauche.» Als sein Blick auf Peter fiel, dachte er kurz, dass es immer noch besser war, nicht zu lieben, als das ertragen zu müssen, was Peter gerade wegen Anna durchmachte.

Dan Evans gesellte sich zu ihnen.

«Wir gehen auf einen Drink in den Black Lion. Möchten Sie nicht mitkommen, Lyn?»

Sie schüttelte den Kopf und biss auf ihre Unterlippe, um

die Tränen zurückzuhalten. Daisy tauchte neben Evans auf und schüttelte zuerst Trevor und dann Lyn die Hand.

«Lyn, Ihnen ist offenbar kalt», meinte sie. «Du bringst sie jetzt besser nach Hause, Trevor.»

«Peter –»

«Du weißt doch gar nicht, was Peter gerade durchmacht oder braucht. Ich schon, denn ich habe das auch durchgemacht, wie du vielleicht noch weißt. Lasst mich nur machen.» Daisy ging zu Peter hinüber, legte ihm den Arm um die Schultern und drehte sich noch einmal um. «Falls ihr auch in den Pub kommt, sehen wir uns nachher», rief sie Trevor und Lyn zu. Dann ging sie mit Peter weg, und Evans folgte ihnen.

«Ist das eine Verschwörung?», wollte Trevor von Lyn wissen.

«Nicht, dass ich wüsste.»

«Verzeih mir …»

Sie legte ihre Hand auf seine. «Von nun an keine Schuldzuweisungen mehr.»

Sie schauten Daisy und Peter hinterher, die sich unter die anderen Trauergäste auf dem Parkplatz mischten. Kurze Zeit später waren sie in der Menge der uniformierten Beamten untergetaucht und nicht mehr zu sehen. Die Polizisten, die heute alle einen Dienstanzug trugen, waren eng zusammengerückt und schotteten sich von den Zivilisten ab.

«Du hattest recht, Trevor», räumte Lyn ein. «Ich habe nichts kapiert. Bei mir ist erst heute der Groschen gefallen. Bullen sind anders. Und das ist auch ihr gutes Recht, da sie schon zur Zielscheibe werden, nur weil sie eine Uniform tragen.»

Er schaute ihr ins Gesicht. «Willst du mit in den Pub kommen?»

«Sehr gern.»

«Und dann gehst du nach Hause?»

«Ja, zu dir.» Sie interpretierte seine Frage absichtlich falsch. «Ich weiß, das hier ist weder der richtige Zeitpunkt noch der richtige Ort, aber wir müssen Pläne schmieden. Für unser Baby.»

Er starrte sie ungläubig an. «Lyn …?»

«Versuch bitte, dir den Tag der Geburt freizuhalten. Ich glaube, ich kann lernen, dir manches zu verzeihen. Aber diese Sache möchte ich nun wirklich nicht allein durchstehen.»